KB116501

공포로의 여행

공포로의 여행

Journey into Fear

에릭 앰블러 장편소설 최용준 옮김

이 책은 실로 꿰매어 제본하는 전통적인 사철 방식으로 만들어졌습니다.
사철 방식으로 제본된 책은 오랫동안 보관해도 손상되지 않습니다.

루이스를 위하여

참말로, 나는 잠수부가 공포 때문에 실성하고 무분별해지는 일들을 본 적이 있다. 아니 그뿐 아니라, 더할 나위 없이 차분하고 의지가 굳은 인물조차 발작을 일으키는 동안에는 여러 기묘한 환각을 겪으며 무시무시하게 놀란 상태가 된다고 나는 믿어 의심치 않는다.

　　　　　　　　　　　　　　　　　　　　　　　── 몽테뉴

공포로의 여행

11

제1장

증기선 〈세스트리 레반테〉호는 부둣가 위로 우뚝 솟아 있었고, 작은 차량갑판[1]마저 흑해에서 미친 듯이 불어오는 바람에 실려 온 축축한 진눈깨비에 흠뻑 적어 있었다. 후미의 오목갑판[2]에서는 양어깨에 마직 부대를 둘러멘 터키인 부두 인부들이 여전히 짐을 싣고 있었다.

그레이엄은 선실 담당 승무원이 그의 슈트 케이스를 들고 〈승객용〉이라 표시된 문으로 들어가는 모습을 보았고, 몸을 옆으로 틀어, 현문 사다리 발치에서 자신과 악수를 했던 남자 둘이 아직도 그곳에 있는지 살폈다. 그들은 배에 오르지는 않았다. 둘 가운데 한 명이 군복을 입고 있었기에, 그 때문에 사람들의 관심이 그레이엄에게 쏠리지 않게 하려는 것이었다. 이제 그들은 크레인 선들을 가로질러 창고들과 그 너머 부두 게이트들이 있는 곳으로 걸어가고 있었다. 첫 번째

1 지붕이 없는 최상층 갑판으로, 아래층의 갑판들이 날씨에 노출되는 것을 막는 역할을 한다. 이하 모든 주는 옮긴이의 주이다.
2 화물의 적재 용량을 늘리기 위해 배의 앞 또는 뒤쪽 갑판을 연장하여 오목한 부위가 생기게 한 갑판.

창고가 있는 대기소에 도착했을 때, 둘은 뒤를 돌아보았다. 그레이엄은 왼손을 들어 올렸고, 그들 역시 손을 흔들어 답하는 모습이 보였다. 둘은 계속 걸어가더니 이윽고 시야에서 사라졌다.

잠시, 그는 그곳에 서서 몸을 떨며 이스탄불의 돔들과 첨탑들을 감싼 안개를 물끄러미 바라보았다. 권양기들의 덜컥거리는 소리가 들리는 가운데 터키인 감독이 서투른 이탈리아어로 배의 고급 선원 중 한 명에게 구슬프게 소리쳐 대고 있었다. 그레이엄은 배가 출발할 때까지 자기 선실에 있으라고 들은 기억을 떠올렸다. 그는 승무원을 따라 문을 통과했다.

짧은 계단 위쪽에서 선실 담당 승무원이 그를 기다리고 있었다. 다른 승객 아홉 명은 그 누구도 보이지 않았다.

「*Cinque, signore*(5호실입니까, 선생님)?」

「네.」

「*Da queste parte*(이쪽입니다).」

그레이엄은 그를 뒤따랐다.

5호실은 작은 선실로, 침상 하나, 옷장 겸 세면대 하나가 다였고, 남은 공간은 그와 그의 슈트 케이스 하나만으로도 꽉 차는 수준이었다. 현창 틀은 녹청으로 덮여 있었고, 페인트칠 냄새가 강하게 났다. 선실 담당 승무원은 슈트 케이스를 침상 아래로 거칠게 집어넣은 뒤 몸을 쥐어짜듯 해서 좁은 통로로 나갔다.

「*Favorisca di darmi il suo biglietto ed il suo passaporto, signore. Li portero al Commissario*(승선권과 여권을 주십시

오, 선생님. 책임자에게 가져다주겠습니다).」

그레이엄은 승무원에게 승선권과 여권을 주었고, 현창을 가리키며 돌려서 여는 시늉을 했다.

승무원은 〈*Subito, signore*(곧 하겠습니다, 선생님)〉라고 말하고 떠났다.

그레이엄은 무척이나 피곤해하며 침상에 앉았다. 혼자 남아 생각할 시간이 생긴 게 거의 스물네 시간 만이었다. 그는 외투 주머니에서 조심스레 오른손을 꺼내 손에 감은 붕대를 바라보았다. 손은 지독히 욱신거리고 아팠다. 총알에 스친 게 이 정도라면, 총알에 정통으로 맞지 않은 건 정말 행운이었다고밖에 할 수 없었다.

그레이엄은 선실을 둘러보았다. 지난밤에 페라의 호텔에 돌아간 뒤 생긴 수많은 불합리함을 받아들였듯, 그곳에 있는 자신을 있는 그대로 받아들였다. 받아들이는 데는 아무 문제가 없었다. 단지 귀중한 무언가를 잃은 듯한 느낌이 들 뿐이었다. 사실을 말하자면, 오른 손등의 피부와 연골 약간을 빼면 그는 그 어떤 가치 있는 것도 잃은 적이 없었다. 그에게 변화가 있다면, 죽음의 공포를 알게 되었다는 것이 전부였다. 아내 친구들의 남편들 사이에서, 그레이엄은 운이 좋은 사람으로 통했다. 그는 거대한 무기 제조 회사에서 높은 급여를 받았고, 사무실에서 차로 한 시간 거리인 시골의 아름다운 집에 살았으며, 모두가 좋아하는 아내를 두었다. 그가 이 모든 것을 누릴 자격이 없다는 것은 아니었다. 겉모습만으론 전혀 안 그래 보일 수도 있겠지만, 그는 훌륭한 엔지니어였다. 만약 소문이 조금이라도 사실이라면, 꽤 중요한 인물이기도 했다. 대포와 관련된 분야였다. 그는 업무상 해외 출장을 자주 다녔다. 그는 조용하고 호감 가는 인물이었으며, 남들에게 위스키 사는 걸 아끼지 않았다. 물론 그와 아주 깊이 친해진다는 건 기대하기 힘든 일이었다(그의 골프 실력과 브리지 게임 실력 가운데 어느 쪽이 더 나쁜지 딱 집어 말하기란 어려웠다). 하지만 그는 언제나 상냥했다. 감정을 지나치게 표출하는 일이 없었다. 그저 상냥할 뿐이었다. 환자의 주의를 돌리려 애쓰는 비싼 치과 의사와 살짝 비슷하달까. 그리고 가만히 생각해 보면, 그는 외모 또한 비싼 치과 의사와 다소 비슷했다. 마르고 살짝 구부정한 자세, 잘 재단된 옷, 맑은 웃음, 살짝 세어 가는 머리털. 스테퍼니 같은 여자가 그의 급여 말고 다른 이유로 그와 결혼한다는 게 도무지 상상이 안 될지라도, 둘이 기묘할 정도로 잘 어울린다는 사실만은 인정해야 했다. 그 점은 자명했다.

그레이엄도 자신이 운이 좋다고 생각했다. 그는 교사이자 당뇨병 환자였던 아버지에게서 느긋한 성격을 물려받았고, 열일곱 살 때는 생명 보험을 통해 5백 파운드를 물려받았다. 그리고 아버지의 명석한 수학적 두뇌도 물려받았다. 첫 번째 유산 덕분에 그는 마지못해 후견인이 된 고약한 이의 보호 관리를 원한 없이 참아 낼 수 있었다. 두 번째 유산은 장학금과 더불어 그가 대학에 갈 수 있게 해주었다. 세 번째 유산 덕분에 그는 20대 중반에 과학 박사 학위를 딸 수 있었다. 그의 학위 논문 주제는 탄도학과 관련된 문제였고, 논문의 요약본

이 전문 저널에 발표되었다. 서른 살이 되었을 때 그는 고용주의 실험 부서 가운데 하나를 책임졌고, 자신이 좋아하는 일을 하면서 그토록 많은 돈을 받는다는 사실에 살짝 놀랐다. 그해에 그는 스테퍼니와 결혼했다.

그레이엄은 아내를 향한 자신의 태도가 여느 결혼 10년 차 남자들과 별다르지 않을 거라고 믿어 의심치 않았다. 그는 가구 딸린 월셋집에서 사는 게 지겨웠기 때문에 아내와 결혼했고, 아내가 자신과 결혼한 것은 장인(무뚝뚝하고 가난한 의사였다)에게서 도망치기 위해서였다고 추측했다(맞는 추측이었다). 그는 아내의 예쁜 외모와 빼어난 유머 감각, 하인들을 다루는 능력과 친구들을 사귀는 능력을 좋아했고, 가끔 그 친구들이 지겨워질 때면 그들을 탓하기보단 자신을 탓했다. 스테퍼니 쪽을 보자면, 그녀는 남편이 그 누구에게나 그 무엇에보다도 당연하다는 듯 본인의 일에 가장 흥미를 느낀다는 사실을 분개하지 않고 받아들였다. 그녀는 지금 있는 그대로의 삶을 좋아했다. 둘은 상냥한 애정과 서로를 인내하는 분위기에서 살았고, 자신들의 결혼 생활이 더할 나위 없이 성공적이라고 여겼다.

1939년 9월에 발발한 전쟁은 그레이엄의 가정에 별 영향을 끼치지 않았다. 그러한 전쟁이 일어나는 것은 해가 지는 것처럼 피할 수 없는 일이라는 점을 이미 2년 전부터 확실하게 알고 있던 그레이엄은 전쟁이 일어났을 때 놀라거나 겁먹지 않았다. 그는 전쟁이 자신의 삶에 미칠 영향을 이미 꼼꼼하게 계산해 봤고, 10월이 되자 자신의 계산이 정확했다는 결론을 내렸다. 그에게 전쟁은 더 많은 업무를 의미했다. 그게 전부였다. 전쟁은 그의 경제적 혹은 개인적 안전에 영향을 주지 않았다. 그 어떤 상황이라 할지라도, 그는 전투를 담당하는 병역을 맡을 의무가 없었다. 독일 폭격기가 그의 집이나 사무실에 폭탄을 투하할 가능성은 무시해도 좋을 정도로 작았다. 영국-터키 동맹 조약이 체결되고 겨우 3주 뒤, 그는 자신이 회사 일로 터키에 출장을 가야 한다는 사실을 알게 되었지만, 그저 크리스마스를 집과 멀리 떨어진 곳에서 보내야 한다는 전망에 실망했을 뿐이었다.

그레이엄이 처음 해외로 출장을 간 것은 서른두 살 때였다. 출장은 성공이었다. 그의 고용주들은 그레이엄에게 기술적 능력 말고도 또 다른 능력이 있음을 알게 되었다. 그레이엄의 분야 사람들에겐 드물게도, 그에겐 외국 정부 관리들과 친근하게 지내면서 쉽게 호감을 얻는 능력이 있었다. 이듬해부터, 가끔 가는 해외 출장은 그의 업무의 일부가 되었다. 그레이엄은 그 일을 즐겼다. 출장 간 도시의 생소함을 좋아했고, 그에 못지않게 생소한 도시로 출장 가는 일 그 자체를 좋아했다. 그는 다른 국적 사람들과의 만남을, 그들의 언어를 어설프게나마 익히는 것을, 양쪽에 대한 자신의 지식이 빈약함에 놀라워하는 것을 좋아했다. 그는 〈전형적〉이라는 단어에 완전히 반감을 갖게 되었다.

11월이 중순에 접어들 무렵, 그레이엄은 파리에서 기차를 타고 이스탄불에 도착했고, 거의 곧바로 이스탄불을 떠나 이즈미르로 간 다음 다시 갈리폴리로 갔다. 12월 말에 그는 두

곳에서의 일을 마쳤고, 1월 1일에는 집으로 돌아가는 여정의 시작점인 이스탄불로 기차를 타고 돌아왔다.

그때까지 그레이엄이 보낸 6주는 시련이었다. 그의 일은 원래도 힘든 일이었지만, 고도로 기술적인 주제들을 통역가들을 거쳐 토론하려니 더욱더 힘들었다. 그리고 아나톨리아에서 일어난 지진의 공포로 인해, 그를 초대한 사람들만큼이나 그 역시 심란했다. 결국 홍수로 인해 갈리폴리에서 이스탄불로 가는 열차 편이 끊겼다. 마침내 이스탄불로 돌아왔을 때, 그는 피곤하고 의기소침한 상태였다.

역에는 회사의 터키 쪽 판매 중개인인 코페이킨이 마중 나와 있었다.

코페이킨은 1924년에 6만 5천 명의 다른 러시아인들과 함께 이스탄불에 도착했고, 카드놀이 사기꾼, 매춘굴 공동 운영자, 군복 공급 계약자를 차례로 거쳐, 현재는 수지맞는 중개인 자리를 꿰차고 있었다(어떻게 그럴 수 있었는지는 사장만이 알았다). 그레이엄은 코페이킨이 좋았다. 코페이킨은 통통하고 원기왕성했으며, 돌출한 귀는 커다랬고, 감당하기 어려울 정도로 활기찼으며, 약삭빨라 잔꾀에 능했다.

코페이킨은 열정적으로 그레이엄의 손을 움켜쥐었다. 「여행은 힘드셨습니까? 유감입니다. 다시 보게 되어 반갑습니다. 페티와는 어떻게 되었나요?」

「좋았던 거 같습니다. 당신한테서 그 사람에 대한 설명을 들었을 때는 훨씬 더 나쁠 거라고 생각했거든요.」

「친애하는 동료여, 당신은 자신의 매력을 과소평가하는군요. 그 사람은 다루기 어렵다고 정평이 나 있습니다. 하지만 중요한 인물이지요. 이제 모든 게 매끄럽게 진행될 겁니다. 하지만 일 이야기는 한잔 걸치면서 하지요. 당신을 위해 숙소를 예약해 두었습니다. 욕조가 있는 방으로, 애들러팰리스 호텔입니다. 전과 마찬가지로요. 오늘 밤에는 작별을 기념하는 저녁 식사를 예약해 두었습니다. 비용은 제가 내지요.」

「친절하시군요.」

「별말씀을 다 하십니다, 친애하는 동료여. 식사 뒤에는 오락거리를 살짝 즐길 겁니다. 르 조케 카바레라고, 요즘 아주 인기 있는 나이트클럽이 하나 있습니다. 좋아하실 겁니다. 시설이 아주 잘 갖춰져 있고, 거기 가는 사람들도 다 아주 훌륭합니다. 하층민들은 없지요. 그게 당신 짐인가요?」

그레이엄은 가슴이 철렁했다. 코페이킨과 같이 저녁 식사를 할 거라고는 예상했지만, 10시가 되면 뜨거운 물에 몸을 담근 뒤 침대에 누워 타우츠니츠 출판사의 탐정 소설을 읽을 생각이었기 때문이다. 르 조케 카바레나 다른 밤업소에서 여흥을 즐기는 건 전혀 하고 싶지 않았다. 짐꾼을 따라 함께 코페이킨의 자동차로 가며 그레이엄이 말했다. 「오늘 밤에는 일찍 자는 것이 나을 것 같습니다, 코페이킨. 나흘간 기차를 타야 하니까요.」

「친애하는 동료여, 늦게 자는 게 나을 겁니다. 게다가 기차는 내일 아침 11시에 떠나고, 저는 당신을 위해 침대칸을 예약해 두었습니다. 만약 피곤하면 파리에 도착할 때까지 내내 잘 수 있어요.」

페라 펠리스 호텔에서 저녁 식사를 하는 동안, 코페이킨이 전쟁 관련 소식을 전했다. 코페이킨에게 소비에트는 여전히 니콜라이 2세의 〈7월 암살자들〉이었고,[3] 그레이엄은 핀란드의 승리와 러시아의 패배에 대한 소식을 잔뜩 들었다. 독일은 영국 선박을 더 많이 침몰시켰고, 더 많은 잠수함을 잃었다. 네덜란드, 덴마크, 스웨덴, 노르웨이는 방어에 유의하고 있었다. 세계는 피비린내 나는 봄을 기다렸다. 둘은 지진에 대해 이야기했다. 10시 반이 되자 코페이킨이 르 조케 카바레에 갈 시간이라고 선언했다.

그곳은 베이올루 구역에 있었다. 르 조케 카바레는 페라 대로에서 옆으로 살짝 꺾어지면 1920년대 중반 프랑스 건축가에 의해 설계된 게 분명한 건물들이 있는 거리에 있었다. 둘이 안으로 들어갈 때, 코페이킨이 다정하게 그의 팔을 잡았다.

「아주 멋진 곳입니다.」 코페이킨이 말했다. 「여기 사장인 세르주는 제 친구이니, 우리에게 바가지를 씌우지 않을 겁니다. 세르주에게 당신을 소개하겠습니다.」

타고난 성향에 어울리지 않게, 밤의 도시 환락가에 대한 그레이엄의 지식은 놀라울 정도로 방대했다. 그가 결코 알지 못할 무슨 이유에서인가, 그의 외국 초대자들은 영국 엔지니어를 만족시킬 수 있는 유일한 형태의 오락은 다소 평판이 떨어지는 나이트클럽에서만 찾을 수 있다고 여기는 듯했다.

3 러시아의 마지막 황제 니콜라이 2세는 1918년 7월 감금되었다가 볼셰비키에 의해 총살당했다.

그는 부에노스아이레스와 마드리드와 발파라이소와 부쿠레슈티와 로마와 멕시코에서 그러한 곳에 가보았다. 그에게는 그 모든 곳이 비슷비슷했다. 그는 업무 상대들과 함께 앉아 엄청나게 비싼 술을 새벽까지 마시던 일들을 기억했다. 하지만 그의 마음속에서 그러한 장소들은 하나의 일반적인 모습으로, 한쪽 끝에 밴드가 있고, 테이블들에 둘러싸인 춤을 출 수 있는 작은 공간, 그리고 가격보다 훨씬 쌀 것 같은 의심이 드는 술들이 한쪽에 줄지어 선 바와 등받이 없는 의자들이 있는, 담배 연기 자욱한 지하실로 뭉뚱그려져서 떠올랐다.

그레이엄은 르 조케 카바레도 다를 게 없을 거라 생각했고, 그 생각이 맞았다.

그곳의 벽면 장식은 바깥 거리의 분위기를 그대로 가져온 듯했다. 그 장식들은 카메라 앵글에 담긴 마천루들, 유색인 색소폰 연주자들, 녹색 천리안들, 전화기들, 이스터섬 가면들, 기다란 담뱃대를 든 은빛 도는 금발의 양성구유자들이 소용돌이처럼 섞인 거대한 시리즈로 구성되어 있었다. 실내는 사람들로 북적였고, 아주 시끄러웠다. 세르주는 날카로운 용모의 러시아인으로, 뻣뻣한 회색 머리털에, 언제든 당장이라도 감정이 폭발할 것만 같은 분위기를 풍겼다. 그럼에도 그의 눈을 본 그레이엄은 그런 적이 한 번도 없었을 것 같다는 느낌이 들었다. 세르주는 둘을 정중하게 맞이해, 댄스 플로어 옆의 테이블로 안내했다. 코페이킨은 브랜디 한 병을 주문했다.

밴드는 미국 춤곡을, 고통스러울 정도의 열의를 품고 연주하다가 갑자기 중단하더니 룸바를 연주하기 시작했고, 이번에는 좀 더 듣기 좋았다.

「분위기가 아주 흥겨운 곳입니다.」 코페이킨이 말했다. 「춤을 추시겠습니까? 저기에 여자들이 많습니다. 누가 맘에 드는지 알려 주시면 제가 세르주에게 말하겠습니다.」

「아니요, 괜찮습니다. 진짜로, 여기 오래 머물 거 같지 않네요.」

「여행 생각은 접어 두십시오. 브랜디를 좀 더 마시면 기분이 나아질 겁니다.」 코페이킨은 자리에서 일어났다. 「저는 춤을 추면서 당신을 위한 멋진 여자를 찾아보겠습니다.」

그레이엄은 죄책감을 느꼈다. 그는 자신이 좀 더 열의를 보여야 한다는 사실을 알았다. 어쨌든 코페이킨은 엄청나게 친절을 베풀고 있었기 때문이다. 침대에서 자는 걸 더 원하는, 기차 여행에 지친 영국인을 즐겁게 해주려고 애쓰는 게 재미있을 리 없었다. 그레이엄은 마음을 다잡고 브랜디를 좀 더 마셨다. 사람들이 더 많이 도착했다. 그레이엄은 세르주가 그 사람들을 따뜻하게 맞이하는 모습, 그리고 그들이 등을 돌리자 그들을 접대할 웨이터에게 은밀하게 지시를 내리는 모습을 바라보았다. 르 조케 카바레가 그레이엄의 즐거움 또는 그 사람들의 즐거움과는 관계가 없다는 또 하나의 단조롭고 작은 신호였다. 그는 고개를 돌려 코페이킨이 춤추는 모습을 보았다.

그 여자는 마르고, 피부가 검고, 치아가 컸다. 그녀의 빨간 새틴 이브닝드레스는 덩치가 더 큰 여자를 위해 만들어진 것처럼 그녀 위로 축 늘어져 있었다. 그녀는 활짝 웃고 있었다. 코페이킨은 상대와 몸이 살짝 떨어질 정도로만 여자를 잡았고, 춤을 추는 내내 말을 했다. 그레이엄이 볼 때, 비대한 몸에도 불구하고 무대에서 완벽하게 차분한 사람은 오직 코페이킨뿐인 듯했다. 그는 자신이 완벽히 이해하는 뭔가를 다루고 있는 전직 매춘굴 운영자였다. 음악이 멈추자, 그는 그 여자를 테이블로 데려왔다.

「이 여자는 마리아라고 합니다.」 코페이킨이 말했다. 「아랍인이죠. 얼굴은 전혀 안 그래 보이죠?」

「그러게요, 전혀요.」

「프랑스어를 약간 할 줄 압니다.」

「*Enchanté, Mademoiselle*(만나서 반갑습니다, 아가씨).」

「*Monsieur*(선생님).」 그 여자의 목소리는 예상 밖으로 걸걸했지만, 웃음은 마음에 들었다. 좋은 성격의 여자가 분명했다. 「불쌍한 것 같으니!」 코페이킨의 어투는 마치 자신이 맡은 학생이 방문객들 앞에서 자신을 수치스럽게 하지 않기를 바라는 여자 가정 교사 같았다. 「이 아이는 인후통에서 방금 회복되었답니다. 하지만 아주 상냥하고 매너도 좋습니다. *Assieds-toi*(앉아), 마리아.」

마리아는 그레이엄 옆에 앉았다. 「*Je prends du champagne*(저는 샴페인을 마시겠어요).」 마리아가 말했다.

「*Oui, oui, mon enfant. Plus tard*(그래, 그래, 우리 아기. 나중에).」 코페이킨이 애매하게 말했다. 「우리가 샴페인을 주문하면 이 아이가 추가 수수료를 받거든요.」 코페이킨이 그레이엄에게 말하고는 여자에게 브랜디를 따라 주었다.

마리아는 아무 말 없이 잔을 받아 들어 입술로 가져가더니 말했다. 「*Skål*(건배).」[4]

「이 여자는 당신을 스웨덴인이라고 생각합니다.」 코페이킨이 말했다.

「왜요?」

「스웨덴인을 좋아한다기에 당신이 스웨덴인이라고 말했거든요.」 코페이킨이 킥킥거렸다. 「터키의 중개인이 회사를 위해 아무 일도 하지 않는다는 말은 할 수 없을 겁니다.」

마리아는 아무것도 이해하지 못하겠다는 웃음을 지으며 둘의 이야기에 귀를 기울였다. 음악이 다시 시작되었고, 그녀는 그레이엄에게 고개를 돌리고는 춤을 추고 싶은지 물었다.

마리아는 춤을 잘 추었다. 어찌나 잘 추는지, 그레이엄이 자기도 춤을 잘 춘다고 착각할 정도였다. 그는 우울함이 덜해졌고, 그녀에게 다시 춤을 추자고 청했다. 두 번째로 춤출 때 여자는 자신의 마른 몸을 그에게 강하게 밀착시켰다. 그는 그녀의 빨간 새틴 드레스 안에서 더러운 어깨끈이 흘러내리기 시작하는 것을 보았고, 그녀가 쓰는 향수 너머로 그녀의 몸에서 풍기는 열기를 맡을 수 있었다. 그는 그녀가 지겨워졌다.

마리아는 말을 하기 시작했다. 이스탄불을 잘 아나요? 전에 여기 와본 적 있나요? 파리는 잘 알아요? 런던은요? 당신

4 스웨덴어이다.

은 운이 좋은 분이네요. 저는 그런 곳에 가본 적이 없어요. 그 곳에 가보고 싶어요. 스톡홀름도요. 이스탄불에 친구가 많이 있나요? 마리아는 자신이 그런 질문을 한 것은, 그레이엄과 친구가 들어오고 나서 곧바로 신사 한 명이 따라 들어왔고, 그 신사가 그레이엄을 아는 것 같아 보였기 때문이라고 했다. 그 신사가 계속 그레이엄을 보고 있다는 것이었다.

그레이엄은 언제쯤에나 이곳을 빠져나갈 수 있을지 생각 하던 중이었다. 그러다가 그는 그녀가 자신이 뭔가 말하기를 기다린다는 사실을 퍼뜩 깨달았다. 그리고 그녀의 마지막 말 이 뇌리에 남았다.

「저를 계속 보는 게 누군가요?」

「지금 위치에선 안 보여요. 그 신사는 바에 앉아 있어요.」

「분명히 당신을 보는 걸 겁니다.」 달리 할 말이 없었다.

하지만 마리아는 아주 진지했다. 「그 사람이 관심을 보이 는 건 선생님이에요. 손에 손수건을 든 남자예요.」

그들은 춤을 추며 바가 보이는 곳까지 이동했다. 그 남자 는 앞에 베르무트 잔을 놓고 등받이 없는 의자에 앉아 있 었다.

그는 작고 말랐고, 멍한 얼굴은 뼈가 튀어나올 정도로 수 척하고 콧구멍이 컸으며, 광대뼈가 두드러졌고, 마치 잇몸이 아픈 듯 또는 성질을 참으려 애쓰는 듯 두툼한 입술을 꽉 다 물고 있었다. 그는 아주 창백했으며, 깊숙이 자리 잡은 작은 눈과 성긴 곱슬머리는 그에 대비되어 더 어두운색으로 보였 다. 머리털은 길게 빗어 머리통에 붙여 놓은 듯한 모습이었다. 그는 어깨에 패드를 두툼히 넣은 구겨진 갈색 양복, 목의 옷깃이 거의 보이지 않는 부드러운 셔츠, 회색의 새 넥타이 차림이었다. 그레이엄이 지켜보는 동안, 그는 실내의 열기에 땀이 난다는 듯이 손수건으로 윗입술을 훔쳤다.

「지금은 저를 보고 있는 것 같지 않네요.」 그레이엄이 말했다. 「어쨌든, 저는 저 사람을 모릅니다.」

「저도 그렇다고 생각했어요, 선생님.」 마리아는 팔꿈치로 그의 팔을 눌러 자기 옆구리에 댔다. 「하지만 확실히 하고 싶었어요. 저도 저 사람을 모르지만, 저런 유형을 알아요. 선생님은 이곳에서 이방인이고, 주머니에 돈도 있을 거예요. 이스탄불은 스톡홀름이랑 다르답니다. 저런 유형이 선생님을 한 번 이상 살핀다면, 조심하는 게 좋지요. 선생님은 강하시지만, 등에 칼이 꽂히면 강한 사람이든 약한 사람이든 상관없어요.」

마리아는 우스꽝스러울 정도로 진지했다. 그레이엄은 소리 내어 웃었다. 하지만 그는 바에 있는 그 남자를 다시 바라보았다. 그 남자는 베르무트를 홀짝이고 있었다. 해로울 사람으로는 보이지 않았다. 방법이 좀 서툴러서 그렇지, 마리아는 선의를 보이려고 한 것일 터였다.

그레이엄이 말했다. 「걱정할 필요 없다고 생각합니다.」

마리아는 그의 팔을 누르던 힘을 풀었다. 「아마도 그렇겠죠, 선생님.」 마리아는 갑자기 그 주제에 관심이 사라진 듯했다. 밴드는 연주를 멈추었고, 그들은 테이블로 돌아갔다.

「이 여자, 춤을 아주 잘 추죠, 그렇지 않습니까?」 코페이킨이 말했다.

「아주 잘 추네요.」

마리아는 둘을 향해 웃어 보이고는 자리에 앉아 갈증이 난다는 듯이 술잔을 비웠다. 그리고 등을 기대앉았다. 「우리는 세 명이에요.」 그녀가 말하고는, 둘이 이해했는지 확인하기 위해 손가락으로 한 명씩 세어 보였다. 「제 친구를 하나 불러와서 같이 마시겠어요? 그 애는 아주 사근사근해요. 저랑 제일 친한 애예요.」

「나중에, 아마도.」 코페이킨이 말했다. 그는 그녀에게 술을 한 잔 더 따랐다.

그 순간 밴드가 화음 하나를 연주해 울려 퍼지게 했고, 조명 대부분이 꺼졌다. 스포트라이트가 플랫폼 앞쪽 바닥에서 흔들렸다.

「공연이에요.」 마리아가 말했다. 「아주 잘해요.」

세르주가 스포트라이트 안으로 걸어 들어오더니 터키어로 장광설을 빠르게 내뱉고는 플랫폼 옆 문을 향해 손을 흔들며 연설을 마쳤다. 이어서, 하늘색 디너 재킷 차림의 피부색이 짙은 청년 둘이 재빨리 무대로 달려 나오더니 열광적으로 탭댄스를 추었다. 그 둘은 곧 숨을 헐떡였고 머리도 엉망이 되었지만, 탭댄스를 마쳤을 때 박수는 뜨뜻미지근했다. 다음으로 그들은 가짜 턱수염을 달고 노인 행세를 하며 재주넘기를 했다. 관객들은 살짝 관심을 보일 뿐이었다. 그들은 땀을 뚝뚝 흘리며 물러났다. 그레이엄 생각에는 다소 화가 난 듯했다. 뒤이어 가늘고 긴 다리의 잘생긴 유색인 여자 한 명이 나왔다. 알고 보니 곡예사였다. 그녀의 곡예는 교묘하게 외설적이었으며, 폭소를 불러일으켰다. 환호에 대한 응답으로 그녀는 곡예를 하며 뱀과 얽혀 춤을 추었다. 이번 곡예는 그리 성공적이지 못했다. 왜냐하면 금박 바구니를 다룰 때 여자는 마치 완전히 자란 아나콘다라도 꺼낼 듯이 굴었지만, 막상 나온 건 작고 다소 늙은 비단뱀이었고, 게다가 주인 손에서 잠이 드는 경향이 있었기 때문이다. 결국 여자는 뱀을 둘둘 말아 바구니에 넣은 뒤 곡예를 더 했다. 그녀가 퇴장하자 사장이 다시 한번 스포트라이트 안으로 걸어 들어오더니 소개를 했고, 관객들은 박수로 화답했다.

마리아가 그레이엄의 귀에 입술을 댔다. 「조제트, 그리고 파트너인 호세예요. 파리에서 온 댄서들이죠. 오늘 밤이 여기서 마지막으로 하는 공연이에요. 굉장히 인기를 끌었어요.」

스포트라이트가 분홍색이 되어 바닥을 쓸며 입구 문 쪽으로 향했다. 드럼이 빠르게 울렸다. 이윽고 밴드가 「아름답고 푸른 도나우강」 왈츠를 연주했고, 댄서들이 무대로 미끄러지듯이 나왔다.

지친 그레이엄의 눈에는, 그들의 춤은 바나 밴드와 마찬가지로 이런 술집의 의례적인 한 부분이었다. 즉 술값에 이미 포함된 부분이었다. 또한 그 춤은, 고전 역학 법칙들을 적용한다면, 허리에 넓은 장식띠를 두른 덩치 작고 병약해 보이는 남자가 50킬로그램의 여자를 마치 어린아이 다루듯 들어올릴 수 있다는 사실을 실제로 증명하는 것이기도 했다. 조제트와 그녀의 파트너는, 이 전형적인 절차인 〈특별 공연〉에서 비록 숙련성은 다른 업소 동료들보다 훨씬 떨어졌지만 공연 효과만큼은 더 크고 확실하게 거두었고, 그 점에서는 주목할 만했다.

조제트는 날씬했고, 팔과 어깨가 아름다웠으며, 머리는 풍성하고 윤기 흐르는 금발이었다. 졸린 듯한 눈은 춤을 추는 동안 거의 감겨 있었고, 다소 두툼한 입술에 연기하듯 고정된 어색한 웃음은 빠르고 깔끔한 몸동작과 묘하게 대조적이었다. 그레이엄은 그녀를 댄서로서가 아니라 춤 훈련을 받은 여성으로서 보았고, 또한 자신의 젊어 보이는 육체와 긴 다리, 허벅지와 복부의 매끈한 피부 아래의 근육을 자각하면서 일종의 나른한 관능과 함께 춤을 추는 여성으로 보았다. 설령 그녀의 공연이 춤 그 자체로서는 성공적이지 못했다 할지라도, 르 조케 카바레의 **볼거리**로서는 완벽하게 성공적이었다. 그녀의 파트너에도 불구하고 말이다.

파트너는 피부색이 짙고 다른 생각에 잠겨 있는 듯한 표정이었고, 불만이 가득한 입술은 굳게 다물었고, 얼굴은 갸름했으며, 당장이라도 폭력을 행사할 것처럼 짜증 나는 방식으로 볼을 혀로 세게 밀어 대곤 했다. 그는 동작이 서툴고 굼떴으며, 상대를 들어 올리려고 미리 여자를 잡을 때는 균형을 제대로 잡지 못하는 듯 연신 손가락을 움직여 댔다. 그는 계속해서 몸의 균형을 잡느라 애썼다.

하지만 관객들은 그를 보고 있지 않았고, 공연이 끝나자 요란한 소리로 앙코르를 외쳤다. 앙코르가 진행되었다. 밴드는 다시 화음을 연주했다. 마드무아젤 조제트는 박수에 답례를 했고, 세르주에게서 꽃다발을 받았다. 그녀는 무대로 몇 번이나 다시 나와 허리 숙여 인사하고 손 키스를 보냈다.

「저 여자 꽤 매력 있죠?」 조명이 켜지자 코페이킨이 영어로 말했다. 「이곳이 재미있을 거라고 제가 장담했었죠?」

「아주 잘하네요. 하지만 저 좀먹은 발렌티노[5] 같은 남자는 아섭군요.」

「호세요? 저 친구도 자기 일은 잘합니다. 저 여자를 테이블로 불러와서 한잔하시겠습니까?」

「대환영이지요. 하지만 다소 비싸지 않을까요?」

「어휴, 아닙니다! 저 여자는 수수료를 받지 않아요.」

「저 여자가 여기로 올까요?」

「물론이지요. **후원자**가 저를 소개해 줬습니다. 저는 저 여자를 잘 압니다. 제 생각에, 당신은 저 여자를 맘에 들어 할 겁니다. 이 아랍 여자는 좀 멍청해요. 물론 조제트도 멍청하다는 건 의심의 여지가 없지요. 하지만 조제트는 나름 아주 매력 있어요. 만약 제가 너무 어렸을 때 너무 많은 걸 배우지 않았더라면, 저도 저 여자를 좋아했을 겁니다.」

코페이킨이 댄스 플로어를 가로질러 가는 동안, 마리아는 그 뒷모습을 보며 잠시 조용히 있었다. 이윽고 그녀가 말했다. 「굉장히 좋은 분 같아요. 선생님 친구분요.」

그레이엄은 그게 그냥 소감인지 질문인지, 아니면 대화를 하려는 미약한 시도인지 분간이 가지 않았다. 그는 고개를

5 Rudolph Vallentino(1895~1926). 19세기 말~20세기 초에 인기가 많았던 이탈리아 태생의 미국 배우.

끄덕였다.「굉장히 좋지요.」

마리아가 웃음을 지었다.「저분은 여기 사장님을 잘 알아요. 원하시면, 저분이 세르주 사장님께 말씀드려서 가게 문 닫기 전에라도 선생님이랑 저랑 나가게 해줄 수 있을 거예요.」

그레이엄은 최선을 다해 아쉽다는 듯한 표정을 하며 웃음을 지었다.「안타깝지만, 마리아, 저는 짐을 싸서 내일 아침 기차를 타야 해요.」

마리아가 다시 웃음을 지었다.「그건 상관없어요. 하지만 저는 스웨덴인을 특히 좋아해요. 브랜디를 더 마셔도 되나요, 선생님?」

「물론이지요.」그레이엄이 그녀의 잔을 채웠다.

마리아는 잔을 반쯤 비웠다.「마드무아젤 조제트를 좋아하시나요?」

「춤을 아주 잘 추더군요.」

「그 여자는 아주 사근사근해요. 그건 그 여자가 성공했기 때문이에요. 사람들은 성공하면 사근사근해지죠. 호세는, 아무도 그 사람을 좋아하지 않아요. 호세는 모로코에서 온 스페인 사람인데, 질투심이 아주 많지요. 스페인 사람들은 다 똑같아요. 저 여자가 어떻게 호세를 참아 내는지 모르겠어요.」

「그 사람들이 파리 출신이라고 당신이 그러지 않았나요?」

「파리에서 춤을 췄지요. 여자는 헝가리 출신이에요. 여러 나라 말을 하지요. 독일어, 스페인어, 영어. 하지만 제가 알기로 스웨덴어는 못해요. 그 여자는 부자 연인이 많았어요.」마리아는 말을 멈췄다.「비즈니스맨이신가요, 선생님?」

「아니요, 엔지니어입니다.」 그는 마리아가 겉으로 보이는 것처럼 멍청하지 않으며, 또한 코페이킨이 왜 둘을 두고 자리를 떴는지 그 이유를 명확히 안다는 사실을 깨닫고 살짝 흥미가 일었다. 방금 그는 마리아에게 간접적이지만 명확한 경고를 받은 것이었다. 마드무아젤 조제트는 매우 비싸다는 것, 그리고 조제트와 의사소통을 하기는 힘들 것이며, 질투심 많은 스페인 사람을 상대해야 할 것이란 경고였다.

마리아는 다시 잔을 비웠고, 바 쪽을 멍한 시선으로 응시했다. 「제 친구가 아주 외로워 보이네요.」 마리아가 말했다. 그녀는 고개를 돌리더니 그를 똑바로 바라보았다. 「저에게 1백 피아스터를 주시겠어요, 선생님?」

「왜요?」

「팁이지요, 선생님.」 마리아는 웃음을 지었지만, 전처럼 친근한 방식이 전혀 아니었다.

그레이엄은 마리아에게 1백 피아스터짜리 지폐를 한 장 주었다. 그녀는 그것을 접어 핸드백에 넣고 일어섰다. 「실례해도 될까요? 친구와 이야기를 하고 싶어서요. 원하시면 돌아올게요.」 그녀가 웃어 보였다.

그레이엄은 마리아의 빨간 새틴 드레스가 바 주위에 모인 사람들 안으로 사라지는 것을 지켜보았다. 거의 곧바로 코페이킨이 돌아왔다.

「아랍 여자는 어디로 갔나요?」

「제일 친한 친구와 이야기하러 갔습니다. 제가 1백 피아스터를 주었습니다.」

「1백이나요! 50이면 충분할 텐데. 하지만 1백 정도는 줘도 괜찮겠죠. 조제트가 우리더러 자기 분장실에서 한잔하겠느냐고 묻네요. 내일 이스탄불을 떠나는데, 여기로 나오고 싶지 않아 합니다. 여기로 나오면 많은 사람과 이야기를 해야 하고, 짐을 싸야 하니까요.」

「우리가 폐를 끼치는 건 아닐까요?」

「친애하는 동료여, 조제트는 진심으로 당신을 만나고 싶어 합니다. 춤을 추면서 당신을 봤다네요. 당신이 영국인이라고 말하자 기뻐하더군요. 술은 여기 그냥 두고 가면 됩니다.」

마드무아젤 조제트의 분장실은 가로 세로 각각 2.5미터 정도 되는 공간으로, 사장의 사무실인 듯한 다른 반쪽 공간과 갈색 커튼으로 구분되어 있었다. 단단한 세 면의 벽은 파란 줄무늬가 들어간 빛바랜 분홍색 벽지로 덮여 있었고, 사람들이 기댔던 여기저기에는 기름 얼룩이 있었다. 방에는 나무를 구부려 만든 의자 두 개, 크림 병들과 더러운 화장 수건들이 널려 있는 흔들거리는 화장대 두 개가 있었다. 실내에는 찌든 담배 냄새, 화장 분 냄새, 축축한 커튼과 의자에 씌운 천에서 나는 냄새 따위가 섞여 있었다.

조제트의 파트너인 호세가 〈*Entrez*(들어와요)〉라고 퉁명스레 말했고, 그 말에 그들이 분장실로 들어가자 호세가 자신의 화장대 앞에서 일어났다. 여전히 얼굴에서 화장을 지우며, 호세는 그들에게 눈길도 주지 않고 분장실을 나갔다. 무슨 이유에서인가 코페이킨이 그레이엄에게 윙크를 했다. 조제트는 의자에 앉아 몸을 앞으로 숙인 채 축축한 탈지면으로 한쪽 눈썹을 열심히 눌러 닦고 있었다. 그녀는 이미 무대 의상을 벗고 장밋빛 벨벳으로 된 실내복을 입고 있었다. 머리털은 마치 머리를 흔들고 빗질을 한 듯 느슨하게 펼쳐져 있었다. 정말로 아름다운 머리털이라고 그레이엄은 생각했다. 조제트는 영어로 느릿느릿하고 신중하게, 단어를 하나 말할 때마다 탈지면으로 얼굴을 톡톡 치며 말했다.

「실례를 용서해 주세요. 이 화장품은 아주 불쾌해서요. 이건…… *Merde*(제길)!」

조제트는 짜증을 내며 탈지면을 던지더니 갑자기 일어나 그들 쪽으로 몸을 돌렸다.

머리 위의 갓 없는 전등이 내뿜는 눈부신 불빛을 받은 조제트는 댄스 플로어에서보다 더 작고 살짝 수척해 보였다. 그레이엄은 스테퍼니의 다소 풍만한 모습을 떠올리며 자기 앞의 여성도 아마 10년 정도 뒤에는 꽤 평범해질 거라는 생각을 했다. 그는 다른 여자들을 아내와 비교하는 버릇이 있었다. 그 방법은, 다른 여자들이 여전히 그에게 관심이 있다는 사실을 모르는 척 무시하는 데 꽤 효과가 있었다. 하지만 조제트는 예외였다. 10년 뒤 그녀의 모습은 전혀 중요하지 않았다. 지금 이 순간, 조제트는 부드럽게 웃음을 짓는 입과 살짝 돌출해 있는 파란 눈과 방을 가득 채우는 듯한 나른한 생명력을 지닌, 아주 매력 있고 차분한 여인이었다.

「친애하는 조제트, 이쪽은,」 코페이킨이 말했다. 「그레이엄 씨입니다.」

「당신이 추는 춤을 아주 즐겁게 보았습니다, 마드무아젤.」

그가 말했다.

「코페이킨이 그렇다고 하더군요.」 조제트가 어깨를 으쓱했다. 「더 잘할 수도 있었다고 생각해요. 하지만 맘에 들었다고 하시니 기분이 그리 나쁘지는 않네요. 영국인이 예의가 없다는 말은 터무니없어요.」 조제트는 손을 저어 방 안을 가리켰다. 「이렇게 지저분한 곳에 앉으라는 말씀을 드리고 싶지는 않지만, 편히 계시도록 하세요. 코페이킨은 호세의 의자에 앉으면 되고, 호세의 물건들을 좀 밀면 당신은 화장대 모퉁이에 앉으실 수 있을 거예요. 바깥에서 편안하게 함께 앉지 못해 정말 아쉽네요. 하지만 밖에는 제가 들러 인사하고 같이 샴페인을 마셔 주지 않으면 저보고 으스댄다고 욕할 남자가 너무 많답니다. 여기 샴페인은 너무 후졌어요. 저는 두통을 달고 이스탄불을 떠나고 싶지 않아요. 여기엔 얼마나 머무르실 건가요, 그레이엄 씨?」

「저 역시 내일 떠납니다.」 그레이엄은 조제트가 흥미로웠다. 조제트의 언동은 모순으로 가득했다. 1분 전만 하더라도 그녀는 부유한 구혼자들의 구애를 받는 위대한 여배우였고, 세상에 둘도 없이 상냥한 여인이자 환멸에 가득한 춤의 천재였다. 모든 움직임, 모든 허세가 계산된 것이었고, 마치 아직도 춤을 추고 있는 듯했다.

그런데 이제 그녀는 진지하게 불륜을 추구하고 있었다. 「이 여행은 끔찍해요. 그리고 당신은 전쟁이 있는 당신 나라로 돌아가는군요. 나치는 끔찍해요. 전쟁이 일어날 거라니, 너무 안타까운 일이죠. 그리고 전쟁이 아니면 지진이 일어나고요. 언제나 죽음이 따라다녀요. 비즈니스를 하기에는 너무 안 좋지요. 저는 죽음엔 관심 없어요. 코페이킨은 관심 있는 것 같지만요. 어쩌면 코페이킨이 러시아인이라서 그럴 거예요.」

「전 죽음은 전혀 생각하지 않습니다.」 코페이킨이 말했다. 「제 관심사는 제가 주문한 술을 웨이터가 과연 가져올까 하는 것뿐입니다. 담배를 피우시겠습니까?」

「네, 그럴게요. 여기 웨이터들은 다 끔찍해요. 런던에는 여기보다 훨씬 더 멋진 장소들이 있겠죠, 그레이엄 씨.」

「거기 웨이터들도 아주 엉망이지요. 제 생각에, 웨이터들은 대부분 아주 엉망입니다. 하지만 저는 당신이 런던에 가본 적 있다고 생각했습니다. 당신의 영어는…….」

조제트는 웃음으로 그의 경솔함을 넘겼다. 그레이엄은 자신이 얼마나 큰 실수를 한 건지 가늠할 수 없었다. 아마도 퐁파두르 부인[6]에게 누가 당신에게 돈을 대주냐고 묻는 것만큼이나 실례일 터였다. 「영어는 어떤 미국인에게서 배웠어요. 이탈리아에 있을 때요. 저는 미국인들을 아주 많이 좋아해요. 비즈니스에 아주 능하면서 인심 또한 후하고 진실하거든요. 저는 진실함이 가장 중요하다고 생각해요. 그 귀여운 마리아와 춤추는 건 즐거우셨나요, 그레이엄 씨?」

「마리아는 춤을 아주 잘 춥니다. 당신을 아주 존경하는 것 같더군요. 마리아 말로는, 당신이 아주 큰 성공을 거두었다

6 Marquise de Pompadour(1721~1764). 본명은 잔 앙투아네트 푸아송 Jeanne Antoinette Poisson. 18세기 프랑스의 왕 루이 15세의 정부.

고 하더군요. 물론, 진짜로 큰 성공을 거두셨고요.」

「큰 성공이라니요! 여기서요?」환멸에 찬 천재는 눈썹을 치켰다. 「그 여자에게 팁을 후하게 주셨기를 바라요, 그레이엄 씨.」

「보통 주는 것보다 두 배나 더 줬답니다.」코페이킨이 말했다. 「아, 여기 술이 오는군요!」

조제트와 코페이킨은 그레이엄이 알지 못하는 사람들 그리고 전쟁에 대해 잠시 이야기했다. 그레이엄은 조제트가 언동과 달리 실제로는 영리하고 날카로운 사람이라는 것을 알았고, 이탈리아에서 만났다는 미국인이 자신의 〈진실함〉에 대해 후회하지는 않았을지 궁금했다. 잠시 뒤, 코페이킨이 잔을 들었다.

「저는,」코페이킨이 과장되게 말했다. 「두 분의 여행을 위해 마시겠습니다.」그는 술을 마시지 않고 갑자기 잔을 내려놓았다. 「아니, 그건 어리석은 소리군요.」그가 흥분해서 말했다. 「사실은 건배를 할 기분이 아닙니다. 저는 두 분이 여행을 해야 한다는 생각에 동정이 드는 걸 금할 수가 없습니다. 두 분 모두 파리로 가십니다. 두 분 다 제 친구이고, 그러니 두 분은,」그는 배를 툭툭 쳤다. 「공통점이 많으십니다.」

그레이엄은 놀란 표정을 짓지 않으려 애쓰며 웃었다. 조제트는 분명히 아주 매력적이었고, 지금처럼 그녀와 마주 앉아 있으면 즐겁긴 했지만, 지금 인연이 계속 이어지리라는 생각은 하지 않았다. 그는 그 생각에 혼란스러웠다. 그는 재밌다는 눈으로 자신을 바라보는 조제트를 보며, 자기가 무슨 생각을 떠올렸는지 그녀가 정확히 알고 있다는 사실에 거북했다.

그레이엄은 지금 상황에서 할 수 있는 가장 침착한 표정을 지었다. 「저도 같은 말을 하고 싶었습니다. 제가 그 말을 하게 해주셨어야죠, 코페이킨. 마드무아젤은 제가 미국인만큼이나 진실된지 궁금하실 겁니다.」 그는 그녀를 향해 웃었다. 「저는 11시 기차로 떠납니다.」

「그리고 1등석을 타시고요, 그레이엄 씨?」

「네.」

조제트는 담배를 꺼냈다. 「그렇다면 두 가지 명확한 이유로 우리는 함께 여행할 수 없겠네요. 저는 11시 기차로 떠나지 않고, 어쨌든 간에 저는 2등석을 타거든요. 그게 차라리 나을 거예요. 호세는 가는 내내 당신과 카드 게임을 하려 들 거고, 그러면 당신은 돈을 잃을 테니까요.」

그들이 어서 술잔을 비우고 가주길 그녀가 원한다는 데는 의심의 여지가 없었다. 그레이엄은 이상하게 실망을 느꼈다. 그는 계속 이곳에 있고 싶었다. 게다가 그는 자신이 어색하게 행동했다는 사실을 알았다.

「어쩌면,」 그가 말했다. 「파리에서 만날 수도 있겠죠.」

「어쩌면요.」 조제트는 일어나더니 그를 향해 상냥하게 웃었다. 「저는 트리니테 근처의 드 벨주 호텔에 머무를 거랍니다. 만약 그곳이 아직까지 문을 열었다면요. 또 만나 뵙기를 빌어요. 코페이킨 말로는 당신이 아주 유명한 엔지니어라더군요.」

「코페이킨이 과장한 겁니다. 마드무아젤과 파트너께서 짐을 꾸리시는 데 우리가 방해되지 않을 거라고 과장했던 것과 마찬가지로요. 편안한 여행이 되시길 바라겠습니다.」

「만나 뵈어 정말 좋았어요. 그레이엄 씨를 데려와 주셔서 정말 감사드려요, 코페이킨.」

「만나 뵙자는 건 이분 생각이었습니다.」 코페이킨이 말했다. 「이만 작별해야겠군요, 친애하는 조제트. *Bon voyage*(좋은 여행 되십시오). 더 있고 싶지만 밤이 늦은 데다가 저는 그레이엄 씨에게 잠을 자둬야 한다고 계속 말했거든요. 제가 말리지 않으면 계속 머물면서 이야기하다가 결국 기차를 놓치고 말 겁니다.」

조제트가 소리 내어 웃었다. 「당신은 정말 상냥한 분이에요, 코페이킨. 다음에 이스탄불에 오시면 당신에게 꼭 먼저 알릴게요. *Au' voir*(또 봐요), 그레이엄 씨, *bon voyage*(좋은 여행 되세요).」 조제트는 손을 내밀었다.

「트리니테 근처 드 벨주 호텔.」 그레이엄이 말했다. 「기억해 두겠습니다.」 그의 말은 거의 진실에 가까웠다. 파리 동역에서 생라자르 역까지 택시를 타고 가는 10분 동안, 그는 아마도 그 부근의 드 벨주 호텔을 떠올릴 것이었다.

조제트는 그레이엄의 손가락을 부드럽게 눌렀다. 「그러실 거라고 확신해요.」 조제트가 말했다. 「*Au' voir*(또 봐요), 코페이킨. 나가는 길은 아시죠?」

「저는,」 계산서를 기다리며 코페이킨이 말했다. 「당신에게 살짝 실망했습니다, 친애하는 동료여. 당신은 훌륭한 인상을 남겼어요. 그 여자는 당신 손아귀에 들어온 거나 마찬가지였어요. 당신은 그 여자가 몇 시 기차를 타는지 묻기만 하면 되었습니다.」

「전 제가 좋은 인상을 주지 못했다고 확신합니다. 솔직히, 그 여자 때문에 당황했습니다. 저는 그런 부류의 여자를 이해하지 못합니다.」

「당신이 말하는 그런 부류의 여자는 자기 때문에 당황하는 남자를 좋아하지요. 당신의 그런 숫기 없는 점이 바로 매력이었습니다.」

「맙소사! 어쨌든 저는 그 여자에게 파리에서 다시 볼 수도 있다고 말했습니다.」

「친애하는 동료여, 그 여자는 당신이 자신을 파리에서 만날 생각이 조금도 없다는 걸 잘 압니다. 안타까운 일이지요. 아시다시피, 그 여자는 아주 특별하니까요. 당신은 운이 좋았는데, 그걸 무시하는 쪽을 택했지요.」

「맙소사, 제가 결혼했다는 사실을 잊으셨군요!」

코페이킨은 두 손을 들어 보였다. 「전형적인 영국인의 관점이로군요! 나는 이해할 수 없지만 존중해야겠죠.」 그는 깊은 한숨을 쉬었다. 「여기 계산서가 나왔군요.」

돌아오는 길에 그들은 마리아가 앉아 있는 바를 지났다. 마리아는 가장 친한 친구(슬픈 얼굴의 터키 여자였다)와 함께 있었다. 그 여자들은 그들을 향해 웃었다. 그레이엄은 구겨진 갈색 양복의 남자가 가고 없는 것을 알아차렸다.

거리는 추웠다. 바람이 벽에 브래킷으로 고정된 전화줄을 통과하며 신음을 내기 시작했다. 새벽 3시, 술레이만 1세의 도시는 마지막 기차가 떠난 뒤의 기차역 같았다.

「눈이 올 겁니다.」 코페이킨이 말했다. 「당신 호텔은 꽤 가까이 있습니다. 원하시면 걷지요. 돌아가시는 여행길에는,」 그가 걷기 시작하며 계속 말했다. 「눈이 안 내리기를 바라겠습니다. 작년에는 심플론 오리엔트 급행 열차가 살로니카 근처에서 사흘 동안 지연되었지요.」

「브랜디 한 병을 가져가야겠네요.」

코페이킨이 투덜거렸다. 「그래요, 저는 여행을 하는 당신이 부럽지 않아요. 늙은 모양입니다. 게다가 이 시기에 여행이란······.」

「아, 저는 여행을 좋아합니다. 저는 쉽사리 지루해하지 않아요.」

「저는 지루함을 얘기하는 게 아닙니다. 전시에는 워낙 여러 가지 나쁜 일이 일어날 수 있으니까요.」

「그건 그렇지요.」

코페이킨은 외투 옷깃까지 단추를 잠갔다. 「예를 하나 들어 보자면······ 지난 전쟁 때 오스트리아 친구 한 명이 사업차 베를린에 갔다가 일을 마치고 취리히로 돌아가는 중이었습니다. 그 기차에서, 자신이 루가노에서 돌아가는 스위스인이라고 말하는 사람과 함께 있게 되었죠. 둘은 여행에 대해 많은 이야기를 나누었습니다. 이 스위스인은 제 친구에게 자기 아내와 아이들, 사업, 집에 대해 이야기했죠. 좋은 사람 같아 보였습니다. 하지만 둘이 국경을 넘자마자, 기차가 작은 역에서 멈추더니 군인들이 경찰과 함께 기차에 올랐습니다. 그러고는 그 스위스인을 체포했지요. 제 친구 역시 기차에서 내려야 했습니다. 그 스위스인과 함께 있었다는 이유로요. 제 친구는 불안해하지 않았습니다. 모든 서류가 준비되어 있었거든요. 제 친구는 선량한 오스트리아인이었습니다. 하지만 루가노에서 온 남자는 공포에 떨었습니다. 그 사람은 하얗게 질려 어린아이처럼 비명을 질렀습니다. 경찰과 군인은 제 친구에게 말하길, 그 남자는 스위스인이 아니라 이탈리아 스파이이고, 총살을 당할 거라고 했지요. 제 친구는 당황했습니다. 누군가가 자신이 사랑하는 것들에 대해 말할 때면, 듣는 사람은 그게 진실인지 아닌지 알 수 있습니다. 그리고 체포된 이가 자기 아내며 아이들에 대해 말했을 때, 그게 진실임은 의심의 여지가 없었습니다. 단 한 가지만 제외한다면요. 그의 아내와 아이들은 스위스가 아닌 이탈리아에 있었습니다. 전쟁은,」 코페이킨이 엄숙히 덧붙였다. 「끔찍합니다.」

「정말 그렇죠.」 둘은 애들러팰리스 호텔 밖에서 걸음을 멈춘 상태였다. 「들어가서 한잔하시렵니까?」

코페이킨이 고개를 저었다. 「제안은 고맙지만 주무셔야죠. 이렇게 늦게까지 붙들어 놓아 죄송한 마음입니다. 하지만 그래도 저녁을 함께 보내 즐거웠습니다.」

「저도 그렇습니다. 아주 고맙습니다.」

「별말씀을요. 이제 헤어져야겠네요. 아침에 역까지 모셔다 드리겠습니다. 10시까지 준비를 다 하실 수 있으신가요?」

「물론이죠.」

「그럼, 안녕히 주무십시오, 친애하는 동료여.」

「안녕히 주무십시오, 코페이킨.」

그레이엄은 호텔로 들어가 야간 벨보이의 데스크에서 방 열쇠를 받은 뒤, 8시에 깨워 달라고 부탁했다. 그리고 밤에는 승강기 전원이 꺼져 있었기 때문에, 3층에 있는 그의 방으로 가기 위해 지친 몸을 이끌고 계단을 올라갔다.

방은 복도 끝에 있었다. 그는 열쇠 구멍에 열쇠를 넣고 돌린 뒤 문을 밀어 열었고, 오른손으로 조명 스위치를 찾아 벽을 더듬었다.

다음 순간, 어둠 속에서 불꽃이 일면서 귀청을 찢을 듯한 폭발음이 들렸다. 그레이엄의 옆쪽 벽에서 회벽 조각이 떨어져 나오며 그의 뺨을 찔렀다. 그가 움직이거나 심지어 생각을 하기도 전에, 불꽃과 폭발음이 다시 들렸고, 돌연 하얗게 달군 뜨거운 쇠막대기가 손등을 지지는 듯한 느낌이 들었다. 그는 고통에 비명을 지르며 조명이 켜진 복도에서 어두운 방으로 비틀거리며 들어갔다. 다시 한번 총성과 함께 등 뒤에서 회벽 조각이 흩날렸다.

정적이 흘렀다. 그레이엄은 침대 옆 벽에 반쯤 기대고 반쯤 웅크린 자세로 있었다. 귀에서는 여전히 폭발음의 소음이 웅웅거렸다. 그는 창문이 열리고 누군가가 창문을 통해 나가는 것을 어렴풋이 알아차렸다. 손에 감각이 없는 듯했지만, 그럼에도 손가락들 사이로 피가 뚝뚝 떨어지기 시작하는 것이 느껴졌다.

그레이엄은 꼼짝도 하지 않았다. 심장이 머리를 쿵쿵 두드려 댔다. 공기에는 화약 냄새가 가득했다. 이윽고 눈이 어둠에 익자 그는 창가에 있던 정체불명의 인물이 창문을 통해 나가고 없음을 확실하게 보았다.

침대 옆에 또 다른 조명 스위치가 있다는 것이 기억났다. 그는 왼손으로 벽을 더듬으며 그 스위치를 찾았다. 이윽고 손에 전화기가 닿았다. 그는 자신이 무슨 행동을 하는지 깨닫지 못한 채 수화기를 집어 들었다.

그는 야간 벨보이가 스위치보드에 전화 연결선을 꽂는 소리를 들었다.

「36호실입니다.」 그는 자신이 소리를 지르고 있다는 사실을 깨닫고 깜짝 놀랐다. 「사고가 났어요. 도움이 필요합니다.」

그는 수화기를 내려놓고 비틀거리며 욕실로 가서 그곳의 불을 켰다. 손등에 커다랗게 난 상처에서 피가 쏟아지고 있었다. 복부에서 머리로 욕지기가 솟구치는 것을 느끼며, 그는 복도에서 문들이 활짝 열리는 소리와 흥분한 목소리들을 들었다. 누군가 그의 방문을 두드려 대기 시작했다.

제2장

부두 인부들이 짐을 다 싣고 뚜껑 문들을 단단히 닫고 있었다. 권양기 하나가 여전히 작동하며 강철 받침대들을 제자리로 끌어 올리고 있었다. 강철 받침대들이 요란한 소리를 내며 제자리에 들어가자 그레이엄이 몸을 기댄 격벽이 울렸다. 승객이 한 명 더 배에 탔으며, 선실 담당 승무원은 좁은 통로를 따라 더 깊이 들어간 선실로 그를 안내했다. 새로 승선한 이는 목소리가 낮고 울렸으며, 떠듬거리는 이탈리아어로 승무원에게 말을 걸었다.

그레이엄은 일어났고, 담배를 찾기 위해 붕대를 감지 않은 손으로 주머니를 더듬었다. 슬슬 선실이 갑갑해지고 있었다. 그는 손목시계를 보았다. 배가 출발하려면 아직 한 시간이 남아 있었다. 그는 코페이킨에게 함께 승선하자고 청하지 않은 게 후회되었다. 영국에 있는 아내를 떠올리고, 그녀가 친구들과 앉아 차를 마시는 모습을 그려 보았다. 하지만 마치 등 뒤에서 누군가가 그레이엄의 마음의 눈에 입체경을 대고 있는 듯한 느낌이 들었다. 그자는 그레이엄과 그레이엄의 일상적 삶 사이에서 끊임없이 사진을 넘기면서 그레이엄을 그의 삶에서 단절시키고 있었다. 코페이킨, 르 조케 카바레, 마리아, 구겨진 양복을 입은 남자, 조제트와 파트너, 어둠의 바닷속에서 보았던 신랄한 화염, 호텔 복도의 창백하고 겁먹은 얼굴들 따위의 장면들이 계속 눈앞에서 넘어갔다. 당시 그는 지금 아는 것들을 알지 못했다. 얼마 뒤 차갑고 고약한 새벽에 배우게 될 것들을. 그 뒤로 모든 것이 달라 보였다. 불쾌했지만, 확실히 불쾌했지만, 이치에 닿았고, 설명이 되었다. 이제 그는, 의사에게서 자신이 끔찍하고 치명적인 병에 걸렸다는 선고를 들은 느낌이었다. 마치 다른 세계에 속하게 된 것 같았다. 하지만 이 새로운 세계에 대해 그가 아는 것이라곤 오직 가증스럽다는 게 전부였다.

성냥을 든 그레이엄의 손이 떨렸다. 〈나는 지금,〉 그는 생각했다. 〈잠이 필요해.〉

욕지기가 가실 동안 몸을 떨며 욕실에 서 있는데, 그의 뇌를 감싸고 있는 듯한 면 담요를 뚫고 소리들이 다시 들리기 시작했다. 멀리서 불규칙한 쿵쿵 소리 같은 것이 들렸다. 그는 누군가가 여전히 침실 문을 두드리고 있다는 것을 깨달았다.

그는 손에 수건을 감고 침실로 돌아가 불을 켰다. 그렇게 하는 동안 노크 소리가 그치고, 짤깍 하는 금속음이 들렸다. 누군가가 마스터키를 가져온 것이었다. 문이 활짝 열렸다.

먼저 들어온 야간 벨보이는 눈을 깜빡이며 자신 없는 표정으로 주위를 둘러보았다. 그 뒤로 복도에서는 옆방 사람들이 자신들이 보고 싶어 하던 광경을 정말로 보게 될까 봐 두려워하며 뒤로 물러서고 있었다. 파란 줄무늬 파자마 위에 빨간 실내복을 걸친 작고 피부색이 짙은 남자가 야간 벨보이를 밀치고 들어왔다. 그레이엄은 그가 자기를 방으로 안내해 준 사람이라는 걸 알아보았다.

「총성이 들렸습니다.」 그가 프랑스어로 말했다. 이윽고 그는 그레이엄의 손을 보더니 하얗게 질렸다. 「저는…… 부상을 당하셨군요, 부상을…….」

그레이엄은 침대에 앉았다. 「심각한 건 아닙니다. 우선 제 손에 붕대를 감아 줄 의사를 불러 주시면, 무슨 일이 있었는지 말씀드리겠습니다. 하지만 그보다, 총을 쏜 남자가 저 창문을 통해 도망쳤습니다. 그자를 잡으셔야 할 겁니다. 저 창문 아래에는 뭐가 있나요?」

「하지만…….」 남자가 날카로운 목소리로 말하기 시작하다가 곧 말을 멈췄다. 자신을 추스르려 애쓰는 게 역력했다. 이윽고 그는 야간 벨보이에게 몸을 돌리더니 터키어로 뭔가를 말했다. 벨보이가 방을 나간 뒤 문을 닫았다. 갑자기 밖에서 날카롭게 떠드는 소리가 들렸다.

「다음으로는,」 그레이엄이 말했다. 「지배인을 불러 주세요.」

「죄송합니다만, 선생님. 지배인은 이미 불렀습니다. 저는 부지배인입니다.」 그가 두 손을 비틀어 짜듯 꽉 쥐었다. 「무슨 일이 일어난 건가요? 선생님 손이…… 하지만 곧 의사가 올 겁니다.」

「다행이군요. 무슨 일이 일어났는지 아시는 게 좋겠죠. 오늘 저녁, 저는 친구와 외출했다가 몇 분 전에 돌아왔지요. 그리고 여기 문을 여는데, 저쪽 저 창문 바로 앞에 누가 서 있다가 저에게 총을 세 번 쐈습니다. 두 번째 총알이 제 손을 맞혔습니다. 다른 두 발은 벽을 맞혔고요. 저는 그자가 움직이는 소리를 들었지만 얼굴은 보지 못했습니다. 제 생각엔 그자는 도둑이고 제가 갑자기 돌아오는 바람에 놀란 게 아닐까 싶습니다.」

「어찌 그런 일이!」 부지배인이 열을 내며 말했다. 그의 표정이 변했다. 「도둑! 뭔가 없어진 건 없습니까, 선생님?」

「살펴보지 않았습니다. 제 슈트 케이스는 저기 있습니다. 잠겨 있었습니다.」

부지배인은 서둘러 방을 가로질러 가서 슈트 케이스 옆에 무릎을 꿇고 앉았다. 「여전히 잠겨 있습니다.」 그는 안도의 한숨을 쉬며 알렸다.

그레이엄은 주머니 속을 더듬었다. 「여기 열쇠가 있습니다. 열어 보시는 게 좋겠습니다.」

부지배인은 슈트 케이스를 열었다. 그레이엄은 가방의 내용물을 힐긋 보았다. 「아무것도 건드리지 않았네요.」

「다행이군요!」 부지배인은 망설였다. 분명 머릿속에서 빠르게 생각이 돌아가고 있었다. 「손의 부상이 심각한 게 아니라고 하셨죠, 선생님?」

「심각하지 않은 듯합니다.」

「정말 다행입니다. 총성을 들었을 때, 저희는 믿을 수 없을 정도로 두려웠습니다. 아마 선생님께서도 상상을……. 하지만 지금 이 상황만으로도 충분히 나쁘지요.」부지배인은 창문으로 가서 밖을 바라보았다. 「못된 놈! 그놈은 정원을 통해 곧바로 빠져나갔을 겁니다. 수색해 봤자 소용없습니다.」그는 체념하는 듯이 어깨를 으쓱했다. 「그자는 도망쳤고, 할 수 있는 건 아무것도 없습니다. 여기 애들러팰리스에서 이런 일이 일어나다니, 정말 뭐라고 사과를 드려야 할지 모르겠습니다. 결단코 전에는 한 번도 이런 일이 없었습니다.」그는 다시 망설이더니 빠르게 말했다. 「당연히 선생님께 끼친 폐를 경감하기 위해 저희 호텔은 힘껏 노력하겠습니다, 선생님. 야간 벨보이더러 의사에게 전화하러 가면서 선생님이 마실 위스키도 가져오라고 일러 두었습니다. 영국산 위스키입니다! 특별히 구해 둔 거죠. 그리고 다행히도, 없어진 물건은 없군요. 당연히 저희로선 이런 종류의 사건이 일어날 줄 꿈에도 예상하지 못했습니다. 하지만 저희가 최선의 치료를 해드리는 건 당연하지요. 그리고 물론, 여기 머무르신 비용에 대해서도 전혀 염려하지 않으셔도 됩니다. 하지만…….」

「하지만 경찰에 연락하고 호텔이 연루되는 건 피하고 싶으신 거죠, 그렇죠?」

부지배인이 초조한 웃음을 지었다. 「좋을 게 없습니다, 선생님. 경찰은 질문이나 해대며 모두를 불편하게 할 뿐입니다.」그때 뭔가가 부지배인의 머릿속에 번뜩였다. 「**모두**를요, 선생님.」그는 힘주어 되풀이하며 말했다. 「선생님은 비즈니스맨이십니다. 오늘 오전에 이스탄불을 떠나고 싶어 하시고요. 하지만 만약 경찰이 관여하게 되면 그러기 어려울 겁니다. 어쩔 수 없이 일정을 미루셔야 할 겁니다. 그리고 뭐 하러 연락을 한단 말입니까?」

「경찰이라면 저를 쏜 자를 잡을 수도 있을 겁니다.」

「하지만, 어떻게요, 선생님? 선생님은 그자의 얼굴을 보지 못했습니다. 선생님은 그자를 식별할 수 없습니다. 없어진 게 없으니 그자를 추적할 단서도 없고요.」

그레이엄은 망설였다.「하지만, 부르셨다는 의사는요? 총상을 입은 환자가 있다고 의사가 경찰에 보고해야 할 텐데요.」

「의사의 진료에 대해서는, 선생님, 저희 쪽에서 넉넉하게 대가를 치를 겁니다.」

문을 노크하는 소리가 들리더니 벨보이가 위스키, 소다수, 유리잔 들을 가지고 들어와 테이블 위에 차려 놓았다. 벨보이가 부지배인에게 뭔가를 말하자 부지배인은 고개를 끄덕이며 그에게 나가라는 시늉을했다.

「의사가 오고 있습니다, 선생님.」

「잘됐군요. 아니요, 위스키는 됐습니다. 하지만 한잔하십시오. 부지배인님이야말로 한잔 필요해 보이네요. 저는 전화 통화를 하고 싶습니다. 벨보이를 시켜 디탈리가에 있는 크리스털 아파트로 전화를 걸어 주시겠습니까? 번호는 아마도 44907일 겁니다. 코페이킨 씨와 통화를 하고 싶습니다.」

「알겠습니다, 선생님. 뭐든 말만 하십시오.」부지배인은 문을 나가 벨보이를 불렀다. 알아들을 수 없는 대화가 다시 한번 들렸다. 부지배인이 돌아와 자기 잔에 위스키를 넉넉히 따랐다.

「제 생각에,」 부지배인이 다시 주제로 돌아가 말했다. 「경찰은 배제하는 게 현명할 듯합니다, 선생님. 없어진 물건도 없고, 부상도 심각하지 않으니까요. 아무 문제도 없을 겁니다. 경찰이 오면 이러저러하게 귀찮을 겁니다. 이해하시겠지요.」

「어떻게 할지 아직 결정하지 않았습니다.」 그레이엄이 날카롭게 대꾸했다. 머리가 지독히 아팠고, 손은 욱신거리기 시작했다. 그는 부지배인이 귀찮아지고 있었다.

전화벨이 울렸다. 그는 침대를 따라서 움직여 수화기를 들었다.

「코페이킨?」

알아들을 수 없는 투덜거림이 들렸다. 「그레이엄? 무슨 일입니까? 저는 방금 전에 들어왔습니다. 지금 어디입니까?」

「제 침대 위에 앉아 있습니다. 잘 들으세요! 정말 터무니없는 일이 벌어졌습니다. 제가 방에 들어왔을 때 도둑이 있었습니다. 그자는 근거리에서 저에게 총을 쏘고는 창문을 통해 달아났습니다. 제 손에 한 발 맞았고요.」

「이런, 맙소사! 심하게 다쳤나요?」

「아니요. 오른 손등을 살짝 스친 것뿐입니다. 하지만 기분이 아주 좋다고 할 수는 없네요. 꽤 충격을 받았습니다.」

「친애하는 동료여! 무슨 일이 있었는지 정확히 말해 주십시오.」

그레이엄이 코페이킨에게 말했다. 「제 슈트 케이스는 잠겨 있었습니다.」 그가 계속해서 말했다. 「그리고 없어진 건 없습니다. 아마도 제가 1~2분 정도 일찍 돌아온 모양입니다. 하지만 골치 아픈 일들이 일어났습니다. 그 소란에 호텔 사람들 절반 정도가 잠에서 깼고, 그 사람들 중에는 지금 제 옆에 서서 막 위스키를 마시려는 부지배인도 있습니다. 호텔 사람들이 제게 붕대를 감아 주기 위해 의사를 불렀죠. 하지만 그뿐입니다. 침입자를 뒤쫓으려는 시도는 하지 않네요. 물론 설사 그렇게 했더라도 별 효과 없었겠지만, 적어도 얼굴은 볼 수 있었을 겁니다. 저는 보지 못했습니다. 호텔 사람들 말로는 정원을 통해 빠져나갔을 거라는군요. 요점은, 제가 악의로 가득 차 고집을 부리지 않는 한 호텔 측에서는 경찰을 부르지 않으려 할 거라는 점입니다. 당연히 호텔 측에서는 경찰이 호텔 안을 뒤지고, 그 바람에 호텔의 명성에 흠이 가길 원하지 않는 거죠. 그리고 만약 제가 경찰에 신고하면 11시 기차를 타지 못하게 될 거라고도 했습니다. 그 말이 맞을 겁니다. 하지만 저는 이곳의 법을 잘 모릅니다. 신고하지 않아 불리한 처지에 놓이고 싶지는 않습니다. 그리고 호텔 측에서는 의사를 매수하자고 은근한 제안을 하기도 했습니다. 하지만 그건 호텔 측 의견이고요. **저**는 어떻게 해야 할까요?」

　잠시 정적이 흘렀다. 「제 생각에는,」 이윽고 코페이킨이 천천히 말했다. 「당신은 지금 아무것도 해서는 안 됩니다. 제게 맡겨 두십시오. 그 일에 대해 제 친구와 상의하겠습니다. 제 친구는 경찰과 연결되어 있고, 영향력이 큽니다. 그 친구와 이야기한 뒤 곧바로 당신 호텔에 들르겠습니다.」

「하지만 당신이 그렇게까지 할 필요는 없습니다, 코페이킨. 저는……」

「실례합니다만, 친애하는 동료여, 꼭 그렇게 해야 할 온갖 이유가 있습니다. 의사에게 상처를 치료받은 뒤, 제가 도착할 때까지 방에 머물러 계십시오.」

「어차피 나갈 생각도 없었습니다.」 그레이엄이 신랄하게 말했다. 하지만 코페이킨은 이미 전화를 끊은 상태였다

그레이엄이 수화기를 내려놓았을 때, 의사가 도착했다. 의사는 마르고 조용하고 얼굴이 갸름했으며, 파자마 위에 검은 새끼양의 털로 만든 옷깃이 달린 외투를 걸치고 있었다. 그 뒤로 지배인이 들어왔다. 육중한 몸집의 지배인은 불쾌한 표정을 짓고 있었으며, 이 모든 일이 오로지 자신을 짜증 나게 하기 위해 꾸며 낸 짓궂은 장난이 분명하다고 의심하고 있었다.

지배인은 적의가 담긴 시선으로 그레이엄을 바라보았지만, 지배인이 입을 열기도 전에 부지배인이 무슨 일이 있었는지 자세한 설명을 쏟아 냈다. 요란한 손짓과 눈알 굴림이 동반되었다. 이야기를 듣던 지배인은 놀라 소리를 질렀고, 적의는 줄고 불안이 늘어난 시선으로 그레이엄을 바라보았다. 마침내 부지배인이 말을 멈추었다가, 이윽고 속내를 담아 프랑스어로 말했다.

「선생님께서는 오늘 11시 기차로 이스탄불을 떠나실 예정이고, 그래서 이 일을 경찰에 알려 이런저런 불편을 겪지 않길 원하십니다. *Monsieur le Directeur*(지배인님)도 이 선생

님이 현명하시다는 데 동의하시리라고 봅니다.」

「아주 현명하시군요.」지배인이 오만하게 동의했다.「그리고 더할 나위 없이 신중한 태도고요.」지배인은 자세를 꼿꼿이 바로잡았다.「선생님, 선생님께서 이러한 고통과 불편과 모욕을 겪으시게 되어 뭐라 말할 수 없을 정도로 죄송합니다. 하지만 최고급 호텔이라 할지라도 창문을 넘어오는 도둑을 모두 막을 방법은 없습니다. 하지만,」그가 계속 말했다.「애들러팰리스 호텔은 투숙객들을 안전히 모셔야 한다는 사실을 잘 압니다. 저희는 힘이 닿는 대로 최대한 정성껏 이 일을 처리하겠습니다.」

「만약 힘이 닿는 범위에 의사를 불러 제 손을 치료하는 일이 포함된다면 아주 고맙겠습니다.」

「아, 물론이지요. 의사요, 정말 죄송합니다.」

뒤쪽에서 우울한 표정으로 서 있던 의사가 이제 앞으로 나와 힘차게 터키어로 지시를 내리기 시작했다. 창문들이 재빨리 닫히고 히터가 켜졌으며, 부지배인은 심부름을 하러 갔다. 부지배인은 화장실에서 에나멜 그릇에 따뜻한 물을 담아 거의 즉시 돌아왔다. 의사는 그레이엄의 손에서 수건을 풀고 거즈로 피를 닦아 낸 다음 상처를 살폈다. 이윽고 그는 고개를 들고 지배인에게 뭔가 말했다.

「의사 말로는, 선생님,」지배인이 기뻐하는 목소리로 말했다.「심각한 상처는 아니랍니다. 그냥 살짝 스친 정도라는군요.」

「그건 벌써 알고 있었습니다. 만약 다시 주무시러 가고 싶다면 그렇게 하셔도 됩니다. 하지만 저는 뜨거운 커피를 좀 마시고 싶습니다. 춥군요.」

「당장 가져다드리겠습니다, 선생님.」 지배인은 부지배인에게 손가락을 튕겨 신호를 보냈고, 부지배인은 허둥지둥 방을 나갔다. 「달리 더 필요하신 건 없나요, 선생님?」

「네, 말씀은 고맙습니다만 더는 없습니다. 안녕히 주무십시오.」

「언제든 말씀만 하십시오, 선생님. 정말 죄송합니다. 안녕히 주무십시오.」

지배인은 방을 나갔다. 의사는 상처를 조심스레 닦아 낸 뒤 붕대를 감기 시작했다. 그레이엄은 코페이킨에게 괜히 전화했다는 생각이 들었다. 소동은 끝났다. 이제 거의 새벽 4시였다. 코페이킨이 그를 보러 온다고만 하지 않았어도 그레이엄은 몇 시간 잘 수 있을 터였다. 그는 계속해서 하품을 했다. 의사는 붕대를 감은 뒤 안심시키려는 듯이 붕대를 살짝 두드리고는 고개를 들었다. 그의 입술이 움직였다.

「*Maintenant*(이제),」 의사가 힘들다는 듯이 말했다. 「*il faut dormir*(주무셔야 합니다).」

그레이엄은 고개를 끄덕였다. 의사는 일어나더니 어려운 상태의 환자를 위해 할 수 있는 모든 일을 끝낸 사람의 분위기로 가방을 다시 꾸렸다. 이윽고 의사는 손목시계를 보고 한숨을 쉬었다. 「*Très tard*(아주 늦었군요).」 의사가 말했다. 「*Giteceğ-im. Adiyo, efendi*(가야겠습니다. 안녕히 계십시오, 선생님).」

그레이엄이 서투른 터키어로 간신히 말했다. 「*Adiyo, hekim efendi. Cok teşekkür ederim*(안녕히 가십시오, 의사 선생님. 정말 고맙습니다).」

「*Birşey değil. Adiyo*(천만에요. 안녕히 계십시오).」 의사는 고개 숙여 인사하고 방을 나갔다.

잠시 뒤 부지배인이 커피를 가지고 부산히 들어왔고, 자신은 이제 자러 가겠노라는 신호가 뚜렷이 담긴, 업무를 처리한다는 분위기를 확연히 드러내는 과장된 몸짓으로 커피를 차려 놓은 뒤 위스키 병을 집어 들었다.

「그건 그냥 두십시오.」 그레이엄이 말했다. 「제 친구가 여기로 오는 중입니다. 나중에 벨보이에게 말씀하셔서……」

하지만 그레이엄이 말하고 있는데 전화벨이 울렸고, 야간 벨보이가 코페이킨이 도착했다고 알렸다. 부지배인은 물러 갔다.

코페이킨은 기이할 정도로 심상치 않은 표정으로 방에 들어왔다.

「친애하는 동료여!」 코페이킨이 인사했다. 그러고는 주위를 둘러보았다. 「의사는 어디 있나요?」

「방금 떠났습니다. 그냥 스친 것뿐입니다. 심각한 건 아닙니다. 좀 놀라긴 했지만, 그것 말곤 괜찮습니다. 이렇게 와주셔서 정말 고맙습니다. 호텔 측에서 고맙게도 위스키를 한병 주더군요. 앉아서 한잔하세요. 저는 커피를 마시고 있었습니다.」

코페이킨은 안락의자에 털썩 주저앉았다. 「정확히 무슨 일이 있었는지 말해 주십시오.」

그레이엄은 그에게 이야기해 주었다. 코페이킨은 안락의자에서 일어나 창문으로 걸어갔다. 그러고는 갑자기 몸을 숙이더니 뭔가를 집었다. 그는 그것을 들어 보였다. 작은 놋쇠 탄피였다.

「9밀리미터 구경 자동 권총이군요.」 코페이킨이 말했다. 「끔찍한 물건이지요!」 그는 탄피를 다시 바닥에 떨어뜨리고는 창문을 열고 밖을 내다보았다.

그레이엄이 한숨을 쉬었다. 「탐정 흉내를 내봤자 별 소용없을 거라고 생각합니다, 코페이킨. 그자는 이 방에 있었습니다. 저 때문에 놀랐고, 저에게 총을 쐈습니다. 그만두세요. 창문을 닫고 와서 위스키를 좀 마시세요.」

「기꺼이요, 친애하는 동료여, 기꺼이요. 제 호기심을 용서해 주십시오.」

그레이엄은 자신이 살짝 무례하게 군다는 사실을 깨달았다. 「여러모로 귀찮으실 텐데, 정말 친절하십니다, 코페이킨. 별거 아닌 일로 제가 너무 요란을 떤 듯합니다.」

「오히려 잘하신 겁니다.」 코페이킨이 얼굴을 찡그렸다. 「불행히도, 한참 더 요란을 떨어야 할 듯합니다.」

「경찰에 연락해야 한다고 생각하시는 겁니까? 저는 그래봤자 좋을 게 없다고 생각합니다. 게다가 제 기차는 11시에 출발하고요. 그 기차를 놓치고 싶지는 않습니다.」

코페이킨은 위스키를 좀 마시고 나서 쾅 하고 유리잔을 내려놓았다. 「안타깝지만, 친애하는 동료여, 그 어떤 경우에도

11시 기차를 탈 수는 없을 겁니다.」

「대체 그게 무슨 말입니까? 당연히 탈 수 있습니다. 저는 멀쩡합니다.」

코페이킨은 호기심 어린 눈으로 그를 바라보았다. 「다치신 데가 없는 건 정말 다행입니다. 하지만 그렇다고 해서 사실이 달라지지는 않습니다.」

「사실이라니요?」

「이 방 창문과 셔터가 밖에서 억지로 열렸다는 거 아니셨습니까?」

「아니요, 살펴보지 않았습니다. 하지만 그게 왜요?」

「창밖을 내다보시면 아래에 테라스가 있고, 그게 정원으로 연결되어 있는 게 보이실 겁니다. 테라스 위에는 강철로 된 골조가 있고, 그게 거의 2층 발코니까지 닿지요. 여름에는 사람들이 테라스에서 햇빛을 피해 먹고 마실 수 있게 골조에 밀짚 매트를 씌워 둡니다. 그자는 그 골조를 타고 올라온 게 분명합니다. 쉬웠을 겁니다. 저라도 할 수 있을 정도죠. 그런 식으로 해서 이 층의 어떤 방 발코니라도 갈 수 있었을 겁니다. 하지만 그자가 왜 하필이면 셔터와 창문이 모두 잠긴 몇 안 되는 방 가운데 하나를 골랐는지, 그 이유를 설명하실 수 있겠습니까?」

「물론 설명할 수 없습니다. 하지만 저는 범죄자들이 멍청하다는 말을 늘 들어 왔습니다.」

「당신은 아무것도 없어지지 않았다고 했습니다. 심지어 슈트 케이스는 열리지도 않았고요. 때맞춰 당신이 돌아와서 도둑을 막을 수 있었다니, 우연이 지나치지 않습니까?」

「운 좋은 우연이지요. 제발, 코페이킨, 뭔가 다른 이야기를 하지요. 그자는 도망쳤습니다. 그걸로 끝입니다.」

코페이킨이 고개를 저었다. 「안타깝지만 그렇지 않습니다, 친애하는 동료여. 이 도둑은 호기심이 아주 큰 것 같지 않습니까? 그자는 여느 호텔 도둑들과 다르게 행동했습니다. 잠긴 셔터와 창문을 억지로 열고 들어왔죠. 만약 당신이 자고 있었다면, 분명히 그 도둑 때문에 잠에서 깼을 겁니다. 그러므로 그자는 당신이 방에 없다는 사실을 미리 알았던 게 분명합니다. 또한 당신이 묵는 방 번호도 분명 미리 알았습니다. 그 도둑이 그토록 정성껏 준비해야 할 정도로 귀중한 물건이 당신에게 있습니까? 없지요. 호기심 많은 도둑입니다! 또한 적어도 1킬로그램은 나가는 권총을 가지고 와서 당신에게 세 발을 쏘았습니다.」

「그래서요?」

코페이킨은 격분해 의자에서 벌떡 일어났다. 「친애하는 동료여, 그자가 여기 온 게 다른 목적이 아니라 오로지 당신을 죽이기 위해서라는 생각은 안 드십니까?」

그레이엄이 소리 내어 웃었다. 「그렇다면 전 그자의 사격 솜씨가 형편없었다는 것 말곤 할 말이 없네요. 이제, 제 말을 잘 들으십시오, 코페이킨. 미국인과 영국인에 대한 일화를 들은 적 있으십니까? 그 일화는 영어를 쓰지 않는 세계의 모든 나라에 퍼져 있지요. 미국인과 영국인은 모두가 백만장자이며, 묵는 곳에 언제나 엄청난 현금을 두고 다닌다는 겁니다. 자 이제, 괜찮으시다면, 저는 몇 시간 정도 자야겠습니다. 여기까지 와주시다니 정말 친절하십니다, 코페이킨. 그리고 아주 감사드립니다. 하지만 이제…….」

「혹시,」 코페이킨이 캐듯 물었다. 「어두운 방에서 무거운 권총을 들고 있다가 방금 문으로 들어온 사람에게 발포해 보신 적 있나요? 바깥 복도에서 들어오는 직접 조명은 없습니다. 희미한 빛무리가 전부죠. 해보신 적 있나요? 없지요. 당신은 그 사람을 볼 수 있겠지만, 총을 쏘아 맞히는 건 또 다른 문제입니다. 그러한 상황에서라면 설사 제대로 발포했다 할지라도 처음에는 빗나가기 십상입니다. 이 방의 침입자가 그러했듯이요. 그리고 그렇게 빗나갔기 때문에 그자는 긴장했을 겁니다. 어쩌면 영국인은 대개 무기를 소지하지 않는다는 사실을 몰랐을 수도 있지요. 당신이 반격할 수도 있다고 믿었겠죠. 그자는 재빨리 다시 총을 쏘았고, 총알이 당신 손등을 스쳤죠. 당신은 아마도 고통에 비명을 질렀을 겁니다. 그자는 당신이 심각한 부상을 입었다고 생각했을 테죠. 그리고 일이 잘 마무리되리라는 의미에서 한 발 더 쏜 뒤 도망친 거죠.」

「말도 안 됩니다, 코페이킨! 지금 제정신이십니까? 대체 무슨 이유로 저를 죽이고 싶어 한단 말입니까? 저는 살아 있는 인간 중 가장 무해한 존재인데요.」

코페이킨이 냉랭한 눈으로 그를 바라보았다. 「진짜요?」

「그 말은 또 무슨 의미입니까?」

하지만 코페이킨은 그 질문을 무시했다. 그는 위스키를 마저 마셨다. 「아까, 제가 제 친구에게 전화하겠노라고 말했었죠. 그러고 나서 통화를 했습니다.」 그는 외투 단추를 꼼꼼하게 잠갔다. 「이런 말씀을 드려 죄송합니다만, 친애하는 동료여, 제 친구를 만나러 지금 당장 저와 함께 가셔야겠습니다. 충격이 좀 덜 가는 쪽으로 이 소식을 전하려 애썼지만, 이제는 솔직해야겠습니다. 누군가가 오늘 밤 당신을 죽이려 했습니다. 즉시 대책을 마련해야 합니다.」

그레이엄이 일어섰다. 「미친 것 아닙니까?」

「아닙니다, 친애하는 동료여, 미치지 않았습니다. 좀 전에 당신은, 당신을 죽이고 싶어 하는 사람이 왜 있겠냐고 물었지요. 아주 적절한 이유가 있습니다. 안타깝게도, 더 자세히는 말씀드릴 수 없습니다. 저는 공식적인 지시를 받았습니다.」

그레이엄이 자리에 앉았다. 「코페이킨, 당장이라도 미쳐버릴 것 같습니다. 대체 지금 무슨 말씀을 하시는 건지 설명을 좀 해주시겠습니까? 친구? 살인? 공식적인 지시? 이 터무니없는 말들이 다 뭡니까?」

코페이킨이 당황하며 날카로운 눈으로 그를 바라보았다. 「미안합니다, 친애하는 동료여. 당신의 기분을 이해합니다. 상황이 허락하는 최대한 자세히 말해 보겠습니다. 제 친구라는 이 사람은, 사실은 전혀 친구가 아닙니다. 사실 저는 그 사람을 싫어합니다. 그자는 하키 대령이라는 사람으로, 터키 비밀경찰의 우두머리입니다. 그자의 사무실은 갈라타에 있는데, 우리를 만나 이 일에 대해 의논하기 위해 지금 그곳에서 기다리고 있습니다. 미리 말씀드리는데, 저는 당신이 가기 싫어할 거라고 예상했고, 그래서 그 사람에게도 당신이 안 가려 할 거라고 말했습니다. 하지만 그자가 말하길, 이런 말씀을 드려 죄송하지만, 만약 당신이 오지 않으면 사람을 시켜 강제로 데려오겠다고 하더군요. 친애하는 동료여, 화를 내봤자 소용없습니다. 지금은 특별한 상황입니다. 만약 당신과 저 모두에게 이롭지 않았다면 저는 그자에게 전화를 하지 않았을 겁니다. 이제, 친애하는 동료여, 밖에서 택시가 기다리고 있습니다. 우리는 가야 합니다.」

그레이엄이 다시 천천히 일어났다. 「잘 알았습니다. 코페이킨, 당신 때문에 크게 놀랐다는 건 인정해야겠습니다. 우정 어린 걱정은 충분히 이해하고 감사드립니다. 하지만 다른 사람도 아니고 당신이 히스테리를 일으키다니, 생각도 못 했습니다. 지금 같은 시간에 비밀경찰의 우두머리를 잠에서 깨우다니, 너무 엉뚱한 생각인 듯하군요. 놀림받았다며 그 사람이 화내지 않기를 바랄 뿐입니다.」

코페이킨이 얼굴을 붉혔다. 「저는 히스테리를 일으킨 것도, 엉뚱한 생각에 빠진 것도 아닙니다, 친구여. 저는 불쾌한 일을 해야 하는 상황이고, 지금 그것을 하고 있는 겁니다. 이렇게 말하는 저를 용서해 주시길 바라며 드리는 말인데, 제 생각에 이제는…….」

「저는 거의 모든 것을 용서할 수 있습니다. 어리석음만 빼면요.」 그레이엄이 날카롭게 말했다. 「하지만 당신이 어리석은 건 제가 신경 쓸 일이 아니겠지요. 제가 외투 입는 걸 도와주시겠습니까?」

그들은 음울한 침묵에 잠긴 채 택시를 타고 갈라타까지 갔

61

다. 코페이킨은 뚱해 있었다. 그레이엄은 한쪽 끝에 웅크리고 앉아 춥고 어두운 거리를 비참한 표정으로 응시하며, 코페이킨에게 전화한 일을 후회하고 있었다. 그는 호텔에 숨어든 도둑의 총에 맞은 것만으로도 충분히 터무니없는 일이라고 계속 생각했다. 하지만 새벽 이른 시간에 비밀경찰의 우두머리를 만나러 서둘러 가다니 이건 터무니없는 걸 한참 넘어 바보 같은 행동이었다. 그리고 그는 코페이킨이 한 말도 신경 쓰였다. 코페이킨이 바보처럼 행동하는 것일 수도 있었다. 하지만 사업상 충분히 손해를 끼칠 능력이 있는 사람 앞에서 코페이킨이 바보같이 군다고 생각하니 기분이 영 별로였다. 게다가 그레이엄 자신도 무례했었다.

그레이엄은 고개를 돌렸다. 「하키 대령은 어떻게 생겼습니까?」

코페이킨이 신음을 내며 말했다. 「아주 세련되고 멋쟁이죠. 여자들이 좋아하는 유형입니다. 그리고 위스키 두 병을 마시고도 취하지 않는다는 소문이 있습니다. 아마도 사실일 겁니다. 아타튀르크 무스타파 케말의 수하였고, 1919년의 임시 정부 부대표였습니다. 또 다른 소문도 있습니다. 죄인들을 둘씩 묶은 뒤 강에 던져 죽였다는 거죠. 음식과 총알을 아끼기 위해서요. 제가 들은 걸 모두 믿는 사람도 아니고 깐깐한 사람도 아닙니다만, 말씀드렸듯이, 저는 그 사람을 좋아하지 않습니다. 하지만 그 사람은 아주 똑똑합니다. 어쨌거나 판단은 당신의 몫입니다. 프랑스어로 말하면 의사소통을 할 수 있을 겁니다.」

「저는 여전히 도무지…….」

「알게 될 겁니다.」

그들은 곧 좁은 골목으로 접어들었고, 길을 막다시피 하고 있는 거대한 미국 자동차 뒤에서 택시가 멈췄다. 그들은 택시에서 내렸다. 내려 보니 싸구려 호텔의 문처럼 보이는 쌍여닫이문 앞이었다. 코페이킨이 초인종을 눌렀다.

거의 곧바로 문 하나가 열렸다. 문을 연 이는, 침대에서 방금 일어난 게 분명해 보이는, 졸린 표정의 관리인이었다.

「*Haki efendi evde midir*(하키 선생님 계십니까)?」 코페이킨이 말했다.

「*Efendi var-dir. Yokari*(계십니다. 올라가십시오).」 계단을 가리키며 관리인이 말했다.

그들은 계단을 올라갔다.

하키 대령의 사무실은 건물 제일 위층의 복도 끝에 있는 큰 방이었다. 대령이 둘을 맞이하기 위해 복도를 걸어왔다.

하키 대령은 키가 크고 말랐으며, 뺨은 근육이 발달해 있었고, 입은 작았으며, 회색 머리털은 프로이센식으로 짧게 친 모습이었다. 좁은 전두골과 긴 매부리코, 살짝 구부정한 자세는 다소 독수리 같은 분위기를 풍겼다. 그는 아주 잘 재단된 제복 상의에 승마용 바지, 딱 달라붙고 광이 나는 기병대 부츠 차림이었다. 승마에 익숙한 이가 그러하듯 대령은 살짝 거드름을 피우며 걸었다. 하지만 아주 창백한 안색과 면도를 하지 않았다는 사실을 뺀다면, 조금 전 잠에서 깼다는 티가 전혀 나지 않았다. 대령의 눈은 회색이었고, 아주 확실히 깨어 있었다. 그의 두 눈이 호기심을 담고 그레이엄을 살폈다.

「아! *Nasil-siniz. Fransizca konuşaiblir misin*(어서 오십시오. 프랑스어를 하실까요), 네? 만나서 반갑습니다, 그레이엄 씨. 아, 그렇지, 부상을 당하셨지요.」 길고 고무처럼 탄력 있는 손가락들이 어느새 그레이엄의 붕대를 감지 않은 쪽 손을 힘차게 쥐었다. 「너무 아프지 않으셨으면 합니다. 선생님을 죽이려 한 이 악당에 대해 뭔가 대책을 취해야 합니다.」

「아무래도,」 그레이엄이 말했다. 「필요 없이 대령님을 방해한 듯합니다. 그자는 아무것도 훔쳐 가지 않았습니다.」

하키 대령은 재빨리 코페이킨을 바라보았다.

「저는 아무 말도 하지 않았습니다.」 코페이킨이 차분히 말했다. 「대령님이 제안하신 대로요. 기억하시겠지만요. 이런 말을 하게 되어 마음이 아프지만, 이 사람은 제가 미쳤거나 히스테리를 부린다고 생각합니다.」

하키 대령이 킥킥거렸다. 「러시아 사람들은 오해를 많이 받을 운명이지요. 제 사무실로 가서 이야기를 하시지요.」

둘은 하키 대령을 따라갔다. 그레이엄은 자신이 악몽에 휘말려 들었다는 확신이 점점 커졌고, 당장이라도 치과에서 잠을 깰 것만 같았다. 사실 복도는 꿈속에서 보는 복도처럼 아무 장식도 없이 휑했다. 하지만 고약한 담배 냄새가 아주 강했다.

대령의 사무실은 크고 으스스했다. 둘은 책상을 사이에 두고 대령과 마주 보고 앉았다. 대령은 담배 상자를 그들에게 밀더니 의자 깊숙이 앉아 다리를 꼬았다.

「그레이엄 씨,」 갑자기 대령이 말했다. 「지난밤에 당신을 죽이려는 시도가 있었다는 사실을 아셔야 합니다.」

「왜요?」 그레이엄이 짜증을 내며 캐물었다. 「죄송합니다만, 저는 영문을 모르겠습니다. 제가 호텔 방으로 돌아왔더니 어떤 자가 창문을 통해 들어와 있었습니다. 그자는 도둑이 분명합니다. 저 때문에 놀랐겠죠. 그래서 제게 총을 쏘고 도망친 겁니다. 그게 전부입니다.」

「제가 알기로, 당신은 경찰에 신고하지 않으셨지요.」

「신고해 봤자 좋을 게 없다고 생각했기 때문입니다. 저는 그자의 얼굴을 보지 못했습니다. 게다가 저는 아침 11시 기차를 타고 영국으로 떠납니다. 지체하고 싶지 않았습니다. 만약 제가 법을 위반한 거라면 사과드립니다.」

「*Zarar yok*(무해합니다)! 그건 상관없습니다.」 대령은 담배에 불을 붙이더니 천장을 향해 연기를 내뿜었다. 「저에게는 의무가 있습니다, 그레이엄 씨.」 대령이 말했다. 「그 의무란 당신을 보호하는 겁니다. 유감이지만, 당신은 11시 기차를 타고 떠날 수 없습니다.」

「하지만 **무엇**으로부터 저를 보호한다는 겁니까?」

「질문은 제가 하겠습니다, 그레이엄 씨. 그게 더 간단할 겁니다. 당신은 영국의 무기 제조사인 카터 앤드 블리스에 고용되어 있지요?」

「네, 여기 있는 코페이킨이 그 회사의 터키 쪽 중개인입니다.」

「그렇지요. 그리고 제가 알기로, 그레이엄 씨 당신은 해군용 대포 전문가이고요.」

그레이엄은 망설였다. 엔지니어인 그는 〈전문가〉라는 단어를 싫어했다. 그의 사장은 외국의 해군 기관에 문서를 쓸 때 가끔 그 단어를 써서 그레이엄을 지칭하곤 했다. 그럴 때면, 그레이엄은 사장이 고객에게 깊은 인상을 줄 수만 있다면 그를 순수 혈통의 줄루족 사람이라고 설명할 수도 있을 거라고 생각하며 스스로를 위로하곤 했다. 그 밖의 다른 때는 그 단어를 과도할 정도로 싫어했다.

「맞습니까, 그레이엄 씨?」

「저는 엔지니어입니다. 해군 대포는 어쩌다 보니 제가 일하는 분야일 뿐입니다.」

「그렇게 표현하실 수도 있겠지요. 요점은, 카터 앤드 블리스사가 우리 정부와 계약을 했다는 겁니다. 좋은 일이지요. 그레이엄 씨, 저는 그 계약 내용이 뭔지 정확히는 모릅니다.」 대령은 허공에 대고 담배를 휘저었다. 「그건 해군성에서 챙길 일이지요. 하지만 들은 이야기가 있습니다. 우리 해군 함정 일부가 신형 대포와 어뢰 발사관으로 재무장할 것이고, 당신은 우리 조선소의 전문가들과 그 문제에 대해 의논하기 위해 파견되었다고 말이지요. 또한 제가 알기로 우리 당국은 그 새로운 장비를 반드시 봄까지는 배달해 달라고 요구했습니다. 그걸 알고 계셨습니까?」

「저는 지난 2개월에 관한 내용 말고는 아는 게 아무것도 없습니다.」

「*Iyi dir*(좋습니다)! 이제 말씀드릴 수 있는데, 그레이엄 씨, 그러한 시간 엄수 요구는 단지 우리 해군 총장의 변덕 때문이 아닙니다. 국제적인 상황 때문에 우리 조선소는 그 시간까지 새로운 장비를 갖추어야만 하게 된 겁니다.」

「그건 저도 압니다.」

「아주 좋습니다. 그러면 이제 제가 하려는 말도 이해하실 겁니다. 독일, 이탈리아, 러시아의 해군은 우리 군함이 재무장한다는 사실을 아주 잘 알고 있으며, 그 작업이 끝나는 순간, 아니 그 전에라도 그쪽의 스파이들은 지금 이 시기에는 오직 몇 명만이 아는 자세한 사항들을 알아낼 거라고 저는 확신합니다. 그리고 그 몇 명에 당신도 포함되고요. 그건 중요하지 않습니다. 그러한 비밀을 지킬 수 있는 해군은 존재하지 않습니다. 그 어느 나라 해군도 그런 걸 기대하지 않지요. 심지어 우리는 여러 가지 이유에서, 그 사실을 자세히 공표하는 게 더 낫겠다는 생각까지 했습니다. 하지만,」 대령은 길고 손톱 손질이 잘된 손가락을 하나 들어 올렸다. 「지금으로선 당신이 호기심을 끌 만한 위치에 있는 겁니다, 그레이엄 씨.」

「그건, 적어도, 믿을 수 있겠군요.」

대령의 작은 회색 눈이 그를 차갑게 노려보았다. 「저는 농담이나 하자고 여기 와 있는 게 아닙니다, 그레이엄 씨.」

「죄송합니다.」

「천만에요. 담배 한 대 더 피우시지요. 저는 지금 당신이 흥미를 끌 만한 위치에 있다고 말했지요. 말해 보십시오! 혹시 지금 하는 일에서 자신이 없어서는 안 될 존재라고 여겨 본 적 있습니까, 그레이엄 씨?」

그레이엄은 소리 내어 웃었다. 「한 번도 그런 생각을 해본 적이 없습니다. 전 저와 같은 분야에서 저를 대신할 사람을 수십 명이라도 알려 드릴 수 있습니다.」

「그렇다면,」 하키 대령이 말했다. 「저는 이렇게 말씀드릴 수 있습니다, 그레이엄 씨. 평생 처음으로, **당신**은 없어서는 안 될 존재입니다. 자, 도둑의 사격이 좀 더 정확했고, 그래서 지금 이 순간 당신이 여기 앉아 저와 이야기하는 대신 폐에 총알이 박힌 채 병원 수술실에 누워 있다고 가정해 보지요. 그렇다면 지금 당신이 하시는 일에 어떤 영향이 있을까요?」

「당연히, 회사는 당장 다른 사람을 보낼 겁니다.」

하키 대령은 과장되게 놀란 척했다.

「그래요? 놀랍습니다. 전형적인 영국식 해결법이군요! 공정해요! 사람이 쓰러졌는데, 곧바로, 두려움 없이 그 자리를 대신할 사람을 보낸다니요. 하지만 잠깐만요!」 대령은 한 팔을 불길하게 들어 올렸다. 「그럴 필요가 있을까요? 분명히, 여기 코페이킨이 당신의 보고서를 잉글랜드로 보낼 수 있을 테니까요. 비록 당신 회사에서 그 군함들을 건조하지 않았다 할지라도, 잉글랜드에 있는 당신의 동료들은 당신의 노트와 스케치와 그림들을 보면 알고 싶어 하던 내용을 정확히 알 수 있을 테니까요.」

그레이엄은 얼굴을 붉혔다. 「당신 목소리를 들어 보니 그 일이 그렇게 간단히 다룰 수 있는 게 아니라는 사실을 이미 꿰뚫고 계시다는 걸 알겠습니다. 저는 그 어떤 경우에도 여기 일과 관련해서 서류를 작성하지 말라는 지시를 받았습니다.」

하키 대령이 의자를 기울였다. 「그렇습니다, 그레이엄 씨,」 그가 즐거워하며 웃음을 지었다. 「저도 그걸 압니다. 당신의 일을 다시 하기 위해 다른 전문가를 보내야만 하는 거죠.」 거친 소리와 함께 그의 의자가 앞으로 다가왔다. 「그리고 그러는 동안,」 그는 치아 사이로 말했다. 「여기에는 봄이 올 것이고, 그 군함들은 새로운 대포와 어뢰 발사관이 장착되기를 기다리며 여전히 이즈미르와 갈리폴리의 건조소에 있겠죠. 제 말 잘 들으십시오, 그레이엄 씨! 터키와 영국은 동맹국입니다. 당신 나라의 적대국들은, 눈이 녹고 비가 그치는 때가 되어도 터키의 해군력이 지금과 정확히 똑같은 상태로 있기를 바랍니다. **지금과 정확히 똑같은 상태**로 말입니다! 놈들은 그걸 위해 뭐든지 할 겁니다. **뭐든지**요, 그레이엄 씨. 이해하시겠습니까?」

그레이엄은 가슴이 죄어들었다. 그는 웃음을 짓기 위해 애써야 했다. 「살짝 멜로드라마 같지 않습니까? 대령님의 말이 진실이라는 증거도 없고요. 그리고, 결국 이건 진짜 삶이지 결코…….」 그가 망설였다.

「결코 뭐가 아니라는 겁니까, 그레이엄 씨?」 대령은 마치 생쥐에게 달려들기 직전의 고양이처럼 그를 지켜보고 있었다.

「……영화요. 그렇게 말할 생각이었습니다. 하지만 무례하게 들릴 것 같았습니다.」

하키 대령이 벌떡 일어났다.「멜로드라마! 증거! 진짜 삶! 영화! 무례!」마치 음탕한 단어라도 된다는 듯이 그 단어들을 뱉어 내는 그의 입술이 뒤틀렸다.「당신이 말하는 것들에 제가 관심이나 있다고 생각하십니까, 그레이엄 씨? 제가 관심 있는 건 당신의 몸뚱어리입니다. 살아 있는 채로요. 터키 공화국에는 그게 큰 의미가 있습니다. 제가 거기에 통제력을 가질 수 있는 한, 저는 그 몸뚱이가 살아 있게 할 겁니다. 유럽은 전쟁 중입니다. **그걸** 이해하시겠습니까?」

그레이엄은 아무 말도 하지 않았다.

대령은 잠시 그를 응시하다가 조용히 말을 이었다.「일주일 조금 더 전에, 당신이 아직 갈리폴리에 있을 때, 우리, 그러니까 제 휘하 스파이들이 알아낸 바에 따르면, 그곳에서 당신을 죽이려는 음모가 있었습니다. 그 음모는 아주 서투르고 미숙했지요. 당신을 납치해 칼로 찔러 죽일 계획이었지요. 다행히, 우리는 바보가 아닙니다. 그 어떤 것이라도 찜찜한 부분이 보이면, **우리**는 절대 멜로드라마처럼 그냥 넘기지 않습니다. 우리는 체포된 자들을 설득해 그자들이 소피아에서 독일 스파이에게 돈을 받았다는 사실을 알아냈습니다. 그 독일 스파이는 뮐러라는 자로, 우리가 꽤 오랫동안 주시해 온 인물이었습니다. 그자는 미국 공사관이 부인하기 전까지 자신이 미국인이라고 말하고 다녔지요. 당시 그자가 쓰던 이름은 필딩이었습니다. 제 생각에, 그자는 그때그때 자기에게 필요한 이름과 국적을 쓰는 것 같습니다. 저는 코페이킨 씨에게 연락해 만나서 그 일에 대해 설명했고, 당신에게는 그 일에 대해 일절 언급하지 말라고 했습니다. 이런 일들은 입에 오르내리지 않을수록 더 좋은 데다가, 당신이 그토록 열심히 일하고 있는데 심란하게 해서 좋을 건 아무것도 없으니까요. 하지만 그건 제 오판이었습니다. 제겐 뮐러가 다른 쪽으로 관심을 돌릴 거라고 생각할 만한 이유가 있었습니다. 그리고 이번에 새로운 시도가 있었다는 사실을 알게 된 코페이킨 씨가 참으로 현명하게도 곧바로 제게 연락했을 때, 저는 이 소피아 신사의 결심을 과소평가했다는 사실을 깨달았습니다. 그자가 다시 시도한 거죠. 만약 기회가 닿는다면 그자는 세 번째 시도를 할 게 분명합니다.」 대령은 의자에 등을 기댔다. 「이제 이해하시겠습니까, 그레이엄 씨? 당신의 뛰어난 두뇌가 제가 전달하려는 바를 잘 이해하신 겁니까? 더할 나위 없이 간단합니다! 누군가가 당신을 죽이려 하고 있습니다.」

제3장

  드물지만 자신의 죽음을 생각할 때, 즉 보험 가입을 고려하는 그런 때면, 그레이엄은 자신이 침대에서 자연사할 거라고 늘 재차 확신하곤 했다. 물론 사고가 있기는 했다. 하지만 그는 조심스러운 운전자였고, 겁이 많은 보행자였으며, 수영을 잘했다. 승마나 등반은 하지 않았고, 현기증에 시달리지도 않았다. 큰 동물을 사냥하지도 않았으며, 다가오는 기차 앞으로 뛰어들고 싶단 생각은 아주 잠깐도 해본 적이 없었다. 전반적으로, 그는 자신이 자연사할 것이란 확신이 영 근거 없는 생각은 아니라고 여겼다. 세상의 누군가가 그의 죽음을 바란다는 생각은 단 한 번도 해본 적이 없었다. 만약 그런 생각을 했다면, 서둘러 신경과 전문의의 상담을 받았을 것이다. 사실 누군가가 그의 죽음을 바랄 뿐 아니라 일부러 죽이려고 시도까지 하고 있다는 주장을 들은 그는, a^2이 더는 b^2+c^2이 아니라는 반박 불가능한 증거를 본 것처럼, 또는 그의 아내에게 연인이 있다는 소식을 듣기라도 한 것처럼 깊은 충격을 받았다.
  그레이엄은 늘 사람들을 좋게만 보는 경향이 있었다. 그래서 자신도 모르게 제일 먼저 든 생각은, 누군가가 자신을 죽이려 한다면 그건 분명 자기가 그 이유가 될 만한 나쁜 짓을 했기 때문이란 것이었다. 그가 자기 맡은 바 일을 하고 있다는 것만으론 이유가 될 수 없었다. 그는 위험한 존재가 아니었다. 게다가 그에게는 자신을 의지하는 아내가 있었다. 누군가가 그를 죽이고 싶어 한다는 건 불가능했다. 뭔가 끔찍한 실수가 있는 게 분명했다.

그레이엄의 입에서 자신도 깨닫지 못하는 사이 〈네, 이해합니다〉라는 말이 흘러나왔다.

물론 그레이엄은 이해하지 못했다. 그건 터무니없었다. 그는 하키 대령이 작은 입에 얼음장 같은 웃음을 머금고 자신을 바라보는 것을 보았다.

「충격을 받으셨습니까, 그레이엄 씨? 맘에 안 들죠, 안 그렇습니까? 유쾌한 일이 아닙니다. 전쟁은 전쟁입니다. 하지만 전선에서 군인으로 있는 것과는 다르죠. 거기서는 당신이 그레이엄이라는 이유로 적이 당신을 죽이려 들지는 않으니까요. 당신 옆에 있는 사람도 마찬가지고요. 거기서는 사적인 감정이 들어가지 않죠. 자신이 목표물이 되었을 때 용기를 잃지 않기란 그리 쉽지 않습니다. 저는 이해합니다, 제 말 믿으십시오. 하지만 당신은 군인에 비해 유리한 점이 있습니다. 당신은 오직 자기 몸만 방어하면 됩니다. 야전을 할 필요가 없지요. 그리고 지켜야 할 전선이나 요새도 없고요. 도망쳐도 겁쟁이가 아닙니다. 당신은 런던에 안전하게 도착해야 합니다. 하지만 이스탄불에서 런던까지는 먼 길입니다. 당신은 군인처럼 기습에 대비해야 합니다. 자신의 적이 누구인지 알아야 합니다. 제 말 이해하시겠습니까?」

「네, 이해합니다.」

그레이엄의 두뇌는 이제 아주 침착했지만, 몸이 말을 듣지 않았다. 그는 이 모든 것을 아주 냉정하게 받아들이는 것처럼 보여야 한다는 걸 알았지만, 입에 자꾸만 침이 고여 계속해서 삼켜야 했고, 두 손과 두 다리가 떨렸다. 그는 자신이 애처럼 군다고 생각했다. 누군가가 그에게 총을 세 발 쏘았다. 그자가 원하는 게 도둑질이든 살인이든, 무슨 차이가 있단 말인가? 그자는 총을 쏘았고, 중요한 건 그것이었다. 하지만 그럼에도 불구하고 차이가 있긴 했다……

「그렇다면,」 하키 대령이 말하고 있었다. 「오늘 있었던 사건부터 시작하지요.」 그는 지금 상황을 즐기는 게 분명했다. 「코페이킨 씨의 말에 따르면, 당신은 총을 쏜 사람을 보지 못했다고요.」

「네, 보지 못했습니다. 방이 어두웠습니다.」

코페이킨이 끼어들었다. 「그자는 탄피를 남기고 도망쳤습니다. 자동 권총에서 나온 구경 9밀리미터짜리입니다.」

「그건 그리 도움이 되지 않습니다. 그자에 대해 뭔가 기억나는 건 없습니까, 그레이엄 씨?」

「안타깝지만 전혀 없습니다. 너무나 순식간에 일어난 일이라서요. 그자는 제가 사태를 깨닫기도 전에 도망쳤습니다.」

「하지만 그자는 방에서 한동안 당신을 기다렸을 겁니다. 방에서 향수 냄새를 맡지는 못했습니까?」

「화약 냄새뿐이었습니다.」

「이스탄불에는 몇 시에 도착하셨습니까?」

「오후 6시 정도입니다.」

「그리고 새벽 3시까지 호텔에 돌아가지 않은 거고요. 그 시간 동안 어디에 있었는지 말해 주십시오.」

「물론이지요. 저는 코페이킨과 같이 있었습니다. 역에서 코페이킨을 만나 함께 택시를 타고 애들러팰리스 호텔에 간 뒤, 슈트 케이스를 놓고 샤워를 했습니다. 그러고는 다시 코페이킨과 함께 술을 마시고 저녁을 먹었습니다. 우리가 술을 마신 곳이 어디였죠, 코페이킨?」

「룸카 바였습니다.」

「네, 그곳이었습니다. 그리고 우리는 페라 팰리스에 가서 저녁을 먹었습니다. 11시가 되기 직전에 그곳을 나와 르 조케 카바레로 갔습니다.」

「르 조케 카바레! 놀랄 노 자로군요! 그곳에서 무엇을 하셨습니까?」

「우리는 마리아라는 이름의 아랍 여자와 춤을 추었고, 쇼를 보았습니다.」

「우리? 당신들 둘이 여자 한 명과 춤을 추었다는 겁니까?」

「저는 다소 피곤했고, 그래서 춤을 추고 싶은 마음이 별로 없었습니다. 나중에 우리는 카바레 댄서 가운데 한 명인 조제트와 그 여자의 분장실에서 술을 마셨습니다.」 자신이 말하고 있으면서도 그레이엄은 이혼 법정에서 탐정의 증언을 듣는 기분이었다.

「조제트라는 여자는 멋졌나요?」

「아주 매력적이었습니다.」

대령이 소리 내어 웃었다. 환자의 기운을 북돋우려는 의사의 웃음소리였다.「금발이었습니까, 아니면 흑발이었습니까?」

「금발이었습니다.」

「아하! 저도 르 조케에 가봐야겠군요. 지금까지 좋은 걸 놓치고 있었네요. 그리고 무슨 일이 있었습니까?」

「코페이킨과 저는 그곳을 떠났습니다. 우리는 애들러팰리스 호텔까지 걸어간 뒤 헤어졌고, 코페이킨은 자기 아파트로 돌아갔습니다.」

대령은 짐짓 놀란 표정을 지었다.「금발 댄서를 두고 떠나왔다고요?」대령은 손가락을 튕겼다.「그냥 그렇게요? 아무런…… 일도 없이요?」

「네, 그런 건 없었습니다.」

「아하, 하지만 피곤했다고 하셨죠.」대령은 갑자기 의자를 돌려 코페이킨을 바라보았다.「그 여자들, 그러니까 아랍 여자와 조제트라는 여자, 그 둘을 어떻게 알게 되었나요?」

코페이킨이 턱을 쓰다듬었다.「저는 르 조케 카바레의 사장인 세르주를 압니다. 세르주가 예전에 조제트를 소개해 주었습니다. 아마도 그 여자는 헝가리인일 겁니다. 그 여자에 대한 나쁜 소문은 아는 게 없습니다. 아랍 여자는 알렉산드리아의 창녀촌 출신입니다.」

「그렇군요. 그 둘에 대해서는 나중에 다시 이야기하도록 하지요.」대령은 그레이엄에게 다시 의자를 돌렸다.「이제,

그레이엄 씨, 적에 관해 뭔가 정보가 있을지 모르니 당신 이야기를 좀 들어 보도록 하죠. 피곤했다고 말씀하셨죠?」

「네.」

「하지만 눈은 계속 뜨고 계셨고요, 그렇죠?」

「그랬다고 생각합니다.」

「그러셨길 우리 둘 다 빌어 보죠. 당신은 갈리폴리를 떠나는 순간부터 미행당했다는 걸 아셨습니까?」

「전혀 몰랐습니다.」

「미행한 게 분명합니다. 놈들은 당신의 호텔과 방 번호를 알았습니다. 놈들은 당신이 돌아오길 기다렸습니다. 당신이 도착한 이후 당신의 움직임에 대해 샅샅이 알았던 게 분명합니다.」

대령은 갑자기 일어나더니 구석의 서류 캐비닛으로 가서 노란 마닐라 폴더를 하나 꺼냈다. 대령은 폴더를 가지고 와서 그레이엄 앞에 있는 책상 위에 툭 떨어뜨렸다. 「그 폴더 안에는, 그레이엄 씨, 열다섯 명의 사진이 있습니다. 몇 장은 선명할 겁니다. 대부분은 아주 흐릿하고 불명확할 거고요. 당신은 최선을 다하셔야 합니다. 어제 갈리폴리에서 기차를 탔을 때부터 오늘 새벽 3시까지 보았던 모든 얼굴을, 그냥 스친 경우라도 모두 떠올려 주셨으면 합니다. 그리고 이 사진들을 보면서 익숙한 얼굴이 있는지 확인해 주십시오. 그다음에 코페이킨 씨에게도 사진을 보여 주겠지만, 우선 당신이 먼저 확인하셨으면 합니다.」

그레이엄은 폴더를 열었다. 그 안에는 일련의 하얀 카드들이 있었다. 각 카드는 폴더 크기 정도였고, 상반부에는 사진이 한 장씩 붙어 있었다. 사진은 모두 같은 크기였지만, 이런저런 크기의 원본 사진들에서 복사를 한 게 여실히 드러났다. 한 장은 나무들 앞에 선 남자들의 사진 일부를 확대한 것이었다. 각 사진 아래에는 터키어로 한두 문단 정도가 타이핑되어 있었다. 아마도 대상 인물에 대한 설명인 듯했다.

대부분의 사진은 대령 말대로 흐릿했다. 인물 한두 명은 사실상 단지 눈과 입 모양의 검은 부분이 있는 회색 얼룩에 지나지 않았다. 뚜렷하게 나온 사진들은 아마도 감옥에서 찍은 것인 듯했다. 그 사진 속 사람들은 음침한 표정으로 자신을 고문하는 이들을 응시하고 있었다. 터키모자를 쓴 흑인 한 명은 마치 카메라 오른편에 있는 누군가를 향해 고함을 치듯이 입을 크게 벌리고 있었다. 그레이엄은 천천히 그러나 별 희망 없이 계속 카드를 넘겼다. 살면서 이들 중 누구를 본 적이 있다 해도 이 자리에서 알아볼 수는 없을 터였다.

다음 순간, 그레이엄은 가슴이 철렁 내려앉았다. 지금 보는 사진에선, 아주 강렬한 햇빛 아래 단단한 밀짚모자를 쓴 남자가 가게 같아 보이는 곳 앞에서 카메라를 향해 어깨 너머로 고개를 돌리고 있었다. 남자의 오른팔과 허리 아래 몸은 사진에 나와 있지 않았고, 사진은 살짝 초점이 맞지 않았으며, 적어도 10년은 더 전에 찍은 듯했다. 하지만 창백하고 특색 없는 이목구비, 오랜 시간 시달린 듯한 입, 깊숙이 자리 잡은 두 눈은 잘못 보려야 잘못 볼 수가 없었다. 구겨진 양복을 입은 그 남자였다.

「본 사람이 있군요, 그레이엄 씨!」

「이 남자입니다. 이 사람이 르 조케 카바레에 있었습니다. 아랍 여자와 춤을 출 때 그 여자가 이 사람에 대해 알려 줬습니다. 그 여자 말로는, 저와 코페이킨이 들어온 직후에 이 사람이 들어왔고, 계속해서 저를 주시했다고 했습니다. 저보고 이 사람을 주의해야 한다고 했습니다. 그 여자는 아마도 이자가 제 등에 칼을 꽂고 제 지갑을 가져갈 거라고 생각했던 듯합니다.」

「그 여자가 이 남자를 안다던가요?」

「아니요. 하지만 그런 유형을 알아본다고 했습니다.」

하키 대령은 카드를 집더니 의자에 등을 기댔다. 「아주 머리가 좋은 여자군요. 이 남자를 보신 적 있습니까, 코페이킨 씨?」

코페이킨이 보더니 고개를 저었다.

「좋습니다.」하키 대령은 카드를 책상 위에 떨궜다. 「두 분 다 더는 사진을 보지 않으셔도 됩니다. 알고 싶던 것을 이미 알아냈습니다. 열다섯 장의 사진 가운데 우리가 관심을 둔 사진은 오직 이 한 장뿐이었습니다. 나머지 열네 장은 이 남자를 스스로 알아볼 수 있을지 확인하기 위해 끼워 넣은 것에 불과합니다.」

「이 사람이 누구입니까?」

「이자는 루마니아 출생입니다. 이름은 페트레 바나트라고 알려져 있지요. 하지만 바나트는 루마니아의 지방 이름이고, 이자에게는 아마도 성이 없을 가능성이 아주 높다고 저는 생각합니다. 사실 우리는 이자에 대해 아는 바가 별로 없습니다. 하지만 이미 아는 것만으로도 충분합니다. 이자는 전문적인 살인 청부업자입니다. 10년 전 제시에서, 사람을 발로 차 죽이는 걸 도운 죄로 2년 동안 감옥살이를 했습니다. 그리고 출옥한 뒤 얼마 지나지 않아, 코드레아누의 철위대[7]에 가입했습니다. 1933년에는 부코바에서 경찰 간부 암살 건으로 재판을 받았습니다. 이자는 일요일 오후에 그 경찰 간부의 집으로 걸어 들어가서 그 사람을 쏘아 죽이고, 아내에게 부상을 입힌 뒤 태연하게 걸어 나온 듯합니다. 이자는 신중한 인물이지만, 그 당시 자신이 안전하다는 사실을 잘 알았습니다. 재판은 꼭두각시놀음이었습니다. 재판장에는 권총을 가진 철위대원들이 가득했고, 놈들은 만약 바나트가 유죄 판결을 받는다면 판사 및 재판에 관련된 모두를 쏘아 죽이겠노라고 위협했지요. 바나트는 무죄 판결을 받았습니다. 당시 루마니아에는 그런 재판이 많았습니다. 이후에도 바나트는 루마니아에서 최소 네 건의 살인을 저질렀습니다. 하지만 철위대가 불법이라 규정되고 해산되자, 루마니아에서 탈출한 뒤 다시는 그곳으로 돌아가지 않았습니다. 그리고 프랑스에서 얼마간 있었으나 프랑스 경찰에 의해 추방당했지요. 베오그라드로 갔지만 그곳에서도 문제에 휘말렸고, 그 뒤론 동유럽을 떠돌아다녔습니다.

　세상에는 타고난 살인자가 있습니다. 바나트가 그런 인물

7　루마니아에서 1927년부터 제2차 세계 대전 초기까지 존재했던 극우 단체.

입니다. 그자는 노름을 아주 좋아하고, 늘 돈이 부족합니다. 한번은 사람 한 명을 죽이는 값으로 겨우 5천 프랑과 경비만 받기도 했다더군요.

하지만 당신에겐 아무 관심 없는 일들이겠죠, 그레이엄 씨. 여기서 중요한 점은, 바나트가 여기 이스탄불에 있다는 겁니다. 제가 소피아의 뮐러라는 자의 동향에 대해 정기적인 보고를 받는다는 점을 알려 드려야 할 것 같습니다. 일주일 전쯤 뮐러가 바나트와 접촉했고, 그 후 바나트가 소피아를 떴다는 보고를 받았습니다. 당시 제가 그 정보를 별로 중요하게 여기지 않았다는 점은 인정하겠습니다, 그레이엄 씨. 솔직히, 당시 저는 이 스파이의 다른 방면의 행동에 주목하고 있었습니다. 코페이킨 씨의 전화를 받고 나서야 바나트를 떠올렸고, 만약 혹시라도 이자가 이스탄불에 온 것 아닐까 하는 생각이 들었습니다. 이제 우리는 이자가 여기에 있다는 걸 압니다. 또한 뮐러가 당신을 이리저리 죽이려다 실패하자 바나트를 만난 것도 압니다. 애들러팰리스 호텔의 당신 방에서 당신을 기다리던 자는 바나트가 틀림없다고 저는 생각합니다.」

그레이엄은 태연한 척하려 애썼다. 「누군가를 해칠 사람으로 보이지는 않는데요.」

「그건,」 하키 대령이 사려 깊은 목소리로 말했다. 「당신이 경험이 없어서 그렇습니다, 그레이엄 씨. 진짜 살인자는 단지 잔인하기만 한 게 아닙니다. 아주 민감하기도 하죠. 이상심리학에 대해 공부하신 적 있나요?」

「아니요.」

「아주 흥미로운 분야입니다. 탐정 소설을 뺀다면, 저는 크라프트에빙[8]과 슈테켈[9]의 저작을 가장 좋아하지요. 저는 바나트 같은 인간들을 설명하는 제 나름의 이론도 세웠습니다. 저는, 그런 자들은 부친을 남성다운 신과 동일시하는 것이 아니라,」 그는 경고하듯 집게손가락을 들어 보였다. 「자기 자신의 무기력과 동일시하는 *idée fixe*(고정 관념)가 있는 변태들이라고 생각합니다. 그런 자들은 살인을 함으로써 자신의 약점을 죽이는 것이지요. 저는 이 점에 의심의 여지가 없다고 생각합니다.」

「아주 흥미롭군요. 확실히 그럴 것 같습니다. 하지만 이자를 체포할 수는 없나요?」

하키 대령은 번쩍이는 부츠 한쪽을 자기 의자 팔걸이에 얹고는 입술을 삐죽 내밀었다. 「그러자면 까다로운 걸림돌들이 좀 있습니다, 그레이엄 씨. 우선, 우리는 이자를 찾아내야 합니다. 이자는 분명 가짜 여권과 가명을 쓰며 움직일 테고요. 물론 이자의 인상착의를 국경 검문소들에 보내 이자가 이 나라를 떠날 때 알아낼 수는 있지만, 체포하는 문제는…… 아시겠지만, 그레이엄 씨, 민주주의 형태의 정부는 저 같은 위치의 사람에겐 심각한 단점들이 있습니다. 불합리한 법적 절차를 밟지 않고는 사람을 체포해 구금하는 것이 불가능합니

8 Richard Kraft-Ebing(1940~1902). 독일의 정신과 의학자로 범죄의 이상심리와 성욕병리학 연구에 큰 업적을 남겼다.
9 Wilhelm Stekel(1868~1940). 오스트리아의 의사이자 심리학자.

다.」대령은 조국의 타락을 슬퍼하는 애국자라도 되는 양 갑자기 두 손을 머리 위로 들어 보였다. 「무슨 죄목으로 이자를 체포한단 말입니까? 우리는 아무런 증거도 없습니다. 물론 죄목을 지어내 체포하고 나중에 사과를 할 수도 있겠지만, 그게 무슨 득이 된단 말입니까? 안 됩니다! 안타깝지만, 우리는 바나트에 대해 할 수 있는 일이 아무것도 없습니다. 저는 그게 중요한 문제라고 생각하지 않습니다. 이제 우리가 생각해야 하는 건 미래입니다. 우리는 당신을 집까지 안전하게 돌려보낼 방법을 생각해야 합니다.」

「이미 말씀드렸듯이, 저는 11시 기차 침대칸을 예약해 두었습니다. 제가 왜 그 기차를 타면 안 되는지 아직 모르겠습니다. 제가 볼 때는 이곳을 떠나는 게 빠르면 빠를수록 좋은 듯한데요.」

하키 대령이 얼굴을 찡그렸다. 「장담합니다, 그레이엄 씨, 그 기차든 다른 기차든 타신다면 당신은 베오그라드에 도착하기 전에 죽습니다. 다른 승객들이 있으니 그자들이 행동하지 못할 거라는 생각은 한순간도 하지 마십시오. 적을 과소평가하면 안 됩니다, 그레이엄 씨. 그건 치명적인 실수입니다. 기차에 타면 당신은 덫에 걸린 쥐 신세입니다. 그렇게 된 자신을 상상해 보십시오! 터키와 프랑스 국경 사이에는 정차역이 셀 수 없이 많습니다. 당신의 암살자는 그 어디에서든 그 기차에 탈 수 있습니다. 깜박 잠들었다가 칼에 찔릴까 봐 두려워서 몇 시간이고 계속 깨어 있으려고 애쓰며 앉아 있는 당신의 모습을 상상해 보십시오. 복도에서 총에 맞을까 봐 두려워서 객실을 떠나지 못하는 건 물론이고요. 모두를 두려워하며 지내야 하는 모습을, 식당칸에서 마주 앉은 사람부터 세관원까지 모두를 두려워하는 당신 모습을 상상해 보십시오. 상상해 보십시오, 그레이엄 씨, 그리고 대륙 횡단 기차는 사람을 죽이기에 가장 안전한 장소라고 생각을 바꿔 먹으십시오. 자기 위치를 생각하십시오! 그자들은 당신이 영국에 도착하는 걸 원하지 않습니다. 그러니 그자들은 아주 현명하고도 논리적으로, 당신을 죽이기로 결심한 겁니다. 두 번 시도했고, 모두 실패했습니다. 이제 그자들은 당신이 어쩔지 두고볼 겁니다. 그자들은 이 나라에서는 다시 시도하지 않을 겁니다. 그자들은 이제 당신이 제대로 보호받는다는 사실을 알 테니까요. 그자들은 당신이 트인 곳으로 나올 때까지 기다릴 겁니다. 안 됩니다! 안타깝지만, 당신은 기차로 여행을 할 수 없습니다.」

「하지만 저는 이해를…….」

「만약,」 대령이 계속 말했다. 「항공 운항이 중지되지 않았다면 당신을 비행기에 태워 브린디시로 보낼 수 있었을 겁니다. 하지만 항공 운항이 중지되었습니다. 아시겠지만, 지진 때문에요. 모든 것이 혼란에 빠져 있죠. 비행기들은 구조 작업에 쓰이고 있습니다. 하지만 비행기가 없어도 우리는 해낼 수 있습니다. 배편을 이용하는 게 최선일 겁니다.」

「하지만 분명히…….」

「여기서 제노바까지 일주일에 한 번씩 작은 화물선들을 운항하는 이탈리아 선박 회사가 있습니다. 화물이 있으면 콘스탄차까지도 가지만, 대개는 오는 길에 피레에프스에 들렀다가 여기까지만 운항을 하지요. 그 화물선들은 승객도 받습니다. 최대 열다섯 명이고, 우리는 그 화물선에 출항 허가증을 발급하기 전에 승객 모두가 무해한 인물인지 확인할 수 있습니다. 제노바에 도착하면, 당신은 제노바에서 프랑스 국경까지 잠깐만 기차를 타면 됩니다. 그러면 독일 스파이의 손길이 더는 닿지 않지요.」

「하지만 대령님이 지적하셨듯이, 시간은 중요한 요소입니다. 오늘은 2일입니다. 저는 8일까지 돌아가야 합니다. 만약 배를 기다려야 한다면, 며칠은 늦게 될 겁니다. 게다가 배를 타는 기간 역시 최소 1주일은 될 거고요.」

「지연되는 일은 없을 겁니다, 그레이엄 씨.」 대령이 한숨을 쉬었다. 「저는 바보가 아닙니다. 두 분이 도착하기 전에 항구 경찰에 전화를 걸었습니다. 이틀 뒤에 마르세유로 떠나는 배가 있습니다. 그 배를 탈 수 있다면 더 좋았겠지만, 그 배는 대개 승객을 받지 않습니다. 하지만 제가 말한 이탈리아 배는 오늘 오후 4시 30분에 출항합니다. 내일 오후면 아테네에 도착해 좀 쉬실 수 있을 겁니다. 제노바에는 토요일 아침에 도착합니다. 만약 원하신다면, 그리고 비자가 제대로 준비되어 있다면, 월요일 아침에는 런던에 도착하실 겁니다. 말씀드렸듯이, 표적이 된 사람은 적에 비해 이점이 있습니다. 표적은 언제든 도망칠 수 있지요. 사라져 버리는 겁니다. 지중해 한복판에서는 여기 제 사무실에 있는 것만큼이나 안전하실 겁니다.」

그레이엄은 망설였다. 그는 코페이킨을 흘긋 보았다. 하지만 그 러시아인은 자기 손톱을 응시하고 있었다.

「글쎄요, 모르겠습니다, 대령님. 배려는 감사합니다만, 말씀하신 상황을 고려해 보면, 뭔가 결정을 내리기 전에 이곳 영국 영사나 대사에게 먼저 연락해 봐야 할 듯합니다.」

하키 대령은 담배에 불을 붙였다. 「영사나 대사에게 뭘 기대하십니까? 유람선으로 집에 보내 주기라도 하길 바라십니까?」 대령은 불쾌하게 웃었다. 「친애하는 그레이엄 씨, 저는 당신의 의향을 묻는 게 아닙니다. 당신이 해야 할 일을 말하고 있는 겁니다. 다시 한번 상기시켜 드리는데, 당신의 건강 상태를 지금 그대로 지키는 게 우리 나라에는 아주 중요합니다. 제가 제 방식으로 조국의 이익을 보호한다는 점을 납득하셔야만 합니다. 당신은 지금 아마도 피곤하고, 그래서 살짝 심란하실 겁니다. 괴롭히고 싶지는 않지만, 설명을 해드려야겠습니다. 만약 제 지시를 따르지 않는다면, 저는 당신을 체포해 추방 명령을 내리고, 간수를 붙여 〈세스트리 레반테〉호에 태우는 수밖에 달리 대안이 없습니다. 제 의사가 확실히 전달된 거면 좋겠군요.」

그레이엄은 얼굴이 붉어지는 것을 느꼈다. 「아주 확실하게 전달되었습니다. 이제 저에게 수갑을 채우실 겁니까? 그러면 많은 수고를 아낄 수 있지요. 대령님은…….」

「제 생각에는,」 코페이킨이 황급히 끼어들었다. 「대령님의 제안을 따르는 게 좋을 것 같습니다, 친애하는 동료여. 그게 최선입니다.」

「저는 제가 결정하는 쪽을 선호합니다, 코페이킨.」 그레이엄은 화난 눈으로 둘을 번갈아 노려보았다. 그는 혼란스럽고 비참한 기분이 들었다. 상황이 너무 빠르게 바뀌고 있었다. 그는 하키 대령이 지독히 싫었다. 코페이킨은 더는 스스로 생각할 능력이 없는 듯했다. 그는 그들이 인디언 놀이를 하려는 어린 학생들처럼 경박하고 무책임하게 결정을 내리고 있다고 느꼈다. 그리고 그 결정에서 가장 사악한 점은, 그 결론이 반박할 수 없을 정도로 논리 정연하다는 것이었다. 그의 생명은 위협을 받았다. 그들이 그에게 원하는 것은 기차 말고 다른 운송 편으로 더 안전하게 집에 가란 것이 전부였다. 그것은 합리적인 요구였지만……. 이윽고 그레이엄은 어깨를 으쓱했다. 「좋습니다. 저에게 선택권이 없는 듯하군요.」

「바로 그렇습니다, 그레이엄 씨.」 대령은 아이를 현명하게 설득해 낸 사람 같은 분위기를 풍기며 제복 상의를 매만졌다. 「이제 준비를 시작해야겠군요. 운송 회사 사무소가 문을 열면 곧바로 코페이킨 씨가 당신의 여행 예약을 하고 기차표를 환불할 겁니다. 저는 다른 여행자들의 이름과 세부 사항들을 보고받아 배가 출항하기 전에 확인하겠습니다. 같이 여행하는 승객들은 두려워하실 필요 없습니다, 그레이엄 씨. 하지만 아쉽게도 다른 승객들이 아주 세련되다든가 배가 아주 안락하지는 않을 겁니다. 사실 당신이 타고 갈 배는, 만약 서반구에 사신다면 이스탄불을 가장 싼 값에 오갈 수 있는 배편입니다. 하지만 마음의 안정을 얻을 수만 있다면 약간의 불편 정도는 감내하실 거라고 저는 확신합니다.」

「8일까지 영국에 갈 수만 있다면, 어떻게 여행하든 상관없습니다.」

「바로 그 정신입니다. 그리고 이제, 떠나기 전까지 이 건물에 계시기를 제안드립니다. 편안히 계실 수 있도록 최선을 다하겠습니다. 호텔에 있는 당신의 슈트 케이스는 코페이킨 씨가 가져오면 됩니다. 나중에 의사를 불러 당신 손이 여전히 괜찮은지 살피도록 하겠습니다.」 대령은 손목시계를 보았다. 「이제 접객 담당자가 커피를 준비할 겁니다. 그리고 나중에 모퉁이 돌아 가면 있는 식당에서 음식을 좀 가져다드릴 겁니다.」 대령은 일어섰다. 「이제 저는 가서 방금 말한 사항들을 처리하겠습니다. 총알에서 구해 놓고 굶어 죽게 할 수는 없지요. 안 그렇습니까?」

「친절한 대우, 감사드립니다.」 그레이엄이 말했다. 그리고 대령이 복도로 사라지자 코페이킨에게 말했다. 「사과드립니다, 코페이킨. 제가 무례하게 행동했습니다.」

코페이킨은 고민에 빠진 듯했다. 「친애하는 동료여! 이해합니다, 그럴 수 있는 상황이었죠. 모든 게 이렇게 빨리 해결되어 기쁘군요.」

「빠르다는 건 인정합니다.」 그레이엄이 말했다. 「하지만 이 하키라는 인물은 믿을 만한가요?」

「당신도 저 사람이 싫군요, 그렇죠?」 코페이킨이 킥킥거렸다. 「여자와 관련된 일이라면 전 저 사람을 믿지 않습니다. 하지만 당신과 관련해서는, 네, 믿습니다.」

「제가 이 배를 타고 가야 한다고 생각하십니까?」

「네. 그런데, 친애하는 동료여,」코페이킨이 부드럽게 계속 말했다. 「당신 짐에 권총이 있습니까?」

「맙소사, 없습니다!」

「그러면 이걸 가지고 가시는 게 좋겠습니다.」코페이킨은 외투 주머니에서 작은 리볼버를 꺼냈다. 「당신 전화를 받은 뒤 주머니에 넣어 왔습니다. 완전히 장전되어 있습니다.」

「하지만 필요 없을 겁니다.」

「그렇지요. 하지만 가지고 계시면 마음이 좀 놓이실 겁니다.」

「과연 그럴까요? 하지만……」그레이엄은 리볼버를 받아 역겨운 시선으로 응시했다. 「이런 걸 써본 적이 한 번도 없습니다.」

「쉽습니다. 안전핀을 풀고, 겨냥하고, 방아쇠를 당긴 다음, 최선의 결과를 바라시면 됩니다.」

「그렇지만……」

「주머니에 넣어 두십시오. 모단에서 프랑스 세관 직원에게 넘기시면 됩니다.」

하키 대령이 돌아왔다. 「커피를 준비 중입니다. 자, 그레이엄 씨, 이제부터 당신이 이곳을 떠날 때까지 뭘 하며 시간을 보내실지만 결정하면 되겠군요.」대령은 그레이엄의 손에 있는 리볼버를 보았다. 「아하! 무장을 하셨군요!」그가 이를 드러내고 씨익 웃었다. 「어떤 때는 작은 멜로드라마를 피할 수 없을 때가 있지요, 안 그렇습니까, 그레이엄 씨?」

갑판은 이제 조용했고, 그레이엄은 배 안의 소리를 들을 수 있었다. 사람들이 말을 했고, 문들이 쾅 닫혔고, 복도에서는 사무적으로 빠르게 걷는 발소리들이 들렸다. 이제 오래 기다리지 않아도 되었다. 바깥은 어두워지고 있었다. 그레이엄은 끝날 것 같지 않아 보이던 하루를 회고하다가, 기억하는 게 거의 없다는 사실에 깜짝 놀랐다.

그레이엄은 대부분의 시간을 하키 대령의 사무실에서 보냈고, 그의 머리는 잠이 들락 말락 하는 상태를 반복했다. 그는 셀 수 없이 많은 담배를 피웠으며, 2주 지난 프랑스 신문을 읽었다. 기사 하나는 카메룬 지역에서의 프랑스의 위임 통치에 관한 내용이었다. 의사가 와서 그의 부상 정도가 양호하다고 말하고는 붕대를 감아 준 뒤 돌아갔다. 코페이킨이 슈트 케이스를 가져다주었다. 그레이엄은 왼손으로 면도를 하느라 무척이나 고생을 했다. 하키 대령이 없는 동안, 그들은 식당에서 배달된 차갑고 눅눅한 음식으로 식사를 했다. 하키 대령은 2시에 돌아와 배에는 다른 승객 아홉 명이 있으며, 그 가운데 네 명은 여자이고, 지난 사흘 안쪽으로 표를 산 사람은 아무도 없으며, 모두 무해한 사람이라고 알려 주었다.

이제 현문 사다리가 제거되었고, 승객 아홉 명 가운데 마지막으로, 프랑스어를 쓰고 중년인 듯한 부부가 승선해 그의 옆 선실에 들었다. 그들의 목소리는 얇은 나무 격벽을 놀라우리만치 쉽게 통과했다. 그레이엄은 둘이 하는 대화를 거의 대부분 들을 수 있었다. 부부는 끊임없이 언쟁을 벌였다. 처음에는 마치 교회에 있을 때처럼 속삭였지만, 새로운 환경에 익숙해지자 곧 평소 목소리로 돌아갔다.

「시트가 축축해요.」

「아니, 이건 그냥 차가운 것뿐이에요. 어쨌든 상관없어요.」

「상관없다고요? 상관없다고요?」 여자는 소리를 질렀다. 「원하면 그대로 자든가요. 하지만 나중에 콩팥이 어쩌니저쩌니 불평하지 말아요.」

「시트가 차갑다고 해서 콩팥에 나쁜 것은 아니에요, *chérie* (여보).」

「우리는 푯값을 냈어요. 우리는 편안할 권리가 있다고요.」

「이 정도면 감지덕지죠. 이건 〈노르망디〉호가 아니에요.」

「그건 확실하네요.」 세면용 캐비닛이 짤깍 하며 열렸다. 「하! 이것 좀 봐요. 보라고요! 나보고 이런 곳에서 씻으라는 거예요?」

「그냥 물을 틀어서 닦으면 돼요. 먼지가 좀 내려앉은 것뿐이에요.」

「먼지! **더러워요**, 지저분하다고요! 이건 선실 담당 승무원이 닦아야죠. 나는 손도 안 댈 거예요. 가서 선실 담당 승무원을 데려오세요. 그동안 나는 짐을 풀게요. 드레스들이 엉망으로 구겨지겠어요. 화장실은 어디죠?」

「복도 끝이에요.」

「그러면 선실 담당 승무원을 불러오세요. 내가 짐을 푸는 동안 두 명이 있을 공간이 없어요. 기차를 탔어야 하는 건데.」

「물론 그렇죠. 하지만 돈을 내는 건 나잖아요. 승무원에게 팁을 줘야 하는 것도 나고요.」

「너무 소란스레 구는 것도 당신이죠. 어서요, 다른 사람 모두를 방해할 생각이에요?」

남자가 선실을 나갔고, 여자는 요란스레 한숨을 쉬었다. 그레이엄은 그 둘이 밤새 이야기를 할지 궁금했다. 그리고 둘 가운데 한 명은 혹은 둘 다 코를 골 수도 있었다. 그레이엄은 격벽이 얼마나 얇은지 둘이 눈치챌 수 있도록 일부러 한두 번 요란하게 기침 소리를 냈다. 하지만 사람들이 축축한 시트와 더러운 세면대, 화장실에 대해 이야기하는 걸 듣고 있노라니 묘하게 마음이 편해졌다. 마치 이런 일들이야말로 죽고 사는 문제 같았다. 죽고 사는 문제. 그가 미처 깨닫기도 전에 이 표현이 그의 머리를 스쳤다.

죽고 사는! 그는 자리에서 일어났고, 정신을 차려 보니 어느새 액자에 담긴 구명정 사용법을 골똘히 바라보고 있었다.

CINTURE DI SALVATAGGIO, CEINTURES DE SAUVETAGE, RETTUNGSGÜRTEL, LIFEBELTS…….[10]
혹시라도 위험한 상황이 발생할 경우, 경적이 여섯 번 짧게 울린 뒤 길게 한 번 울리고 경고 벨이 울립니다. 승객들은 구명대를 착용하고 4번 구명정 정박 장소로 집합하십시오.

이런 유의 것은 살면서 이미 수십 번도 더 봤지만, 그레이엄은 그 내용을 찬찬히 읽어 보았다. 구명정 사용법이 인쇄된 종이는 오래되어 노랗게 변해 있었다. 세면용 캐비닛 위

10 순서대로 이탈리아어, 프랑스어, 독일어, 영어로 〈구명대〉를 뜻한다.

의 구명대는 오랜 세월 사람 손이 닿지 않은 듯했다. 그리고 그 모습에 바보같이 안심이 되었다. 「혹시라도 위험한 상황이 발생할 경우……」 혹시라도 발생할 경우! 하지만 당신은 위험으로부터 도망칠 수 없다! 위험은 언제나 우리 주위 사방에 있다. 어쩌면 당신은 위험의 존재를 모른 채 오랜 세월 살 수 있으리라. 어떤 일은 절대로 당신에게 일어날 수 없다고 믿으며, 죽음은 병이나 불가항력 같은 달콤한 이유로만 찾아온다고 믿으며 삶의 마지막 날을 맞이할 수도 있다. 하지만 위험은 언제나 주위에 도사리면서, 시간 그리고 운명과 좋은 관계를 맺고 있다는 당신의 순진한 생각을 비웃을 순간만을 기다리고 있다. 그리고 위험은, 혹시라도 당신이 잊었을 경우, 문명은 환상이며 당신이 여전히 정글에 산다는 사실을 상기시켜 준다.

배가 부드럽게 흔들렸다. 엔진룸 연락 장치가 희미하게 딸랑거렸다. 바닥이 진동하기 시작했다. 더러운 현창 유리를 통해, 그레이엄은 빛이 움직이기 시작하는 것을 보았다. 진동이 아주 잠시 사라졌다. 이윽고 엔진들이 반대 방향으로 운행했고, 벽 선반에 있는 유리컵이 달그락거렸다. 다시 진동이 멈추었고, 이윽고 엔진들이 천천히, 꾸준히 다시 앞쪽으로 운행했다. 그들은 육지를 떠났다. 안도의 한숨과 함께, 그는 선실 문을 열고 갑판으로 올라갔다.

추웠지만, 배는 방향을 바꾸었고, 좌현 쪽으로 바람을 받았다. 배는 항구의 기름기 있는 물 위에 가만히 떠 있는 듯했지만, 부두의 조명들이 미끄러지듯 지나가며 뒤로 물러섰다.

그레이엄은 차가운 공기를 가슴 가득 들이마셨다. 선실 밖으로 나오니 좋았다. 더는 걱정되지 않았다. 이스탄불, 르 조케 카바레, 구겨진 양복을 입은 남자, 애들러팰리스 호텔과 지배인, 하키 대령, 그 모든 것이 그의 뒤에 있었다. 그는 그 모든 것을 잊을 수 있었다.

그레이엄은 갑판을 따라 천천히 걷기 시작했다. 그는 곧 이 모든 일을 비웃을 수 있을 거라고 혼잣말을 했다. 이미 반쯤은 잊은 상태였다. 벌써 몽롱한 기분이 들었다. 어쩌면 다 꿈이었는지도 몰랐다. 그는 평범한 세상으로 돌아와 있었다. 집으로 가는 중이었다.

그는 다른 승객 한 명을 지나쳤다. 그가 처음 보았던 초로의 남자 승객으로, 난간에 기댄 채 배가 방파제를 떠나며 보이기 시작하는 이스탄불의 조명을 응시하고 있었다. 이제 그레이엄이 갑판 끝까지 와서 몸을 돌리자, 모피 코트를 입은 여자가 식당 문을 막 열고 나와 그레이엄 쪽으로 걸어오는 게 보였다.

갑판 조명이 침침해, 그 여자가 몇 미터 안 되는 거리까지 가까워져서야 그레이엄은 그 여자가 누구인지 알아보았다.

그건 조제트였다.

제4장

한순간 둘은 멍하니 서로를 응시했다. 이윽고 조제트가 소리 내어 웃었다.「세상에! 그 영국 분이네. 실례인 줄 알지만, 이건 너무나 뜻밖인데요.」

「네, 그렇군요.」

「그런데 오리엔트 급행 열차의 1등실은 어떻게 된 건가요?」

그레이엄이 싱긋 웃었다.「코페이킨 말이, 바닷바람을 좀 쐬는 게 더 좋을 것 같대서요.」

「그리고 당신도 그렇게 느끼셨고요?」담황색 머리털은 턱 아래로 묶은 모직 스카프에 싸여 있었지만, 조제트는 마치 모자가 눈을 가리기라도 한 듯 고개를 뒤로 젖히고 그를 바라보았다.

「확실히요.」그레이엄은 전체적으로 조제트가 분장실에서보다 훨씬 매력이 떨어져 보인다고 결론 내렸다. 모피 코트는 볼품없었고, 스카프는 어울리지 않았다.「우리가 기차에 대해 이야기한 이후,」그레이엄이 덧붙였다.「당신의 2등실은 어떻게 된 건가요?」

조제트는 입꼬리에 웃음을 머금으며 얼굴을 찡그렸다. 「이쪽이 훨씬 더 싸니까요. 제가 기차를 타고 여행할 거라고 말했나요?」

그레이엄의 얼굴이 붉어졌다. 「아니요, 물론 안 그러셨습니다.」 그는 자신이 다소 무례했다는 사실을 깨달았다. 「어쨌든 당신을 이렇게 금방 다시 만나니 기쁘군요. 혹시라도 드벨주 호텔이 문을 닫았으면 어떡하나 걱정했거든요.」

조제트는 짓궂은 눈으로 그를 보았다. 「아하! 그러면 전화하실 생각이었다는 거네요?」

「물론입니다. 그렇게 알지 않으셨나요?」

조제트는 짓궂은 시선을 거두더니 입술을 삐죽 내밀었다. 「어쨌든 전 당신이 진실하다고 생각하지 않아요. 이 배에 왜 탔는지 진실을 말해 보세요.」

조제트는 갑판을 따라 걷기 시작했다. 그레이엄은 그 뒤를 따라가는 것 말고 달리 할 수 있는 게 없었다.

「저를 믿지 않으시나요?」

조제트는 짐짓 어깨를 으쓱했다. 「원하지 않으면 말하지 않으셔도 돼요. 저는 캐묻는 걸 좋아하지 않아요.」

그레이엄은 조제트가 무슨 고민을 하는지 알 듯했다. 조제트의 관점에서 그레이엄이 이 배에 있는 이유는 둘 중 하나였다. 오리엔트 급행 열차의 1등실을 타고 여행한다는 그의 주장이 그녀에게 감명을 주기 위한 과장된 거짓말이었거나(그렇다면 그건 그레이엄에게 돈이 거의 없다는 뜻이었다), 그녀가 이 배를 타고 여행한다는 사실을 어떤 식으로든 알아내 오리엔트 급행 열차의 안락함을 포기하고 그녀를 쫓아왔다는 뜻이었다(그 경우라면 그에게는 아마도 돈이 충분히 많다는 의미였다). 그레이엄은 진실을 말해 조제트를 깜짝 놀라게 하고 싶다는 터무니없는 욕망이 갑자기 들었다.

「좋습니다.」 그레이엄이 말했다. 「사실 제가 이렇게 배로 여행하는 건 저를 쏘아 죽이려는 사람을 피하기 위해서입니다.」

조제트는 갑자기 걸음을 멈추었다. 「여기는 너무 춥네요.」 조제트가 침착하게 말했다. 「저는 들어가겠어요.」

그레이엄은 소리 내어 웃었고, 그러는 자신에게 너무나 놀랐다.

조제트가 재빨리 몸을 돌렸다. 「그런 못된 농담은 하는 게 아니에요.」

의심할 여지가 없었다. 조제트는 정말로 화가 난 것이었다. 그레이엄은 붕대 감은 손을 들어 보였다. 「총알에 스쳤습니다.」

조제트는 얼굴을 찡그렸다. 「당신은 아주 나빠요. 만약 손을 다친 거라면 안타까운 일이지만, 그걸 가지고 농담을 하면 안 돼요. 그건 아주 위험해요.」

「위험!」

「불운이 찾아올 거예요. 저에게도요. 그런 식으로 농담을 하면 아주 불길한 일이 생겨요.」

「아, 알겠습니다.」 그레이엄은 이를 드러내며 씨익 웃었다. 「저는 미신을 믿지 않습니다.」

「당신이 몰라서 그러는 거예요. 저는 살인에 대한 농담을 듣느니 차라리 날아가는 까마귀를 보는 쪽을 택하겠어요. 만약 제가 당신을 좋아하길 바란다면, 그런 말을 하시면 안 돼요.」

「사과드립니다.」 그레이엄이 부드럽게 말했다. 「사실 면도 칼에 손을 베었습니다.」

「아, 면도칼은 위험한 물건이지요! 알제에서 호세는 한쪽 귀에서 다른 쪽 귀까지 면도칼로 목을 완전히 그어 버린 사람을 본 적이 있어요.」

「자살인가요?」

「아니, 아니에요! *Petite amie*(여자 친구)가 그런 거예요. 피가 엄청 났어요. 물어보시면 호세가 이야기해 줄 거예요. 아주 슬픈 이야기죠.」

「네, 상상이 갑니다. 그러면 호세도 당신과 같이 여행 중인 가요?」

「당연하지요.」 그런 뒤 조제트는 곁눈으로 보며 말했다. 「그이는 제 남편이에요.」

남편! 그녀가 호세를 〈참는〉 이유가 이해되었다. 〈춤추는 금발〉이 같은 배를 탄다는 말을 하키 대령이 그에게 하지 않은 이유도 이해되었다. 그레이엄은 호세가 분장실에서 재빠르게 물러갔던 일을 떠올렸다. 그건, 의심의 여지없이, 사무적인 태도였다. 지척에 남편이 있다는 사실이 알려지면, 르조케 카바레 같은 곳의 〈매력 포인트〉는 더 이상 그다지 매력적일 수가 없었다. 그레이엄이 말했다. 「당신이 결혼했단 말은 코페이킨에게서 듣지 못했습니다.」

「코페이킨은 아주 좋은 분이지만, 모든 걸 알지는 못하죠. 하지만 당신에게만 말해 드리는 건데, 호세와 저는 계약 관계랍니다. 우리는 파트너일 뿐, 그 이상은 아니에요. 그이는 제가 즐거움을 위해 일을 무시할 때만 질투하지요.」

그녀는 마치 계약 조건을 상의하는 것처럼 냉담하게 말했다.

「이제 파리에 가서도 춤을 추실 건가요?」

「모르겠어요. 그랬으면 좋겠어요. 하지만 전쟁이 너무 임박해서요.」

「계약을 하지 못하면 어떻게 하실 겁니까?」

「어떨 거라고 생각하세요? 굶어야죠. 전에도 그런 적이 있어요.」 조제트는 용감하게 웃음을 지었다. 「몸매 관리에 좋아요.」 조제트는 두 손을 허리에 얹고 그의 고견을 구한다는 표정으로 그를 보았다. 「조금 굶는 게 제 몸매에 좋다고 생각하지 않으세요? 이스탄불에 있으면 살이 쪄요.」 조제트가 자세를 취했다. 「보이세요?」

그레이엄은 하마터면 소리 내어 웃을 뻔했다. 그의 동의를 구하기 위해 취한 자세는 『파리인의 생활』에 한 페이지 전체 크기로 담긴 그림의 성적 매력을 온전히 가지고 있었다. 여기에 〈비즈니스맨〉의 꿈이 현실로 나타난 것이다. 결혼은 했지만 사랑으로 얽히지는 않은, 보호가 필요한 아름다운 금발 댄서, 비싸야 할 존재가 싸게 나온 것이다.

「댄서로 살아가는 게 아주 어렵겠군요.」 그레이엄이 무뚝뚝하게 말했다.

「아, 그러게요! 댄서의 삶이 아주 흥겨울 거라고 많은 사람들이 생각하죠. 하지만 진실을 안다면!」

「네, 물론이지요. 살짝 추워지는 거 같지 않나요? 안으로 들어가서 한잔할까요?」

「그게 좋겠네요.」 그리고 조제트는 아주 진솔하게 덧붙였다. 「함께 여행하게 되어 아주 기뻐요. 지루할까 봐 걱정했거든요. 이젠 여행을 즐길 수 있겠어요.」

그레이엄은 대답 대신 웃어 보였지만, 그 웃음이 다소 불쾌하게 보일 수도 있겠다고 느꼈다. 그는 스스로 바보같이 굴고 있는 건 아닌지 불편한 의심이 들기 시작했다. 「아마도 이쪽으로 가야 할 겁니다.」 그가 말했다.

식당 겸 중앙 홀은 길이가 10미터 정도 되는 좁은 방으로, 차량갑판으로 이어지는 입구가 하나 있었고, 선실들로 통하는 계단참과 연결된 입구가 있었다. 벽을 따라 회색 천을 입힌 긴 의자들이 놓여 있었고, 한쪽 끝에는 둥그런 테이블 세 개가 바닥에 고정되어 있었다. 분리된 식당은 따로 없는 게 분명했다. 의자 몇 개, 카드용 테이블 하나, 흔들리는 책상 하나, 라디오 하나, 피아노 하나, 올이 드러난 카펫이 전부였다. 실내 한쪽 끝의 비어 있는 작은 공간에는 절반 높이의 문 두 개가 위아래로 설치된 게 보였다. 아래쪽 문 꼭대기에는 기다란 나무판이 나사로 고정되어 카운터 역할을 했다. 그건 바였다. 그 안에서는 승무원이 담뱃갑들을 열고 있었다. 그 승무원을 빼면 그곳엔 아무도 없었다. 그레이엄과 조제트는 그쪽으로 가서 앉았다.

「뭘 마시겠습니까…… 음, 제가 뭐라고 불러야…….」 그레이엄이 애매하게 말했다.

조제트가 소리 내어 웃었다. 「호세의 성은 갈린도예요. 하지만 저는 그 성이 싫어요. 조제트라고 불러 주세요. 저는 영국 위스키와 담배를 하겠어요.」

「위스키 두 잔 주세요.」 그레이엄이 말했다.

승무원이 머리를 내밀고 얼굴을 찡그렸다. 「위스키요? *È molto caro*(아주 비쌉니다).」 그가 경고하는 목소리로 말했다. 「*Très cher. Cinque lire*(아주 비쌉니다. 5리라입니다). 한 잔에 5리라입니다, 아주 비쌉니다.」

「네, 압니다. 하지만 그래도 주문하겠습니다.」

승무원은 바 안으로 돌아갔고, 병들이 요란하게 달그락거리는 소리가 들렸다.

「저 승무원은 아주 화가 났네요.」 조제트가 말했다. 「저 사람은 위스키를 주문하는 손님에 익숙하지 않아요.」 조제트는 위스키를 주문하고 승무원을 곤혹스럽게 만들어서 꽤 만족한 게 분명했다. 응접실의 조명 아래에서 조제트의 모피 코트는 낡고 싸구려로 보였다. 하지만 조제트는 모피 코트의 단추를 풀더니 그게 마치 1천 기니짜리 밍크 코트라도 되는 듯이 어깨 주위로 다시 둘렀다. 그런 생각을 하면 안 된다는 걸 알면서도, 그레이엄은 그녀가 안됐다는 생각이 들기 시작했다.

「춤은 얼마나 오랫동안 추었나요?」

「열 살 때부터요. 20년 전이네요. 보세요.」 조제트가 만족해하며 말했다. 「저는 제 나이에 대해 거짓말을 하지 않아요. 저는 세르비아에서 태어났지만, 헝가리인이라고 말해요. 그게 더 좋게 들리거든요. 부모님은 아주 가난했어요.」

「하지만 분명히, 정직하신 분들이었겠죠.」

조제트는 살짝 어리둥절해 보였다. 「오, 아니요. 아버지는 전혀 정직하지 않았어요. 아버지는 댄서였는데, 극단에서 누군가의 돈을 훔쳤어요. 그래서 감옥에 갇혔죠. 그리고 전쟁이 났고, 어머니는 저를 데리고 파리로 갔어요. 한동안 엄청난 부자가 우리를 보살펴 줬고, 우리는 아주 좋은 아파트에서 살았지요.」 조제트는 향수 어린 한숨을 내쉬었다. 그녀는 과거의 영광을 떠올리며 아쉬워하는, 한때는 잘나갔지만 이제는 가난해진 숙녀 같았다. 「하지만 그 사람은 재산을 잃었고, 그래서 어머니는 다시 춤을 춰야 했어요. 우리가 마드리드에 있을 때 어머니가 돌아가셨고, 그래서 저는 다시 파리로 보내졌어요. 수녀원으로요. 그곳은 아주 끔찍했어요. 아버지는 어떻게 되었는지 몰라요. 아마도 전쟁 통에 돌아가셨을 거예요.」

「호세와는 어떻게 만났나요?」

「베를린에 공연하러 갔다가 만났어요. 그이는 파트너를 맘에 들어 하지 않았어요. 그 여자는,」 조제트가 간단하게 덧붙였다. 「아주 못된 년이었죠.」

「오래전 일인가요?」

「오, 네. 3년 됐어요. 우리는 여러 멋진 곳을 다녔어요.」 조제트는 애정과 관심 어린 눈으로 그를 살폈다. 「하지만 당신은 지쳤어요. 지쳐 보여요. 얼굴도 베었네요.」

「한 손으로 면도를 해야 했거든요.」

「영국에 아주 좋은 집을 가지고 있나요?」

「제 아내는 그 집을 좋아하죠.」

「*Oh là-là*(우와)! 그리고 당신은 아내분을 좋아하고요?」

「아주 많이요.」

「저는 영국에 가고 싶지 않아요.」 조제트가 생각에 잠긴 듯이 말했다. 「비랑 안개가 너무 많아서요. 저는 파리가 좋아요. 파리의 아파트보다 살기 좋은 곳은 없어요. 비싸지도 않고요.」

「안 비싸요?」

「한 달에 1천2백 프랑이면 아주 좋은 아파트에서 살 수 있어요. 로마는 그렇게 싸지 않지요. 로마에서도 아주 좋은 아파트에 살았지만, 한 달에 1천5백 리라였어요. 제 약혼자는 아주 부자였어요. 자동차 판매 일을 했지요.」

「호세와 결혼하기 전 일인가요?」

「당연하죠. 우리는 결혼할 생각이었지만, 그이가 미국에 있는 아내와 이혼하는 데 문제가 생겼어요. 그이는 늘 그 문제를 해결하겠다고 말했지만, 결국에는 그렇게 하는 게 불가능했어요. 저는 아주 실망했지요. 그 아파트에 1년 정도 살았어요.」

「그때 영어를 배우신 건가요?」

「네, 하지만 그 끔찍한 수녀원에서도 조금 배웠어요.」 조제트가 얼굴을 찡그렸다. 「그래도 전 당신에게 저에 대해 모두 이야기했어요. 그렇지만 당신에 대해 아는 건, 당신에게 멋진 집과 아내가 있고, 직업이 엔지니어라는 것뿐이에요. 당신은 질문은 하지만, 자신에 대해서는 아무 말도 하지 않네요. 저는 당신이 왜 이 배에 탔는지 아직도 몰라요. 그런 행동은 아주 나빠요.」

하지만 그는 그 말에 대꾸할 필요가 없었다. 또 다른 승객이 식당으로 들어와 그들에게 다가오고 있었다. 그레이엄 일행과 친분을 쌓아 보려는 의도가 분명했다.

그 승객은 키가 작고 어깨가 넓고 뺨은 처져 있었으며, 벗어진 정수리 주위 회색 머리털은 비듬투성이로 단정치 못했다. 얼굴에는 복화술사의 인형처럼 웃음이 고정되어 있었다. 자기가 불쑥 들어와 미안하다고 끊임없이 사과하는 듯한 웃음이었다.

배가 얼마 전부터 살짝 흔들리고 있었다. 하지만 그는 마치 배가 엄청난 강풍에 휘말렸다는 듯이 의자 등받이들을 차례차례 움켜쥐며 실내를 가로질러 왔다.

「많이 흔들리네요, 안 그렇습니까?」 그가 의자에 앉으며 영어로 말했다. 「아하! 좀 낫네요. 안 그런가요?」 그는 관심이 역력한 눈으로 조제트를 바라보았지만, 곧 그레이엄에게 몸을 돌리고는 다시 말했다. 「영어가 들리기에 곧바로 흥미가 생겼습니다.」 그가 말했다. 「영국인이시죠, 선생님?」

「네. 당신은요?」

「터키인입니다. 저도 런던에 가는 길입니다. 장사가 잘되는 시장이죠. 저는 담배를 팔러 갑니다. 제 이름은 쿠베틀리입니다, 선생님.」

「제 이름은 그레이엄입니다. 이쪽은 갈린도 부인이고요.」

「반갑습니다.」쿠베틀리가 말했다. 그는 의자에 그대로 앉은 채 허리만 굽혀 인사했다.「저는 영어를 아주 잘하지는 못합니다.」그가 불필요하게 덧붙여 말했다.

「영어는 아주 어려운 언어예요.」조제트가 차갑게 말했다. 그녀는 방해를 받아 기분이 상한 게 분명했다.

「제 아내는,」쿠베틀리가 계속 말했다.「영어를 전혀 못합니다. 그래서 저와 함께 가지 않습니다. 아내는 영국에 가본 적이 한 번도 없지요.」

「하지만 당신은 가보셨고요?」

「네, 선생님. 세 번요. 담배를 팔러요. 그전에는 많이 팔지 못했지만, 이제는 많이 팝니다. 전쟁 때문에요. 미국 배들이 영국에 더는 오지 않아요. 영국 배들은 미국에서 대포와 비행기들을 가져오느라 담배를 실을 공간이 없고, 그래서 영국은 이제 터키에서 담배를 많이 사 갑니다. 우리 회사 사장님에게는 좋은 기회죠. 파자르 앤드 컴퍼니라는 회사입니다.」

「그렇겠네요.」

「사장님이 영국에 직접 갈 수도 있지만, 영어를 전혀 못하십니다. 쓸 줄도 모르고요. 아주 무식하죠. 제가 영국과 다른 곳들의 요청에 답을 합니다. 하지만 사장님은 담배에 대해서 많이 아십니다. 우리는 최고의 제품을 만듭니다.」쿠베틀리는 주머니에 손을 넣더니 가죽 담뱃갑을 꺼냈다.「파자르 앤드 컴퍼니의 담배입니다, 한번 피워 보십시오.」쿠베틀리는 조제트에게 담뱃갑을 내밀었다.

조제트가 고개를 저었다. 「*Teşekkür ederim*(고맙습니다만 사양합니다).」

터키어로 한 대답에 그레이엄은 짜증이 났다. 어색한 외국어로 말하려 애쓰는 이 남자의 공손한 노력을 조제트가 무시하는 듯 보였기 때문이다.

「아하!」쿠베틀리가 말했다. 「우리 말을 할 줄 아시는군요. 아주 좋네요. 터키에 오래 계셨습니까?」

「*Dört ay*(넉 달요).」조제트는 그레이엄에게 고개를 돌렸다. 「**당신**의 담배를 한 대 피우고 싶어요.」

고의적인 모욕이었지만, 쿠베틀리는 오히려 조금 더 웃음을 지을 뿐이었다. 그레이엄은 담배 한 대를 집었다.

「정말 고맙습니다. 아주 친절하시네요. 한잔하시겠습니까, 쿠베틀리 씨?」

「아, 아니요. 고맙습니다. 저녁 식사를 하기 전에 가서 선실을 정리해야 합니다.」

「그러면 나중에 뵙지요.」

「네, 그러지요.」활짝 웃는 웃음과 함께 둘 모두에게 허리 숙여 인사를 한 뒤 쿠베틀리는 일어나서 문으로 갔다.

그레이엄이 담배에 불을 붙였다. 「꼭 그렇게 무례할 필요가 있었습니까? 왜 저 사람을 쫓아낸 건가요?」

조제트는 얼굴을 찡그렸다. 「터키인! 저는 터키인을 좋아하지 않아요. 그 사람들은,」조제트는 예전에 사귄 자동차 판매원이 쓰던 말들의 기억을 더듬어 욕설을 내뱉었다. 「그 사람들은 못된 저질이에요. 얼마나 뻔뻔한지 봤잖아요! 화도 내지 않아요. 싱글거릴 뿐이죠.」

「네, 아주 점잖게 행동했죠.」

「이해가 안 가네요.」 조제트는 화를 내며 폭발했다. 「지난번 전쟁에서 영국은 프랑스와 연합해서 터키와 싸웠어요. 수녀원에서 그 전쟁에 관해 많이 들었어요. 터키인들은 야만스러운 동물이에요. 그자들은 아르메니아인들에게 잔학 행위를 저질렀어요. 시리아인들에게도 마찬가지로 잔학 행위를 저질렀고요. 또한 스미르나에서도 그랬죠. 터키인들은 아기들을 총검으로 찔러 죽였어요. 하지만 이제는 모든 게 달라졌어요. 당신들은 터키인들을 좋아해요. 터키는 당신들의 동맹이고, 당신들은 터키에서 담배를 사지요. 영국의 위선이에요. 저는 세르비아인이에요. 제 기억력은 아주 오래간답니다.」

「그럼 1912년 일까지도 기억하시나요? 전 세르비아인들이 터키 마을들에서 저지른 잔학 행위들을 생각하고 있었습니다. 대부분의 군대가 시시때때로 소위 잔학 행위들을 행합니다. 대개 보복이라는 미명 아래서요.」

「아마 영국군도 포함해서겠지요?」

「그건 인도인이나 보어인에게 물어보셔야 할 겁니다. 하지만 모든 나라에는 미치광이들이 있습니다. 어떤 나라는 다른 나라보다 그런 자들이 더 많고요. 그리고 그런 자들에게 살인 면허를 준다면, 그자들은 자신들이 살인하는 방식에 대해서는 크게 상관하지 않을 겁니다. 하지만 그런 자들의 동료 국민들은 여전히 선량한 인간으로 남아 있다는 점을 지적해야겠네요. 개인적으로, 저는 터키인들을 좋아합니다.」

조제트는 분명히 그에게 화가 나 있었다. 그레이엄은 쿠베틀리에 대한 그녀의 무례함이 자신의 동의를 얻기 위해 계산된 것이며, 예상과 다른 반응을 보이자 화가 난 거라고 짐작했다. 「여기는 답답하네요.」 조제트가 말했다. 「그리고 음식 조리하는 냄새도 나고요. 저는 다시 밖에 나가서 걷고 싶어요. 원하시면 함께 가셔도 좋아요.」

그레이엄은 기회를 놓치지 않았다. 문으로 걸어갈 때 그가 말했다. 「저는 슈트 케이스의 짐을 풀어야 합니다. 저녁 식사 때 다시 뵈었으면 합니다.」

조제트의 표정이 빠르게 바뀌었다. 그녀는 사랑의 열병에 빠진 소년의 일탈을 너그럽게 웃어넘기는 세계적인 미녀가 되어 있었다. 「원하시는 대로 하세요. 나중에는 호세가 저와 함께 있을 거예요. 당신을 그이에게 소개할게요. 그이는 카드 게임을 하고 싶어 할 거예요.」

「네, 그러려 들 거라고 당신이 말한 걸 기억합니다. 제가 잘할 수 있는 게임이 뭔지 기억을 더듬어 둬야겠네요.」

조제트는 어깨를 으쓱했다. 「어떤 게임이든 그이가 이길 거예요. 하지만 저는 경고했어요.」

「제가 지면 그 말을 떠올리겠습니다.」

그레이엄은 선실로 돌아갔고, 승무원이 종을 울리며 저녁 식사 시간이라고 알릴 때까지 그곳에 머물렀다. 위층으로 왔을 때, 그레이엄은 기분이 한결 좋았다. 그는 옷을 갈아입은 상태였다. 아침에 시작했던 면도도 어찌어찌 마쳤다. 식욕이 돌았다. 그는 배에 함께 탄 다른 승객들에게 흥미를 가질 준비를 했다.

식당에 들어갔을 때, 승객들 대부분이 이미 자리에 앉아 있었다.

배의 고급 선원들은 자기 구역에서 식사를 하는 게 분명했다. 테이블은 두 개만 정돈되어 있었다. 그중 하나에는 쿠베틀리, 그레이엄의 옆 선실에 머무는 프랑스인들일 것 같은 남녀 한 쌍, 조제트, 아주 말끔한 차림의 호세가 앉아 있었다. 그레이엄은 그 사람들에게 예의 바르게 웃어 보였다. 쿠베틀리는 〈어서 오세요〉라고 큰 소리로 대답했고, 조제트는 눈썹을 치켜 보였고, 호세는 무뚝뚝하게 고개를 한 번 끄덕여 보였으며, 프랑스인 커플은 멍하니 바라보았다. 배를 탄 이후 처음으로 함께 앉는 승객들 사이에는 원래 조심스러운 분위기가 돌지만, 그레이엄이 보기에 이 테이블의 사람들 사이에는 그보다 훨씬 더한 긴장감이 감도는 듯했다. 승무원은 그레이엄을 다른 테이블로 안내했다.

두 번째 테이블의 의자 하나에는 이미 초로의 남자가 앉아 있었다. 갑판에서 산책할 때 지나친 사람이었다. 그는 어깨가 굽고 두터웠고, 얼굴은 창백하고 근엄했으며, 머리가 희고 윗입술이 길었다. 그레이엄이 옆에 앉자 그가 고개를 들었다. 툭 튀어나온 옅은 푸른색의 눈이 그레이엄을 바라보았다.

「그레이엄 씨?」

「네, 안녕하세요.」

「제 이름은 할러입니다. 프리츠 할러 박사입니다. 저는 독일인, 선량한 독일인이며 귀국하는 중이라는 걸 말씀드려야겠네요.」 할러는 목소리가 굵었으며, 아주 유창하고 신중한 영어로 말했다.

그레이엄은 다른 테이블에 있는 사람들이 숨죽인 채 조용히 둘을 응시하고 있는 걸 깨달았다. 그는 이제야 실내의 긴장된 분위기를 이해할 수 있었다.

그레이엄이 침착하게 말했다. 「저는 영국인입니다. 하지만 이미 아실 것 같군요.」

「네, 압니다.」 할러가 자기 앞에 놓인 음식을 다시 먹으며 말했다. 「이 자리에 연합군이 전부 모인 것 같고, 불행히도 승무원은 얼간이더군요. 옆 테이블의 프랑스인 둘이 원래 이 테이블로 배정되었는데, 그 사람들은 적과 함께 식사하길 거부하고 저를 모욕하고는 다른 데로 옮겨 갔습니다. 만약 당신도 똑같이 하길 원하신다면 지금 그렇게 하시길 권합니다. 모두가 한바탕 볼거리가 펼쳐지길 기대하고 있거든요.」

「그런 것 같네요.」 그레이엄은 속으로 승무원을 욕했다.

「또 한편으로는,」 할러가 빵을 쪼개며 계속 말했다. 「이 상황을 즐기실 수도 있습니다. 저는 즐기는 중입니다. 제가 그렇게까지 애국자는 아닌 모양입니다. 당신이 저를 모욕하기 전에 제가 당신을 모욕해야 할 거란 점엔 의심의 여지가 없습니다. 하지만 제가 당신보다 압도적으로 나이가 많다는 점을 빼면, 저로선 당신을 효과적으로 모욕할 방법을 도저히 생각해 낼 수가 없군요. 누군가를 효과적으로 모욕하려면 먼저 그 사람을 완전히 알아야만 합니다. 예를 들어, 저 프랑스 숙녀분은 저를 더러운 보슈[11]라고 불렀지요. 저는 아무렇지 않았습니다. 저는 오늘 아침에 목욕을 했고, 불쾌한 버릇은 없습니다.」

「무슨 말씀인지 알겠습니다. 하지만…….」

「하지만 예절 문제도 관련 있지요. 상당히요. 다행스럽게도, 그건 당신에게 맡겨야 합니다. 자리를 옮기시든 아니시든 그건 당신의 선택입니다. 당신이 여기 있다고 해도 저는 아무렇지 않습니다. 만약 우리가 대화 주제에서 국제 정치를 제외하기로만 한다면, 우리는 심지어 앞으로 30분간을 문명화된 예의 속에서 보낼 수도 있습니다. 하지만 현 상황에 새로 오신 분으로서, 선택권은 당신에게 있습니다.」

그레이엄은 메뉴를 집었다. 「교전국들도 중립지에서는 가능하면 서로를 무시하는 게 관습이라고 저는 알고 있습니다. 그리고 어떤 경우에도 그 상황의 중립자를 곤란하게 할 일은 피해야 한다고도요. 승무원 덕분에 우리는 서로를 무시할 수 없게 되었습니다. 안 그래도 힘든 상황을 불쾌하게까지 만들 이유는 전혀 없어 보입니다. 다음 식사 때는 좌석 배치를 새로 할 수 있으리라 믿어 의심치 않습니다.」

할러는 고개를 끄덕여 동의했다. 「아주 분별 있는 결정이십니다. 오늘 밤 당신과 함께 있게 되어 기쁘다는 사실을 인

11 제1차 세계 대전 때 독일인을 경멸해 부르던 명칭.

정해야겠습니다. 제 아내는 멀미 때문에 오늘 저녁은 선실에 머물러 있을 겁니다. 대화 없이 이탈리아 음식을 먹는 건 아주 단조로울 거라고 생각합니다.」

「저도 비슷한 생각입니다.」그레이엄이 일부러 웃어 보였고, 옆 테이블에서 바스락거리는 소리가 들렸다. 그는 또한 프랑스 여자의 반감 어린 외침도 들었다. 그는 그 소리 때문에 죄책감이 드는 자신에게 짜증이 났다.

「보아하니,」할러가 말했다. 「이제 사람들이 당신에게 역정을 내는 것 같군요. 일부는 제 잘못입니다. 죄송합니다. 아마도 제가 나이 들어서겠지만, 사상으로 사람을 구별하는 게 너무나 어렵습니다. 저는 사상을 싫어하거나 심지어 혐오하기도 하지만, 어떤 사상을 품었는지와 상관없이 사람은 여전히 사람으로 보입니다.」

「터키에는 오래 계셨습니까?」

「몇 주 있었습니다. 페르시아에서 그곳으로 갔지요.」

「석유 관련된 일 때문인가요?」

「아닙니다, 그레이엄 씨. 고고학입니다. 저는 이슬람 이전 시대 문화를 조사하고 있었습니다. 제가 발견할 수 있었던 약간의 사실로 미루어 볼 때, 약 4천 년 전에 이란 평야를 향해 서쪽으로 이주한 부족들 가운데 일부가 수메르 문화를 흡수했고, 바빌론이 무너지고 오랜 시간이 지난 뒤에도 그 문화를 거의 원형 그대로 보존하고 있었습니다. 아도니스 신화의 영속화된 형태는 의미하는 바가 있습니다. 탐무즈[12]를 위

12　바빌로니아 신화에 등장하는 봄과 식물의 신.

한 눈물은 늘 선사 시대 종교의 중심점이었습니다. 신의 죽음과 부활을 숭배했죠. 탐무즈, 오시리스, 아도니스는 세 개의 다른 부족에 의해 인격화된 동일한 수메르 신입니다. 하지만 수메르인은 이 신을 두무지다라 불렀습니다. 이란의 이슬람 이전 시대 부족들 일부도 그렇게 불렀고요! 그리고 그 사람들은 길가메시와 엔키두에 관한 수메르 서사시의 제일 흥미로운 변주를 가지고 있습니다. 그 이전까지 저는 들어본 적이 없는 것들이죠. 죄송합니다, 당신을 벌써 지루하게 만들었군요.」

「천만에요.」 그레이엄이 공손하게 말했다. 「페르시아에는 오랫동안 계셨습니까?」

「겨우 2년 있었습니다. 1년 더 머물고 싶었지만, 전쟁 때문에요.」

「전쟁이 그렇게 큰 차이를 만들었나요?」

할러가 입술을 삐죽 내밀었다. 「경제적인 문제가 있었습니다. 하지만 그 문제가 아니더라도 거기에 더 있진 못했을 겁니다. 우리는 삶이 지속되리라는 기대 속에서만 무언가를 배울 수 있습니다. 유럽은 자신을 파괴하느라 너무 몰두해 있었기에 그런 것들에 관심을 가질 여유가 없었습니다. 사형수의 관심은 오로지 자신뿐이고, 침잠한 마음에서 그 사형수가 떠올릴 수 있는 건 시간의 흐름과 불사의 암시뿐입니다. 」

「제 생각에는, 과거에 대한 몰두가…….」

「아, 네, 압니다. 서재에 있는 학자는 시장의 소음을 무시할 수 있지요. 아마도요. 신학자라거나 생물학자, 또는 골동

품 연구가라면요. 하지만 저는 그런 분야가 아닙니다. 저는 역사의 논리를 연구하는 걸 돕습니다. 우리는 과거를 거울삼아 그 도움으로 모퉁이를 돌아 숨어 있는 미래를 볼 수 있게 해야 했습니다. 불행히도, 우리가 무엇을 볼 수 있었는가는 더 이상 중요하지 않습니다. 우리는 우리가 왔던 길로 돌아가고 있습니다. 인류의 분별력은 수도원으로 다시 은둔하고 있습니다.」

「죄송합니다만, **선량한** 독일인이라고 하신 줄 알았는데요.」

할러가 킥킥거렸다. 「저는 나이가 많습니다. 체념이라는 사치를 감당할 능력이 되지요.」

「그래도, 제가 당신이라면, 페르시아에 머물며 멀리서 즐겁게 감상이나 했을 겁니다.」

「불행히도, 즐겁게 감상하기에는 거기 기후가 적합하지 않습니다. 아주 덥거나 아주 춥지요. 제 아내는 그곳을 유난히 힘들어했습니다. 군인이십니까, 그레이엄 씨?」

「아니요, 엔지니어입니다.」

「크게 다를 바 없지요. 제 아들은 군에 있습니다. 태어날 때부터 천상 군인이었죠. 어떻게 저한테서 그런 아이가 태어났는지 도무지 알 수가 없습니다. 그 녀석은 열네 살 때 제게 결투로 인한 흉터가 없다는 이유로 저를 비난하더군요. 안타깝게도, 그 아이는 영국인도 비난했습니다. 제 일 때문에 우리는 한동안 옥스퍼드에서 살았었죠. 아름다운 도시더군요! 런던에 사십니까?」

「아니요, 북부에 삽니다.」

「맨체스터와 리즈에 가본 적이 있습니다. 저는 옥스퍼드가 더 좋습니다. 저는 베를린에 삽니다. 그곳이 런던보다 더 훌륭하다고는 생각하지 않습니다.」할러는 그레이엄의 손을 힐끗 보았다. 「사고를 당하신 모양이네요.」

「네, 다행히 라비올리는 왼손으로도 어려움 없이 먹을 수 있네요.」

「라비올리는 그런 게 좋죠. 와인 좀 드시겠습니까?」

「고맙지만 됐습니다.」

「네, 현명하신 겁니다. 최고의 이탈리아 와인은 절대 이탈리아를 떠나는 법이 없지요.」할러는 목소리를 낮췄다. 「아하! 저기 마지막 승객 두 명이 오는군요.」

그들은 모자지간 같아 보였다. 여자는 쉰 살 정도였고, 틀림없는 이탈리아인이었다. 그녀는 얼굴이 아주 움푹하고 창백했으며, 심각한 병을 앓은 것처럼 움직였다. 그녀의 아들은 열여덟 살 정도 되어 보이는 잘생긴 청년으로, 어머니를 아주 잘 모셨으며, 자기 어머니에게 의자를 빼주려고 일어난 그레이엄을 경계하는 듯한 눈으로 노려보았다. 둘은 모두 검은 옷차림이었다.

할러가 그들에게 이탈리아어로 인사하자, 청년이 간단하게 대답했다. 여자는 그들에게 고개를 살짝 숙였지만 말을 하지는 않았다. 둘만 있고 싶은 기색이 뚜렷했다. 그들은 메뉴를 두고 속삭이며 상의했다. 그레이엄은 옆 테이블에서 호세가 하는 말을 들을 수 있었다.

「전쟁!」호세는 굵고 끈적끈적한 프랑스어로 말하고 있었다.「전쟁 때문에 모두가 돈을 벌기 아주 어렵게 되었습니다. 독일더러 원하는 땅을 다 가지라고 해요. 그 땅 때문에 스스로 질식해서 죽게 내버려 두란 말입니다. 그런 다음에 우리가 베를린으로 가서 즐겁게 살면 되는 겁니다. 싸우는 건 터무니없습니다. 그건 능률이 떨어진다 이겁니다.」

「하!」 프랑스 남자가 말했다. 「당신은 스페인인이니까 그렇게 말하는 거예요! 하! 그거 아주 좋겠네요. 홀륭도 해라!」

「내전이 벌어졌을 때,」 호세가 말했다. 「나는 아무 편도 들지 않았습니다. 해야 할 일을 했죠. 먹고살기 위해 일했습니다. 그건 광기였습니다. 나는 스페인으로 가지 않았습니다.」

「전쟁은 끔찍하죠.」 쿠베틀리가 말했다.

「하지만 만약 공화파가 이겼다면…….」 프랑스 남자가 말을 시작했다.

「아, 그렇죠!」 그의 아내가 외쳤다. 「만약 공화파가 이겼다면……. 그자들은 적그리스도예요. 교회를 불태우고 성화들과 유물들을 파괴했어요. 수녀들을 모독하고 신부들을 죽였어요.」

「그 모든 게 사업에는 아주 안 좋습니다.」 호세가 고집스레 반복해서 말했다. 「나는 빌바오에서 큰 사업을 하던 사람을 압니다. 하지만 전쟁 때문에 모두 결딴났습니다. 전쟁은 매우 멍청한 짓입니다.」

「바보가 웬일로 현자처럼 혓바닥을 놀리는군요.」 할러가 중얼거렸다. 「저는 가서 아내가 잘 있는지 봐야 할 듯합니다. 실례해도 될까요?」

그레이엄은 사실상 혼자서 식사를 마쳤다. 할러는 돌아오지 않았다. 그레이엄 맞은편에 앉은 모자는 접시 위로 고개를 숙이고 식사를 했다. 둘은 뭔가 사적인 슬픔을 공유하는 듯했다. 그는 왠지 자신이 방해하고 있다는 느낌이 들었다. 그는 식사를 마치자마자 식당을 나왔고, 잠자기 전에 신선한 공기를 마시려고 외투를 걸친 뒤 갑판으로 나갔다.

이제 육지의 불빛은 아련해졌고, 배는 뒤에서 바람을 받아 바다를 가로지르며 부지런히 나아가고 있었다. 그레이엄은 보트 갑판으로 통하는 갑판 승강구를 발견했다. 그리고 환풍구 바람을 피할 수 있는 곳에 잠시 서서 멍하니 아래쪽 오목 갑판 위에 있는 남자를 바라보았다. 램프를 든 남자는 뚜껑 문의 방수 시트를 고정해 놓은 쐐기들을 두드려 확인하고 있었다. 곧 그 남자는 일을 마쳤고, 그레이엄은 혼자 남아 배에서 시간을 어떻게 보내야 할지 생각했다. 그는 이튿날 아테네에서 책을 좀 사야겠다고 결심했다. 코페이킨에 따르면, 배는 오후 2시에 피레에프스에 들렀다가 5시에 다시 출발할 예정이었다. 시가 전차를 타고 아테네에 가서 영국산 담배와 책을 사고, 스테퍼니에게 전보를 보낸 뒤 부두로 돌아오기에 시간이 충분했다.

그레이엄은 담배를 다 피우고 나면 자러 가야겠다고 생각하며 담배에 불을 붙였다. 하지만 성냥을 던져 버리기도 전에 이미 갑판에 나와 있던 조제트와 호세를 보았고, 이윽고 조제트가 자신을 본 것을 알았다. 숨기에는 너무 늦은 상황이었다. 그들은 그에게 다가오고 있었다.

「여기 있었군요.」 조제트가 비난하듯 말했다. 「이쪽은 호세예요.」

호세는 아주 꽉 끼는 검은 외투에 가장자리가 말린 부드러운 회색 모자 차림으로, 마지못해 고개를 끄덕이고는 말했다. 「*Enchanté, Monsieur*(만나서 반갑습니다, 선생님).」 바빠 죽겠는데 지금 시간을 빼앗기고 있다는 식의 분위기였다.

「호세는 영어를 하지 못해요.」 조제트가 설명했다.

「영어를 할 줄 알아야 할 아무런 이유가 없지요. 만나서 반갑습니다, 갈린도 씨.」 그레이엄은 스페인어로 말했다. 「당신과 당신 아내분의 춤을 아주 즐겁게 보았습니다.」

호세는 무례하게 큰 소리로 웃었다. 「그건 아무것도 아닙니다. 그곳은 정말 엉망이었죠.」

「호세는 늘 화가 나 있었어요. 왜냐하면 세르주는 우리보다 코코, 그러니까 그 뱀춤을 추던 검둥이 여자 기억나죠? 그 여자에게 돈을 더 많이 줬거든요. 우리 공연이 쇼의 중심이었는데 말이에요.」

호세는 차마 글로 옮겨 적을 수 없는 말을 스페인어로 했다.

「그 여자는,」 조제트가 말했다. 「세르주의 정부였어요. 당신은 웃지만, 사실이에요. 사실이죠, 호세?」

호세는 입술로 요란한 소리를 냈다.

「호세는 아주 천박해요.」 조제트가 설명했다. 「하지만 세르주와 코코에 대한 건 사실이에요. 아주 *drôle*(웃긴) 이야기지요. 피피라는 뱀에 대한 거예요. 코코는 피피를 아주 좋아했고, 늘 함께 잤어요. 하지만 세르주는 그런 사실을 코코와 사귀고 난 뒤에야 알게 되었죠. 코코 말로는, 세르주는 침대에서 피피를 보고 기절했대요. 코코는 피피를 바구니에서 혼자 재우는 조건으로 출연료를 두 배로 올려 받았대요. 세르주는 바보가 아니에요. 심지어 호세마저 세르주가 바보가 아니라고 말해요. 하지만 코코는 세르주를 쓰레기처럼 다루죠. 그 여자는 성질이 아주 엄청나기 때문에 그렇게 할 수 있는 거예요.」

「세르주는 그 여자를 주먹으로 좀 패줄 필요가 있어.」호세가 말했다.

「아! *Salop*(악당)!」조제트는 그레이엄에게 시선을 돌렸다.「그리고 당신! 당신은 호세에게 동의하나요?」

「저는 뱀춤을 추는 여자와 사귀어 본 적이 없어서요.」

「아! 대답을 안 하는군요. 당신들, 남자는 다 짐승이에요!」

조제트는 그레이엄이 곤란해하는 모습을 즐기는 게 분명했다. 그레이엄이 호세에게 말했다.「전에도 이 여행을 해보셨나요?」

호세가 의심스러운 눈으로 그를 바라보았다.「아니요. 왜요? 당신은요?」

「아, 없습니다.」

호세는 담배에 불을 붙였다.「나는 이미 이 배가 지긋지긋합니다.」호세가 단언했다.「음산하고 더럽고, 진동도 엄청나죠. 그리고 선실들은 *lavabos*(화장실)과 너무 가깝습니다. 포커 좀 하십니까?」

「**해본 적**이 있지요. 하지만 아주 잘하지는 못합니다.」

「제가 뭐랬어요!」 조제트가 외쳤다.

「이 여자는,」 호세가 불쾌해하며 말했다. 「내가 이기는 게 내가 속이기 때문이라는군요. 하지만 이 여자가 뭐라고 생각하든 나는 조금도 관심 없습니다. 나랑 포커를 하라고 사람들이 법으로 강요받는 것도 아니고. 왜 포커에 지면 꼭 얻어터진 돼지마냥 꽥꽥거리는지.」

「그건 비논리적이네요,」 그레이엄이 임기응변으로 맞장구쳤다.

「원하시면 지금 포커를 해도 됩니다.」 호세는 마치 도전을 거절했다가 비난이라도 받아 본 사람처럼 말했다.

「괜찮으시다면, 저는 일찍 물러나 내일까지 쉬었으면 합니다. 오늘 밤은 다소 피곤해서요. 사실, 실례이긴 하지만 지금 자러 갈까 생각합니다.」

「이렇게 빨리요!」 조제트가 실쭉하더니 영어로 말했다. 「이 배에서 흥미가 가는 사람은 단 한 명뿐인데, 그 남자는 자러 가려 하네요. 너무 나빠요. 아, 그래요, 당신은 아주 나쁘게 굴고 있어요. 도대체 왜 그 독일인 옆에 앉아서 저녁 식사를 한 건가요?」

「그 사람은 제가 옆에 앉는 걸 반대하지 않았습니다. 왜 **제가** 반대해야 합니까? 그 사람은 아주 상냥하고 지성을 갖춘 노인입니다.」

「그 사람은 독일인이에요. 당신에게 상냥하고 지성을 갖춘 독일인이란 존재할 수 없어요. 그 프랑스 사람들이 말했던 게 맞네요. 영국인은 이런 일들을 전혀 심각하게 여기지 않는다고요.」

호세가 갑자기 몸을 돌렸다. 「영어를 듣고 있자니 아주 지루하군요.」 그가 말했다. 「그리고 춥네요. 들어가서 브랜디나 좀 마셔야겠습니다.」

그레이엄이 사과하기 시작했을 때 여자가 끼어들었다. 「그이는 오늘 기분이 아주 나빠요. 실망했거든요. 여기에 눈독을 들일 만한 예쁘고 귀여운 여자들이 좀 있을 거라고 생각했던 거죠. 그이는 예쁘고 귀여운 여자들을 잘 꼬셔요. 나이든 여자들도요.」

조제트는 큰 소리로, 그리고 프랑스어로 말했다. 갑판 승강구 꼭대기에 도착한 호세는 몸을 돌리더니 일부러 트림을 한 다음 아래로 내려갔다.

「그이는 갔어요.」 조제트가 말했다. 「기뻐요. 그이는 매너가 형편없거든요.」 그녀는 숨을 들이마시고 구름을 쳐다보았다. 「아름다운 밤이에요. 당신이 왜 자러 가고 싶어 하는지 모르겠네요. 너무 이른데요.」

「저는 아주 피곤합니다.」

「저랑 갑판을 좀 걸을 수도 없을 만큼 피곤할 리는 없죠.」

「물론이죠.」

갑판 모퉁이 중에 선교 아래 있어서 아주 어두운 곳이 있었다. 조제트는 그곳에서 걸음을 멈추더니 갑자기 몸을 돌리고 등을 난간에 기대어 그레이엄과 마주 보았다.

「아무래도 저한테 화가 난 것 같네요?」

「맙소사, 아닙니다! 왜 화가 납니까?」

「왜냐하면 제가 당신의 작은 터키인에게 무례하게 굴어서요.」

「그 사람은 **제** 작은 터키인이 아닙니다.」

「하지만 화가 났죠?」

「천만에요.」

조제트는 한숨을 쉬었다. 「당신은 정말 수수께끼예요. 당신은 아직도 왜 이 배로 여행하는지 제게 말해 주지 않았어요. 저는 정말로 알고 싶어요. 이 배가 싸기 때문일 리는 없어요. 당신이 입은 옷은 비싸다고요!」

그레이엄은 조제트의 얼굴을 볼 수 없었다. 보이는 건 흐릿한 윤곽뿐이었다. 하지만 그는 그녀가 쓰는 향수와 모피 코트의 퀴퀴한 냄새를 맡을 수 있었다. 그가 말했다. 「왜 그게 궁금한지 이해가 안 가네요.」

「하지만 당신은 제가 정말로 궁금해한다는 걸 확실히 알잖아요.」

조제트는 그레이엄 곁으로 4~5센티미터 정도 더 가까이 다가와 있었다. 그레이엄은 만약 원한다면 키스를 할 수 있었고, 그러면 조제트 역시 자신에게 키스할 거란 사실을 알았다. 그는 또한 그러한 키스가 그냥 가벼운 의미가 아니라, 둘의 관계를 진지하게 논의해야 한다는 선언이라는 사실도 알았다. 그는 자신이 그런 생각을 곧바로 물리치지 않았다는 사실에, 금방이라도 그녀의 도톰하고 부드러운 입술이 자신의 입술에 닿을 수 있다는 생각이 무척이나 마음을 끌어당긴다는 사실에 놀랐다. 그는 춥고 피곤했다. 그녀가 가까이 있었고, 그는 그녀의 체온을 느낄 수 있었다. 설사 키스를 한다고 큰일이 나는 것도……. 그가 말했다. 「모단을 통해 파리로 가시는 건가요?」

「네, 그런데 그걸 왜 묻죠? 그게 파리로 가는 경로잖아요.」

「우리가 모단에 도착하면 제가 왜 이 배로 여행하는지 모두 말씀드리겠습니다. 그때까지도 궁금해하시면요.」

조제트는 몸을 돌렸고, 그들은 걸었다. 「어쩌면 이건 그리 중요하지 않을지도 모르죠.」 조제트가 말했다. 「절 캐묻기 좋아하는 사람이라고 생각하심 안 돼요.」 그들은 갑판 승강구에 도착했다. 그레이엄을 향한 조제트의 태도가 눈에 띄게 달라져 있었다. 조제트는 다정하고 염려가 담긴 눈으로 그를 바라보았다. 「맞아요, 귀여운 사람, 당신은 피곤해요. 여기에 남아 있으라고 요구하면 안 되는 거였는데. 저는 혼자 산책을 마치겠어요. 좋은 밤 되세요.」

「좋은 밤 되십시오, 부인.」

조제트는 웃어 보였다. 「부인이라니! 그렇게까지 불친절할 필요는 없어요. 좋은 밤 보내요.」

그레이엄은 자신의 생각에 즐거움과 짜증을 동시에 느끼며 아래로 내려갔다. 식당 문밖에서 그는 쿠베틀리와 정면으로 마주쳤다.

쿠베틀리는 함박웃음을 지었다. 「1등 항해사 말로는 날씨가 좋을 거라네요, 선생님.」

「그거 잘됐군요.」 그레이엄은 자신이 이 남자에게 술을 같이하자고 초대했던 기억을 떠올리며 마음이 무거워졌다. 「저

123

와 한잔하시렵니까?」

「아, 아니요. 말씀은 고맙습니다만, 지금은 됐습니다.」쿠베틀리는 한 손을 가슴에 가져다 댔다. 「사실 저는 식사 때마신 와인 때문에 좀 버겁네요. 아주 산도가 높은 것이었습니다!」

「그러실 거 같네요. 그럼 내일 뵙지요.」

「네, 그레이엄 씨. 집에 가게 되어 기쁘시겠죠?」쿠베틀리는 대화를 하고 싶은 듯했다.

「네, 네, 아주 기쁩니다.」

「내일 정박하면 아테네에 가실 건가요?」

「그럴 생각이었습니다.」

「아테네를 잘 아시겠죠?」

「전에 가본 적이 있습니다.」

쿠베틀리는 망설였다. 그의 웃음이 알랑거리는 웃음으로 바뀌었다. 「제가 도움을 좀 받았으면 합니다, 그레이엄 선생님.」

「아, 어떤 거요?」

「저는 아테네를 잘 모릅니다. 한 번도 가본 적이 없습니다. 제가 선생님과 같이 가도 될까요?」

「네, 물론이지요. 기꺼이 함께 가겠습니다. 하지만 저는 그냥 영어 책 몇 권하고 담배를 사러 가는 겁니다.」

「정말 감사합니다.」

「천만에요. 우리는 점심 식사 후에 바로 도착하는 거죠?」

「네, 네, 맞습니다. 하지만 제가 정확한 시간을 알아보겠습니다. 그건 저에게 맡겨 주십시오.」

「그러면 그 일은 결정됐군요. 이제 저는 자러 가야겠습니다. 좋은 밤 되십시오, 쿠베틀리 씨.」

「좋은 밤 되십시오, 그레이엄 선생님. 그리고 도와주셔서 감사드립니다.」

「천만에요. 좋은 밤 되십시오.」

그레이엄은 선실로 돌아갔고, 종을 울려 선실 담당 승무원을 불러 아침 9시 30분에 선실로 커피를 가져다 달라고 말했다. 그러고는 옷을 벗고 침상으로 올라갔다.

몇 분 정도, 그는 등을 대고 누워 근육에서 긴장이 점점 풀리는 것을 즐겼다. 이제, 마침내, 그는 하키, 코페이킨, 바나트, 그리고 관련된 모든 것을 잊을 수 있었다. 그는 자기 삶으로 돌아왔고, 잠들 수 있었다. 〈베개에 머리를 대자마자 잠든다〉라는 상용구가 그의 머릿속을 스치고 지나갔다. 바로 그렇게 될 터였다. 그가 얼마나 피곤한지는 설명이 필요 없었다. 그는 모로 누웠다. 하지만 쉽사리 잠들지 못했다. 그의 두뇌는 쉬려고 하지 않았다. 마치 레코드판의 홈 한 줄에 바늘이 갇힌 것만 같았다. 가엾은 여인 조제트 때문에 그는 스스로를 웃음거리로 만들었다. 스스로를 웃음……. 갑자기 그는 내일 생각이 났다. 아, 그랬다! 그는 오롯이 세 시간을 쿠베틀리와 함께 있기로 약속했다. 하지만 그건 내일이었다. 그리고 지금은 잘 시간이었다. 그런데 손이 다시 욱신거렸고, 주변의 소음이 너무 심한 것 같았다. 그 투박한 호세가 옳았다. 진동이 **지나치게** 심했다. 선실은 화장실에 **너무** 가까웠다. 머리 위로 걸음 소리도 들렸다. 사람들은 차랑 갑판을 이리저리 걸어다녔다. 걷고, 걷고, 또 걷고. 대체 왜 사람들은 늘 걸어다녀야 하는 걸까?

30분째 깬 채로 누워 있는데, 프랑스 부부가 자기네 선실로 들어갔다.

그들은 1~2분 정도 조용히 있었다. 그리고 그들이 선실에서 움직이는 소리와 가끔 툴툴거리는 소리만이 들렸다. 이윽고 여자가 말을 하기 시작했다.

「휴, 겨우 하루가 지났네요! 사흘이나 더 남았어요! 생각만 해도 끔찍해요.」

「지나갈 거예요.」 하품. 「그 이탈리아 모자는 왜 그런대요?」

「못 들었어요? 그 여자 남편이 에르주룸에서 지진으로 죽었대요. 1등 항해사가 말해 줬어요. 아주 상냥한 사람이에요. 하지만 프랑스어로 대화할 수 있는 사람이 적어도 한 명은 있었으면 했는데 말이에요.」

「프랑스어를 할 수 있는 사람들이 있어요. 그 작은 터키인도 프랑스어를 아주 잘해요. 다른 사람들도 있고요.」

「그 사람들은 프랑스인이 아니에요. 그 여자랑 그 남자, 스페인인이에요. 그 사람들은 자기네가 댄서라던데, 그걸 누가 믿어요.」

「그 여자는 예쁘던데요.」

「물론이죠. 그걸 반박하는 게 아니에요. 하지만 당신은 사소한 건 넘길 필요가 있어요. 그 여자는 그 영국인에게 관심이 있어요. 나는 그 남자가 싫어요. 그 남자는 영국인처럼 보이지 않아요.」

「당신은 영국인이란 모두 스포츠웨어를 입고 외알 안경을 쓴 **귀족**이라고 생각하니까요. 하! 나는 1915년에 영국 일병들을 보았어요. 그 사람들은 모두 작고 추하고 목소리가 아주 커요. 아주 **빠르게** 말하고요. 그 남자 같은 유형은 장교에 더 가까워요. 마르고 느릿느릿하며, 물건들에서 좋지 않은 냄새가 난다는 듯한 표정을 짓는 장교들요.」

「그런 유형은 영국 장교가 아니에요. 그 영국인은 독일인들을 좋아해요.」

「과장하지 말아요. 그런 노인이라면 나라도 그 사람과 같이 앉았을 거예요.」

「아! 말은 잘하네요. 하지만 안 믿어요.」

「안 믿어요? 군인들은 보슈를 〈더러운 보슈〉라고 부르지 않아요. 그건 여자들, 민간인들이나 쓰는 말이죠.」

「당신은 미쳤어요. 그자들은 더러워요. 수녀들을 범하고 신부들을 살해한 스페인의 그자들과 똑같은 짐승들이에요.」

「하지만 여보, 당신은 히틀러의 많은 보슈가 스페인의 공화당에 **대항해** 싸웠다는 사실을 잊었어요. 당신은 잊었어요. 당신은 논리적이지 않아요.」

「그 사람들은 프랑스를 공격한 자들과 달라요. 그 사람들은 가톨릭 독일인이었다고요.」

「당신, 터무니없네요! 내가 1917년에 가톨릭 독일인이 쏜 총알에 내장을 다치지 않았나요? 당신 때문에 피곤하네요. 터무니없어요. 조용히 해요.」

「아니요, 터무니없는 건 바로…….」

그들은 계속해서 말했다. 그레이엄은 조금 더 대화를 엿들었다. 그는 요란하게 헛기침 소리를 낼까 말까 생각하다가 어느새 잠이 들었다.

그는 밤에 한 번만 깨었다. 진동은 사라지고 없었다. 그는 손목시계를 보고 2시 30분인 걸 알았다. 수로 안내사를 내려주기 위해 배가 차낙[13]에서 멈춘 거라고 추측했다. 몇 분 뒤 엔진이 다시 돌기 시작했고, 그는 다시 잠이 들었다.

일곱 시간 뒤 승무원이 그에게 커피를 가져왔을 때에야, 그는 차낙에서 수로 안내사가 커터선을 타고 왔을 때 자신 앞으로 온 전보도 가져왔다는 사실을 알게 되었다.

전보에는 이렇게 적혀 있었다. 〈그레이엄, 증기선 세스트리 레반테, 차나칼레.〉 그는 전보 내용을 읽었다.

H가 당신에게 알리라고 나에게 요청. B가 한 시간 전에 소피아로 출발. 다 잘되었음. 행운을. 코페이킨.

전보는 전날 저녁 7시 베이올루에서 보낸 것이었다.

13 터키 북서부에 있는 도시인 차나칼레를 말한다.

제5장

 에게해에 딱 어울리는 날이었다. 모든 것이 태양 아래에서 강렬한 색깔을 뿜냈고, 빛바랜 쪽빛 하늘에는 분홍색 작은 구름들이 흘러갔다. 기운 넘치는 바람이 불어왔고, 자수정색 바다는 하얗게 갈라졌다. 〈세스트리 레반테〉호는 그 아래로 뱃머리를 묻었다가 나오며 구름 같은 물보라를 일으켰고, 바람은 그런 물보라를 때려 오목갑판에 우박처럼 흩뿌렸다. 승무원은 그레이엄에게 그들이 마크로니소스섬이 보이는 거리에 있다고 말했고, 갑판으로 나간 그는 그 섬을 볼 수 있었다. 햇빛을 받아 반짝이는 가느다란 황금색 선으로 보이는 섬이 마치 석호 입구의 모래톱처럼 그들 앞에 길게 펼쳐져 있었다.
 갑판의 그쪽 가장자리에는 두 명이 더 있었다. 할러, 그리고 그의 팔에 기댄 여자였다. 여자는 작고 바짝 말랐으며, 머리털은 가늘고 잿빛이었다. 그의 아내가 분명했다. 그들은 난간에 몸을 단단히 의지했고, 할러는 마치 바람으로부터 힘을 얻고 있는 것처럼 바람에 머리를 꼿꼿이 들고 있었다. 그는 모자를 벗은 상태였고, 파고들어 오는 공기의 흐름에 흰

머리털이 떨렸다.

그들은 그레이엄을 보지 못한 게 분명했다. 그레이엄은 단정 갑판[14]으로 갔다. 그곳에서는 바람이 더 세게 불었다. 쿠베틀리와 프랑스인 부부는 난간 옆에 서서 모자를 움켜 잡고 배를 뒤따르는 갈매기들을 지켜보고 있었다. 쿠베틀리가 곧바로 그레이엄을 보고 손을 흔들었다. 그레이엄은 그들에게로 갔다.

「좋은 아침입니다, 마담, 무슈.」

프랑스인 부부는 조심스러운 태도로 그에게 인사했지만, 쿠베틀리는 열광적으로 인사했다.

「좋은 아침이지요? 잘 주무셨습니까? 오늘 오후의 우리 외출이 기다려지네요. 이쪽은 마티스 부부입니다. 이쪽은 그레이엄 선생님입니다.」

그들은 악수를 했다. 마티스 씨는 쉰 살 정도 되어 보였고, 날카로운 인상에 턱이 갸름하고 언짢은 표정이 얼굴에 새겨져 있었다. 하지만 일단 웃자 선량해 보이고 눈에 생기가 넘쳤다. 언짢은 표정은 그의 아내에 대한 우월감의 상징이었다. 마티스 부인은 엉덩이가 말랐으며, 성미에 거슬리는 그 어떤 일이 있더라도 결코 성질을 내지 않겠노라는 굳건한 표정을 짓고 있었다. 부인은 모습과 목소리가 일치하는 사람이었다.

「마티스 선생님은,」 쿠베틀리가 말했다. 그의 프랑스어는 영어보다 훨씬 더 유창했다. 「에스키셰히르에서 오셨습니다. 그곳의 프랑스 철도 회사에서 일하셨습니다.」

14 큰 배에서 작은 배를 설치·보관하는 갑판.

「그곳 기후는 폐에 좋지 않지요.」 마티스가 말했다. 「에스키셰히르를 아십니까, 그레이엄 씨?」

「거기에는 몇 분 정도밖에 있지 않았습니다.」

「저에게는 그 정도만으로도 충분했을 거예요.」 마티스 부인이 말했다. 「우리는 그곳에 3년이나 있었어요. 거기 도착한 뒤로 하루하루가 점점 더 나빠지기만 했지요.」

「터키인은 훌륭합니다.」 그녀의 남편이 말했다. 「열심히 일하고 참을성도 많지요. 하지만 우리는 프랑스로 돌아가게 되어 기쁩니다. 런던에서 오셨나요, 그레이엄 씨?」

「아니요, 영국 북부입니다. 터키에는 업무차 몇 주 있었습니다.」

「마지막 전쟁이 있고 꽤 세월이 흐른지라, 이번 전쟁은 우리에게 낯설게 느껴질 겁니다. 사람들 말에 따르면 프랑스의 마을들은 지난번보다 더 어두울 거라네요.」

「프랑스와 영국 모두 마을들이 엄청나게 어두울 겁니다. 만약 밤에 꼭 외출해야만 하는 경우가 아니라면 집에 머물러 있는 게 좋을 겁니다.」

「전쟁이니까요.」 마티스가 설교하듯 말했다.

「더러운 보슈 때문이에요.」 그의 아내가 말했다.

「전쟁은 끔찍한 일이지요.」 쿠베틀리가 면도하지 않은 턱을 매만지며 말했다. 「그건 의심의 여지가 없어요. 하지만 연합군이 이길 겁니다.」

「보슈는 강합니다.」 마티스가 말했다. 「연합군이 이길 거라니, 말은 쉽지만 싸움은 붙어 봐야 아는 거죠. 그리고 우리가 누구를 상대로, 어디에서 싸울지 아직 모르잖습니까? 전선은 동부에도 있고 서부에도 있습니다. 우리는 아직 진실을 모릅니다. 진실을 알게 될 때면 전쟁이 끝날 겁니다.」

「우리는 그런 질문을 하면 안 돼요.」 그의 아내가 말했다.

마티스의 입술이 씰룩였고, 그의 갈색 눈에는 세월의 쓰라림이 담겼다. 「당신 말이 맞아요. 우리는 그런 질문을 하면 안 되지요. 그런데 왜 안 되는 걸까요? 왜냐하면 우리에게 답을 해줄 수 있는 사람들은 최고위층에 자리 잡은 은행가와 정치가들, 군수물자를 생산하는 거대 공장들의 주식을 가진 놈들뿐이기 때문이에요. 그자들은 우리에게 답을 안 할 거예요. 왜? 그자들은 만약 프랑스와 영국의 군인들이 그 답을 알면 더는 싸우지 않으리라는 사실을 알기 때문이죠.」

그의 아내가 얼굴을 붉혔다. 「당신은 미쳤어요! 당연히 프랑스 사람들은 더러운 보슈로부터 우리를 지키기 위해 싸울 거예요.」 부인은 그레이엄을 힐끗 보았다. 「프랑스가 싸우지 않을 거라고 말하는 건 나빠요. 우리는 겁쟁이가 아니에요.」

「그렇죠. 하지만 우리는 바보도 아니에요.」 마티스는 재빨리 그레이엄을 바라보았다. 「브리에라는 곳을 들어 보셨습니까, 그레이엄 씨? 프랑스 철광석의 90퍼센트가 브리에 지역 광산들에서 나죠. 1914년에, 그 광산들을 독일인들이 쥐고 흔들었습니다. 철이 필요한 독일인들이 그곳에서 일했죠. 열심히 일했습니다. 독일인들은 만약 브리에에서 나는 철이 없었다면 자신들은 1917년에 끝장났을 거라고 인정했죠. 네, 독일인들은 브리에에서 열심히 일했습니다. 당시 저는 베르

뒹에 있었기 때문에 그 사실을 잘 압니다. 밤이면 밤마다, 우리는 몇 킬로미터 떨어진 브리에의 용광로들에서 나오는 빛이 하늘에 반사된 것을 지켜보았습니다. 독일 대포를 제조하는 데 쓸 재료를 만드는 용광로들이었습니다. 일주일만 시간을 주면, 우리의 대포와 폭격기들은 그 용광로들을 완전히 산산조각 낼 수 있었습니다. 하지만 우리의 대포는 가만히 있었습니다. 브리에 지역에 폭탄을 하나 투하한 조종사는 군법 회의에 회부되었습니다. 왜일까요?」마티스의 목소리가 높아졌다. 「왜인지 말씀드리지요, 그레이엄 씨. 왜냐하면 브리에를 건드려선 안 된다는 명령이 있었기 때문입니다. 누구의 명령이냐고요? 아무도 몰랐습니다. 높은 곳의 누군가가 내린 명령이었습니다. 국방부는 그 명령을 내린 게 장군들이라고 말했습니다. 장군들은 명령을 내린 게 국방부 장관이라고 했습니다. 우리는 전쟁이 끝나고 난 뒤에야 진실을 알 수 있었습니다. 그 명령은 브리에의 광산과 용광로들을 소유한 철강 위원회의 드 웬델 씨가 내린 거였습니다. 우리는 우리의 목숨을 위해 싸우고 있었는데, 드 웬델 씨에게는 우리 목숨보다 자신에게 큰 이익을 안겨 줄 재산을 보호하는 게 더 중요했던 겁니다. 아니요, 싸우는 이가 진실을 너무 많이 아는 것은 좋지 않습니다. 연설, 좋지요! 진실, 안 됩니다!」

마티스의 아내가 킬킬거렸다. 「언제나 똑같다니까요. 누군가가 전쟁을 언급하면 이이는 브리에에 대해 이야기하기 시작하죠. 24년 전에 일어난 일을요.」

「왜 그러면 안 되는데요?」마티스가 캐물었다. 「세상은 그리 크게 변한 게 없어요. 그런 일이 있었단 사실을 모른다고 해서, 그런 일이 벌어지고 있지 않다는 뜻은 아니죠. 나는 전쟁을 생각하면 언제나 브리에, 그리고 하늘에서 이글거리던 용광로 불빛을 떠올려요. 그러면서 나는 들은 것만 전적으로 믿는 그러한 평범한 사람이 되지 말아야 한다는 사실을 상기하죠. 프랑스 신문을 보면 빈칸들이 보여요. 검열을 한 거죠. 그런 신문들을 보면 어떤 사실을 알 수 있죠. 그리고 신문들은 주장하길, 프랑스가 영국과 힘을 합쳐 민주주의와 자유를 지키기 위해 히틀러와 나치에 대항해 싸운다고 하지요.」

「당신은 그걸 믿지 않나요?」 그레이엄이 물었다.

「저는 프랑스와 영국의 **국민**이 열심히 싸운다고 믿습니다. 하지만 그게 같은 걸까요? 저는 브리에를 떠올리며 의심합니다. 똑같은 바로 그 신문들이 전에는 독일군이 브리에에서 광석을 가져가지 않는다고 주장했습니다. 저는 지난 전쟁에서 부상을 당해 상이군인이 되었습니다. 이번 전쟁에서는 싸우지 않아도 됩니다. 하지만 생각은 할 수 있지요.」

마티스의 아내가 다시 소리 내어 웃었다. 「하! 이이는 프랑스에 도착하면 달라질 거예요. 이이가 지금은 바보같이 말해도, 부디 그냥 잊고 넘겨 주세요. 이이는 선량한 프랑스인이에요. 무공 십자 훈장도 받았어요.」

마티스가 윙크를 했다. 「자그마한 쇳조각이 가슴 안에 있음을 찬양하는, 가슴 밖의 조그마한 은조각 말인가요? 내 생각에, 이번 전쟁에서 싸워야 할 이들은 여자들이라고 봐요. 애국자일 때 여자들은 남자들보다 훨씬 더 잔인하니까요.」

「당신 생각은 어떻습니까, 쿠베틀리 씨?」 그레이엄이 말했다.

「저요? 아, 부디 저는 빼주십시오!」 쿠베틀리가 사과하는 듯한 어조로 말했다. 「아시겠지만, 저는 중립입니다. 저는 아무것도 모릅니다. 저는 아무 의견도 없습니다.」 쿠베틀리는 두 손을 펼쳐 보였다. 「저는 담배를 팝니다. 수출업이죠. 그걸로 충분합니다.」

프랑스 남자가 눈썹을 치켰다. 「담배요? 그래요? 저는 담배 회사들을 위한 운송을 많이 다뤘습니다. 어느 회사인가요?」

「이스탄불의 파자르입니다.」

「파자르?」 마티스는 살짝 어리둥절한 표정이었다. 「그런 회사는…….」

하지만 쿠베틀리가 그의 말을 가로챘다. 「아! 보세요! 그리스네요!」

다들 그곳을 바라보았다. 확실히 그리스였다. 배가 지Zea 해협을 통과해 감에 따라 마크로니소스는 천천히 줄어드는 황금색 선으로 보였고, 그리스는 그 황금선 너머로 지평선에 낮게 깔린 구름층처럼 보였다.

「아름다운 날이군요!」 쿠베틀리가 감격했다. 「웅장하네요!」 쿠베틀리는 깊이 숨을 들이마셨다가 큰 소리로 내쉬었다. 「아테네가 정말 기대되네요. 우리는 2시에 피레에프스에 도착할 겁니다.」

「부인과 함께 뭍에 나가실 겁니까?」 그레이엄이 마티스에게 물었다.

「아니요, 계획에 없습니다. 시간이 너무 촉박하더군요.」마티스는 외투 깃을 올리고 몸을 떨었다. 「아름다운 날이라는 데는 동의하지만 춥군요.」

「그렇게 많이 말하지 않았다면 따뜻했을 거예요.」마티스의 아내가 말했다. 「그리고 스카프도 안 했잖아요.」

「알았어요, 알았어!」마티스가 짜증을 내며 말했다. 「우리는 아래로 내려가겠습니다. 실례하겠습니다.」

「저도 내려가는 게 좋을 듯합니다.」쿠베틀리가 말했다. 「내려가시겠습니까, 그레이엄 선생님?」

「저는 조금 더 있겠습니다.」그레이엄은 나중에 쿠베틀리와 충분히 긴 시간을 함께 있을 터였다.

「그러면 2시에 뵙죠.」

「네.」

그들이 가자 그레이엄은 손목시계를 보았고, 11시 30분인 것을 확인하고는 술을 마시러 내려가기 전에 단정갑판을 열바퀴 돌자고 결심했다. 그리고 걷기 시작하자마자, 밤에 훨씬 더 잘 잘 수 있겠다는 생각이 들었다. 첫째로, 손의 욱신거림이 사라졌고, 고통 없이도 손가락을 살짝 구부릴 수 있었다. 하지만 더 중요한 것은, 전날 밤 그를 괴롭혔던 악몽 속에서 움직이는 듯한 느낌이 이제 사라지고 없다는 점이었다. 그레이엄은 건강해진 느낌이 들며 유쾌해졌다. 어제가 몇 년 전 일만 같았다. 물론 붕대를 감은 손을 보면 어제의 일이 생각나긴 했지만, 상처가 더는 심각하지 않아 보였다. 어제 이 상처는 끔찍한 무언가의 일부였다. 오늘은 그냥 손등의 찰과

상이었고, 며칠 지나면 치유될 상처에 지나지 않았다. 그사이, 그는 집으로, 자신의 일로 돌아가고 있었다. 마드무아젤 조제트에 관해선, 다행히도 진짜 멍청한 행동을 하지 않을 정도의 정신은 남아 있었다. 비록 한순간이긴 했지만 조제트에게 진짜로 키스하고 싶었다는 사실은 충분히 비현실적이었다. 하지만 그건 정상을 참작해야 했다. 그때 그는 피곤하고 혼란스러운 상태였다. 그리고 비록 조제트가 빤한 욕구를 너무나 빤한 방법으로 충족하려 하는 여자이긴 해도, 그녀에겐 천박한 쪽으로 부인할 수 없는 매력이 있었다.

그레이엄이 네 바퀴 돌았을 때, 이 사색의 대상이 갑판에 나타났다. 조제트는 모피 대신 낙타털 외투를 입고 있었고, 모직 스카프 대신 녹색 면 스카프를 머리에 둘렀으며, 코르크 〈플랫폼〉을 댄 운동화를 신고 있었다. 조제트는 그레이엄이 자신에게 오기를 기다렸다.

그레이엄은 웃으며 고개를 끄덕였다. 「좋은 아침입니다.」

조제트는 눈썹을 치켰다. 「〈좋은 아침이에요!〉 그것 말고는 달리 할 말이 없나요?」

그레이엄은 깜짝 놀랐다. 「제가 뭐라고 해야 하나요?」

「당신은 절 실망시키는군요. 저는 모든 영국인은 훌륭한 영국식 아침 식사를 하기 위해 일찍 잠자리에 들 거라고 생각했어요. 저는 10시에 일어났지만, 당신은 어디에도 보이지 않더군요. 당신은 여전히 선실에 있다고 승무원이 알려 줬어요.」

「안타깝게도, 이 배에서는 영국식 아침 식사를 제공하지 않습니다. 저는 그냥 간단하게 커피만 주문해 침대에서 마셨

137

습니다.」

조제트는 얼굴을 찡그렸다.「뭐, 왜 당신을 보고 싶어 했느냐고는 묻지도 않네요. 저 같은 사람은 침대에서 일어나자마자 당신을 보고 싶어 해야만 하는 거요?」

조롱 섞인 신랄함이 오싹할 정도였다. 그레이엄이 말했다.「저는 당신 말을 진지하게 받아들이지 않았습니다. 왜 그렇게 저를 **찾으셔야만** 했나요?」

「아, 그건 좀 낫네요. 좋은 건 아니지만, 나아요. 오늘 오후 아테네에 가실 건가요?」

「네.」

「저도 같이 가도 될지 물어보고 싶어서 당신을 찾아다녔어요.」

「그러셨군요. 저는…….」

「하지만 이제는 너무 늦었어요.」

「이런, 안타깝네요.」그레이엄이 즐겁게 말했다.「저와 함께 가주셨으면 아주 좋았을 텐데요.」

조제트는 어깨를 으쓱했다.「너무 늦었어요. 쿠베틀리 씨가, 그 작은 터키인이 제게 먼저 물었고, *faute de mieux*(없는 거보다 낫죠), 저는 받아들였어요. 그 사람을 좋아하진 않지만, 그 사람은 아테네를 아주 잘 알아요. 아주 흥미로울 거예요.」

「네, 그럴 것 같습니다.」

「그 사람은 아주 흥미로워요.」

「분명히요.」

「물론 원하신다면 제가 그 사람을 설득해서…….」

「불행히도, 그건 어려울 듯합니다. 지난밤, 쿠베틀리 씨는 자신이 아테네에 가본 적이 한 번도 없다면서 저와 함께 가도 되는지 물어 왔습니다.」

그레이엄은 그렇게 말하면서 크나큰 기쁨을 느꼈다. 하지만 조제트는 단지 한순간만 당황할 뿐이었다. 그녀는 웃음을 터뜨렸다.

「당신은 전혀 예의 바르지 않네요. 전혀요. 당신은 뻔히 알면서도 제가 거짓말하게 내버려 뒀어요. 당신은 저를 말리지 않았어요. 당신은 친절하지 않군요.」 조제트는 다시 소리 내어 웃었다. 「하지만 재미있는 농담이에요.」

「정말로 아주 죄송합니다.」

「당신은 너무 친절해요. 저는 당신과 친해지고 싶었을 뿐이에요. 저는 아테네에 가든 안 가든 전혀 관심 없어요.」

「당신이 같이 가신다면 쿠베틀리 씨도 분명 기뻐하실 겁니다. 당연히 저도 기쁘고요. 아마 당신은 저보다 아테네에 대해 훨씬 더 잘 아실 거고요.」

조제트가 갑자기 두 눈을 가늘게 떴다. 「그게 대체 무슨 의미죠?」

그레이엄의 말에 딴 뜻은 없었다. 그는 안심시키려는 의도로 웃음을 지으며 말했다. 「제 말은, 당신이 아마도 그곳에서 공연을 해봤을 거라는 뜻이었습니다.」

조제트는 잠시 언짢은 눈으로 그를 바라보았다. 그레이엄은 여전히 자신의 입에 바보같이 걸려 있던 웃음이 사라지는 것을 느꼈다. 조제트가 천천히 말했다. 「전 제가 생각했던 것만큼 당신을 좋아하는 거 같지 않네요. 당신은 저를 전혀 이해하지 못하는 것 같아요.」

「그럴 수 있죠. 저는 당신을 안 지 얼마 안 되었으니까요.」

「이 여자는 연예인이니까,」 조제트가 화를 내며 말했다. 「그렇고 그런 사람이겠구나, 이렇게 생각했군요.」

「천만에요. 그런 생각은 해보지도 않았습니다. 저와 갑판 산책을 하시렵니까?」

조제트는 움직이지 않았다. 「저는 당신을 전혀 좋아하지 않는다는 생각이 들기 시작했어요.」

「죄송합니다. 저는 이번 여행에서 당신과 친구가 되는 걸 기대하고 있었습니다.」

「하지만 당신은 쿠베틀리 씨와 나가잖아요.」 조제트가 거칠게 말했다.

「네, 사실입니다. 불행히도, 그분은 당신만큼 매력 있지 않지요.」

조제트는 빈정대는 웃음을 웃었다. 「오, 제가 매력 있는 건 아시는군요? 그건 아주 좋아요. 아주 기쁘군요. 영광이에요.」

「저 때문에 기분이 상하신 듯하군요.」 그레이엄이 말했다. 「사과드립니다.」

조제트는 경쾌하게 한 손을 흔들었다. 「맘 쓰지 말아요. 아마도 당신이 멍청해서 그런 거라고 생각하니까요. 걷고 싶다고 하셨죠. 좋아요, 같이 걸어요.」

「잘됐네요.」

그들이 세 걸음 걸었을 때, 조제트가 걸음을 다시 멈추고 그레이엄을 마주 보았다. 「왜 그 작은 터키인을 아테네에 데려가야 하나요?」 조제트가 캐물었다. 「갈 수 없다고 그 사람에게 말하세요. 예의 바르게 말하면 통할 거예요.」

「그리고 당신이랑 가고요? 그런 생각인가요?」

「만약 당신이 제게 청하면, 전 당신이랑 갈 거예요. 전 이 배가 지루한 데다가 영어로 말하는 게 좋아요.」

「안타깝게도, 쿠베틀리 씨는 그게 그리 예의 바르다고 생각하지 않을 겁니다.」

「당신이 저를 좋아한다면, 쿠베틀리 씨가 어떻게 생각하는지는 당신에게 문제가 아닐 거예요.」 조제트는 어깨를 으쓱했다. 「하지만 이해했어요. 상관없어요. 저는 당신이 아주 불친절하다고 생각하지만, 상관없어요. 지루해요.」

「죄송합니다.」

「네, 죄송하시죠. 그건 좋아요. 하지만 저는 여전히 지루해요. 우리, 걸어요.」 그리고 그들이 다시 걷기 시작했을 때 조제트가 말했다. 「호세는 당신이 경솔하다고 생각해요.」

「그런가요? 왜요?」

「당신이 대화를 나눴던 그 늙은 독일인이요, 그자가 스파이 아닌지 어떻게 아나요?」

그레이엄은 큰 소리로 웃었다. 「스파이요! 정말 독특한 생각이군요!」

조제트는 차가운 눈으로 그레이엄을 노려보았다. 「그게 왜 독특한 생각인가요?」

「만약 당신이 그분과 이야기를 해보았다면, 절대로 그런 부류가 될 수 없는 사람이라는 사실을 잘 알았을 겁니다.」

「그럴 수도 있죠. 호세는 늘 사람들을 엄청 의심해요. 그이는 늘 사람들이 자신에 대해 거짓말을 한다고 믿죠.」

「솔직히, 호세가 누굴 비난한다고 하니 제게는 오히려 그분에 대한 추천으로 느껴지네요.」

「오, 그이는 비난하지 않아요. 그냥 흥미가 있을 뿐이에요. 그이는 사람들에게서 뭔가 알아내는 걸 좋아해요. 그이는 우리가 모두 동물이라고 생각해요. 그이는 사람들이 뭘 하든 전혀 놀라지 않죠.」

「아주 멍청하게 들리는군요.」

「당신은 호세를 이해하지 못해요. 수녀원에서 수녀들은 좋은 대상과 나쁜 대상을 구분해서 생각하지만, 그이는 오로지 대상을 그 자체로만 생각해요. 그이는 누군가에게 좋은 것이 다른 누군가에게는 나쁠 수도 있고, 그래서 선악을 이야기하는 건 멍청하다고 하지요.」

「하지만 때때로 사람들은 그게 **선하다**는 이유만으로 선한 일을 합니다.」

「그렇게 해서 자기들 기분이 좋아질 때만 그러죠. 호세는 그렇게 말해요.」

「그게 **악하기** 때문에 악한 일을 하지 않는 사람들은요?」

「호세는, 만약 사람이 **정말로** 뭔가를 해야 할 필요가 있다면 다른 사람들이 어떻게 생각하는지는 상관하지 않을 거라고 말해요. 만약 정말로 배가 고프다면, 훔칠 거예요. 만약 정말로 위험에 처해 있다면, 남을 죽일 거고요. 만약 정말로 두렵다면, 잔인해질 거예요. 호세는, 선악을 발명해 낸 사람들은 안전하고 잘 먹고 잘사는 사람들이래요. 배고프고 안전하지 않은 사람들에 대해 걱정할 필요가 없게 하려고요. 사람의 행동은 그 사람이 필요로 하는 것을 바탕으로 해요. 간단하죠. 당신은 살인자가 아니에요. 당신은 살인은 악하다고 말하죠. 호세라면, 당신은 랑드뤼[15]나 바이트만[16]과 다를 바 없는 살인자이며, 다행히도 당신이 누군가를 죽일 필요가 없었을 뿐이라고 할 거예요. 언젠가 누군가가 호세에게 〈인간은 벨벳을 두른 유인원이다〉라는 독일 속담을 말해 줬어요. 그이는 언제나 그 속담을 즐겨 되뇌곤 하죠.」

「그리고 당신은 호세에게 동의하고요? 제가 잠재적 살인자라는 부분 말고요. 왜 사람들이 그런 존재인지에 대해서요.」

「저는 동의도 반대도 하지 않아요. 저는 관심 없어요. 저에겐, 어떤 사람은 친절하고, 어떤 사람은 가끔 친절하고, 어떤 사람은 전혀 친절하지 않아요.」 조제트는 곁눈질로 그를 바라보았다. 「당신은 어떤 때는 친절해요.」

「당신 자신에 대해서는 어떻게 생각하시나요?」

조제트가 웃음을 지었다. 「저요? 오, 저도 어떤 때는 친절해요. 사람들이 제게 친절할 경우, 저는 귀여운 천사가 되지요.」 조제트가 덧붙였다. 「호세는 자기가 신만큼 영리하다고

---

15 Henri Désiré Landru(1869~1922). 프랑스의 유명한 연쇄 살인범.
16 Eugen Weidmann(1908~1939). 독일의 연쇄 살인범으로, 프랑스 단두대에서 마지막으로 공개 처형되었다.

생각해요.」

「네, 그렇게 생각할 것 같네요.」

「당신은 그이를 좋아하지 않는군요. 저는 놀랍지 않아요. 호세를 좋아하는 건 늙은 여자들뿐이거든요.」

「**당신**은 호세를 좋아하나요?」

「그이는 제 파트너예요. 비즈니스로 얽힌 관계죠.」

「네, 전에도 그렇게 말했죠. 하지만 호세를 **좋아**하나요?」

「그이는 때때로 저를 웃게 하죠. 사람들에 대해 흥미로운 사실들을 말해요. 세르주 기억하시죠? 호세는, 세르주가 자기 어머니 개집에서 지푸라기도 훔칠 사람이라고 말했어요. 그 말을 들은 저는 엄청나게 웃었죠.」

「그랬겠네요. 지금 저와 한잔하시겠습니까?」

조제트는 손목에 찬 작은 은시계를 보더니 그러겠노라고 말했다.

그들은 아래로 내려갔다. 배의 고급 선원 한 명이 맥주를 들고 바에 기대어 선실 담당 승무원과 이야기하고 있었다. 그레이엄이 술을 주문하자, 그 고급 선원은 조제트에게 관심을 돌렸다. 그는 여자를 꼬시는 데 자신만만한 게 분명했다. 조제트에게 말하는 내내 그의 검은 눈동자는 그녀에게서 시선을 떼지 않았다. 그레이엄은 알아들을 수 없는데도 지루함을 참고 이탈리아어를 계속 듣고 있었지만 내내 무시당했다. 그레이엄은 무시당한 것에 만족했다. 그는 자기 술을 들고 일어섰다. 점심 식사를 알리는 종이 울리고 할러가 들어오고 나서야 그는 자신이 식탁의 자리를 바꾸려는 그 어떤 노력도 하지 않았다는 사실을 깨달았다.

그레이엄이 곁에 앉자 독일인은 친근하게 고개를 끄덕였다. 「오늘도 당신이 저와 함께 자리하실 거라고는 기대하지 않았습니다.」

「담당 승무원에게 말해 두는 걸 까맣게 잊었습니다. 혹시라도…….」

「아니요, 괜찮습니다. 그 말씀을 칭찬으로 받아들이겠습니다.」

「아내분은 어떠신가요?」

「나아졌습니다. 아직 제대로 식사를 할 정도는 아니지만요. 하지만 오늘 아침에는 산책을 했습니다. 아내에게 바다를 보여 줬지요. 크세르크세스 1세의 대함대는 지금 이 항로를 지나 살라미스로 가서 대패를 당하지요. 그 페르시아인들에게 지평선의 저 회색 덩어리들은 테미스토클레스[17]의 나라이자 마라톤 평야에 울려 퍼지던 고대 아테네 방언의 나라입니다. 아마도 당신에겐 독일인의 감상적인 생각 정도로 느껴지시겠지만, 저 회색 덩어리는 베니젤로스[18]와 메탁사스[19]의 나라라는 사실이 저로서는 더할 나위 없이 아쉽다는 말씀을

17 Themistocles(B.C. 524~B.C. 460). 고대 그리스의 장군이자 정치가. 집정관이 되어 아테네를 그리스 제일의 해군 국가로 만들었으며, 아테네 함대를 지휘하여 페르시아 해군을 격파하였다.
18 Eleuthérios Venizélos(1864~1936). 그리스의 정치가이자 혁명가. 현대 그리스의 기틀을 다졌다.
19 Ioannis Metaxas(1871~1941). 그리스의 장군이자 정치가로, 1936년부터 사망한 1941년까지 그리스를 지배한 독재자였다.

드려야겠습니다. 저는 젊었을 때 아테네의 독일 문화원에 몇
년 있었습니다.」

「오늘 오후에 뭍에 내리실 건가요?」

「아니요, 아테네는 이미 제가 아는 걸 상기시켜 줄 뿐입니
다. 제가 늙었다는 사실을요. 아테네에 대해 아십니까?」

「조금요. 살라미스를 좀 더 잘 알지요.」

「그곳에는 이제 커다란 해군 기지가 있지 않나요?」

그레이엄은 다소 부주의하게 그렇다고 대답했다. 할러는
주위를 힐끗 보고는 살짝 웃었다. 「실례했습니다. 분별없는
말을 했네요.」

「저는 뭍에 가서 책과 담배를 좀 사 올 생각입니다. 뭐 사
다 드릴까요?」

「참으로 친절한 제안이십니다만, 아무것도 필요 없습니다.
혼자 가십니까?」

「쿠베틀리 씨, 그러니까 옆 테이블에 있는 터키 신사분인
데, 그분이 제게 안내를 해달라고 청하셨습니다. 아테네에
가본 적이 없다시네요.」

할러가 눈썹을 치켰다. 「쿠베틀리요? 그게 그분 이름이군
요. 오늘 아침에 잠깐 이야기를 나눴습니다. 독일어를 유창
하게 하시고 베를린에 대해 약간 아시더군요.」

「영어도 하시고 프랑스어도 아주 잘하십니다. 여행을 많이
하신 듯하더군요.」

할러가 투덜거리듯 말했다. 「여행을 많이 해본 터키인이라
면 당연히 아테네에도 가봤을 것 같은데요.」

「그분은 담배를 파십니다. 그리스는 자국 내에서 담배를 재배하지요.」

「아, 그렇죠. 그 생각을 못 했습니다. 여행을 하는 사람들 대부분은 관광이 아니라 뭔가를 팔기 위해 다닌다는 사실을 자꾸만 깜박하네요. 저는 그분과 20분 정도 대화를 나누었습니다. 그분은 아무런 것도 알려 주지 않으면서 말하는 기술이 있더군요. 그분의 말은 동의 또는 논의의 여지가 없는 주장으로 이루어져 있습니다.」

「아마도 그건 그분이 세일즈맨이라는 점과 관련이 있는 듯합니다. 〈세상이 나의 고객이고, 고객은 언제나 옳다〉 그런 거죠.」

「흥미로운 분입니다. 그분이 보여 주는 모습은 지나치게 단순하고, 그래서 전 그게 그분의 진짜 모습이 아니라고 생각합니다. 웃음은 살짝 과하게 멍청하고, 대화는 살짝 과하게 회피적입니다. 그분은 처음 만나자마자 자신에 대해 뭔가 말하지만, 그 이상은 말하지 않습니다. 그게 흥미롭습니다. 자신에 대해 말하기 시작한 사람은 대개 계속해서 자기 얘기를 하거든요. 게다가 단순한 터키 비즈니스맨이라니, 들어 본 적 있습니까? 아니요, 제겐 그분이 사람들 마음속에 자신을 특정한 이미지로 남겨 두려고 애쓰는 그런 사람이란 생각이 듭니다. 그분은 자신이 과소평가되기를 바랍니다.」

「하지만 왜요? 그분은 우리에게 담배를 팔지 않는데요.」

「아마도, 말씀하셨듯이, 그분은 세상을 자기 고객으로 생각할 수도 있지요. 하지만 오늘 오후에 그 부분을 조사해 볼 기회가 있으시겠네요.」할러가 웃었다.「그리고 이건 그냥 아무 근거 없는 제 생각일 뿐이지만, 당신도 흥미를 느끼고 계시지 않나요? 실례를 용서해 주십시오. 저는 여행을 엄청나게 많이 해야 하지만 여행객으로선 엉망인 사람입니다. 시간을 보내기 위해, 저는 게임을 하나 고안했습니다. 제 게임은, 함께 여행하는 사람들의 첫인상과 나중에 그 사람들에 대해 알아낸 사실을 비교하는 겁니다.」

「만약 자신의 판단이 옳았다면 1점 따는 겁니까? 틀렸다면 1점 잃고요?」

「정확합니다. 사실 저는 이기는 것보다 지는 쪽을 더 즐깁니다. 늙은이의 게임이죠. 아시겠지만요.」

「그러면 갈린도 씨에 대한 당신의 인상은 어떻습니까?」

할러는 얼굴을 찡그렸다.「안타깝게도, 그 신사분의 경우는 첫인상이고 자시고가 없이 늘 똑같더군요. 그분은 사실 그리 흥미롭지 않습니다.」

「그 사람은 모든 인간이 잠재적 살인자란 이론을 갖고 있고, 〈인간은 벨벳을 두른 유인원이다〉라는 요지의 독일 속담을 인용하길 즐긴다더군요.」

「놀랍지 않군요.」신랄한 대답이었다.「모든 사람은 어떤 식으로든 자신을 정당화해야 하니까요.」

「그건 좀 가혹하지 않나요?」

「그럴지도요. 유감스럽게도, 갈린도 씨는 매너가 아주 형편없는 분이더군요.」

그레이엄이 대답하려는데 갈린도 씨가 나타났다. 마치 자다가 막 나온 사람처럼 보였다. 그 뒤를 따라 이탈리아 모자가 들어왔다. 대화는 막연하고 의례적인 내용으로 바뀌었다.

2시가 지나고 얼마 안 되어, 〈세스트리 레반테〉호는 피레에프스 항구 북쪽 면의 새 부두에 정박했다. 그레이엄이 쿠베틀리와 함께 갑판에 서서 승객용 현문 사다리가 설치되기를 기다리고 있는데, 어느새 조제트와 호세가 식당을 나와 그레이엄 뒤에 서 있었다. 호세는 마치 그들이 돈을 빌려 달라고 할까 봐 두렵다는 듯이 그들을 향해 의심스러운 눈으로 고개를 끄덕였다. 조제트는 웃어 보였다. 좋은 충고를 무시한 친구를 볼 때의 인내심 어린 웃음이었다.

쿠베틀리가 흥분해서 말했다. 「두 분 모두 상륙하십니까?」

「우리가 왜 그래야 한단 말입니까?」 호세가 따지듯 물었다. 「시간 낭비입니다.」

하지만 쿠베틀리는 민감하지 않았다. 「아하! 즉 당신과 부인께서는 아테네를 잘 아시는 거군요?」

「너무 잘 알죠. 더러운 도시입니다.」

「저는 가본 적이 없습니다. 만약 당신과 부인께서 가신다면 우리 모두 함께 가는 것이 좋겠다고 생각했습니다.」

호세는 고문을 받는 것처럼 이를 앙다물고 눈알을 굴렸다. 「우리는 가지 **않겠다**고 이미 말했습니다.」

「하지만 물어봐 주시다니, 아주 친절하시네요.」 조제트가 우아하게 말했다.

마티스 부부가 식당에서 나왔다. 「아!」 마티스가 그들에게 인사했다. 「모험가들이시군요! 우리가 5시에 출발한다는 걸

잊지 마십시오. 우리는 여러분을 기다리지 않을 겁니다.」

쿵 소리와 함께 현문 사다리가 위치를 잡았고, 쿠베틀리는 긴장하며 현문 사다리를 내려갔다. 그레이엄이 뒤를 따랐다. 그는 배에 남아 있을걸 그랬다고 후회하기 시작했다. 현문 사다리 발치에서 그는 뒤를 돌아보았다. 배를 떠나는 승객이라면 어쩔 수 없이 하는 행동이었다. 마티스가 손을 흔들고 있었다.

「아주 친절한 분이네요, 마티스 씨는요.」 쿠베틀리가 말했다.

「아주요.」

세관 검사장 너머에는 더럽고 낡은 소형 피아트 자동차가 있었고, 차에는 네 명 기준 한 시간 관광 안내에 5백 드라크마라고 적힌 표지가 프랑스어, 이탈리아어, 영어, 그리스어로 붙어 있었다.

그레이엄은 걸음을 멈추었다. 그는 자신이 타야 할 전차들과 시가 전차들을, 아크로폴리스까지 올라야 할 언덕을, 걸어야 할 걸음들을, 걸어다니는 관광이 얼마나 지치고 지루한지를 생각했다. 그는 그러한 최악의 상황을 피하게 해줄 방법이 있다면 30실링에 해당하는 드라크마는 지불할 가치가 있다고 판단했다.

「이 차를 타는 게 어떨까 생각합니다.」 그레이엄이 말했다.

쿠베틀리는 걱정하는 듯했다. 「다른 방법은 없나요? 이건 너무 비싼데요.」

「괜찮습니다. 제가 내겠습니다.」

「하지만 선생님은 이미 호의를 베풀어 주셨잖습니까. 제가 내야죠.」

「오, 어쨌든 저는 차를 타야 했을 겁니다. 5백 드라크마는 사실 비싸지 않습니다.」

쿠베틀리의 두 눈이 휘둥그레졌다. 「5백요? 하지만 그건 4인 기준이잖습니까. 우리는 두 명입니다.」

그레이엄이 소리 내어 웃었다. 「택시 운전사도 그런 식으로 생각할지 의문이네요. 네 명 대신 두 명을 태운다고 해도 운전사가 쓰는 비용은 똑같을 겁니다.」

쿠베틀리가 사과하는 듯한 표정을 지었다. 「제가 그리스어를 좀 압니다. 제가 물어봐도 될까요?」

「물론이지요. 물어보세요.」

그들이 다가가자, 치수가 몇 호 정도 작아 보이는 양복을 입고 무척이나 광택을 낸 갈색 구두를 양말 없이 신은, 포식자처럼 생긴 운전사가 차에서 뛰어내렸고, 문을 계속 연 채 잡고 있었다. 운전사가 소리쳤다. 「*Allez! Allez! Allez*(갑니다! 갑니다! 갑니다)!」 운전사는 그들에게 호소했다. 「*Très bon marché. Cinquecento, solamente*(아주 쌉니다. 겨우 5백입니다).」

쿠베틀리는 앞으로 성큼성큼 나아갔다. 그 모습이 마치 땅딸막하고 지저분한 꼬마 다윗이 얼룩진 파란 서지를 입은 마른 골리앗과 싸우러 가는 것처럼 보였다. 쿠베틀리가 말하기 시작했다.

쿠베틀리는 그리스어를 유창하게 말했다. 그건 의심의 여지가 없었다. 그레이엄은 쿠베틀리의 입에서 단어들이 봇물 터지듯 쏟아져 나옴에 따라 택시 운전사의 놀란 표정이 노한 표정으로 바뀌는 모습을 보았다. 쿠베틀리는 차를 헐뜯고 있었다. 그는 지적하기 시작했다. 그는 짐받이의 녹슨 부분에서부터 의자 천에 난 작은 구멍, 유리창의 금, 자동차 문 밑의 낡은 발판에 이르기까지 모든 결함을 지적했다. 그리고 숨을 돌리기 위해 말을 멈췄고, 화난 운전사는 그 기회를 놓치지 않고 반박했다. 운전사는 소리를 질렀고, 자신의 주장을 강조하려고 문짝을 주먹으로 두드렸으며, 오랫동안 거침없이 손짓을 해댔다. 쿠베틀리는 회의적인 웃음을 짓고는 다시 공격에 나섰다. 운전사는 땅에 침을 뱉고 반격했다. 쿠베틀리는 짧고 날카로운 파열음으로 답했다. 운전사가 두 손을 들어 보였고, 정나미가 떨어진다는 표정이었지만 패배를 시인했다.

쿠베틀리가 그레이엄에게 돌아섰다. 「이제,」 쿠베틀리가 간단하게 말했다. 「가격은 3백 드라크마입니다. 제 생각에는 그것도 너무 비싸지만, 더 깎으려면 시간이 듭니다. 하지만 만약…….」

「꽤 괜찮은 가격 같네요.」 그레이엄이 서둘러 말했다.

쿠베틀리가 어깨를 으쓱했다. 「아마도요. 더 깎을 수는 있겠지만…….」 그는 몸을 돌려 운전사에게 고개를 까닥였고, 운전사는 갑자기 활짝 웃었다. 그들은 택시에 탔다.

「전에 그리스에 와본 적 없다고 하셨지요?」 택시가 출발했을 때 그레이엄이 말했다.

쿠베틀리가 애매하게 웃었다. 「그리스어를 좀 압니다.」그가 말했다. 「이즈미르에서 태어났거든요.」

투어가 시작됐다. 그리스인 운전사는 돌진하듯 빠르게 차를 몰았고, 천천히 움직이는 보행자들 방향으로 장난삼아 운전대를 돌려 대어 보행자들을 도망치게 했으며, 운전 중에 오른쪽 어깨 너머로 돌아보며 이런저런 해설을 던져 댔다. 그들은 헤파이토스 신전 근처 도로에 잠시 멈추었고, 다시 아크로폴리스에 멈춘 뒤 차에서 내려 주위를 걸었다. 이곳에서 쿠베틀리의 호기심이 폭발하는 듯했다. 그는 수십 세기에 걸친 파르테논 신전의 역사를 한 세기 한 세기씩 모두 알고 싶어 했고, 그날의 남은 시간 전부를 그곳에서 보내고 싶은 듯 박물관을 돌아다녔다. 하지만 마침내 그들은 차로 돌아왔고, 디오니소스 극장, 하드리아누스의 개선문, 올림피아 제우스 신전, 그리스 고궁을 빠르게 찍듯이 돌았다. 그리고 이제 4시가 되었고, 쿠베틀리는 할당된 시간 내내 질문을 하고 〈아주 멋지군요〉와 〈경외감이 듭니다〉를 연발했다. 그레이엄의 제안에 따라, 그들은 신타그마 광장에 들렀고, 환전을 하고 운전사에게 돈을 줬다. 그리고 만약 광장에서 기다렸다가 부두까지 다시 데려다준다면 50드라크마를 더 주겠다고 제안했다. 운전사는 동의했다. 그레이엄은 담배와 책을 샀고, 전보를 보냈다. 그들이 광장으로 돌아왔을 때, 카페 한 곳의 테라스에서 밴드가 연주를 하고 있었다. 쿠베틀리는 항구로 돌아가기 전에 카페에서 커피를 한잔 마시자고 제안했다.

쿠베틀리는 섭섭하다는 눈으로 광장을 살폈다. 「아주 좋네요.」 그는 한숨을 쉬며 말했다. 「좀 더 머물 수 있으면 좋으련만. 웅장한 유적을 아주 많이 봤어요!」

그레이엄은 점심 식사 때 할러가 쿠베틀리의 회피에 대해 한 말이 떠올랐다. 「어느 도시를 가장 좋아하시나요, 쿠베틀리 씨?」

「아, 그건 답하기 어렵네요. 모든 도시가 자신만의 웅장함을 간직하고 있으니까요. 저는 모든 도시가 좋습니다.」 쿠베틀리는 공기를 들이마셨다. 「오늘 저를 여기 데려와 주셔서 정말 감사드립니다. 아주 친절하세요, 그레이엄 선생님.」

그레이엄은 계속 물고늘어졌다. 「천만에요. 하지만 분명히 어딘가 더 좋아하시는 곳이 있을 텐데요.」

쿠베틀리는 불안한 표정이었다. 「너무 어렵네요. 저는 런던을 아주 좋아합니다.」

「개인적으로, 저는 파리를 더 좋아합니다.」

「아, 네, 파리 역시 최고지요.」

다소 당혹스러운 기분으로 그레이엄은 커피를 홀짝였다. 이윽고 그는 또 다른 수가 떠올랐다. 「갈린도 씨에 대해 어떻게 생각하십니까, 쿠베틀리 씨?」

「갈린도 씨요? 너무 어렵군요. 저는 그분을 모릅니다. 그분의 매너는 낯섭니다.」

「그분의 매너는,」 그레이엄이 말했다. 「무척이나 공격적이지요. 동의하십니까?」

「저는 갈린도 씨를 아주 많이 좋아하지는 않습니다.」 쿠베틀리가 동의했다. 「하지만 그분은 스페인인입니다.」

「그게 무슨 상관입니까? 스페인인은 아주 예의 바른 민족입니다.」

「아, 저는 스페인에 가본 적이 없습니다.」쿠베틀리가 손목시계를 보았다. 「4시 15분이네요. 이제 가야 하지 않을까요? 아주 멋진 오후였습니다.」

그레이엄은 포기하고 고개를 끄덕였다. 만약 할러가 쿠베틀리를 〈조사〉하고 싶다면, 알아서 할 터였다. 쿠베틀리와 대화를 나눈 뒤 그레이엄의 개인적인 의견은, 쿠베틀리는 자신에게 익숙하지 않은 언어로 말을 해야 하기에 대화가 살짝 겉도는 느낌이 드는, 평범하고 지루한 인물이란 것이었다.

쿠베틀리는 자신이 커피값을 내겠노라고 고집했다. 또한 부두로 돌아오는 차비도 내겠다고 고집했다. 4시 45분에 그들은 다시 배에 탔다. 한 시간 뒤, 그레이엄은 갑판에 서서 수로 안내선이 회색 땅을 향해 다시 통통거리며 가는 모습을 지켜보았다. 몇 걸음 떨어진 곳에서 난간에 기대어 있던 프랑스인 마티스가 고개를 돌렸다.

「흠, 이제 끝이군요! 이틀만 지나면 우리는 제노바에 닿을 겁니다. 오늘 오후의 외출은 즐거우셨습니까, 그레이엄 씨?」

「아, 네, 감사합니다. 꽤…….」

하지만 그레이엄은 마티스에게 외출이 어땠는지 마저 말할 수 없었다. 몇 미터 떨어진 곳의 식당 문을 열고 나온 남자 한 명이, 바다 저쪽에서 이쪽으로 길게 햇살을 비추는 석양을 바라보면서 눈을 끔벅이며 서 있었다.

「아, 네.」마티스가 말했다. 「승객이 한 명 더 탔습니다. 당신이 오후에 외출하셨을 때요. 그리스인일 겁니다.」

　　그레이엄은 대답하지 않았다. 할 수가 없었다. 그는 얼굴
에 황금빛 햇살을 받으며 서 있는 그 남자가 그리스인이 아
님을 알았다. 또한 그는 그 남자가 진회색 비옷 아래에 두툼
한 어깨 패드를 댄 구겨진 갈색 양복을 입고 있는 것을 알았
다. 부드럽고 높다란 모자 아래로, 그리고 꽉 다문 입이 있는
창백하고 희멀건 이목구비 위로 성긴 곱슬머리가 있는 것을
알았다. 그는 이 남자의 이름이 바나트인 것을 알고 있었다.

제6장

그레이엄은 그곳에 꼼짝도 않고 서 있었다. 마치 격렬한 물리적 충격에 관통당한 것처럼 몸 전체가 따끔거렸다. 왜 그러냐고 묻는 마티스의 목소리가 저 멀리서 들려왔다.

그레이엄이 말했다. 「몸이 안 좋네요. 실례해도 될까요?」

그레이엄은 프랑스인의 얼굴에 걱정하는 기색이 스치는 것을 보고 생각했다. 〈내가 아픈 거라고 생각하는군.〉 하지만 그는 마티스가 뭐라고 말할 때까지 기다리지 않았다. 그는 돌아섰고, 식당 문 옆에 있는 남자를 다시 보지 않고 갑판 다른 쪽 끝에 있는 문으로 걸어가서 선실로 내려갔다.

선실로 들어간 그레이엄은 문을 잠갔다. 그는 머리부터 발 끝까지 떨고 있었다. 그는 침상에 앉아 정신을 수습하려 애썼다. 그는 혼잣말을 했다. 「걱정할 필요 없어. 빠져나갈 방법이 있어. 생각을 해야 해.」

어떻게인지는 모르겠지만, 바나트는 그가 〈세스트리 레반테〉호에 탄 것을 알아냈다. 아주 어렵지는 않았을 것이다. 대륙 횡단 열차와 선적 회사 사무실들에 문의하는 것만으로 충분했다. 바나트는 소피아로 가는 표를 샀지만, 기차가 그리스 국경을 넘자 다른 기차를 타고 살로니카를 통해 아테네로 온 것이다.

그레이엄은 주머니에서 코페이킨이 보낸 전보를 꺼내 응시했다. 〈다 잘되었음!〉 바보들! 천하의 바보들 같으니! 그는 애초부터 배를 타고 가는 방법을 믿지 않았다. 자신의 본능을 믿고 영국 영사를 만나겠다고 고집했어야 했다. 그 자만심 넘치는 얼간이 하키만 아니었어도…… 하지만 이제 그는 독 안에 든 쥐 꼴이었다. 바나트는 두 번 실수하지 않을 터였다. 세상에, 절대로 그럴 리 없었다! 그자는 전문 청부 살인업자였다. 그자는 자기 명성을 생각할 터였다. 보수는 말할 것도 없었다.

이상하면서도 어렴풋이 익숙한 느낌이 그를 압도하기 시작했다. 이 느낌에는 살균제 냄새와 주전자의 물 끓는 소리가 희미하게 결합되어 있었다. 갑작스레 밀려드는 공포와 함께, 기억이 떠올랐다. 오래전 일이었다. 그들은 성능 시험장에서 구경 355.6밀리미터 대포 시제품을 시험하고 있었다. 두 번째로 발사했을 때, 대포가 폭발했다. 포미 설계에 뭔가 잘못이 있는 것이었다. 그로 인해 두 명이 즉사했고, 한 명이 중상을 입었다. 중상을 입은 이는 콘크리트 바닥에 누운 거대한 핏덩어리 같아 보였다. 하지만 그 핏덩이는 비명을 질렀다. 구급차가 오고 의사가 피하 주사제를 쓸 때까지 계속 비명을 질렀다. 그 소리는 가늘고, 높고, 인간의 소리가 아닌 듯했다. 주전자에서 물이 끓을 때의 소리와 비슷했다. 의사는 그 사람이 비명을 지르고 있지만 의식이 없다고 말했다. 대포 잔해를 확인하기 전, 사람들은 라이졸 용액으로 콘크리트를 닦아 냈다. 그날 그는 점심 식사를 할 수 없었다. 오후에 비가 내리기 시작했다. 그는……

돌연 그레이엄은 자신이 욕을 하고 있다는 사실을 깨달았다. 단어들이 계속 그의 입술에서 흘러나오고 있었다. 외설스럽고 의미 없는 단어들의 연속이었다. 그는 재빨리 일어났다. 그는 정신을 놓고 있었다. 뭔가 해야만 했다. 그것도 어서 해야 했다. 만약 배에서 내릴 수만 있다면……

그레이엄은 선실 문을 비틀어 열고 통로로 나왔다. 우선 사무장부터 만나야 했다. 사무장의 사무실은 같은 갑판에 있었다. 그는 그곳으로 곧장 갔다.

사무실 문이 살짝 열려 있었고, 키가 큰 중년 이탈리아인 사무장은 입에 시가 꽁초를 문 채 셔츠 차림으로 타자기와 선하 증권 더미 앞에 앉아 있었다. 그는 타자기에 끼워진 괘선 종이에 증권 내용을 옮기고 있었다. 그레이엄이 노크하자 그는 인상을 쓴 채 고개를 들었다. 그는 바빴다.

「시뇨레?」

「영어를 할 줄 아십니까?」

「아니요, 시뇨레.」

「프랑스어?」

「네, 뭘 도와드릴까요?」

「지금 당장 선장님을 만나고 싶습니다.」

「무슨 이유십니까, 선생님?」

「제가 지금 즉시 뭍에 상륙해야 할 필요가 있습니다.」

사무장은 시가를 내려놓고 회전의자를 돌렸다.

「전 프랑스어 실력이 그리 좋지 않습니다.」사무장이 침착하게 말했다. 「죄송하지만 다시 한번 말씀해 주시겠습니까?」

「상륙하고 싶습니다.」

「그레이엄 선생님이시죠?」

「네.」

「죄송하지만 그레이엄 선생님, 너무 늦었습니다. 수로 안내선은 이미 떠났습니다. 선생님께서는 다음…….」

「압니다. 하지만 전 지금 당장 반드시 상륙해야만 합니다. 아니요, 저는 미치지 않았습니다. 평범한 상황에서라면 지금 상륙하는 건 불가능하다는 걸 저도 압니다. 하지만 지금은 예외적인 상황입니다. 이 일로 인해 생길 시간적·경제적 손실은 제가 보상하겠습니다.」

사무장은 어리둥절한 표정이었다. 「하지만 왜요? 편찮으십니까?」

「아니요, 저는…….」 그는 말을 멈췄고, 방금 한 말을 후회했다. 배에는 의사가 없었고, 전염병에 걸렸다고 말하면 그걸로 충분할 터였다. 하지만 이제 너무 늦었다. 「지금 바로 저를 선장님과 만나게 해주시면 이유를 설명할 수 있습니다. 충분한 이유가 될 거라고 단언합니다.」

「죄송하지만,」 사무장이 뻣뻣하게 말했다. 「그건 불가능합니다. 선생님은 이해하지 못하…….」

「제가 원하는 건 단지,」 그레이엄이 다급하게 말을 가로챘다. 「잠깐 돌아가서 수로 안내선을 부르는 게 전부입니다. 기꺼이 돈을 지불할 거고, 할 능력도 있습니다.」

사무장은 짜증이 담긴 웃음을 지었다. 「이건 배입니다, 선생님. 택시가 아니라고요. 우리는 화물을 운송 중이고, 일정에 따라 움직입니다. 아프신 게 아니라면…….」

「저는 이미 굉장히 중요한 이유가 있다고 말씀드렸습니다. 선장님과 만나게만 해주시면…….」

「이건 전혀 쓸모없는 논쟁입니다, 선생님. 저는 선생님께서 항구로부터 수로 안내선을 부르는 비용을 내실 의향이 있고, 능력이 있다는 사실을 믿어 의심치 않습니다. 불행히도, 그건 중요한 게 아닙니다. 선생님은 아프신 건 아니지만 다른 이유가 있다고 하셨습니다. 하지만 지난 10분 사이 그러한 이유들이 발생한 듯하고, 이런 말씀을 드린다고 언짢아하지 않으셨으면 합니다만, 그렇다면 제가 보기에 아주 위급한 이유는 아닐 겁니다. 장담하는데, 선생님, 생사가 갈리는 명확하고 뚜렷한 이유가 아니라면 그 어떤 경우에도 승객 한 명의 편의를 위해 배를 멈출 수는 없습니다. 당연히, 만약 선생님께서 그러한 이유를 대신다면 저는 즉시 선장님께 그 사실을 알릴 겁니다. 만약 그렇지 않다면, 죄송하지만 제노바에 닿을 때까지 기다리셔야 합니다.」

「장담하건대…….」

사무장은 슬픔이 담긴 웃음을 지었다. 「선생님의 장담을 믿지 못하겠다는 말이 아닙니다. 하지만 저희는 장담 그 이상이 필요합니다.」

「좋습니다.」그레이엄이 딱딱거렸다. 「자초지종을 원하시니 말씀드리지요. 방금 저는, 저를 죽이려는 명확한 목적을 가지고 있는 사람이 이 배에 탄 걸 알게 되었습니다.」

사무장의 얼굴에서 표정이 사라졌다. 「정말입니까, 선생님?」

「네, 저는······.」상대의 눈에 스친 뭔가가 그의 말을 가로막았다. 「제가 미쳤거나 술 취했다고 결론을 내리신 것 같군요.」그레이엄이 말을 마쳤다.

「천만입니다, 선생님.」하지만 사무장이 무슨 생각을 하는지 훤히 보였다. 사무장은 그레이엄을 자신이 직업상 가끔 만날 수밖에 없는 정신병자에 불과하다고 생각하고 있었다. 그런 사람들은 시간 낭비에 불과하기에 귀찮은 존재였다. 하지만 그는 참을성이 있었다. 미치광이에게 화를 내봤자 소용없는 일이었다. 게다가 미치광이들을 다루게 되면, 늘 자신이 온전한 정신과 지성을 갖췄다는 사실을 거듭 깨닫는 계기도 되었다. 만약 선주들이 덜 근시안적이었다면 이미 오래전에 그를 임원 자리에 앉게 했을 그 온전한 정신과 지성 말이었다. 그리고 이런 미치광이들은 집에 갔을 때 친구들에게 좋은 이야깃거리를 제공하기도 했다. 「상상해 봐, 베포! 그 영국인은 멀쩡해 보였지만 사실은 완전히 돌았다고. 그자는 누군가가 자신을 죽이려 한다고 생각했어! 상상해 보라고! 알겠지만, 다 위스키 때문이지. 나는 그자에게······.」하지만 지금은 상대의 비위를 맞추며 재치 있게 다뤄야 할 때였다. 「천만입니다, 선생님.」사무장이 반복해서 말했다.

그레이엄은 점차 이성을 잃어 갔다. 「이유가 무엇인지 물어보셨죠. 지금 제가 그 이유를 말씀드리고 있잖습니까.」

「그리고 저는 집중해서 듣고 있고요, 선생님.」

「이 배에 탄 누군가가 저를 죽이려 한단 말입니다.」

「그 사람 이름이 뭡니까, 선생님?」

「바나트입니다. B.A.N.A.T. 루마니아인입니다. 그 자는……」

「잠시만요, 선생님.」 사무장은 서랍에서 종이 한 장을 꺼내 일부러 신중을 기하는 척 연필로 승객 이름을 하나하나 짚어 내려갔다. 이윽고 사무장이 고개를 들었다. 「배에는 그런 이름이나 국적을 가진 승객이 없습니다, 선생님.」

「당신이 제 말을 가로막았을 때 막 말씀드릴 참이었습니다. 그자는 가짜 여권으로 여행 중입니다.」

「그렇다면 부디…….」

「오늘 오후에 배에 탄 승객입니다.」

사무장은 다시 서류로 눈을 돌렸다. 「9번 선실이군요. 마브로도풀로스 씨입니다. 그분은 그리스 비즈니스맨이십니다.」

「그자의 여권에는 그렇게 적혀 있을 수도 있지요. 그자의 진짜 이름은 바나트이고 루마니아인입니다.」

사무장은 그 말에 반대한다는 뜻이 역력한 표정이었지만, 여전히 공손하게 말했다. 「그런 증거라도 있으신가요, 선생님?」

「만약 이스탄불에 있는 터키 경찰인 하키 대령에게 무선 연락을 해보면, 제 말을 확인해 줄 겁니다.」

「이 배는 이탈리아 국적입니다, 선생님. 우리는 터키 영해에 있지 않습니다. 우리는 그런 문제에 대해 오직 이탈리아 경찰에만 조회를 할 수 있습니다. 어쨌든 우리 배의 무선은 오직 항해 목적으로만 쓸 수 있습니다. 아시겠지만, 이건 〈렉스〉호나 〈콘테 디 사보이아〉호 같은 여객선이 아닙니다. 이 문제는 배가 제노바에 닿을 때까지 기다려야 합니다. 그곳 경찰이 여권에 대한 선생님의 고발을 다룰 겁니다.」

「저는 그자의 여권에 대해서는 조금도 관심이 없습니다.」 그레이엄이 격렬하게 말했다. 「저는 그자가 저를 죽이려 한다는 말을 하고 있는 겁니다.」

「하지만 무슨 이유에서요?」

「그자는 그러라고 돈을 받았으니까요. 그게 이유입니다. 이제 이해하시겠습니까?」

사무장이 일어섰다. 그는 참을 만큼 참았다. 이제는 단호해져야 할 때였다. 「아니요, 선생님. 저는 이해 **못** 하겠습니다.」

「이해를 못 하시겠으면, 선장님과 이야기하도록 해주십시오.」

「그럴 필요 없습니다, 선생님. 저는 충분히 이해합니다.」 사무장은 그레이엄의 눈을 똑바로 바라보았다. 「제 의견으로는, 이 문제에 대해 두 가지 **관대한** 설명이 가능합니다. 선생님께서 마브로도폴로스 선생님을 다른 누군가로 착각하셨거나, 아니면 선생님이 악몽을 꾸셨거나 둘 가운데 하나입니다. 만약 전자라면, 저는 선생님이 같은 실수를 다른 누군가에게 되풀이하지 않으시길 충고드립니다. 저는 조심하겠지만, 만약 마브로도풀로스 선생님이 이 일에 대해 들으신다면 자신의 명예에 관한 일로 생각하실 수도 있습니다. 만약 후자의 경우라면, 선실에 가서 잠시 누워 계시기를 권해 드립니다. 그리고 이 배의 그 누구도 선생님을 죽이려 들지 않을 거란 사실을 기억하십시오. 그런 일을 하기에는 이 배에 너무나 많은 사람이 있습니다.」

「하지만 제 말이 무슨 뜻인지 모르시겠습니까……?」 그레이엄이 외쳤다.

「또한,」 사무장이 단호하게 말했다. 「이 상황에 대해 덜 관대한 설명도 가능합니다. 선생님께서는 뭍으로 가야 할 뭔가 다른 이유가 있기 때문에 이런 이야기를 꾸며 내신 것일 수도 있지요. 만약 그게 사실이라면, 유감입니다. 그건 터무니없는 이야기니까요. 어쨌든 이 배는 제노바에서 정박할 것이고, 그 전에는 안 됩니다. 그러니 괜찮으시다면, 이제 저는 하던 일을 계속하겠습니다.」

「저는 선장님과의 면담을 요구합니다.」

「나가실 때는 문을 닫아 주셨으면 합니다.」 사무장이 명랑하게 말했다.

분노와 공포로 거의 속이 뒤집힐 듯한 느낌 속에서 그레이엄은 자기 선실로 돌아왔다.

그레이엄은 담배에 불을 붙이고, 이성적으로 생각하려 애썼다. 애시당초 선장에게 바로 갔어야 했다. 그는 아직도 선장에게 바로 갈 수 있었다. 잠시 그는 그렇게 할까 생각했다. 만약 그가……. 하지만 그건 소용없는 일이며 괜스레 모욕만 당할 뿐일 터였다. 설사 그레이엄이 선장을 만날 수 있다 할지라도, 그리고 상황을 명확히 파악할 수 있게 선장에게 설명한다 할지라도, 선장은 아마 그레이엄의 이야기를 사무장보다 더 이해하지 못할 터였다. 그리고 그레이엄은 자신의 말이 진실임을 증명할 수 없을 터였다. 설사 그가 망상에 사로잡힌 게 아니며 그의 말에 어느 정도 진실이 담겨 있다고 선장을 설득할 수 있다 할지라도, 선장은 〈이 배에서 선생님을 죽이려는 사람은 없습니다. 주위에 사람이 너무 많습니다〉라는 식으로 대답할 터였다.

주위에 사람이 너무 많다니! 사람들은 바나트에 대해 알지 못했다. 그자는 백주대낮에 경찰관의 집으로 걸어 들어가 경찰관과 그의 아내를 쏴 죽인 뒤 태연히 걸어 나온 자이니, 그리 쉽게 당황할 리 없었다. 배에 탄 승객이 바다 한가운데에서 사라지는 일은 예전부터 있었다. 어떤 경우에는 그들의 시체가 해변까지 밀려왔고, 어떤 경우에는 영영 나타나지 않았다. 어떤 경우에는 실종된 이유가 밝혀졌고, 어떤 경우에는 밝혀지지 않았다. (아주 이상하게 행동했던) 영국 엔지니어 승객이 바다에서 실종된 사건과 그리스 비즈니스맨인 마브로도풀로스 씨가 무슨 관계가 있단 말인가? 전혀 없다고 할 게 뻔했다. 그리고 설사 물고기들이 그 형체를 알아볼 수 없게 망가뜨리기 전에 영국 엔지니어의 시체가 해변까지 밀려와 발견된다 할지라도, 그리고 그가 바다에 빠지기 전에 살해되었다는 사실이 밝혀진다 할지라도, 마브로도풀로스 씨가 (설사 재가 된 여권 말고 그에 관해 남은 게 뭐가 있다

할지라도) 그 살인에 책임이 있다는 걸 누가 밝혀낸단 말인가? 아무도 없었다.

그레이엄은 그날 오후 자신이 아테네에서 보낸 전보를 생각했다. 〈월요일에 집.〉 그는 그렇게 보냈다. 월요일에 집! 그는 붕대를 감지 않은 손을 보며 손가락들을 움직여 보았다. 월요일이 되면 그 손가락들은 죽어서, 그레이엄이라 불리는 나머지 부분들과 함께 썩기 시작할 수도 있었다. 스테퍼니는 당황하겠지만 곧 정신을 수습할 것이다. 그녀는 금세 기운을 차리는 성격이며 현명했다. 하지만 그녀에게 남겨진 돈은 별로 없을 터였다. 집을 팔아야 할 것이다. 그는 보험을 더 들어 놨어야 했다. 이런 일이 벌어질 걸 미리 알았다면 좋았으련만. 하지만 물론 가입자들은 이런 일이 일어날 걸 **모르기** 때문에 보험 회사가 **존재**한다. 그러나 그는 이제 이 일이 빨리 끝나기를, 고통스럽지 않기만을 바랄 뿐 달리 할 수 있는 것이 없었다.

그레이엄은 몸을 떨었고, 다시 욕을 하기 시작했다. 이윽고 그는 필사적으로 정신을 수습했다. 뭔가 방법을 **생각해 내야** 했다. 단지 자신과 스테퍼니를 위해서만은 아니었다. 그는 해야 할 일이 있었다. 「당신 나라의 적대국들은, 눈이 녹고 비가 그치는 때가 되어도 터키의 해군력이 지금과 정확히 똑같은 상태로 있기를 바랍니다. **지금과 정확히 똑같은 상태로** 말입니다! 놈들은 그걸 위해 뭐든지 할 겁니다.」 뭐든지! 바나트 뒤에는 소피아의 독일 스파이가 있었고, 그 스파이 뒤에는 독일과 나치가 있었다. 그랬다. 그레이엄은 뭔가 방법을 **생각해 내야** 했다. 만약 다른 영국인들이 조국을 위해 죽을 수 있다면, 그는 분명 조국을 위해 살아남을 수 있을 것이다. 이윽고 하키 대령이 했던 다른 말이 떠올랐다. 「당신은 군인에 비해 유리한 점이 있습니다. 당신은 오직 자기 몸만 방어하면 됩니다. 야전을 할 필요가 없지요. 도망쳐도 겁쟁이가 아닙니다.」

하지만, 이제 그는 달아날 수가 없었다. 그러나 나머지 부분들은 진실이었다. 그는 트인 곳으로 나갈 필요가 없었다. 여기, 선실에 머물러 있을 수 있었다. 여기서 식사를 할 수 있었다. 문을 잠가 둘 수 있었다. 필요하다면 자신을 방어할 수 있었다. 아! 다행히도 그에게는 코페이킨이 준 리볼버가 있었다.

그레이엄은 그걸 슈트 케이스의 옷들 사이에 넣어 두었다. 그걸 받지 않겠노라고 거절하지 않았던 자신의 행운에 감사하며, 그는 권총을 꺼내 손으로 무게를 가늠했다.

그레이엄에게 총포란 버튼을 누름으로써 철갑탄을 발사해 몇 킬로미터 떨어진 목표물을 정확히 맞힐 수 있게 하는 일련의 수학적 표현일 뿐이었다. 그건 진공청소기나 베이컨 슬라이서보다 덜하지도 더하지도 않은 그냥 기계 장치일 뿐이었다. 그것에는 국적도, 충성심도 없었다. 또한 경외감을 불러일으키지도 않았으며, 그것을 소유한 이가 그것을 살 만한 돈이 있다는 사실을 제외하고는 그 어떤 것도 의미하지 않았다. 사람들은 그의 기술이 들어간 제품을 발사해 다른 사람들을 고통에 빠뜨렸지만(그리고 고용주의 지칠 줄 모르는 국제주의 이념으로 인해 같은 사람들이 반대 입장에 처하기도 했다), 그는 언제나 양쪽 사람들에게 무관심했다. 구경이 101.6밀리미터밖에 되지 않는 포탄 하나가 줄 수 있는 파괴력을 잘 알았지만, 그럼에도 그 무기들은 단순한 숫자여야만 했고, 숫자일 수밖에 없어 보였다. 그런데 그렇지 않다는 사실에 그레이엄은 늘 놀라곤 했다. 그레이엄은 그것을 도저히 이해할 수 없었다. 화장터의 화부가 무덤의 엄숙함을 이해하지 못하는 것과 비슷했다.

하지만 이 리볼버는 달랐다. 이건 비인격적이지 않았다. 이 권총과 시체 사이에는 관계가 있었다. 아마도 유효 사거리는 25미터 또는 그 이하일 터였다. 그건 총을 쏠 때 쏘기 전과 쏜 후 상대의 얼굴을 볼 수 있다는 뜻이었다. 고통에 찬 상대를 볼 수 있었고, 신음을 들을 수 있었다. 손에 권총을 들고 선 명예나 영광을 생각할 수 없으며, 오로지 죽고 죽이는 일만 생각할 수 있었다. 중간에 끼어드는 기계가 없었다. 삶과 죽음은 스프링과 레버와 몇 그램의 납과 화약의 기본적인 배합이라는 형태로 총을 든 이의 손에 달려 있었다.

그레이엄은 이전까지 리볼버를 다뤄 본 적이 없었다. 그는 리볼버를 신중하게 살폈다. 방아쇠울 위에는 〈미국 제조〉란 글자와 미국 타자기 회사 이름이 찍혀 있었다. 다른 쪽에는 밀 수 있는 작은 돌출부 두 개가 있었다. 하나는 안전장치였다. 다른 하나는, 밀어 움직이자 총미가 옆으로 열리면서 총알 여섯 개가 든 탄창이 보였다. 아름다운 제품이었다. 그는 탄창을 꺼낸 뒤 시험 삼아 방아쇠를 한두 번 당겨 보았다. 붕대 감은 손으로는 쉽지 않았지만, 할 수 있을 터였다. 그는 탄창을 다시 끼웠다.

이제 그레이엄은 기분이 나아졌다. 바나트가 청부 살인업자이긴 하지만, 다른 사람과 마찬가지로 총알에는 약했다. 그리고 바나트는 먼저 행동을 해야 했다. 그레이엄은 바나트의 관점에서 상황을 따져 봤다. 바나트는 이스탄불에서 실패했고, 자신의 목표물을 다시 따라잡아야만 했다. 바나트는 자신의 목표물이 탄 배를 어떻게든 타는 데 성공했다. 하지만 그게 정말로 그에게 그렇게 도움이 됐을까? 그가 철위대 소속으로 루마니아에서 한 행동은 이제 논외의 문제였다. 악당 무리의 보호와 겁먹은 판사 앞에서 그는 용감할 수 있었다. 배에 탄 승객들이 때때로 바다에서 실종된다는 건 사실이었다. 하지만 그런 배들은 커다란 여객선이지 2천 톤짜리 화물선이 아니었다. 이 정도 크기의 배에서 다른 사람들에게 들키지 않고 사람을 죽이기란 아주 어려웠다. 그렇게 할 수는 있었다. 만약 밤에 갑판에서 혼자인 목표물을 찾을 수 있다면 말이다. 상대를 칼로 찌른 뒤 바다에 밀어 넣을 수 있었다. 하지만 우선 상대에게 먼저 다가가야만 했고, 선교의 누군가에게 목격될 가능성이 컸다. 또는 소리가 들릴 수도 있었다. 칼에 찔린 사람은 바다에 떨어지기 전에 큰 소리를 낼 터였다. 그리고 만약 목을 긋는다 할지라도, 설명할 수 있는 이상의 엄청난 피가 남을 터였다. 게다가 그건 언제나 칼을 아주 능숙하게 쓴다는 가정 아래에서였다. 바나트는 총잡이이지 칼잡이가 아니었다. 그 고약한 사무장이 옳았다. 이 배에는 누군가를 죽이기엔 사람이 너무 많았다. 그레이엄이 조심만 한다면 아무 일 없을 터였다. 진짜 위험은 제노바에 도착해 그가 배에서 내렸을 때 시작될 터였다.

제노바에 도착하면 그레이엄은 곧바로 영국 영사에게 가서 모든 상황을 설명하고 국경까지 경찰의 보호를 받아야 했다. 그랬다. 그래야 했다. 그에게는 적에 비해 더할 나위 없이 귀중한 이점이 있었다. 〈바나트는 자신의 정체가 드러났다는 사실을 몰랐다.〉 그는 목표물이 방심했으며, 자신이 적당한 때를 고를 수 있고, 제노바와 프랑스 국경 사이에서 자기 임무를 마칠 수 있다고 가정할 터였다. 그가 자신의 실수를 깨달았을 때는 그 실수를 바로잡을 만한 시간이 없을 터였다. 이제 그레이엄이 해야 할 유일한 일은, 바나트가 자신의 실수를 너무 빨리 알아차리지 못하게 하는 것이었다.

예를 들어 그레이엄이 서둘러 갑판에서 도망치는 모습을 바나트가 봤다고 가정해 보자. 그 생각을 하자 그레이엄은 가슴이 철렁했다. 하지만 아니었다. 바나트는 이쪽을 보지 않고 있었다. 그러나 그 가정은 그레이엄이 얼마나 조심해야 하는지를 보여 주었다. 남은 여행 기간 내내 선실에만 있기란 불가능했다. 그랬다간 곧바로 의심을 불러일으킬 터였다. 그는 최대한 의심을 안 사면서 동시에 그 어떤 공격에도 노출되지 않도록 조심해야만 했다. 만약 선실에서 문을 잠그고 있을 때가 아니라면 다른 승객과 함께 있거나 근처에 있어야만 했다. 심지어 〈마브로도풀로스 씨〉에게 사교적으로 대해야 했다.

그레이엄은 재킷 단추를 끄르고, 엉덩이 주머니에 권총을 넣었다. 주머니가 어색하게 튀어나왔고 불편했다. 그는 가슴 주머니에서 지갑을 꺼내고 빈 그 주머니에 권총을 넣었다. 그곳 역시 불편했고, 권총 모양이 겉으로 드러났다. 그가 무장했다는 사실을 바나트가 알면 안 되었다. 권총은 선실에 두면 되었다.

그레이엄은 권총을 슈트 케이스에 다시 넣고 일어나 마음을 다잡았다. 그는 이제 곧장 식당으로 가서 술을 마실 생각이었다. 만약 바나트가 그곳에 있다면 훨씬 더 좋았다. 술을 한잔하면 첫 만남의 긴장을 누그러뜨리는 데 도움이 될 테니까. 그는 그 만남이 긴장되리라는 사실을 알았다. 그는 자신을 죽이려 했고 또다시 죽이려 하는 사람을 만나면서 전에 한 번도 보거나 들어 본 적 없다는 듯이 행동해야 했다. 그 생각을 하니 벌써부터 속이 울렁거렸다. 하지만 그는 침착해야 했다. 얼마나 아무렇지 않은 듯 행동하느냐에 자신의 목숨이 달렸다고 그레이엄은 속으로 되뇌었다. 그리고 이 생각에 집착하면 할수록, 아무렇지 않게 행동하기가 점점 더 힘들 것이었다. 당장 이 생각을 떨치는 게 나았다.

그레이엄은 담배에 불을 붙였고, 선실 문을 열고 곧바로 계단을 올라가 식당으로 갔다.

바나트는 그곳에 없었다. 그레이엄은 안도감에 큰 소리로 웃음이 터지려는 것을 참았다. 조제트와 호세가 앞에 술을 놓고 마티스가 하는 말을 듣고 있었다.

「그래서,」 마티스는 격렬하게 말하고 있었다. 「계속 그렇게 되고 있습니다. 우파의 대형 신문사들이 누구 소유인지 아시나요? 바로 프랑스의 부를 무기에 쓰게 하고, 일반인들은 뒤에서 무슨 일이 벌어지는지 알지 못하게 하는 게 관심사인 그런 자들의 소유입니다. 저는 프랑스로 돌아가게 되어 기쁩니다. 그곳은 조국이니까요. 하지만 조국을 자기들 손바닥 위에 올려놓고 있는 이들을 사랑하라곤 하지 말아 주십시오. 오, 천만에요!」

마티스의 아내는 반대한다는 듯이 입술을 꼭 다문 채 듣고 있었다. 호세는 대놓고 하품을 했다. 조제트는 동감한다는 듯이 고개를 끄덕였지만, 그레이엄을 보자 안도의 기색과 함께 얼굴이 밝아졌다. 「우리 영국분께서는 어디 계셨었나요?」 조제트가 즉시 물었다. 「쿠베틀리 씨가 두 분이서 얼마나 멋진 시간을 보냈는지 모두에게 말해 주셨어요.」

「오후의 흥분을 가라앉히려 선실에 있었습니다.」

마티스는 말이 끊기게 되어 아주 즐겁지는 않은 듯했지만, 나름 선선히 말했다. 「편찮으신 건 아닌가 걱정했습니다. 이제 괜찮으신가요?」

「오, 그럼요. 고맙습니다.」

「편찮으셨어요?」 조제트가 캐물었다.

「피곤했던 것뿐입니다.」

「환기 때문에 그래요.」 마티스 부인이 즉시 말했다. 「저도 배에 탄 이후 욕지기가 나고 두통이 있어요. 항의해야 해요. 하지만,」 부인은 남편 쪽을 향해 경멸하는 손짓을 했다. 「자기는 괜찮으니 아무 문제 없다네요.」

마티스가 이를 드러내고 웃었다. 「파하! 그건 뱃멀미라고요.」

「말도 안 되는 소리 말아요. 내가 멀미를 한다면, 당신에게 멀미가 나는 거예요.」

호세는 혀를 차는 소리를 크게 내고는 의자 등에 기댔고, 두 눈을 감고 입을 꼭 다문 채 가정생활로부터 자신을 구해 달라고 하늘에 간청했다.

그레이엄은 위스키를 주문했다.

「위스키라고요?」 호세는 놀라서 휘파람을 불며 제대로 앉았다. 「영국인은 위스키를 마시죠!」 호세는 선언하더니, 이윽고 입술을 내밀고 얼굴을 찡그리며 마치 타고난 백치 귀족 같은 표정을 짓고는 덧붙였다. 「이봐, 위스끼 좀 줘.」 호세는 박수 갈채를 기대하듯이 이를 드러내고 웃으며 주위를 둘러보았다.

「이이는 영국인을 그렇게 생각해요.」 조제트가 설명했다. 「아주 멍청해요.」

「오, 저는 그렇게 생각하지 않습니다.」 그레이엄이 말했다. 「부군께서는 영국에 가보신 적이 없습니다. 스페인에 가본 적이 없는 영국인 중 대다수가 스페인 사람들에게선 무조건 마늘 냄새가 난다고 착각하지요.」

마티스가 킥킥거렸다.

호세가 의자에서 반쯤 일어섰다. 「지금 날 모욕하는 겁니까?」 호세가 다그쳤다.

「천만에요. 저는 단지 오해가 존재한다는 걸 지적하는 것뿐입니다. 예를 들어 당신에게서는 마늘 냄새가 전혀 나지 않습니다.」

호세가 다시 의자에 앉았다. 「당신이 그렇게 말하는 걸 들으니 기쁘군요.」 호세가 불쾌하게 말했다. 「만약 내가…….」

「아! 조용히 해요!」 조제트가 날카롭게 말했다. 「당신은 스스로를 바보로 만들고 있어요.」

그레이엄에게는 다행히도, 쿠베틀리가 등장하면서 그 주제는 사라졌다. 쿠베틀리는 즐겁게 활짝 웃고 있었다.

「제가 한잔 살 테니 같이 드시겠는지 여쭈러 왔습니다.」 쿠베틀리가 그레이엄에게 말했다.

「정말 고맙습니다만, 방금 저는 주문을 했습니다. 제가 한잔 사드리면 어떨까요?」

「정말 친절하십니다. 그러면 저는 베르무트로 하겠습니다.」 쿠베틀리가 앉았다. 「새로 승객이 탔는데, 아셨습니까?」

「네, 마티스 씨가 누군지 알려 주셨습니다.」 그레이엄은 주문한 위스키를 가져온 승무원에게 고개를 돌려 쿠베틀리의 베르무트를 주문했다.

「그분은 그리스 신사입니다. 이름은 마브로도풀로스이고요. 비즈니스맨입니다.」

「어떤 분야 일을 하시나요?」 그레이엄은 마브로도풀로스에 대해서 자신이 아주 침착하게 이야기할 수 있다는 사실을 깨닫고 안도했다.

「그건 저도 모릅니다.」

「저는 관심 없어요.」 조제트가 말했다. 「저는 방금 그 사람을 봤어요. 윽!」

「그분이 왜요?」

「이 여자는 깨끗하고 단순한 남자만 좋아하지요.」호세가 보복하는 듯한 말투로 말했다.「그 그리스인은 외양이 더럽습니다. 아마 냄새도 더럽겠지만, 싸구려 향수를 쓰더군요.」호세는 손가락에 키스를 해 허공에 날리는 시늉을 했다.「*Nuit de Petits Gars! Numéro soixante-neuf! Cinq francs la bouteille*(꼬마들의 밤! 69번! 한 병에 5프랑).」

마티스 부인의 얼굴이 굳어졌다.

「당신은 정나미가 떨어져요, 호세.」조제트가 말했다.「게다가 당신이 쓰는 향수도 한 병에 겨우 50프랑밖에 안 해요. 불쾌하기 짝이 없는 향이라고요. 그리고 그런 말을 하면 안 돼요. 당신의 농담에 익숙하지 않은 여기 숙녀분의 기분을 상하게 할 거라고요.」

하지만 마티스 부인은 이미 기분이 상한 뒤였다.「여자들이 있는데,」마티스 부인이 화를 내며 말했다.「그런 말을 하다니, 수치스러운 일이에요. 남자들만 있다 해도 예의 바른 행동은 아닐 거고요.」

「네, 그렇습니다!」마티스가 말했다.「제 아내와 저는 위선자가 아니지만, 말을 해서는 안 되는 것들이 있지요.」마티스는 이번만큼은 아내 편을 들 수 있어 기쁜 듯했다. 마티스 부인은 깜짝 놀라다 못해 측은해 보일 지경이었다. 마티스 부부는 이 상황을 놓치지 않고 계속해서 말을 이었다.

마티스 부인이 말했다.「갈린도 씨는 사과를 하셔야 해요.」

「저는,」 마티스가 말했다. 「당신이 제 아내에게 사과하기를 강력히 촉구합니다.」

호세는 분노와 놀람이 담긴 눈으로 둘을 바라보았다. 「사과요? 왜요?」

「이이는 사과할 거예요.」 조제트가 말했다. 조제트는 호세에게 고개를 돌리고 스페인어로 말했다. 「사과해요, 이 멍청이. 문제를 일으키고 싶어요? 저 남자가 아내에게 으스대려는 걸 모르겠어요? 당신을 산산조각 낼 거예요.」

호세는 어깨를 으쓱했다. 「좋습니다.」 호세는 마티스 부부를 오만한 눈으로 바라보았다. 「사과합니다. 제가 알지 못하는 이유로요. 하지만 사과합니다.」

「제 아내는 사과를 받아들입니다.」 마티스가 뻣뻣하게 말했다. 「예의 바른 사과는 아니지만 받아들입니다.」

「승무원에게서 들었는데,」 쿠베틀리가 재치 있게 끼어들었다. 「어두워질 거라서 메시나[20]를 볼 수 없을 거라네요.」

하지만 화제를 바꾸려는 그의 어색한 시도는 필요 없었다. 바로 그 순간 바나트가 산책 갑판에서 문을 통해 들어왔기 때문이다.

바나트는 잠깐 그곳에 서서 그들을 바라보았다. 그의 비옷은 활짝 열려 있었고, 모자를 손에 들고 있는 모습이 마치 비를 피해 무턱대고 화랑에 들어온 사람 같아 보였다. 그의 하얀 얼굴은 수면 부족으로 퀭했고, 깊게 자리 잡은 작은 눈동자 아래로는 다크서클이 있었으며, 두툼한 입술은 마치 두통

---

20 이탈리아 시칠리아섬 북동쪽에 있는 항구 도시.

이 있는 듯 살짝 뒤틀려 있었다.

그레이엄은 등골이 서늘해지며 심장이 철렁했다. 자신을 죽이려 했던 바로 그자였다. 모자를 든 손은 그레이엄의 손을 스친 총알을 쐈던 바로 그 손이었고, 이제는 위스키 잔을 집기 위해 그 손을 내밀었다. 이자는 5천 프랑의 보수와 실비 정도에 해당하는 적은 돈만으로도 살인을 한 자였다.

그레이엄은 얼굴에서 핏기가 싹 가시는 것을 느꼈다. 스치 듯이 살짝 본 게 다였는데도, 바나트의 전체 인상이 뇌리에 강하게 박혔다. 먼지 묻은 갈색 구두부터 새 넥타이와 더럽고 흐물거리는 옷깃, 피곤에 절고 퀴퀴하고 멍청한 얼굴까지 모든 것이. 그레이엄은 위스키를 마셨고, 새로 들어온 이에게 웃음을 지어 보이는 쿠베틀리를 보았다. 다른 이들은 멍하니 바라만 보고 있었다.

바나트는 천천히 바를 향해 갔다.

「*Bon soir, Monsieur*(좋은 저녁입니다, 선생님).」 쿠베틀리가 말했다.

「*Bon soir*(좋은 저녁입니다).」 바나트는 들릴 듯 말 듯한 목소리로 투덜거리듯 대답했다. 싫은 걸 억지로 받아들이지 않아도 되길 간절히 바라는 듯한 태도였다. 그는 바에 도착하자 승무원에게 뭔가를 중얼거렸다.

바에 올 때 바나트는 마티스 부인을 가까이서 지났고, 그레이엄은 그녀가 얼굴을 찡그리는 것을 보았다. 이윽고 그레이엄도 냄새를 맡을 수 있었다. 바나트에게선 장미유 냄새가 났는데, 아주 강했다. 그레이엄은 애들러팰리스 호텔 방에서 공격받은 뒤에 뭔가 향수 냄새를 맡지 못했느냐고 물었던 하키 대령의 질문이 떠올랐다. 이제 대령이 그런 질문을 한 이유가 이해되었다. 이 남자는 냄새를 뿜고 다녔다. 그 냄새는 그가 만지는 모든 것에 남을 터였다.

「멀리까지 가십니까, 선생님?」 쿠베틀리가 말했다.

그 남자가 쿠베틀리를 빤히 바라보았다. 「아니요, 제노바까지 갑니다.」

「아름다운 도시지요.」

바나트는 아무런 대답도 하지 않았고, 그저 자기에게 술을 따라 주는 승무원에게로 몸을 돌렸다. 바나트는 단 한 번도 그레이엄을 보지 않았다.

「몸이 안 좋아 보이시네요.」 조제트가 엄격하게 말했다. 「당신이 피곤할 뿐이라고 말했을 때, 전 당신이 진실되지 않다고 생각했어요.」

「피곤하십니까?」 쿠베틀리가 프랑스어로 물었다. 「아, 제 잘못입니다. 고대 유적은 늘 걸어다녀야 하니까요.」 그는 바나트를 상대할 가치가 없는 이로 여기고 포기한 듯했다

「오, 저는 걸으면서 좋았습니다.」

「환기 때문이에요.」 마티스 부인이 고집스레 되풀이했다.

「이 배는 좀 갑갑한 면이 있지요.」 마티스가 동의했다. 그는 자신의 말을 듣는 이 가운데 호세를 배제한다는 태도를 아주 확실히 드러냈다. 「하지만 돈을 그렇게 적게 냈으니 너무 많이 기대할 수는 없는 노릇 아니겠습니까?」

「그렇게 적게라니요!」 호세가 외쳤다. 「그거 아주 큰돈입

니다. 나에게는 아주 비쌉니다. 나는 백만장자가 아니니까.」

마티스는 화가 나서 얼굴이 시뻘게졌다. 「이스탄불에서 제노바까지 여행하는 더 비싼 방법들도 있습니다.」

「뭐든 언제나 더 비싼 방법이 있지요.」 호세가 응수했다.

조제트가 재빨리 말했다. 「제 남편은 늘 과장이 심해요.」

「요즘은 여행이 아주 비쌉니다.」 쿠베틀리가 선언했다.

「하지만…….」

의미 없고 멍청한 논쟁이 장황하게 이어졌다. 호세와 마티스 사이의 반목이 논쟁이라는 탈을 쓴 것이었다. 그레이엄은 귓등으로 그 논쟁을 들으면서 생각했다. 그는 조만간 바나트가 자신을 볼 것을 알았으며, 그때의 바나트의 표정을 보고 싶었다. 그 표정을 통해 뭔가 알지 못했던 사실을 알고 싶어서가 아니라, 그저 이미 아는 사실이 정말로 그러한지 알고 싶었다. 그는 마티스를 볼 수 있었고, 곁눈질로 바나트도 볼 수 있었다. 바나트는 브랜디 잔을 들어 입술에 대고 약간 마셨다. 이윽고 잔을 내려놓더니 그레이엄을 똑바로 바라보았다.

그레이엄은 의자에 등을 기댔다.

「……하지만,」 마티스가 말하고 있었다. 「우리가 받는 서비스를 비교해 보십시오. 기차에서는 *couchette*(침대)를 다른 사람들과 공유해야 합니다. 한 명은 잘 수 있겠죠. 아마도요. 베오그라드에서는 부쿠레슈티에서 오는 객차를 기다리고, 트리에스테에서는 부다페스트에서 오는 객차를 기다립니다. 한밤중에 여권을 검사하고, 낮에는 끔찍한 음식을 먹어야 하죠. 시끄러운 데다가 먼지와 검댕투성이입니다. 저는 도저히 그런…….」

그레이엄이 잔을 비웠다. 바나트는 그를 살피고 있었다. 은밀히, 교수형 집행인이 이튿날 처형할 사람을 살피듯이. 마음속에서 그를 재고, 그의 목을 바라보고, 떨어지는 강도를 계산하듯이 보고 있었다.

「오늘날 여행은 아주 비쌉니다.」 쿠베틀리가 다시 말했다.

그 순간 저녁 식사 벨이 울렸다. 바나트는 잔을 내려놓고 바를 떠났다. 마티스 부부가 뒤를 따랐다. 그레이엄은 조제트가 호기심 어린 눈으로 자신을 바라보고 있는 걸 깨달았다. 그는 일어났다. 부엌에서 음식 냄새가 흘러나왔다. 이탈리아 모자가 들어와 테이블에 앉았다. 음식 생각을 하자 그레이엄은 속이 울렁거렸다.

「몸이 괜찮은 거 맞으세요?」 함께 저녁 식사 테이블로 가며 조제트가 물었다. 「안 좋아 보여요.」

「괜찮고말고요.」 그레이엄은 뭔가 다른 할 말을 절박하게 찾았고, 가장 먼저 떠오른 생각의 처음 몇 단어를 말했다. 「마티스 부인 말씀이 맞습니다. 환기가 안 돼서 그래요. 아마도 저녁 식사를 마치고 당신과 함께 산책을 하면 어떨까 합니다.」

조제트는 눈썹을 치켰다. 「아, 당신 몸이 정말 안 좋은 것 같군요! 예의 바르시네요. 하지만 좋아요. 같이 산책하겠어요.」

그레이엄은 멍청하게 웃었고, 자기 테이블로 가서 두 이탈리아인과 눈인사를 교환했다. 그는 자리에 앉고 나서야 그들

옆에 새 자리가 마련되었다는 사실을 깨달았다.

그레이엄은 벌떡 일어나 그곳을 나가고 싶은 충동에 휩싸였다. 바나트가 배에 탔다는 사실만으로도 충분히 나빴다. 같은 테이블에서 식사까지 해야 한다면 참을 수 없을 터였다. 하지만 모든 게 그가 아무렇지 않은 척 행동하는 것에 달려 있었다. 그는 자리에 **머물러 있어야만** 했다. 그는 바나트를 전에 한 번도 보거나 들어 본 적이 없는 그리스 비즈니스맨인 마브로도풀로스 씨로 여기려 애써야 했다. 그는 어떻게 해서든지…….

할러가 들어오더니 그의 옆에 앉았다. 「좋은 저녁입니다, 그레이엄 씨. 오늘 오후 아테네는 즐거우셨나요?」

「네, 고맙습니다. 쿠베틀리 씨는 굉장히 감명을 받으셨습니다.」

「아, 네, 물론이겠죠. 당신은 가이드로서 의무를 다하셨고요. 피곤하시겠네요.」

「사실을 말하자면, 지레 겁부터 먹었지요. 택시를 대절했습니다. 운전사가 가이드를 해줬습니다. 쿠베틀리 씨가 그리스어를 유창하게 말해서 전체 금액을 아주 만족스럽게 깎을 수 있었습니다.」

「그리스어를 할 줄 아는데 아테네에 한 번도 가본 적이 없단 말입니까?」

「그분은 스미르나에서 태어나신 듯하더군요. 그것 말고는, 이런 말을 해서 아쉽지만, 아무것도 알아내지 못했습니다. 제 개인적인 의견을 말하자면, 그냥 지루한 분입니다.」

「그거 실망이군요. 저는 바라길⋯⋯ 하지만 어쩔 수 없지요. 사실을 말씀드리자면, 나중에 생각하길, 당신과 같이 갈걸 그랬다고 아쉬워했더랬습니다. 물론 파르테논 신전에는 올라가 보셨겠지요.」

「네.」

할러는 사과하듯이 웃음을 지었다. 「제 나이가 되면 죽음이 다가오는 걸 생각할 때가 있지요. 오늘 오후에 저는, 제가 파르테논 신전을 한 번만 더 보고 싶은 마음이 얼마나 간절했는지 깨달았습니다. 그렇게 할 기회가 또 있지 않을 거 같네요. 저는 아크로폴리스 입구의 그늘에 몇 시간이고 서서 그곳을 바라보며 그걸 지은 사람들을 이해하려 애쓰곤 했습니다. 당시 저는 젊었고, 꿈으로 충만한 고전 시대의 영혼을 서구인이 이해하는 것이 얼마나 어려운지 알지 못했지요. 그 둘은 너무나 동떨어져 있습니다. 최상급의 형체를 가진 신은 최상급의 힘을 가진 신으로 교체되었고, 그 둘의 개념 사이에는 우주만큼의 간극이 있지요. 도리아 양식 기둥들로 상징되는 운명의 개념은 파우스트의 아이들에겐 이해 불가능합니다.」 할러가 말을 멈췄다. 「실례했습니다. 보아하니 다른 승객이 탔고, 그분은 여기에 앉으실 모양입니다.」

그레이엄은 억지로 고개를 들고 보았다.

바나트가 들어와 서서 테이블들을 바라보고 있었다. 수프 접시들을 나르던 승무원이 바나트의 뒤에서 다가와 이탈리아 여자 옆의 자리를 가리켰다. 바나트가 다가와 테이블 주위를 훑어보더니 앉았다. 그는 그들을 향해 살짝 웃으며 고개를 끄덕였다.

「마브로도풀로스입니다.」 바나트가 말했다. 「*Je parle
français un pétit peu*(저는 프랑스어를 조금 합니다).」

바나트의 목소리는 억양이 없고 쉬었으며, 약간 혀짤배기
발음을 했다. 장미유 냄새가 테이블 건너까지 전해졌다.

그레이엄이 희미하게 고개를 끄덕였다. 드디어 때가 되자,
그레이엄은 아주 차분해짐을 느꼈다.

혐오감에 숨막혀 죽을 듯한 할러의 표정은 거의 웃기기까
지 했다. 할러가 오만하게 말했다. 「할러입니다. 당신 옆의
분은 베로넬리 부인과 그 아드님이십니다. 이쪽은 그레이엄
씨입니다.」

바나트는 그들을 향해 다시 고개를 끄덕여 보이고 말했다.
「저는 오늘 먼 길을 여행했습니다. 살로니카에서 출발했지요.」

그레이엄은 태연하려 애썼다. 「그렇다면,」 그가 말했다.
「살로니카에서 기차를 타고 제노바로 가는 게 더 쉽지 않았
을까 생각합니다.」 그레이엄은 그 말을 하면서 이상하게 숨
이 가빠 왔고, 목소리가 자기 귀에도 이상하게 들렸다.

테이블 중앙에는 건포도가 담긴 사발이 있었는데, 바나트
는 대답을 하기 전에 건포도 몇 개를 입에 넣었다. 「저는 기
차를 싫어합니다.」 그가 짧게 말했다. 그는 할러를 바라보았
다. 「당신은 독일인이십니까, 선생님?」

할러가 얼굴을 찡그렸다. 「그렇습니다.」

「좋은 나라지요, 독일은.」 바나트는 베로넬리 부인에게 관
심을 돌렸다. 「이탈리아도 좋은 나라입니다.」 그는 건포도를

몇 개 더 먹었다.

부인은 웃으며 고개를 기울였다. 아들은 화가 난 듯했다.

「그리고,」 그레이엄이 말했다. 「영국에 대해서는 어떻게 생각하십니까?」

작고 지친 눈이 그레이엄의 눈을 차갑게 쏘아보았다. 「저는 영국에 가본 적이 없습니다.」 그 눈은 테이블 주위를 훑었다. 「마지막으로 로마에 갔을 때,」 바나트가 말했다. 「저는 대포와 장갑차와 비행기로 이루어진 이탈리아 군대의 멋진 퍼레이드를 보았습니다.」 그는 건포도를 삼켰다. 「비행기들은 장관이었고, 보는 사람으로 하여금 신을 떠올리게 하더군요.」

「왜 그 비행기들이 그런 생각을 떠올리게 하는 겁니까, 선생님?」 할러가 캐물었다. 분명히, 그는 마브로도풀로스 씨를 좋아하지 않았다.

「그 비행기들은 신을 떠올리게 했습니다. 제가 아는 건 그게 전부입니다. 뼛속부터 느낄 수 있습니다. 뇌우는 사람들이 신을 떠올리게 합니다. 하지만 그 비행기들은 뇌우 이상입니다. 그 비행기들은 공기를 좋잇장처럼 뒤흔들었습니다.」

이런 터무니없는 말을 내뱉는, 늘 힘이 들어가 있는 입술을 지켜보고 있자니 그레이엄은 바나트를 살인 혐의로 재판할 때 영국 배심원이 바나트를 미쳤다고 여길까 궁금했다. 아마도 아닐 터였다. 바나트는 돈을 위해 살인을 했다. 그리고 법은 돈을 위해 살인한 사람을 미쳤다고 생각하지 않았다. 그렇지만 바나트는 **미쳤다.** 그의 광기는 벌거벗고 달리는 잠재의식의 광기, 〈퇴화〉의 광기, 천둥과 번개에서, 폭격기의 으르렁거림에서, 5백 파운드 포탄의 발사에서 신의 장엄함을 발견할 수 있는 그런 정신의 광기였다. 경외감을 자아내는, 원시의 늪지에 존재하는 광기였다. 이자에게 살인은 사업일 수 **있었다**. 의심의 여지없이, 바나트는 사람들이 자신들이 쉽게 할 수 있는 일을 남에게 시키면서 아주 큰돈을 지불할 각오를 한다는 점에 놀란 적이 있었을 것이다. 하지만 당연히, 다른 성공한 사업가들처럼, 바나트는 자신이 동료들보다 더 똑똑하다고 결론 내리는 것으로 끝냈을 것이다. 살인 업무에 관한 그의 심리적 접근은 화장실 관리인이 자신의 화장실들을 관리할 때의, 또는 증권 중개인이 자신의 수수료를 챙길 때의 심리적 접근과 같을 터였다. 즉 순수하게 실무적일 터였다.

「지금 로마로 가시는 길입니까?」 할러가 정중하게 물었다. 나이 든 이가 어린 바보에게 보이는 중후한 정중함이었다.

「저는 제노바로 갑니다.」 바나트가 말했다.

「제가 알기로,」 그레이엄이 말했다. 「제노바는 공원 묘지가 볼만하다는군요.」

바나트가 건포도 씨를 뱉었다. 「그렇습니까? 왜요?」 그러한 종류의 언급은 그를 당황하게 할 수 없는 게 분명했다.

「그곳은 아주 크고, 아주 잘 정돈되어 있고, 아주 멋진 사이프러스들이 있다더군요.」

「그곳에 가봐야 할 것 같네요.」

급사가 수프를 가져왔다. 할러는 다소 허세 부리듯이 그레이엄에게 고개를 돌리고는 파르테논 신전에 대해서 다시 이야기하기 시작했다. 할러는 자기 생각을 큰 소리로 정리하는 걸 즐기는 듯 보였다. 그 결과로서 생기는 독백은 가끔의 끄덕임만 요구할 뿐 사실상 듣는 이에게 아무것도 요구하지 않았다. 할러가 거닐었던 파르테논 신전부터 고대 그리스 시대의 잔해, 아리아족의 영웅담, 베다인의 종교에 이르기까지 이야기는 끝없이 펼쳐졌다. 그레이엄은 기계적으로 먹으며 할러의 이야기를 들으면서 바나트를 지켜보았다. 바나트는 마치 즐기는 듯이 음식을 입에 넣었다. 그리고 음식을 씹으면서, 마치 음식 부스러기만 남은 접시를 앞에 둔 개처럼 실내를 둘러보곤 했다. 그의 태도에서는 뭔가 측은함이 느껴졌다. 그것은 원숭이가 인간과 닮았기에 보이는 측은함과 비슷했다(그레이엄은 충격과 함께 그걸 깨달았다). 그는 미치지 않았다. 그는 동물이었고, 위험했다.

식사가 끝났다. 할러는 평소처럼 그의 아내에게 갔다. 그 기회를 놓치지 않고, 그레이엄도 동시에 식당에서 나와 외투를 걸치고 갑판으로 나갔다.

바람은 잦아들었고, 배는 느리고 길게 흔들렸다. 배는 빠르게 나아갔고, 배의 철판을 따라 미끄러지는 물은 마치 빨갛게 달궈진 철판 위를 미끄러지는 양 치익 소리를 내며 거품을 일으켰다. 춥고 맑은 밤이었다.

장미유 냄새가 아직도 그레이엄의 목구멍과 콧속에 남아 있었다. 그는 향이 없는 공기를 폐로 들이마시며 마음껏 즐겼다. 그는 첫 번째 난관을 통과했다고 되뇌었다. 바나트와 정면으로 마주했고, 시치미 떼고 그와 대화를 했다. 그자는 자신의 정체가 발각된 줄 꿈에도 모를 것이었다. 이제는 쉬울 터였다. 그레이엄은 방심하지만 않으면 되었다.

등 뒤에서 걸음 소리가 들려, 그는 깜짝 놀라 몸을 휙 돌렸다.

조제트였다. 조제트는 웃으며 그에게 다가왔다. 「아하! 이게 당신의 정중함이로군요. 당신은 함께 걷자고 청해 놓고 저를 기다리지는 않네요. 제가 당신을 찾아야 하죠. 당신은 아주 나빠요.」

「죄송합니다. 식당이 너무 갑갑해서…….」

「식당은 전혀 갑갑하지 않아요. 아주 잘 알고 계시듯이요.」 조제트는 그레이엄과 팔짱을 꼈다. 「이제 우리는 산책을 할 거고, 당신은 무엇이 **진짜로** 문제인지 저에게 말할 거예요.」

그레이엄은 재빨리 조제트를 바라보았다. 「무엇이 **진짜로** 문제인지라니요! 그게 무슨 뜻입니까?」

조제트는 위엄 있는 숙녀가 되었다. 「그러면 제게 말을 안 할 생각이군요. 당신은 어떻게 이 배에 타게 되었는지 말 안 할 생각이에요. 오늘 무슨 일이 있었기에 그렇게 초조해했는지 말 안 할 생각이에요.」

「초조하다니요! 하지만…….」

「네, 그레이엄 씨. 초조해 보였어요!」 조제트는 어깨를 으쓱하며 위엄 있는 숙녀 흉내를 포기했다. 「미안해요. 하지만 저는 겁먹은 사람들을 전에도 본 적이 있어요. 그런 사람들은 피곤한 사람들이나 갑갑한 실내에서 숨 막혀 하는 사람들과 전혀 달라요. 그런 사람들은 특유의 표정이 있어요. 그런 사람들은 얼굴이 아주 작아 보이고, 입 주위가 회색이고, 손을 가만두지 못해요.」 둘은 보트 갑판으로 가는 계단에 이르렀다. 조제트는 몸을 돌려 그레이엄을 바라보았다. 「올라갈까요?」

그레이엄은 고개를 끄덕였다. 그는, 그녀가 배에서 뛰어내리자고 제안했어도 고개를 끄덕였을 것이다. 그는 오직 한 가지만 생각할 수 있었다. 만약 **그녀**가 첫눈에 자신이 겁먹은 걸 알아볼 수 있었다면, 바나트 역시 그랬을 것이다. 그리고 만약 바나트가 그걸 알아차렸다면……. 하지만 바나트는 알아차릴 수 없었을 것이다. 바나트는 그럴 수 없었을 것이다. 바나트는…….

그들은 이제 보트 갑판에 도착했고, 조제트는 그레이엄의 팔을 다시 잡았다.

「아주 멋진 저녁이에요.」 조제트가 말했다. 「이렇게 같이 산책할 수 있어 좋네요. 오늘 아침엔 제가 당신을 화나게 한 걸까 봐 걱정했어요. 저는 사실 아테네에 가고 싶지 않았어요. 자기가 아주 잘난 줄 아는 그 고급 승무원이 함께 나가자고 청했지만, 저는 거절했어요. 하지만 만약 당신이 청했다면 같이 갔을 거예요. 당신 기분 좋게 하려고 하는 말이 아니에요. 진실을 말하는 거예요.」

「아주 친절하시네요.」 그레이엄이 중얼거렸다.

조제트가 그를 흉내 냈다. 「〈아주 친절하시네요.〉 아, 당신은 너무 진지해요. 마치 저를 좋아하지 않는 것처럼요.」

그레이엄은 간신히 웃음을 지었다. 「오, 저는 당신을 좋아합니다. 아무렴요.」

「하지만 저를 믿지는 않죠? 이해해요. 당신은 제가 르 조케 카바레에서 춤추는 걸 보았고, 아주 경험이 많기 때문에 〈아! 이 여자를 조심해야겠구나〉라고 생각했겠죠. 그렇죠? 하지만 저는 당신의 친구예요. 당신은 너무 바보예요.」

「네, 저는 바보입니다.」

「하지만 당신은 저를 **좋아**하시나요?」

「네, 저는 당신을 좋아합니다.」멍청하지만 멋진 제안이 그의 마음속에서 뿌리를 내리고 있었다.

「그렇다면 저를 믿기도 하셔야죠.」

「네, 그래야죠.」물론 터무니없었다. 그레이엄은 조제트를 믿을 수 없었다. 조제트의 의도는 백주대낮처럼 명백했다. 그레이엄은 아무도 믿을 수가 없었다. 그는 혼자였다. 지독히 혼자였다. 만약 그에게 그 일에 대해 이야기할 누군가가 있다면, 그건 나쁘지 않을 터였다. 이제 그가 초조해하는 모습을 바나트가 보고 그가 경계하고 있다는 결론을 내렸다고 가정해 보자. 바나트는 보았을까 못 보았을까? 조제트라면 그레이엄에게 그걸 말해 줄 수 있었다.

「무슨 생각을 하나요?」

「내일 일이요.」조제트는 자신이 친구라고 말했다. 만약 지금 그레이엄에게 필요한 한 가지가 있다면, 그건 결단코 친구였다. 어떤 친구든 상관없었다. 이 일을 이야기하고 논의할 수만 있으면 되었다. 이 일에 대해 아는 이는 그 말고 아무도 없었다. 만약 그에게 무슨 일이 생긴다면, 바나트를 범인으로 지목할 이가 아무도 없었다. 바나트는 아무런 벌도 받지 않고 빠져나가 자기 보수를 챙길 터였다. 조제트가 옳았다. 단지 조제트가 밤업소들에서 춤을 춘다는 이유로 그녀를 믿지 못하는 건 멍청한 일이었다. 결국 코페이킨은 조제트를 좋아했고, 코페이킨은 여자에 관해 바보가 아니었다.

그들은 선교 구조물 아래 구석에 도착했다. 조제트는 마치 자신이 걸음을 멈출 것을 그가 알 거라는 듯이 걸음을 멈추었다.

「계속 여기에 있으면,」 조제트가 말했다. 「저는 감기에 걸릴 거예요. 갑판을 반복해서 도는 쪽이 훨씬 나을 거예요.」

「저는 당신이 제게 질문을 하고 싶어 하는 줄 알았습니다.」

「저는 캐묻기 좋아하는 사람이 아니라고 말했잖아요.」

「그랬죠. 어제저녁, 제가 이 배에 탄 건 저를 총으로 쏘아 죽이려는 사람을 피해서라고 말했던 것 기억하나요?」 그레이엄은 오른손을 들어 보였다. 「이 상처가 총알 때문이라고 말한 것도요?」

「네, 기억해요. 나쁜 농담이었죠.」

「아주 나쁜 농담이죠. 불행히도, 그건 진짜로 일어난 일입니다.」

이제 진실을 털어놓았다. 그레이엄은 조제트의 얼굴을 볼 수 없었지만, 조제트가 날카롭게 숨을 들이마시는 소리를 들었고, 조제트의 손가락들이 그의 팔을 꽉 움켜쥐는 걸 느낄 수 있었다.

「거짓말을 하는군요.」

「그랬으면 좋겠습니다.」

「하지만 당신은 엔지니어잖아요.」 조제트가 힐난하듯 말했다. 「당신은 그렇게 말했어요. 뭘 했기에 누군가가 당신을 죽이려 드는 건가요?」

「저는 아무 일도 하지 않았습니다.」 그레이엄이 망설였다. 「어쩌다 보니 그냥 중요한 사업에 관련되었을 뿐입니다. 그 사업에 관련된 경쟁자는 제가 영국으로 돌아가는 걸 원치 않습니다.」

「이제 거짓말을 하는군요.」

「네, 거짓말을 하고 있습니다. 하지만 아주 크게는 아닙니다. 저는 중요한 사업에 **관련**되어 있고, 제가 영국으로 돌아가는 걸 원치 않는 사람들이 **있습니다**. 그 사람들은 제가 갈리폴리에 있을 때 저를 죽이려고 사람들을 고용했지만, 그 사람들이 그 일을 실행에 옮기기 전 터키 경찰이 그 사람들을 체포했습니다. 그러자 그 사람들은 그 일을 위해 청부 살인 업자를 고용했습니다. 제가 르 조케 카바레를 떠나 호텔로 돌아갔을 때, 그 청부 살인업자가 저를 기다리고 있었습니다. 그자는 저에게 총을 쐈지만, 다행히 총알이 빗나가 손만 다치고 말았습니다.」

조제트는 가쁘게 숨을 몰아쉬고 있었다. 「흉악해요! 잔인하고요! 코페이킨도 그 일을 아나요?」

「네. 제가 이 배를 타고 여행하는 건 어느 정도 코페이킨의 생각을 반영한 것이기도 합니다.」

「하지만 그 사람들은 누군가요?」

「저는 한 명만 압니다. 그자의 이름은 뮐러이고 소피아에 삽니다. 터키 경찰은 그자가 독일 스파이라고 제게 알려 줬습니다.」

「Salop(나쁜 놈)! 하지만 그자는 이제 당신을 건드릴 수 없어요.」

「불행히도, 그자는 그럴 수 있습니다. 제가 오늘 오후에 쿠베틀리 씨와 뭍에 나가 있는 동안 승객 한 명이 배에 탔습니다.」

「냄새 나는 그 작은 남자 말인가요? 마브로도풀로스요? 하지만⋯⋯.」

「그자의 진짜 이름은 바나트이고, 그자가 이스탄불에서 저를 쐈던 그 청부 살인업자입니다.」

「하지만 당신이 어떻게 알아요?」 조제트는 숨을 죽이고 캐물었다.

「그자는 르 조케 카바레에서 저를 지켜보고 있었습니다. 그자는 호텔의 제 방에 침입하기 전에 제가 방에 없는 걸 확인하기 위해 그곳까지 따라왔지요. 그자가 총을 쐈을 때 방은 어두웠지만, 경찰이 나중에 저에게 그자의 사진을 보여 주자 저는 그자의 얼굴을 알아보았습니다.」

조제트는 잠시 조용히 있었다. 이윽고 조제트가 천천히 말했다. 「그건 아주 좋지 않네요. 그 작은 남자는 더러운 유형이에요.」

「네, 아주 좋지 않은 상황이지요.」

「선장님을 만나 보셔야 해요.」

「고맙습니다만, 이미 선장님을 만나 보려 시도했습니다. 사무장까지는 만나 보았습니다. 그 사람은 제가 미쳤거나 술에 취했거나 아니면 거짓말을 한다고 생각하더군요.」

「그럼 이제 어쩌실 건가요?」

「지금은 아무것도요. 그자는 제가 자신을 안다는 사실을 모릅니다. 제 생각에, 그자는 우리가 제노바에 도착하길 기다렸다가 다시 시도할 듯합니다. 우리가 그곳에 도착하면 저는 영국 영사를 만나 경찰에 알려 달라고 요청할 겁니다.」

「하지만 제 생각에, 그자는 당신이 자신을 의심한다는 걸 **알아요**. 저녁 식사 전에 우리가 **식당**에 있었을 때 그 프랑스인이 기차에 대해서 이야기했잖아요. 그때 그자는 당신을 지켜보고 있었어요. 쿠베틀리 씨 또한 당신을 지켜보고 있었어요. 당신은 아주 흥미로운 표정이었고요, 아시죠.」

그레이엄은 속이 울렁거렸다. 「그러니까 제가 무서워 죽을 것 같은 표정이었다는 말이네요. 저는 무서웠습니다. 인정합니다. 왜 안 그랬겠습니까? 저는 누군가가 저를 죽이려는 일에 익숙하지 않아요.」 그의 목소리가 높아졌다. 그는 일종의 히스테리성 분노로 인해 몸이 떨리는 걸 느꼈다.

조제트가 그레이엄의 팔을 다시 잡았다. 「쉬잇! 그렇게 큰 소리로 말하면 안 돼요.」 그리고 이어서 말했다. 「그자가 안다는 게 그렇게 문제 되는 건가요?」

「만약 그자가 안다면, 그건 우리가 제노바에 도착하기 전에 그자가 행동을 취해야 한다는 뜻이니까요.」

「이 좁은 배 안에서요? 감히 그러지 못할 거예요.」 조제트는 잠깐 말을 멈추었다. 「호세는 트렁크에 리볼버를 가지고 있어요. 당신이 쓸 수 있게 제가 어떻게든 애써 볼게요.」

「저도 리볼버가 있습니다.」

「어디에요?」

「제 슈트 케이스에요. 주머니에 넣으면 티가 나서요. 제가 위험에 처했다는 사실을 안다는 걸 그자에게 들키고 싶지 않았습니다.」

「리볼버를 소지하고 다니면 위험한 일은 없을 거예요. 그 자가 그걸 보게 하세요. 개 앞에서 불안한 티를 내면 개에게 물린답니다. 그런 부류는 당신이 위험한 존재라는 걸 보여줘야 겁을 먹지요.」 조제트는 그레이엄의 다른 팔을 잡았다. 「아, 걱정할 필요 없어요. 당신은 제노바에 도착할 거고, 영국 영사관에 가게 될 거예요. 그 향수 냄새 풍기는 더러운 짐승은 무시할 수 있어요. 파리에 도착할 때면 그자에 대해 완전히 잊고 있을 거예요.」

「만약 제가 파리에 갈 수 있다면요.」

「정말 못 말리겠네요. 왜 파리에 갈 수 없다고 생각하는 거예요?」

「절 바보라고 생각하는군요.」

「아마도 몹시 피곤한 모양이라고 생각해요. 당신의 상처는……」

「그건 그냥 스친 것뿐입니다.」

「아, 하지만 중요한 건 상처의 크기가 아니에요. 충격을 받았다는 게 중요하죠.」

그레이엄은 갑자기 소리 내어 웃고 싶었다. 조제트의 말은 사실이었다. 그는 코페이킨과 하키와 함께 보낸 그 끔찍한 밤을 사실 아직 극복하지 못한 상태였다. 그는 신경이 곤두서 있었다. 그는 쓸데없이 걱정하고 있었다. 그가 말했다. 「우리가 파리에 도착하면, 조제트, 살 수 있는 가장 근사한 저녁 식사를 당신에게 대접하겠습니다.」

조제트가 그레이엄에게 가까이 다가왔다. 「저는 당신이 저에게 뭔가 주길 원하는 게 아니에요, *chéri*(자기). 저는 당신이 저를 좋아해 주기를 원해요. 당신은 저를 **정말로** 좋아하나요?」

「물론 저는 당신을 좋아합니다. 그렇다고 말했잖습니까.」

「네, 당신은 그렇게 말했죠.」

그레이엄의 왼손이 조제트의 외투 벨트에 닿았다. 조제트의 몸이 갑자기 움직이며 그레이엄의 몸을 눌렀다. 다음 순간, 그레이엄의 두 팔이 조제트를 감쌌고, 그는 조제트에게 키스하고 있었다.

그의 두 팔이 피곤해졌을 때, 조제트는 몸을 뒤로 젖혀 반쯤은 그에게 기대고 반쯤은 난간에 기댔다.

「기분이 나아졌나요, *chéri*(자기)?」

「네, 기분이 나아졌습니다.」

「그렇다면 저는 담배를 피우겠어요.」

그레이엄은 조제트에게 담배를 건넸고, 조제트는 성냥불 너머로 그를 바라보았다. 「영국에 있는 당신 아내를 생각하고 있나요?」

「아닙니다.」

「하지만 당신은 아내를 **생각할** 건가요?」

「만약 당신이 계속해서 제 아내 이야기를 하면 저는 아내를 떠올릴 수밖에 없습니다.」

「알았어요. 당신에게 저는 이스탄불에서 런던으로 가는 여정의 일부네요. 쿠베틀리 씨처럼요.」

「쿠베틀리 씨와는 아주 다릅니다. 저는 가능하다면 쿠베틀리 씨와는 키스를 하지 않을 겁니다.」

「저에 대해 어떻게 생각하시나요?」

「저는 당신이 아주 매력적이라고 생각합니다. 저는 당신의 머리와 눈, 그리고 당신이 쓰는 향이 좋습니다.」

「아주 상냥한 말이네요. 그러면 제가 뭔가 말해도 되나요, *héri*(자기)?」

「뭔가요?」

조제트는 아주 나지막하게 말하기 시작했다. 「이 배는 아주 작아요. 선실들도 아주 작지요. 벽들은 아주 얇고요. 사방에 사람들이 있어요.」

「그래서요?」

「파리는 아주 큰 도시이고, 방이 크고 벽이 두꺼운 멋진 호텔들이 있어요. 아무도 보고 싶지 않다면, 아무도 보지 않아야 할 필요가 있어요. 그리고 당신도 알겠지만, *chéri*(자기), 이스탄불에서 런던까지 여행하는 이가 파리에 도착한다면, 가끔 여행을 계속하기 전에 일주일 정도 기다려야 할 때가 있어요.」

「그건 긴 시간입니다.」

「전쟁 때문에 그런 거예요, 알잖아요. 언제나 곤란한 일들이 생기니까요. 사람들은 프랑스를 떠나기 위해 며칠이고 기다려야 해요. 우선 여권에 특별 도장을 받아야 하고, 그 도장을 받기 전에는 영국으로 가는 기차를 탈 수 없어요. 당신은 그 도장을 받으러 관청에 가야 하고, 그건 아주 성가신 일이죠. 관청의 잔소리꾼들이 당신의 신청서를 처리할 시간이 생길 때까지 당신은 파리에 머물러야 하는 거예요.」

「아주 성가시겠네요.」

조제트는 한숨을 쉬었다. 「우리는 일주일 또는 열흘 정도 아주 멋진 시간을 보낼 수 있을 거예요. 저는 드 벨주 호텔을 말하는 게 아니에요. 그곳은 더러워요. 하지만 파리에는 리츠 호텔이랑 랑카스터 호텔이랑 조르주 싱크 같은 곳들이 있어요…….」 조제트는 말을 멈추었고, 그레이엄은 자신이 무슨 말을 해야 한다는 사실을 알았다.

그레이엄이 그녀의 기대에 따라 말했다. 「크리용과 모리스도 있지요.」

조제트가 그의 팔을 꽉 잡았다. 「당신은 아주 상냥해요. 하지만 당신은 제가 무슨 말을 하는지 이해하나요? 아파트가 더 싸지만, 시간이 너무 짧기 때문에 그건 불가능해요. 싸구려 호텔에서 휴식을 취할 수는 없고요. 그렇긴 해도 저는 사치스럽지 않아요. 리츠나 조르주 싱크보다 싸면서도 좋은 호텔들이 있고, 그러면 좋은 곳들에서 먹고 춤을 출 수 있는 여유가 더 생기게 되죠. 제아무리 전쟁 중이라 해도 좋은 곳들이 있어요.」 거의 다 타들어 간 조제트의 담배 끝이 성급한 손짓을 강조했다. 「하지만 돈 이야기는 그만해야겠어요. 안 그럼 당신은 관청의 잔소리꾼들이 인가를 빨리 내주도록 할 거고, 그러면 저는 실망하겠죠.」

그레이엄이 말했다. 「아시겠지만, 조제트, 이러다간 당신이 진짜로 진지하다는 생각이 들 것 같군요.」

「그럼 당신은 제가 진지하지 않다고 생각하나요?」 조제트가 분개했다.

「아주 확신합니다.」

조제트가 웃음을 터뜨렸다. 「당신은 아주 정중하게 무례할 수 있군요. 호세에게 말해 줘야겠어요. 아주 재미있어할 거예요.」

「호세를 재미있게 하고 싶지는 않군요. 내려가실까요?」

「아하, 화가 나셨네요! 제가 당신을 놀린다고 생각하는군요.」

「천만에요.」

「그러면 키스해 주세요.」

잠시 뒤 조제트가 부드럽게 말했다. 「저는 당신이 아주 좋아요. 저는 하루에 50프랑짜리 방이라도 상관 안 해요. 하지만 드 벨주 호텔은 끔찍해요. 그곳에는 돌아가고 싶지 않아요. 저에게 화난 거 아니죠?」

「아니요, 화난 거 아닙니다.」 조제트의 몸은 부드럽고 따뜻했고, 또한 한없이 나긋나긋했다. 조제트 덕분에 그레이엄은 이제 바나트와 나머지 여정을 정말로 아무 문제 아닌 듯이 느끼고 있었다. 그레이엄은 조제트에게 고마움과 미안함을 느꼈다. 그는 파리에 도착하면 핸드백을 사서 안에 1천 프랑짜리 지폐를 한 장 넣어 선물해야겠다고 마음먹었다. 그가 말했다.「괜찮습니다. 당신은 드 벨주 호텔에 돌아갈 필요가 없습니다.」

마침내 그들이 식당에 내려갔을 때는 10시가 지난 뒤였다. 호세와 쿠베틀리가 그곳에서 카드 게임을 하고 있었다.

호세는 입술에 힘을 주고 집중해서 게임을 하느라 그들이 온 것을 알아차리지 못했다. 하지만 쿠베틀리는 고개를 들었다. 그는 생기 없이 웃어 보였다.

「부인,」 쿠베틀리가 후회하는 목소리로 말했다.「부군께서는 카드를 정말 잘하십니다.」

「이이는 연습을 아주 많이 했지요.」

「아, 네, 분명 그럴 거라고 생각합니다.」 쿠베틀리는 카드를 한 장 냈다. 호세가 의기양양하게 그 카드 위로 자기 카드를 한 장 내리쳤다. 쿠베틀리의 표정이 어두워졌다.

「이겼습니다.」 호세가 말하고는 테이블에서 돈을 좀 가져갔다.「당신은 84리라를 잃었습니다. 만약 우리가 1백 분의 1리라 대신 리라 단위로 걸고 게임을 했다면 8천4백 리라를 땄을 겁니다. 그랬다면 아주 흥미진진했겠죠. 한 게임 더 하시렵니까?」

「이제 저는 자러 갈 생각입니다.」 쿠베틀리가 서둘러 말했다.「안녕히 주무십시오, 여러분.」 그가 식당을 나갔다.

호세는 마치 카드 게임 때문에 입맛이 쓰다는 듯이 이 사이로 공기를 빨아들였다. 「이 더러운 배에서는 모두가 일찍 자러 간다니까요.」 호세가 말했다. 「아주 지루하군요.」 호세는 그레이엄을 바라보았다. 「카드 게임을 하시렵니까?」

「이런 말을 해서 죄송하지만, 저도 자러 가야겠습니다.」

호세는 어깨를 으쓱했다. 「좋습니다. 안녕히 가세요.」 호세는 조제트를 힐끗 보더니 두 명분의 카드를 배분하기 시작했다. 「당신이랑 게임을 하지.」

조제트는 그레이엄을 보더니 어쩔 수 없다는 듯이 웃었다. 「제가 게임을 하지 않으면, 이이는 무뚝뚝하게 굴 거예요. 좋은 밤 되세요, 선생님.」

그레이엄은 웃어 주고 좋은 밤 되라고 말했다. 그는 마음이 한결 편안해졌다.

그레이엄은 그날 이른 저녁에 자기 선실을 나왔을 때보다 훨씬 더 명랑한 기분이 되어 선실로 돌아갔다.

조제트는 참으로 현명했다! 그리고 자신은 참으로 멍청했다! 바나트 같은 인간을 상대할 때 섬세하게 행동하는 건 위험했다. 상대가 초조해하는 걸 보면 개는 상대를 물기 마련이다. 이제부터 그레이엄은 리볼버를 가지고 다닐 생각이었다. 아니, 그 이상으로, 만약 바나트가 뭔가 수상한 짓거리를 하려 들면 그는 리볼버를 사용할 생각이었다. 힘에는 힘으로 대적해야 했다.

그레이엄은 허리를 굽히고 침상 아래에서 슈트 케이스를 꺼냈다. 슈트 케이스에서 리볼버를 꺼낼 생각이었다.

돌연, 그레이엄은 동작을 멈추었다. 순간적으로 그의 콧구멍에 장미유의 과하게 달콤한 냄새가 느껴졌다.

그 냄새는 희미해서 거의 느끼기 어려웠고, 그레이엄은 그 냄새를 다시 맡을 수 없었다. 한순간, 그레이엄은 꼼짝도 하지 않으면서, 자신이 상상을 한 게 분명하다고 생각했다. 이윽고 공포가 그를 사로잡았다.

떨리는 손으로 그레이엄은 슈트 케이스의 걸쇠를 풀고 뚜껑을 활짝 열어젖혔다.

리볼버가 사라지고 없었다.

제7장

그레이엄은 천천히 옷을 벗고 침상으로 가서 누운 뒤, 천장을 가로지르는 증기 파이프 주위 석면의 균열들을 물끄러미 바라보았다. 그는 조제트의 립스틱 맛을 느낄 수 있었다. 오직 그 맛만이 그가 선실로 돌아올 때 자신감에 차 있었음을 상기시켜 주었다. 하지만 그 자신감은 마치 절단된 동맥에서 피가 뿜어져 나가듯 이미 그의 몸에서 빠져나가 버렸다. 마음속에 차오른 공포 때문이었다. 공포는 응고하며 사고를 마비시켰다. 오직 그의 감각들만이 살아 있는 듯했다.

벽 너머 저편에서는 마티스가 양치를 끝내고 나서, 요란하게 투덜거리고 삐걱거리며 위쪽 침상으로 올라갔다. 마침내 마티스는 한숨을 쉬며 누웠다.

「또 하루가 지났어요!」

「훨씬 낫네요. 현창은 열렸어요?」

「당연하지요. 등 뒤로 굉장히 기분 나쁜 공기 흐름이 있어요.」

「우리는 그 영국인처럼 아프지 않았으면 좋겠네요.」

「그건 공기와 관련이 없어요. 그건 뱃멀미예요. 그 사람은 그걸 인정하지 않을 거예요. 영국인이 뱃멀미를 한다고 말하면 웃겨 보일 테니까요. 영국인은 모두 자신들이 대단한 뱃사람이라고 생각하지요. 그 사람은 *drôle*(괴짜)이지만, 나는 그 사람이 좋아요.」

「그 사람이 당신의 허튼소리를 열심히 들어 주니까 그런 거지요. 그 사람은 예의 발라요. 너무 예의 바르죠. 그 사람과 그 독일인은 이제 마치 친구라도 되는 듯이 서로 인사를 해요. **그건** 옳지 않아요. 만약 그 갈린도…….」

「오, 그 사람 이야기라면 이제 그만해요.」

「베로넬리 부인 말로는, 계단에서 그 사람이 자기랑 부딪치고는 사과도 않고 그냥 가버렸대요.」

「그 사람은 아주 불쾌한 유형이죠.」

정적이 흘렀다. 이윽고 다시 대화가 있었다.

「로베르!」

「나 자요.」

「베로넬리 부인의 남편이 지진으로 죽었다고 내가 말한 거 기억해요?」

「그게 왜요?」

「아까 저녁 때 그 여자와 이야기를 했거든요. 아주 끔찍한 이야기예요. 그 여자 남편은 지진으로 죽은 게 아니었어요. 총에 맞아 죽었대요.」

「왜요?」

「그 여자는 다른 사람들이 그 일을 몰랐으면 해요. 당신도 그 일을 말하면 안 돼요.」

「그래서요?」

「첫 번째 지진 때였대요. 그 커다란 충격파가 지난 뒤, 벌판으로 피난 갔던 그 여자네 가족은 집으로 돌아왔대요. 집은 폐허가 되어 있었죠. 벽 하나가 일부 남아 서 있었고, 그래서 남편은 그 벽과 판자들로 몸을 피할 곳을 만들었어요. 그 사람들은 집에 있던 음식을 좀 찾아냈지만, 물탱크들은 파괴되었고 물이 없었어요. 남편은 아들과 아내에게 집에 있으라고 일러둔 뒤 물을 찾으러 나갔어요. 근처에 친구 집이 있었는데, 그 친구네는 그때 이스탄불에 가 있었어요. 그 집 역시 무너졌지만, 남편은 그 집 잔해 속에서 물탱크를 찾아보려고 간 거지요. 남편은 물탱크들을 찾아냈는데, 그 가운데 하나가 부서지지 않은 거였어요. 남편은 물을 가져올 도구가 없어서 단지나 양철 그릇이 없는지 찾아보았어요. 그리고 단지를 하나 찾아냈죠. 그건 은으로 만들어진 것이었는데, 낙석에 맞아 좀 찌그러져 있었어요. 당시엔 지진이 지나간 뒤 잔해 속에 값진 물건들이 널려 있는 경우가 많다 보니 약탈이 아주 심해서, 그런 약탈을 막으려고 군인들이 순찰을 다녔어요. 남편이 그곳에 서서 단지를 펴려고 애쓰고 있을 때, 마침 순찰 다니던 군인이 남편을 체포했어요. 베로넬리 부인은 이런 사실을 전혀 알지 못했고, 남편이 돌아오지 않자 아들과 함께 남편을 찾으러 나갔어요. 하지만 워낙 혼란스러운 상황이라서 부인이 할 수 있는 일은 아무것도 없었어요. 이튿날, 부인은 남편이 총살되었다는 소식을 들었어요. 끔찍한 비극이죠?」

「네, 비극이군요. 그런 일들이 일어나다니.」

「만약 선하신 주님께서 지진 중에 남편을 죽이셨다면, 그 여자에겐 훨씬 더 받아들이기 쉬운 일이 됐을 거예요. 하지만 총살을 당하다니……! 그 여자는 아주 용감해요. 군인들을 비난하지 않아요. 그렇게 혼란한 와중에는 비난할 수 없다는 거예요. 선하신 주님의 뜻이었다네요.」

「신은 코미디언이에요. 전부터 알고 있었어요.」

「불경스러운 말 하지 말아요.」

「불경스러운 건 **당신**이에요. 당신은 그 선한 주님이라는 존재가 파리채를 들고 기다리는 웨이터라도 되는 듯이 말하죠. 파리채를 내리쳐서 파리를 몇 마리 죽이기는 하지요. 하지만 한 마리는 도망쳐요. 아, le salaud(지겨운 놈)! 웨이터가 다시 내리치고, 그러면 그 파리는 다른 놈들과 마찬가지로 짜부러지지요. 선한 신은 그렇지 않아요. 선한 신은 지진을 일으키지 않고 비극을 만들지도 않아요. 선한 신이라는 존재는 마음속에나 존재하는 거예요.」

「당신은 정말 참을 수가 없네요. 당신은 그 불쌍한 여자가 가엾지도 않아요?」

「네, 가엾어요. 하지만 우리가 장례식을 한 번 더 연다고 해서 그 여자에게 도움이 될까요? 내가 내 바람대로 잠을 자는 대신 밤새 깨어 말다툼이나 하고 있으면 그 여자에게 도움이 될까요? 그 여자는 자신이 원했기 때문에 당신에게 이 이야기를 한 거예요. 가엾은 영혼 같으니! 비극의 여주인공이 되는 게 더 마음 편하겠죠. 그러면 좀 더 사실이 아닌 듯한 느낌이 들 테니까요. 하지만 만약 듣는 이가 없다면 비극도 없어요. 만약 그 여자가 내게 말해 준다면 나 역시 귀 기울여 들을 거예요. 내 눈에서는 눈물이 흐르겠죠. 하지만 당신은 주인공이 아니에요. 이제 자요.」

「당신은 상상력이 없는 짐승이에요.」

「짐승은 잠을 자야 해요. 잘 자요, *chérie*(여보)!」

「낙타 같으니!」

대답이 없었다. 잠시 뒤, 마티스는 깊은 한숨을 쉬고는 자기 침대에서 돌아누웠다. 곧 마티스는 부드럽게 코를 골기 시작했다.

잠시, 그레이엄은 깨어 있는 채로 누워 바깥에서 바닷물이 부딪히는 소리, 엔진들이 계속해서 쿵쿵거리는 소리에 귀를 기울였다. 파리채를 든 웨이터! 베를린에는 그가 한 번도 보지 못했고 이름도 모르는, 그러면서도 그의 죽음을 선고한 인간이 있었다. 소피아에는 그 선고를 실행에 옮기라는 지시를 받은 묄러라는 인간이 있었다. 그리고 여기, 몇 미터 떨어진 9번 선실에는 9밀리미터 구경의 자동 권총을 지닌 암살자가 있었다. 그자는 사형 선고를 받은 이를 이미 무장 해제시켰고, 처형을 실행한 뒤 돈을 받을 준비가 되어 있었다. 정의가 그러하듯, 그 전체 과정은 비개인적이고 감정에 좌우되지 않았다. 그것과 싸워 이기려고 애쓰는 건 교수대에서 교수형 집행인과 논쟁을 벌이는 것만큼이나 소용없어 보였다.

그레이엄은 스테퍼니를 생각하려 애써 보았지만, 그럴 수 없다는 것을 깨달았다. 스테퍼니가 일부분인 것들, 그의 집, 그의 친구들은 이제 더 이상 존재하지 않았다. 그레이엄은 혼자였고, 죽음이 있는 낯선 땅으로 옮겨진 뒤 이제 그 국경으로 이동하고 있었다. 단 한 명을 제외하고는 누구에게도 그 공포를 말할 수 없는, 외로운 존재였다. 조제트는 온전한 정신을 의미했다. 조제트는 현실이었다. 그레이엄은 조제트가 필요했다. 그레이엄은 스테퍼니가 필요하지 않았다. 스테퍼니는 그가 한때 알았던 어떤 세상의 다른 얼굴들과 목소리들과 더불어 희미하게 기억나는 얼굴이고 목소리일 뿐이었다.

그레이엄의 마음은 조금씩 불편한 졸음 속으로 빠져들었다. 이윽고 그는 절벽에서 떨어지는 꿈을 꾸다가 깜짝 놀라 깨어났다. 그는 불을 켜고 오후에 산 책 가운데 한 권을 집어 들었다. 탐정 소설이었다. 그레이엄은 몇 쪽 읽다가 책을 내려놓았다. 〈죽음의 마지막 고통 속에서 기괴하게 몸을 비틀고〉 쓰러진 시체들의 오른쪽 관자놀이에 〈살짝 피가 흐르는 깔끔한〉 구멍들이 있었다는 식의 이야기를 읽으면서는 도저히 잠들 수 없었다.

그레이엄은 침상에서 일어나 담요로 몸을 감싸고 담배를 피우기 위해 앉았다. 그는 남은 밤을 이렇게 앉아서 담배를 피우며 보내기로 결심했다. 누워 있으면 무기력하다는 느낌이 커지는 경향이 있었다. 리볼버만 가지고 있었어도 좋으련만.

그렇게 앉아 있노라니, 리볼버를 가지고 있는가 아닌가는 눈이 보이는가 안 보이는가 만큼이나 인간에게 중요하다는 느낌이 들었다. 리볼버 없이도 그렇게 오랜 세월 살아남을 수 있었던 것은 순전히 운이 따랐을 뿐이라는 느낌이 들었다. 리볼버 없는 인간은 정글 속에서 끈에 묶인 염소만큼이나 무기력한 존재였다. 그런 물건을 슈트 케이스에 넣어 두고 다니다니, 천하의 바보가 아닌가! 리볼버만 가지고 있었어도……

이윽고 그레이엄은 조제트가 했던 말이 떠올랐다. 〈호세는 트렁크에 리볼버를 가지고 있어요. 당신이 쓸 수 있게 제가 어떻게든 애써 볼게요.〉

그레이엄은 숨을 깊이 들이켰다. 그는 구원받았다. 호세에게 리볼버가 있었다. 조제트는 그에게 그걸 가져다줄 터였다. 모든 게 잘되리라. 조제트는 아마도 10시면 갑판에 나올 것이다. 그레이엄은 조제트가 나타날 때까지 기다렸다가, 무슨 일이 있었는지 설명하고 리볼버를 가져다 달라고 부탁할 것이다. 운이 좋다면 그는 선실을 떠난 지 30분 안에 리볼버를 자기 주머니에 넣을 수 있을 것이다. 그리고 주머니에 불룩한 물건을 넣고 점심 식사를 하러 갈 수 있을 것이다. 바나트는 놀랄 것이다. 호세에게 의심하는 기질이 있어 정말 다행이었다!

그레이엄은 하품을 하고 담뱃불을 껐다. 밤새 이렇게 앉아 있는 건 멍청한 짓이었다. 멍청하고, 불편하고, 재미없었다. 그리고 졸렸다. 그레이엄은 담요를 침상에 올려놓고 다시 누웠다. 5분도 지나지 않아 그는 잠이 들었다.

그레이엄이 다시 잠에서 깼을 땐, 현창을 통해 햇빛이 비스듬하게 초승달 모양으로 들어와 격벽의 하얀 페인트 위를 오르락내리락하고 있었다. 그는 햇빛이 움직이는 것을 바라보며 누워 있다가, 이윽고 커피를 가져온 승무원에게 문을 열어 주었다. 9시였다. 그레이엄은 천천히 커피를 마시고, 담배를 피우고, 뜨거운 바닷물 목욕을 했다. 옷을 챙겨 입었을 즈음에는 거의 10시가 다 되어 있었다. 그레이엄은 외투를 입고 선실을 나섰다.

선실들이 있는 복도는 두 명이 간신히 지나갈 정도의 너비밖에 안 되었다. 사각형인 복도의 세 면은 선실이었고, 네 번째 면은 식당과 차량갑판으로 올라가는 계단, 그리고 두 개의 작은 공간으로 이루어져 있었는데, 작은 공간들에는 먼지가 뿌옇게 앉은 야자수가 토기 화분들에 심겨져 있었다. 복도 끝까지 1~2미터밖에 남지 않은 지점에 이르렀을 때, 그레이엄은 바나트와 정면으로 마주쳤다.

바나트는 계단 발치의 공간에서 막 몸을 틀어 복도로 들어섰고, 한 걸음만 뒤로 물러서면 그레이엄에게 지나갈 공간을 내줄 수 있었다. 하지만 바나트는 그렇게 하려 들지 않았다. 바나트는 그레이엄을 보자 걸음을 멈추었다. 이윽고 아주 천천히, 바나트는 두 손을 주머니에 넣고 강철 격벽에 몸을 기댔다. 그레이엄은 몸을 돌려 왔던 길로 돌아가거나, 지금 있는 곳에 그대로 있어야 했다. 심장이 갈비뼈를 마구 때려 대어, 그레이엄은 그대로 있었다.

바나트가 고개를 끄덕였다. 「좋은 아침입니다, 선생님. 아주 화창한 날씨죠?」

「아주 화창하네요.」

「영국인이시니 해를 보게 되어 아주 기분 좋으시겠습니

다.」바나트는 면도를 했고, 창백한 아래턱은 씻기지 않은 비누로 번들거렸다. 장미유 냄새가 주위에 넘실거렸다.

「아주 기분이 좋습니다. 실례하겠습니다.」그는 좁은 틈을 비집고라도 지나가려고 앞으로 나아갔다.

바나트는 마치 우연인 듯 움직여 길을 막았다. 「너무 좁군요! 한 명이 다른 사람에게 양보해야만 하네요. 그렇죠?」

「그러네요. 먼저 가시겠습니까?」

바나트가 고개를 저었다. 「아니요, 저는 급하지 않습니다. 선생님 손에 대해 무척이나 물어보고 싶었습니다. 어젯밤에 알아차렸습니다. 손은 어쩌다 그렇게 되셨나요?」

그레이엄은 작고 위험한 두 눈이 자신의 두 눈을 무례하게 응시하는 것을 보았다. 바나트는 그가 비무장 상태라는 사실을 알았고, 또한 그의 기를 꺾으려는 중이었다. 그리고 그 시도는 성공하고 있었다. 그레이엄은 불쑥 주먹으로 그자의 창백하고 멍청한 얼굴을 후려치고 싶었으나 그러한 욕구를 애써 자제했다.

「작은 상처입니다.」그레이엄이 침착하게 말했다. 하지만 다음 순간, 그레이엄은 감정을 이기지 못하고 말았다. 「정확히는, 총상입니다.」그가 덧붙였다. 「어떤 치졸하고 파렴치한 도둑이 이스탄불에서 저에게 총을 쏘았습니다. 그자는 총 쏘는 실력이 형편없었거나 겁을 먹었지요. 빗나갔거든요.」

작은 눈은 털끝만큼도 흔들리지 않았고, 추하고 비틀린 미소가 입술에 번졌다. 바나트가 천천히 말했다. 「치졸하고 파렴치한 도둑요? 아주 조심하셔야겠네요. 다음번에는 총으로 반격할 준비를 해두셔야겠습니다.」

「저는 총으로 반격할 겁니다. 그 점에는 일말의 의심도 없습니다.」

웃음이 커졌다. 「그러면 권총을 가지고 계시겠군요?」

「당연하죠. 그리고 실례해도 된다면…….」 그레이엄은 만약 상대가 비켜 주지 않으면 어깨로 밀치고 지나갈 생각으로 앞으로 걸어갔다. 하지만 바나트는 비켰다. 이제 바나트는 히죽거리고 있었다. 「아주 조심하십시오, 선생님.」 바나트는 말하고 나서 웃음을 터뜨렸다.

그레이엄은 계단 발치에 이르러 걸음을 멈추고 돌아보았다. 「그럴 필요가 있다고 생각하지 않습니다.」 그레이엄이 신중히 말했다. 「그 인간쓰레기들은 무장한 사람에게는 감히 덤벼들지 못하니까요.」 그레이엄은 〈쓰레기〉라는 단어를 썼다.

바나트의 얼굴에서 히죽거림이 사라졌다. 바나트는 더는 대답하지 않고 몸을 돌려 자기 선실로 갔다.

그레이엄이 갑판에 도착했을 때, 마침내 몸이 반응하기 시작했다. 두 다리는 마치 젤리로 변해 버린 듯이 후들거렸고, 몸에서는 땀이 흘렀다. 예기치 못하게 갑자기 맞닥뜨렸다는 점이 도움이 되었고, 모든 상황을 고려해 볼 때, 그레이엄은 그리 나쁘지 않게 반응했다. 그레이엄은 허세를 부렸다. 결국 바나트는 아마도 그에게 또 다른 리볼버가 있지 않나 의심할 터였다. 하지만 허세는 그리 오래가지 않을 것이다. 이제부터 본격적인 싸움이었다. 그레이엄의 허세는 결국 거짓임이 드러날 것이다. 이제 그레이엄은 무슨 일이 있어도 호세의 리볼버를 손에 **넣어야만** 했다.

그레이엄은 재빨리 차량갑판을 돌았다. 할러가 아내와 팔짱을 끼고 그곳을 천천히 걷고 있었다. 할러는 좋은 아침이라고 인사했다. 하지만 그레이엄은 조제트 말고 다른 이와는 말을 하고 싶지 않았다. 조제트는 차량갑판에 없었다. 그레이엄은 단정갑판으로 올라갔다.

조제트는 그곳에서 젊은 고급 선원과 이야기하고 있었다. 마티스 부부와 쿠베틀리가 몇 미터 떨어진 곳에 있었다. 그레이엄은 그들이 기대에 찬 눈으로 자신을 보는 것을 곁눈질로 알았지만 못 본 척하고는 조제트에게 걸어갔다.

조제트는 웃음을 지으며 지금 상대하는 이가 지루하다는 의미를 담은 표정으로 그레이엄에게 인사를 했다. 젊은 이탈리아인은 그레이엄을 노려보며 기분이 상한 목소리로 아침 인사를 했고, 그레이엄이 중단시킨 대화를 다시 이어 가려고 했다.

하지만 그레이엄은 정중하게 행동할 기분이 아니었다. 「실례를 해야겠습니다.」 그레이엄이 프랑스어로 말했다. 「남편분이 전해 달라는 메시지가 있어서요.」

고급 선원은 고개를 끄덕이고는 정중하게 옆으로 비켜섰다.

그레이엄이 눈썹을 치켰다. 「이건 **개인적인** 메시지입니다.」

고급 선원은 화가 난 듯 얼굴을 붉히며 조제트를 바라보았다. 조제트가 상냥하게 고개를 끄덕이며 선원에게 이탈리아어로 뭐라고 말했다. 선원은 이를 드러내고 웃더니 그레이엄을 다시 한번 노려보고는 그곳을 떠났다.

조제트가 킥킥거렸다. 「당신은 저 불쌍한 청년에게 정말로 냉혹하게 굴었어요. 저 청년은 아주 멋지게 진도를 나가고 있었는데 말이죠. 호세가 보낸 메시지가 있다는 것보다 더 좋은 핑계를 떠올릴 수는 없었나요?」

「제일 먼저 떠오르는 대로 말했습니다. 저는 당신과 이야기를 해야 합니다.」

조제트는 만족스러워하며 고개를 끄덕였다. 「그거 아주 좋네요.」 조제트가 은밀하게 그레이엄을 바라보았다. 「지난밤 일 때문에 혼자서 자신에게 화를 내며 밤을 보낸 건 아니었을까 걱정했어요. 하지만 그리 우울해 보이지 않네요. 마티스 부인이 우리에게 아주 흥미를 보이고 있어요.」

「저는 우울합니다. 일이 있었거든요.」

조제트의 입술에서 웃음이 사라졌다. 「심각한 일인가요?」

「심각한 일입니다, 저는……..」

조제트는 그레이엄의 어깨 너머를 힐긋 보았다. 「산책하면서 바다와 태양에 대해 이야기하는 것처럼 보이는 게 좋겠어요. 안 그러면 사람들 입에 오르내릴 거예요. 아시겠지만, 사람들이 뭐라고 수군거리든 저는 상관없어요. 하지만 당혹스러울 거예요.」

「좋습니다.」 그리고 둘이 걷기 시작했을 때 그레이엄이 말했다. 「지난밤에 제 선실로 돌아갔을 때 슈트 케이스에 있던 제 리볼버를 도둑맞은 걸 알게 됐습니다.」

조제트가 걸음을 멈추었다. 「정말로요?」

「정말입니다.」

조제트는 다시 걷기 시작했다. 「승무원이 그랬을 수도 있잖아요.」

「아닙니다. 바나트가 제 선실에 있었습니다. 그자의 냄새가 났습니다.」

조제트는 잠시 잠자코 있었다. 이윽고 조제트가 말했다. 「다른 사람에게 말했나요?」

「불평해 봤자 소용없습니다. 지금쯤 그 리볼버는 바다에 가라앉아 있을 겁니다. 바나트가 그걸 가져갔다는 증거도 없습니다. 게다가 제가 어제 사무장에게 그런 소란을 일으켰으니 이제 제 말을 귀 기울여 듣지 않을 겁니다.」

「어쩌실 건가요?」

「당신에게 부탁드릴 게 있습니다.」

조제트가 재빨리 그레이엄을 바라보았다. 「뭔데요?」

「어젯밤에 말씀하시길, 호세에게 리볼버가 있고, 그걸 제게 가져다줄 수 있다고 하셨죠.」

「진심으로 하시는 말씀인가요?」

「제 평생 이보다 더 진심인 적은 없었습니다.」

조제트가 입술을 깨물었다. 「하지만 만약 리볼버가 사라진 걸 그이가 알면 저는 그이에게 뭐라고 말해야 하나요?」

「호세가 알아차릴까요?」

「그럴 거예요.」

그레이엄은 화가 나기 시작했다. 「리볼버를 가져다줄 수 있다고 한 건 당신의 생각이었어요.」

「당신이 꼭 리볼버를 가지고 있어야 하는 건가요? 그자가 할 수 있는 일은 아무것도 없어요.」

「제가 리볼버를 가지고 다녀야 한다는 것 역시 당신의 생각이었습니다.」

조제트는 언짢은 듯했다. 「저는 그 남자에 대해 당신이 한 말 때문에 겁이 났어요. 하지만 그건 어두웠기 때문이에요. 이제 낮이 됐고, 그러니 상황이 달라요.」 조제트가 갑자기 웃음을 지었다. 「오, 너무 심각하게 생각하지 말아요. 우리가 파리에서 함께할 멋진 시간을 생각해 봐요. 그 사람은 아무런 문제도 일으키지 않을 거예요.」

「안타깝지만, 그자는 문제를 일으킬 겁니다.」 그레이엄은 조제트에게 계단에서 바나트와 마주친 이야기를 해준 다음 덧붙였다. 「게다가, 만약 그자가 문제를 일으킬 생각이 없다면 왜 제 리볼버를 훔쳤겠습니까?」

조제트는 망설였다. 그러더니 천천히 말했다. 「알겠어요. 시도해 볼게요.」

「지금요?」

「네, 만약 당신이 원한다면요. 그건 선실에, 그이의 트렁크 안에 있어요. 그이는 식당에서 신문을 읽고 있어요. 여기서 기다리시겠어요?」

「아니요, 아래 갑판에서 기다리겠습니다. 지금은 여기 있는 이 사람들과 이야기하고 싶지 않네요.」

그들은 아래로 내려갔고, 갑판 사다리 발치의 난간 근처에 잠깐 서 있었다.

「저는 여기 있겠습니다.」 그레이엄이 조제트의 손을 지그시 눌렀다. 「친애하는 조제트, 당신이 이 일을 해줘서 이루 말할 나위 없이 고맙습니다.」

조제트는 마치 사탕을 주겠노라고 약속한 꼬마 소년을 대하듯 웃었다. 「파리에서 그렇게 말해 주세요.」

그레이엄은 조제트가 가는 모습을 지켜보다가 이윽고 난간에 기댔다. 조제트는 5분이면 돌아올 터였다. 그레이엄은 한동안 길고 굽이치는 선수파(船首波)가 미끄러져 지나서 선미의 횡파(橫波)와 만났다가 부서지며 거품으로 바뀌는 모습을 물끄러미 바라보았다. 누군가가 덜걱거리며 갑판 사다리를 내려왔다.

「좋은 아침입니다, 그레이엄 선생님. 오늘은 몸이 좀 괜찮으신 모양이네요?」 쿠베틀리가 말했다.

그레이엄이 고개를 돌렸다. 「네, 고맙습니다.」

「마티스 부부께서 오늘 오후에 브리지 게임을 하면 어떨까 하시는데요. 같이 하시겠습니까?」

「네, 하겠습니다.」 그레이엄은 그리 달갑지 않았지만, 쿠베틀리가 계속 자기 옆에 달라붙어 있을 게 더 싫었다.

「그러면 네 명이 하는 걸로 알면 되겠죠?」

「물론이죠.」

「저는 그 게임을 잘하지 못합니다. 아주 어렵더라고요.」

「네.」 그레이엄은 곁눈으로 조제트가 계단참에서 문을 열고 갑판으로 나오는 모습을 보았다.

쿠베틀리의 눈이 조제트 쪽을 보며 반짝였다. 쿠베틀리가 추파를 던졌다. 「그러면 이따 오후에 뵙지요, 그레이엄 선생님.」

「그때 뵙겠습니다.」

쿠베틀리가 떠난 뒤 조제트가 그레이엄에게 다가왔다.

「저 사람이 뭐라던가요?」

「브리지 게임을 하자고 했습니다.」 조제트의 표정을 본 그레이엄은 가슴이 철렁했다. 「가져왔나요?」 그레이엄이 재빨리 물었다.

조제트는 고개를 저었다. 「트렁크가 잠겼어요. 열쇠를 그이가 가지고 있어요.」

그레이엄은 온몸이 따끔거리며 땀이 솟는 걸 느꼈다. 그레이엄은 뭔가 할 말을 찾기 위해 애쓰며 조제트를 물끄러미 바라보았다.

「왜 저를 그런 눈으로 보세요?」 조제트가 화를 내며 외쳤다. 「그이가 트렁크를 잠가 두면 저도 어쩔 수가 없다고요.」

「네, 당신 잘못이 아니지요.」 이제 그레이엄은 조제트가 애시당초 리볼버를 가져다줄 의향이 없었다는 사실을 알았다. 조제트를 탓할 수는 없었다. 조제트가 그를 위해 도둑질하길 기대할 수는 없는 노릇이었다. 그레이엄은 너무 큰 요구를 했었다. 하지만 그는 호세의 리볼버에 기대를 걸고 있었다. 이제 어쩌면 좋단 말인가?

조제트는 그의 팔에 손을 얹었다. 「제게 화가 났나요?」

그레이엄은 고개를 저었다. 「제가 왜 당신에게 화가 난단 말입니까? 저는 애초에 제 리볼버를 주머니에 넣고 있을 정도로 지각이 있어야 했습니다. 저는 당신이 리볼버를 가져올 거라고 너무 의지한 것뿐입니다. 제 잘못입니다. 하지만 말씀드렸듯이, 저는 이런 일에 익숙하지 않습니다.」

조제트가 소리 내어 웃었다. 「아, 걱정할 필요 없어요. 이건 말씀드릴 수 있어요. 그자는 총을 가지고 있지 않아요.」

「뭐라고요! 당신이 그걸 어떻게 압니까?」

「방금 돌아올 때, 그자가 제 앞에서 계단을 오르고 있었어요. 그자 옷은 꽉 끼고 구겨져 있었어요. 만약 리볼버를 가지고 다닌다면 주머니에 그 형태가 드러났을 거예요.」

「확실한가요?」

「물론이죠. 그렇지 않았다면 당신에게 이런 말을 하지…….」

「하지만 **작은** 총이라면…….」 그레이엄은 말을 멈추었다. 9밀리미터 구경의 자동 권총은 작지 않았다. 무게는 1킬로그램 정도 나갔고, 따라서 어느 정도 부피가 있었다. 선실에 두고 다닐 수 있다면 굳이 주머니에 넣고 다닐 만한 물건이 아니었다. 만약…….

조제트가 그레이엄의 얼굴을 살피고 있었다. 「왜요?」

「그자는 선실에 총을 두고 다닐 겁니다.」 그레이엄이 천천히 말했다.

조제트는 그레이엄의 눈을 들여다보았다. 「그자는 한참 동안 자기 선실에 돌아가지 않을 거예요.」

「왜요?」

「호세가 그렇게 만들 거예요.」

「호세가요?」

「침착하세요. 호세에게는 당신에 대해 아무 말도 하지 않을 테니까요. 호세는 그자와 오늘 저녁에 카드 게임을 할 거예요.」

「바나트는 카드를 잘합니다. 그자는 도박꾼입니다. 하지만 호세가 그자에게 카드 게임을 하자고 청할까요?」

「그자가 돈이 잔뜩 든 지갑을 여는 걸 봤다고 호세에게 말할 거예요. 그럼 호세는 무슨 수를 쓰든 그자가 카드 게임을 하게 만들 거예요. 당신은 호세를 몰라요.」

「호세가 그렇게 할 수 있다고 확신하나요?」

조제트가 그의 팔을 꽉 잡았다.「물론이죠. 전 당신이 걱정하는 게 싫어요. 만약 당신이 그자의 총을 가질 수 있다면 당신은 두려울 게 없어요. 그렇죠?」

「네, 저는 두려울 게 없을 겁니다.」그레이엄은 거의 경탄하며 말했다. 너무나 간단해 보였다. 전에는 왜 그런 생각을 하지 못했던 걸까? 아, 하지만 좀전까지 그레이엄은 바나트가 총을 가지고 다니지 않는다는 사실을 알지 못했다. 그자에게서 총을 빼앗아 버리면 그자는 총을 쏠 수 없었다. 논리적이었다. 그리고 만약 그자가 총을 쏠 수 없다면 두려울 게 없었다. 그 또한 논리적이었다. 〈모든 훌륭한 전략의 정수는 간단함이다.〉

그레이엄이 조제트에게 고개를 돌렸다.「그럼 언제 할 수 있나요?」

「오늘 저녁이 제일 좋을 거예요. 호세는 오후에 카드 게임하는 걸 별로 좋아하지 않아요.」

「오늘 저녁 얼마나 일찍요?」

「서두르면 안 돼요. 식사가 끝나고 시간이 적당히 지난 뒤에요.」조제트가 망설였다. 「오늘 오후에는 우리가 같이 있는 모습이 다른 사람들 눈에 띄지 않는 게 좋을 거예요. 우리가 친구라고 그자가 의심하게 만들고 싶지는 않겠죠?」

「저는 오늘 오후에 쿠베틀리 씨와 마티스 부부와 브리지 게임을 할 수 있습니다. 하지만 모든 게 잘되었는지 제가 어떻게 알 수 있죠?」

「당신에게 알릴 방법을 찾아볼게요.」조제트가 그레이엄에게 기댔다. 「호세의 리볼버 때문에 저에게 화난 거 정말 아니죠?」

「당연히 화나지 않았습니다.」

「아무도 보는 사람이 없어요. 키스해 주세요.」

「은행업!」마티스가 말하고 있었다. 「그게 고리대금이지 뭡니까? 은행업자들은 대출업자, 고리대금업자입니다. 하지만 그 사람들은 다른 이들의 돈, 존재하지 않는 돈을 빌려주기 때문에 멋진 이름이 붙어 있지요. 그래도 여전히 고리대금업자입니다. 한때 고리대금업은 대죄 취급을 받고 혐오스러운 일 취급을 받았으며, 고리대금업자란 범죄자나 마찬가지여서 그런 사람들을 위한 감방까지 있었지요. 오늘날 고리대금업자들은 지상의 신이며, 가난만이 유일한 대죄입니다.」

「세상에는 가난한 사람이 너무나 많습니다.」쿠베틀리가 심오하게 말했다. 「정말 끔찍한 일입니다!」

마티스가 성급하게 어깨를 으쓱했다. 「이 전쟁이 끝나기전에 더 많은 이가 그렇게 될 겁니다. 장담합니다. 군인이 되는 건 좋은 일입니다. 적어도 군인은 음식을 받게 될 테니까요.」

「언제나처럼,」마티스 부인이 말했다. 「이이는 헛된 소리를 하네요. 언제나, 언제나 이래요. 하지만 일단 프랑스로 돌아가면 달라질 거예요. 이이 친구들은 이런 헛소리를 잠자코 들어 줄 만큼 예의 바르지 않거든요. 은행업! 당신이 은행업에 대해 아는 게 뭐가 있어요?」

「하! 바로 그게 은행업자들이 원하는 거예요. 은행업은 수수께끼라고요! 일반인들이 이해하기에는 너무 어렵지요.」마티스는 조롱하듯 소리 내어 웃었다. 「만약 당신이 둘 더하기 둘을 다섯으로 만들 수 있다면, 거기에는 온갖 수수께끼가 들어간 게 **분명하지요.**」마티스는 공격적인 태도로 그레이엄에게 고개를 돌렸다. 「국제 은행업자들은 진정한 전쟁 범죄자들입니다. 다른 사람들은 살인을 하지만, 그자들은 자기사무실에 앉아서 평온하게 수금을 하고 돈을 벌지요.」

「죄송하지만,」뭔가 말해야 할 것 같은 기분이 든 그레이엄이 말했다. 「제가 아는 유일한 국제 은행업자는 십이지장궤양으로 아주 고생을 하더군요. 그 사람은 평온함과 거리가 멉니다. 반대로, 지독히 불평을 해대죠.」

「바로 그겁니다.」마티스가 의기양양하게 말했다. 「그게시스템입니다! 단언컨대…….」

마티스는 계속해서 자기주장을 펼쳤다. 그레이엄은 위스

키 앤드 소다를 넉 잔째 마시고 있었다. 그레이엄은 마티스 부부, 쿠베틀리와 함께 브리지 게임을 하며 오후의 대부분을 보냈고, 그들이 지켜봤다. 그레이엄은 그 시간 동안 조제트를 한 번만 보았다. 조제트는 카드 테이블에 잠깐 들러 그레이엄에게 고개를 끄덕여 보였다. 그레이엄은 그 끄덕임을 바나트가 주머니에 돈을 잔뜩 넣고 다닌다는 소식을 호세가 들었고 그날 저녁 언젠가 바나트의 선실에 안전하게 갈 수 있다는 뜻으로 이해했다.

그런 생각을 하자 그레이엄은 기쁨과 두려운 감정이 번갈아서 들었다. 한순간은 그 계획이 완벽해 보였다. 그자의 선실로 가서 권총을 가지고 나오고, 자기 선실로 돌아가 현창을 통해 총을 버리고, 커다란 짐을 털어 버려 가벼워진 어깨로 식당으로 돌아온다. 하지만 다음 순간 스멀스멀 의심이 들었다. 그 계획은 **너무** 단순했다. 바나트가 미쳤을지는 몰라도 바보는 아니었다. 바나트 같은 방식으로 먹고사는 인물이라면, 그리고 아직까지도 살아 있고 잡히지 않은 인물이라면, 그렇게 쉽사리 물리칠 수 없으리라. 자신의 목표물이 무슨 생각을 하는지 꿰뚫어 본 바나트가 게임 중간에 호세를 두고 자기 선실로 간다고 상상해 보라! 자기 선실에 귀중품이 있으니 눈여겨봐 달라며 승무원에게 뇌물을 먹였다고 상상해 보라! 또는……! 하지만 대안이 뭐란 말인가? 바나트가 그를 죽이려 하는 순간까지 멍하니 기다려야 한단 말인가? 목표물은 자기 자신만 지키면 된다는 하키의 말은 듣기에 그럴싸했다. 하지만 무엇으로 자신을 지킨단 말인가? 적이 바나트처럼 가까이 있다면, 공격이 최선의 방어였다. 그렇다, 그렇고말고! 뭘 하든 가만히 기다리는 것보다는 나았다. 그리고 계획은 성공할 터였다. **성공한** 공격들은 모두 단순한 계획이었다. 바나트같이 자부심 넘치는 인물이라면, 둘이서 총을 훔치기 위해 공모하고, 무기력한 초보자가 반격한다는 생각을 절대로 하지 못할 터였다. 바나트는 곧 자신이 실수한 걸 알게 되리라.

조제트와 호세가 바나트와 함께 들어왔다. 호세는 붙임성 있어 보이려 하는 듯했다.

「……단 한 단어로 표현할 수 있습니다.」 마티스가 결론을 내고 있었다. 「브리에! 그 한 단어로 만 마디를 대신할 수 있습니다.」

그레이엄은 단숨에 잔을 비웠다. 「정말 맞는 말입니다. 한 잔 더 하시겠습니까?」

마티스 부부는 놀란 듯 보였고, 단호히 거절했다. 하지만 쿠베틀리는 기쁜 듯이 고개를 끄덕였다.

「고맙습니다, 그레이엄 선생님. 그러겠습니다.」

마티스가 인상을 쓰며 일어섰다. 「이제 저녁 식사할 준비를 해야겠네요. 저희는 먼저 실례하겠습니다.」

그들 부부는 식당을 나갔다. 쿠베틀리가 의자를 그레이엄 가까이로 옮겼다.

「갑작스럽네요.」 그레이엄이 말했다. 「갑자기 왜 저러시는 겁니까?」

「제 생각에는,」 쿠베틀리가 조심스레 말했다. 「선생님께서 자신들을 놀린다고 생각한 듯합니다.」

「아니, 왜 그런 생각을요?」

쿠베틀리가 곁눈질을 했다. 「선생님께서는 지난 5분 동안
저 두 분에게 술을 더 마시겠느냐고 세 번이나 물었습니다.
처음에 물었을 때, 저 둘은 거절했지요. 선생님은 다시 물었습
니다. 둘은 다시 거절했지요. 그런데도 선생님은 또 물었습니
다. 저분들은 영국인들의 호의를 잘 이해하지 못합니다.」

「알겠습니다. 죄송하게도, 제가 딴생각을 하고 있었습니
다. 사과드려야겠네요.」

「그러지 마세요!」 쿠베틀리가 당황한 표정을 지었다. 「호
의를 베풀었다고 사과할 필요는 없습니다. 하지만,」 쿠베틀
리는 망설이며 시계 쪽을 힐끗 보았다. 「이제 저녁 식사 시간
이 거의 다 되었네요. 친절하게 제안하신 술을 이따가 마셔
도 될까요?」

「네, 물론입니다.」

「그리고 지금은 제가 자리를 떠도 괜찮겠습니까?」

「물론이지요.」

쿠베틀리가 떠나자 그레이엄도 일어섰다. 그랬다, 그는 빈
속에 너무 많은 술을 마신 상태였다. 그는 갑판으로 나갔다.

별이 빛나는 하늘에는 칙칙한 작은 구름들이 떠 있었다.
저 멀리 이탈리아 해변의 불빛들이 보였다. 그레이엄은 그곳
에 잠시 서서 얼음처럼 차가운 바람을 얼굴에 쐬었다. 1~2분
뒤면 저녁 식사를 알리는 종이 울릴 터였다. 인체 내부를 검
사하는 긴 프로브를 든 외과 의사가 다가오는 것을 두려워하
는 환자처럼, 그레이엄은 저녁 식사 시간이 다가오는 게 두

려웠다. 그레이엄은 점심때처럼 자리에 앉아 할러의 독백을 듣고, 베로넬리 모자가 비참함에 잠긴 채 속삭이는 소리를 듣고, 꾸역꾸역 음식을 삼켜 불편한 위에 넣고, 내내 맞은편에 앉은 이를 의식하며 자신이 왜 그곳에 있고, 무엇을 위해 버티고 있는지 의식해야 할 터였다.

그레이엄은 몸을 돌려 기둥에 기댔다. 갑판에 등을 돌리고 있을 때는 자꾸만 뒤돌아보며 혼자만 있는 게 맞는지 확인하게 됐기 때문이다. 차라리 뒤에 갑판이 없는 게 마음 편했다.

식당의 현창 가운데 하나를 통해 그레이엄은 바나트와 조제트와 호세를 볼 수 있었다. 그들은 호가스[21]의 그림에 나오는 인물들처럼 앉아 있었다. 호세는 입술을 꾹 다물고 열의에 불탔으며, 조제트는 웃고 있었고, 바나트는 뭔가 이야기하느라 입술을 앞으로 내밀고 있었다. 그들 주위 공기는 담배 연기로 뿌옜고, 갓 없는 램프들에서 나온 강한 빛 때문에 얼굴은 밋밋해 보였다. 그들 주위 배경은 술집에서 플래시를 켜고 찍은 사진의 모든 누추함을 품고 있었다.

누군가가 갑판 끝에서 모퉁이를 돌아 나타나더니 그레이엄에게 다가왔다. 그 사람은 조명이 있는 곳까지 다가왔고, 그레이엄은 할러인 것을 알아보았다. 노인이 걸음을 멈추었다.

「좋은 저녁입니다, 그레이엄 씨. 바깥 공기를 매우 즐기고 계신 듯하네요. 보다시피, 저는 공기를 쐬기 전에 스카프와 코트를 챙겨야 하지요.」

「안에는 답답해서요.」

---

21 William Hogarth(1697~1764). 18세기 영국 화단을 대표하는 화가.

「네, 오후에 브리지 게임을 아주 열심히 하시던 모습을 보았습니다.」

「브리지 게임을 좋아하지 않으십니까?」

「취향은 바뀌지요.」 할러가 조명을 응시했다. 「배에서 육지를 보거나 육지에서 배를 보는 일을 저는 둘 다 좋아했습니다. 이제는 둘 다 싫습니다. 사람이 제 나이가 되면, 목숨을 부지시켜 주는 호흡기 계통 근육을 제외한, 다른 모든 것의 움직임에 은연중 분개하게 되는 듯합니다. 움직임은 변화이고, 노인에게 변화란 죽음을 뜻하니까요.」

「그러면 영원불멸의 존재는요?」

할러가 콧방귀를 뀌었다. 「우리가 일반적으로 불사의 존재라 믿는 것들조차 언젠가는 죽습니다. 마지막 티치아노의 작품과 마지막 베토벤 현악 4중주도 결국은 사라지는 날이 올 겁니다. 아주 신중하게 보존한다면 캔버스와 인쇄된 내용은 남을 수도 있겠지만, 그 메시지에 접근할 수 있는 마지막 눈과 귀가 사라지면 그 작품 자체는 죽게 되지요. 영원불멸의 영혼에 대해 말하자면, 그건 영원한 진실이지만, 그것이 필요한 인간이 사라지면 영원한 진실 역시 죽게 됩니다. 중세 신학자들에게 프톨레마이오스 시스템의 영원한 진실이 필요했듯이, 종교 개혁 신학자들에게는 케플러의 영원한 진실이 필요했고, 19세기 유물론자들에게는 다윈의 영원한 진실이 필요했지요. 영원한 진실이라는 진술 방식은 유령을 물리쳐 주는 기도문입니다. 슈펭글러[22]가 소위 〈어두운 전능〉이라

22 Oswald Spengler(1880~1936). 독일의 역사가이자 철학자.

부르던 존재로부터 미개한 인간이 자신을 보호하기 위한 기도문 말입니다.」식당 문이 열리자 할러는 순간적으로 고개를 돌렸다.

문을 연 이는 조제트였고, 조제트는 의구심 어린 눈으로 둘을 번갈아 보았다. 그때 저녁 식사를 알리는 종이 울렸다.

「실례합니다.」할러가 말했다. 「저녁 식사 전에 아내를 살펴야 해서요. 아내는 아직 몸이 좋지 않습니다.」

「당연히 그러셔야죠.」그레이엄이 서둘러 말했다.

할러가 물러가자 조제트가 그에게 다가왔다.

「뭘 원하던가요, 저 늙은이는?」조제트가 속삭였다.

「저 사람은 삶과 죽음에 대해 이야기했습니다.」

「으! 저는 저 사람이 싫어요. 저 사람을 보면 몸서리가 쳐져요. 하지만 저는 여기 있으면 안 돼요. 모든 게 잘되어 간다고 말해 주러 온 것뿐이에요.」

「게임은 언제 할까요?」

「저녁 식사 뒤에요.」조제트가 그레이엄의 팔을 꽉 잡았다. 「그자는 끔찍해요, 바나트요. 당신 말고 다른 사람이었다면 절대로 이 일을 하지 않았을 거예요, *chéri*(자기).」

「제가 고마워한다는 걸 알아주십시오, 조제트. 꼭 보답하겠습니다.」

「아, 바보같이!」조제트가 다정하게 웃었다. 「당신은 그렇게 심각하면 안 돼요.」

그레이엄은 망설였다. 「당신은 그자를 저기에 붙잡아 둘 자신 있는 거죠?」

「걱정할 필요 없어요. 제가 붙들고 있을게요. 하지만 그자 선실에 갔다가 식당으로 돌아오세요. 그래야 당신이 일을 마친 걸 제가 알죠. 무슨 말인지 알았죠, *chéri*(자기)?」

「네, 알아들었습니다.」

9시가 넘은 시각이었고, 그레이엄은 30분 넘게 식당 문 근처에 앉아서 책을 읽는 척하고 있었다.

백 번째로, 그레이엄은 식당의 반대쪽 구석, 즉 바나트가 조제트와 호세와 대화하고 있는 곳 쪽을 무심한 척 훑었다. 그레이엄의 심장이 갑자기 빠르게 뛰기 시작했다. 호세가 카드 한 벌을 손에 들었다. 호세는 바나트가 한 무슨 말인가에 이를 드러내며 웃고 있었다. 이윽고 그들은 카드 테이블 앞에 마주 앉았다. 조제트가 식당을 가로질러 이쪽을 보았다.

그레이엄은 잠시 기다렸다. 이윽고 카드를 나누기 위해 호세가 카드를 먼저 섞었다가 반으로 가르는 모습을 본 그레이엄은 천천히 일어나 밖으로 걸어 나갔다.

그레이엄은 계단참에 잠시 서서 자신이 해야 할 일을 위해 마음을 가다듬었다. 마침내 행동해야 할 순간이 오자 그레이엄은 마음이 편해졌다. 2분, 길어야 3분이면 일은 끝날 터였다. 그는 총을 갖게 되고, 안전해질 것이다. 정신만 바짝 차리면 되었다.

그레이엄은 계단을 내려갔다. 9번 선실은 그의 선실 너머 복도 중간에 있었다. 그레이엄이 야자수 화분 있는 곳까지 왔을 때, 복도에는 아무도 없었다. 그레이엄은 계속 걸었다.

그레이엄은 어떤 식으로든 남의 눈에 안 띄는 건 불가능하다고 결론지은 상태였다. 그레이엄은 곧바로 선실로 가서 망설임 없이 문을 열고 안으로 들어가야 했다. 만약 최악의 상황이 닥쳐 그가 선실로 들어가는 모습을 승무원이나 다른 누군가에게 들키면, 그는 9번 선실이 비어 있는 줄 알고 다른 선실은 어떻게 생겼는지 궁금해서 들어가 봤다고 변명할 생각이었다.

하지만 아무도 나타나지 않았다. 그레이엄은 9번 선실 문에 도착했고, 1초 남짓 멈추었다가 조용히 문을 열고 안으로 들어갔다. 그리고 번개같이 문을 닫고 걸쇠를 걸었다. 무슨 이유에서인가 만약 승무원이 들어오려 해도 문이 잠긴 걸 알면 안에 바나트가 있다고 생각할 터였다.

그레이엄은 주위를 둘러보았다. 현창은 닫혀 있었고, 공기엔 장미유 향이 진동했다. 2층 침상이 있는 선실에는 이상하리만큼 아무것도 없었다. 냄새를 빼면, 선실에 사람이 머문다는 증거는 둘뿐이었다. 문 뒤에 부드러운 모자와 함께 걸린 회색 레인코트, 그리고 아래쪽 침상 밑에 넣어 둔 합성 섬유 재질의 낡은 슈트 케이스 하나가 전부였다.

그레이엄은 손으로 레인코트를 쓸어 보았다. 주머니에 아무것도 없어서 그는 슈트 케이스로 주의를 돌렸다.

슈트 케이스는 잠겨 있지 않았다. 그레이엄은 슈트 케이스를 꺼내 뚜껑을 열었다.

안에는 더러운 셔츠들과 속옷들이 아무렇게나 처박혀 있었다. 그리고 밝은색 실크 손수건 몇 장, 끈이 없는 검은 구두

한 켤레, 스프레이 방향제 하나, 작은 연고 통 하나가 있었다. 총은 보이지 않았다.

그레이엄은 슈트 케이스를 닫아 원래 자리로 밀어 놓은 뒤 세면대 겸 옷장을 열었다. 옷장에는 더러운 양말 한 쌍을 빼면 아무것도 없었다. 선반에는 양치컵 옆에 회색 세수 수건, 안전 면도기, 비누 하나, 젖빛 유리 마개로 봉해진 향수 병 하나가 있었다.

그레이엄은 걱정되기 시작했다. 그레이엄은 선실에 총이 있으리라 확신했었다. 만약 조제트가 말한 게 사실이라면, 총은 여기 어딘가 있어야 했다.

그레이엄은 달리 물건을 둘 만한 곳이 있는지 찾아보았다. 매트리스들이 보였다. 그레이엄은 손으로 매트리스들 아래 스프링을 따라 훑어보았다. 아무것도 없었다. 세면대 아래에 빈 공간이 있었다. 거기에도 없었다. 그레이엄은 손목시계를 힐끗 보았다. 선실에 들어온 지 4분이 지났다. 그레이엄은 절박한 심정으로 다시 주위를 둘러보았다. 여기 어딘가에 **있어야만** 했다. 하지만 그레이엄은 이미 모든 곳을 찾아보았다. 그레이엄은 초조해하며 다시 슈트 케이스를 꺼냈다.

2분 뒤, 그레이엄은 천천히 몸을 폈다. 그레이엄은 이제 총이 선실에 없으며, 단순한 계획은 너무 단순했고, 아무것도 바뀌지 않았다는 사실을 깨달았다. 1~2초 그곳에 멍하니 서서, 그레이엄은 마침내 실패를 인정하고 선실을 떠나야 할 순간을 뒤로 미루고 있었다. 이윽고 근처 복도에서 걸음 소리가 들려, 그레이엄은 깜짝 놀라 정신을 차렸다.

걸음 소리가 멈췄다. 철컥 하며 양동이를 내려놓는 소리가 들렸다. 이윽고 걸음 소리가 물러갔다. 그레이엄은 걸쇠를 끄르고 문을 열었다. 복도에는 아무도 없었다. 1초 뒤, 그레이엄은 자신이 왔던 길로 돌아갔다.

머릿속에서 다시 생각이 가능해지기도 전에 그레이엄은 계단 발치에 도착했다. 그러고는 망설였다. 그레이엄은 조제트에게 식당으로 돌아가겠노라고 말했었다. 하지만 그건 바나트를 봐야 한다는 뜻이었다. 그레이엄은 마음을 가다듬을 시간이 필요했다. 그레이엄은 몸을 돌려 자기 선실로 걸어갔다.

그레이엄은 문을 열고 한 걸음 앞으로 나갔다가 죽은 듯이 멈춰 섰다.

침상에 앉아서 다리를 꼰 채 무릎에는 책을 올려놓은 이가 있었다. 할러였다.

할러는 독서용 뿔테 안경을 쓰고 있었다. 할러는 아주 신중하게 그 안경을 벗고 고개를 들었다. 「기다리고 있었습니다, 그레이엄 씨.」 할러가 쾌활하게 말했다.

그레이엄은 할 말을 찾았다. 「저는…….」 그레이엄이 말을 시작했다.

할러의 다른 손이 책 아래에서 나왔다. 그 손에 커다란 자동 권총이 들려 있었다.

할러는 그것을 들어 보였다. 「제 생각에,」 할러가 말했다. 「당신이 찾는 게 이것인 듯합니다만. 맞죠?」

제8장

　총을 바라보던 그레이엄은 그것을 들고 있는 이의 얼굴로 시선을 돌렸다. 긴 윗입술, 옅은 푸른색 눈동자, 누런 기가 도는 늘어진 피부.

　「이해가 안 갑니다.」 그레이엄이 말하고는, 총을 건네받기 위해 손을 내밀었다. 「어떻게……?」 그레이엄이 말을 시작했다가 갑자기 멈추었다. 총은 그를 겨누고 있었고, 할러의 집게손가락은 방아쇠에 닿아 있었다.

　할러가 고개를 저었다. 「아니요, 그레이엄 씨. 총은 제가 가지고 있겠습니다. 저는 당신과 잠깐 대화를 하러 왔습니다. 여기 침대에 당신이 앉아서 옆으로 몸을 돌리면 우리는 얼굴을 마주 보며 이야기할 수 있지요.」

　그레이엄은 엄습해 오는 끔찍한 구토를 참기 위해 애썼다. 그레이엄은 자신이 미쳐 가고 있는 게 분명하다고 느꼈다. 머릿속에 쏟아지는 온갖 질문의 홍수 속에서, 딱 하나 작은 육지 조각이 있었다. 하키 대령은 이스탄불에서 승선하는 모든 승객의 신분을 확인한 뒤 항해 사흘 안쪽으로 예약한 사람은 아무도 없으며, 모두가 무해한 사람이라고 확인해 줬었다. 그레이엄은 그 말을 철썩같이 믿었다.

「이해가 안 갑니다.」그레이엄이 반복해서 말했다.

「물론 안 가시겠죠. 앉으시면 설명해 드리겠습니다.」

「저는 서 있겠습니다.」

「아, 네, 알겠습니다. 육체적 불편함을 통해 정신을 똑바로 차리려는 거군요. 그렇게 하는 걸 원하신다면 서 계셔도 상관없습니다.」할러가 대놓고 생색내는 태도로 말했다. 이자는 새로운 할러, 좀 더 젊은 할러였다. 할러는 마치 처음 본다는 듯이 권총을 살폈다. 「아시겠지만, 그레이엄 씨,」할러가 신중하게 계속 말했다. 「가엾은 마브로도풀로스는 이스탄불의 실패에 대해 정말로 무척이나 분개했습니다. 그 친구는, 아마도 이미 다 조사해 보셨겠지만, 머리가 아주 좋진 못하고, 무릇 어리석은 사람들이 그렇듯 자신의 실수에 대해 다른 사람들을 비난했지요. 그 친구는 당신이 움직였다고 불평하더군요.」할러는 관대하게 어깨를 으쓱했다. 「당신이 움직이는 거야 당연하지요. 조준을 바로잡을 동안 당신이 가만히 서 있을 거라고 예상하다니 터무니없습니다. 전 이미 그 친구에게 그렇게 말했습니다. 하지만 그 친구는 여전히 당신에게 화가 나 있고, 그래서 그 친구가 배에 탔을 때 저는 그 친구의 권총을 제가 대신 가지고 있겠노라고 주장했습니다. 그 친구는 젊고, 루마니아인들은 무척이나 다혈질이니까요. 저는 그 어떤 어설픈 사태도 일어나는 것을 원하지 않았습니다.」

「궁금한 게 있는데,」 그레이엄이 말했다. 「혹시 당신 이름이 뮐러입니까?」

「맙소사!」 그가 눈썹을 치켰다. 「당신이 그토록이나 많은 정보를 가지고 계신 줄 전혀 몰랐습니다. 하키 대령이 무척이나 수다를 떨고 싶었나 보군요. 제가 이스탄불에 있었다는 사실도 대령이 알던가요?」

그레이엄이 얼굴을 붉혔다. 「아닐 거라고 생각합니다.」

뮐러가 킥킥거렸다. 「아닐 거라고 생각했습니다. 하키는 영리한 사람이죠. 저는 그 사람을 아주 존경한답니다. 하지만 하키 역시 인간이고, 따라서 잘못을 저지르죠. 네, 갈리폴리에서의 그 대실패 이후, 저는 직접 일을 챙기는 게 낫겠다고 생각했습니다. 그리고 모든 준비를 마쳐 났는데 당신이 참으로 배려심 없게도 움직여 버렸고, 그래서 마브로도풀로스의 총알이 빗나갔죠. 하지만 저는 그레이엄 씨에게 악감정이 없습니다. 물론 당시에는 짜증이 좀 났지만요. 마브로도풀로스는…….」

「바나트라고 하는 게 발음하기 더 쉽습니다.」

「고맙습니다. 말씀드렸듯이, 바나트가 실패한 탓에 저는 일이 더 늘었습니다. 하지만 이제 짜증이 가라앉았습니다. 사실 저는 이 여행을 꽤 즐기고 있습니다. 저는 고고학자로서의 제가 좋습니다. 처음에는 살짝 긴장했지만, 당신을 지루하게 만드는 데 성공했다는 사실을 알자마자 모든 것이 잘되고 있음을 알았습니다.」 뮐러는 읽던 책을 들었다. 「만약 제가 했던 짤막한 연설이 마음에 드셨다면 이 책을 추천하겠습니다. 제목은 〈수메르인의 만신전〉이고, 지은이는 프리츠 할러입니다. 저자 약력은 속표지에 있습니다. 아테네의 독일 문화원에서 10년간 있었던 거며, 옥스퍼드에서 공부한 내용, 학위들, 여기에 다 있습니다. 저자는 슈펭글러의 열렬한 신봉자 같습니다. 그 거장을 엄청나게 인용하거든요. 책에는 향수에 젖은 짧은 서문이 있는데, 그게 무척이나 도움이 되었고, 영원한 진실에 대한 내용은 341쪽에서 찾아보실 수 있습니다. 물론 저는 제 기분에 따라 여기저기 고쳐 말했습니다. 그리고 좀 더 긴 각주의 일부를 자유롭게 끌어다 썼지요. 아시겠지만, 제가 원했던 이미지는 유식하고 호감 가는, 하지만 지루한 노인이었습니다. 제가 제대로 했다는 점에는 동의하시리라 믿습니다.」

「그러면 할러라는 사람은 **존재**하는 거군요?」

뮐러가 입술을 내밀었다. 「아, 네, 할러 내외가 겪은 불편함이 미안하긴 하지만, 다른 방법이 없었습니다. 당신이 이 배를 타고 떠난다는 사실을 알게 되었을 때, 저는 제가 당신과 같이 여행하면 도움이 될 거라고 결론을 내렸습니다. 물론 저로선 하키 대령의 눈길을 끌지 않으면서 마지막 순간에 배표를 예약할 방법이 없었지요. 그래서 할러의 표와 여권을 썼습니다. 할러 부부는 그 일을 반기지 않았습니다. 하지만 그 둘은 선량한 독일인이고, 조국의 이익이 자신들의 편의에 앞선다는 것을 명백히 알게 되자 더는 문제를 일으키지 않았습니다. 며칠 내로 그 부부의 여권은 원래 사진을 되찾은 뒤 주인에게로 돌아갈 겁니다. 제 유일한 골칫거리는 할러 교수의 부인 역을 하기로 되어 있는 아르메니아 여자였습니다. 그 여자는 독일어를 거의 못하는 데다가, 사실상 거의 바보라고 할 수 있지요. 어쩔 수 없이, 저는 그 여자가 방해되지 않도록 치워 둘 수밖에 없었습니다. 아시겠지만, 더 나은 사람을 찾고 어쩌고 할 시간이 없었지요. 알고 보니, 저를 위해 그 여자를 찾아낸 사람은 그 여자가 이탈리아 매춘굴에 넘겨지는 게 아니라는 걸 확신시키기 위해 꽤 고생했더군요. 여자의 허영심이란 어떨 때는 놀라울 정도지요.」 뮐러는 담배 상자를 꺼냈다. 「제가 이렇게 모두 털어놓는다고 불편해하지 않으셨으면 합니다, 그레이엄 씨. 제가 이러는 건, 당신께 솔직하고 싶기 때문입니다. 저는 무슨 거래든 간에 그에 대한 토론을 하기 위해서는 솔직한 분위기가 필수라고 생각합니다.」

「거래라고요?」

「바로 그렇습니다. 이제 제발 앉아서 담배를 피우시죠. 도움이 되실 겁니다.」 뮐러는 담배 케이스를 내밀었다. 「오늘은 신경이 좀 날카로우셨을 겁니다. 그렇죠?」

「하고 싶은 말씀만 어서 하고 나가 주십시오!」

뮐러가 킥킥거렸다. 「그러네요, 확실히 좀 날카롭군요!」 뮐러는 갑자기 엄숙한 표정을 지었다. 「제 잘못입니다, 죄송합니다. 아시겠지만, 그레이엄 씨, 좀 더 일찍 이 대화를 할수도 있었지만, 당신이 받아들일 준비가 되시길 기다리고 싶었습니다.」

그레이엄은 문에 몸을 기댔다. 「제 생각에 지금 이 순간 제 마음을 가장 잘 설명할 방법은, 방금 제가 당신을 두들겨 패서 반 정도 죽여 버릴까 심각하게 고민했다는 걸 말씀드리는 겁니다. 당신이 그 총을 쓰기 전에 제가 당신을 팰 수도 있었습니다.」

밀러는 눈썹을 치켰다. 「그렇지만 그렇게 하지 않으셨죠? 제 백발 때문인가요, 아니면 결과에 대한 두려움 때문인가요?」 밀러가 말을 멈추었다. 「답을 안 하시겠습니까? 제가 나름대로 결론을 내려도 기분 나빠 하지 않으시겠죠?」 밀러는 좀 더 편안하게 자세를 바꿔 앉았다. 「자기 보호 본능은 참으로 놀랍답니다. 원칙을 위해 자신의 목숨을 내놓을 듯이 영웅적으로 행동하기란 아주 쉽습니다. 실제로 그렇게 하기를 요구받지 않는 상황에서는요. 하지만 위험의 냄새가 후각을 자극하면 인간들은 더 실제적으로 되지요. 사람들은 대안을 판단할 때 더는 명예 혹은 불명예를 기준으로 판단하지 않고, 더 큰 악인가 덜한 악인가를 기준으로 삼습니다. 제 관점이 당신을 설득했는지 궁금합니다.」

그레이엄은 침묵했다. 그레이엄은 자신을 움켜잡은 공포와 싸우려 애쓰고 있었다. 그는 만약 자신이 입을 연다면 목이 아플 정도로 고함을 치리라는 사실을 잘 알았다.

밀러는 마치 꾸물거릴 시간이 있다는 듯이, 짤막한 호박 담뱃대에 담배를 끼우고 있었다. 밀러는 자신의 질문에 답을 기대하지 않은 게 분명했다. 밀러는 고독을 즐기지만 중요한 약속에는 일찍 나가는 그런 사람의 분위기를 풍겼다. 담뱃대에 담배를 끼우고 밀러는 고개를 들었다. 「저는 당신이 좋습니다, 그레이엄 씨.」 뮐러가 말했다. 「솔직히, 저는 바나트가 이스탄불에서 멍청하게 일을 망치는 바람에 짜증이 났습니다. 하지만 이제 저는 바나트가 일을 그렇게 망쳐서 기쁘다는 사실을 알려 드리고 싶습니다. 우리가 항해하던 날 밤 저녁 식사 때의 그 어색한 시간 동안, 당신은 아주 우아하게 행동하셨습니다. 당신은 제가 달달 외워 열심히 읊어 대는 말들을 예의 바르게 경청해 주셨지요. 당신은 똑똑한 엔지니어이면서, 동시에 공격적이지 않습니다. 저는 제가 고용한 사람의 손에 당신이 죽는다는, 살해당한다는 생각이 그다지 맘에 들지 않습니다.」 뮐러는 담배에 불을 붙였다. 「하지만 우리 삶의 필요에 의해 우리에게 부과된 짐들은 도저히 타협 불가능하지요. 저는 어쩔 수 없이 무례할 수밖에 없습니다. 현재 상황으로 볼 때, 토요일 아침 제노바에 도착하면 당신께서는 몇 분 안에 죽게 될 거라는 사실을 알려 드려야겠습니다.」

그레이엄은 이제 진정했다. 「그런 말을 듣게 되어 유감이군요.」

뮐러는 고개를 끄덕여 동의를 표했다. 「그 일을 그토록 차분히 받아들이시니 기쁩니다. 만약 제가 당신 처지였다면 저는 아주 겁을 먹었을 겁니다. 하지만 물론,」 뮐러는 연푸른색 눈을 갑자기 가늘게 떴다. 「저는 제가 도망칠 가능성이 전혀 없다는 사실을 알았을 겁니다. 비록 이스탄불에서는 실패했지만, 바나트는 아주 무시무시한 청년이지요. 그리고 제노바에서는 바나트만큼이나 경험이 풍부한 다른 사람들로 구성된 증원군이 구성되어 기다린다는 사실을 고려할 때, 제가 당신이라면, 최후를 맞기 전에 그 어떤 피난처로든 도망칠수 있는 가능성이 추호도 없다는 것을 깨달았을 겁니다. 저에게는 오직 한 가지 희망만이 있겠지요. 저를 죽이는 사람들이 일을 아주 능률적으로 잘해서 제가 죽는 줄도 모르고 죽을 수 있으면 좋겠다는 희망 말입니다.」

「〈현재 상황으로 볼 때〉라니 그게 무슨 뜻입니까?」

뮐러는 의기양양한 웃음을 지었다. 「아하! 정말 기쁩니다. 당신께서는 대화의 본질을 꿰뚫으셨군요. 그러니까 제 말뜻은, 그레이엄 씨께서는 죽을 필요가 없다는 겁니다. 대안이 있지요.」

「알겠습니다. 덜한 악이라는 말이군요.」 하지만 자기도 모르게 그레이엄의 심장이 빠르게 널을 뛰었다.

「거의 악이라고조차 말할 수 없지요.」 뮐러가 그레이엄의 말에 항변했다. 「결코 불쾌하지 않은 대안입니다.」 뮐러는 좀더 편안하게 자세를 잡았다. 「이미 저는 당신을 좋아한다고 말씀드렸습니다, 그레이엄 씨. 덧붙여 말하자면, 저 역시 당신만큼이나 진심으로 폭력 행위를 싫어합니다. 저는 소심합니다. 저는 그 사실을 거리낌 없이 인정합니다. 저는 자동차 사고 현장이 보기 싫어 길을 돌아갑니다. 그래서 만약 피 흘리는 일 없이 이 일을 마무리 지을 방법이 있다면, 저는 되도록 그쪽을 택하고 싶습니다. 그리고 만약 당신이 아직도 당신을 향한 제 개인적 선의에 확신이 없으시다면, 다른 방식으로, 좀 더 탁 까놓고 말씀드리겠습니다. 살인은 서둘러 이루어져야 하고, 그 때문에 살인자가 추가적인 위험을 져야 하며, 그러므로 비쌉니다. 하지만 오해하지는 말아 주십시오. 저는 필요하다면 절대 경비를 아끼지 않습니다. 그렇지만 당연히, 저는 그게 필요하지 않기를 바랍니다. 장담하건대, 이 일을 비즈니스맨들처럼 온화한 방식으로 매듭지을 수만 있다면, 아마도 당신을 빼면 저보다 더 기뻐할 사람은 없을 겁니다. 적어도 그 점에 대해서만은 제가 진실하다는 사실을 믿어 주셨으면 합니다.」

그레이엄은 화가 나기 시작했다. 「당신이 진실하든 않든 저는 조금도 관심 없습니다.」

뮐러는 풀이 죽어 보였다. 「네, 그러실 거라고 생각합니다. 신경이 날카로운 상태라는 걸 깜박했습니다. 당신은 당연히 영국의 집으로 안전하게 돌아가는 일에만 관심이 있겠지요. 정말 그렇게 집으로 돌아가실 수도 있습니다. 당신이 이 상황에 얼마나 침착하고 논리적으로 접근하는지가 관건이긴 하지만요. 짐작하셨겠지만, 당신의 작업 완료 시기가 늦춰질 필요가 있습니다. 이제, 만약 영국에 돌아가기 전에 당신이 죽는다면, 당신의 일을 다시 하기 위해 누군가가 터키로 파견될 겁니다. 그 경우, 제가 이해하기로 전체 작업은 6주가 지연될 겁니다. 또한 제가 이해하기로, 그 정도 지연이면 이 일에 이해가 얽힌 이들의 목적에는 충분할 겁니다. 그러니 아마도 이 일을 다루는 가장 간단한 방법은 당신을 제노바에서 납치한 뒤, 목적을 이루는 데 필요한 6주 동안 감금했다가 풀어주는 것이 되겠지요. 그렇지 않겠습니까?」

「그럴 거 같습니다.」

뮐러는 고개를 저었다. 「하지만 당신은 틀렸습니다. 당신이 사라지면 당신의 고용주들, 그리고 의심의 여지 없이 터키 정부는 당신에 대해 조사할 겁니다. 이탈리아 경찰에 연락이 갈 겁니다. 영국 외무부는 이탈리아 정부에 터무니없을 정도로 정보를 요구해 대겠지요. 그리고 자신의 중립적인 지위가 위협받고 있음을 인지한 이탈리아 정부는 분발하겠지요. 저는 심각한 어려움에 처할 수도 있습니다. 특히나 당신이 풀려난 뒤 자신에게 어떤 일이 있었는지 밝힌다면요. 이탈리아 경찰이 저를 쫓으면 저에겐 최고로 곤란한 경우가 될 겁니다. 제 말뜻을 아시겠습니까?」

「네, 알겠습니다.」

「간단한 방법은 당신을 죽이는 것입니다. 하지만 제3의 가능성이 있습니다.」 뮐러는 잠시 멈추었다가 다시 말했다. 「당신은 아주 행운아입니다, 그레이엄 씨.」

「**그게** 무슨 의미입니까?」

「평화로운 시기에는 오직 광신적인 국수주의자들만이 사람들에게 조국의 정부를 위해 몸과 영혼을 바치라고 강요하지요. 하지만 전시에는, 사람들이 죽어 나가고 감정적인 분위기가 팽배할 때는, 심지어 똑똑한 사람들마저 지나치게 분위기에 휩쓸리고 〈조국을 위한 의무〉에 대해 이야기합니다. 당신은 행운아입니다. 왜냐하면 마침 당신이 종사하는 분야는 이런 과장된 표현들에 속지 않고 본질을 있는 그대로 꿰뚫어 보는 곳이니까요. 멍청하고 짐승 같은 자들의 감정적 과잉에 속지 않지요. 〈조국을 사랑하라!〉 참으로 흥미로운 문구죠. 땅의 특정한 부분을 사랑하라고요? 무리입니다. 북부 프랑스의 벌판에 독일인 한 명을 놓아두고, 그 사람에게 그곳이 하노버[23]라고 말해 주면, 그 사람은 당신의 주장에 반박할 수가 없습니다. 동포를 사랑하라? 절대 그럴 수 없지요. 인간은 어떤 사람들은 사랑하겠지만, 어떤 사람들은 미워합니다. 조국의 문화를 사랑하라? 조국의 문화 대부분을 아는 사람들은 대개 가장 똑똑하면서, 가장 애국심이 적은 부류입니다. 조국의 정부를 사랑하라? 하지만 사람들은 대부분 자신들을 지배하는 정부를 싫어합니다. 우리 모두 알다시피, 〈조국을 사랑하라〉는 무지와 공포를 기반으로 한, 지나칠 정도로 엉성하고 모호한 주장입니다. 물론 그 나름대로 쓸모는 있습니다. 사람들이 하기 싫어하는 뭔가를 하도록 시키고 싶으면, 지배 계급은 애국심에 호소합니다. 그리고 물론 사람들이 가장 싫어하는 일 가운데 하나는 자신의 목숨을 내놓아야 하는 것입니다. 하지만 저는 사과드려야겠습니다. 제가 한 말들은 오래된 주장이고, 당신께서는 이미 그런 주장에 익숙하실 테니까요.」

「네, 익숙합니다.」

「정말 다행입니다. 저는 당신이 지적인 분이라고 결론지었고, 그런 제 판단이 틀렸다고 생각하기 싫었거든요. 그리고 제가 할 말을 훨씬 더 쉽게 할 수 있게 되었고요.」

「흠, 무슨 말을 **하셔야** 하는데요?」

뮐러가 담배를 비벼 껐다. 「세 번째 가능성은, 그레이엄 씨,

23 독일 북부의 옛 주.

당신께서 자발적으로 6주 동안 일에서 떠날 마음이 생기는 거지요. 즉 휴가를 떠나는 겁니다.」

「미치신 겁니까?」

뮐러가 웃음을 지었다. 「어떤 부분이 곤란하신지 잘 압니다. 믿어 주십시오. 만약 당신이 그냥 6주 동안 숨어 버린다면, 나중에 집에 돌아갔을 때 상황을 설명하기가 꽤 불편할 겁니다. 이해합니다. 분별없는 바보들은 우리 친구인 바나트에게 살해당하는 대신 살아남기로 한 당신의 선택을 수치스러운 행동이라고 말할지도 모릅니다. 어떤 선택을 하든 간에 당신이 하시는 작업은 지연될 것이었다는 사실, 그리고 당신이 살아 있는 경우가 당신의 조국 그리고 동맹들에 더 쓸모 있었다는 사실 따위는 무시될 겁니다. 다른 신비론자들과 마찬가지로, 애국자들은 논리적인 주장을 싫어하지요. 가벼운 속임수가 필요할 겁니다. 그게 어떤 식일지 설명해 드리지요.」

「시간을 낭비하고 계시는군요.」

뮐러는 개의치 않았다. 「제아무리 애국자라 할지라도, 그레이엄 씨, 통제할 수 없는 것이 있습니다. 질병이 그런 것 가운데 하나지요. 당신은 터키에서 돌아오는 길이고, 그곳은 지진과 홍수 때문에 발진티푸스가 몇 차례 돌았습니다. 당신이 제노바에 도착하는 순간 발진티푸스에 가볍게 걸리는 것보다 더 자연스러운 일이 어디 있겠습니까? 그러고 나면요? 뭐, 물론 당신은 즉시 개인 병원으로 이송될 것이고, 그곳에서는 당신의 요청에 따라 의사가 영국에 있는 당신의 아내분과 고용주에게 편지를 써 보낼 겁니다. 물론 전쟁으로 인해 불가피하게 지연되겠지요. 당신이 다시 사람들 앞에 나설 즈음이면 위기는 지나간 뒤일 것이고, 당신은 회복기에 있을 겁니다. 회복기이긴 하지만 일을 하거나 여행을 하기에는 아직 몸이 너무 약한 상태지요. 하지만 6주가 지나면, 당신은 둘 다 할 수 있을 정도로 충분히 회복될 겁니다. 모든 것이 다시 잘되겠지요. 제 설명이 맘에 드십니까, 그레이엄 씨? 제게는 이 방법이 우리 둘 다 만족시킬 수 있는 유일한 해결책 같아 보입니다.」

「알겠습니다. 당신은 나를 쏘는 수고를 할 필요가 없고, 나는 요구받은 6주 동안 사라졌다가 나타나고, 내 부끄러운 비밀을 드러내지 않는 한 진실을 밝힐 수 없을 거다, 그건가요?」

「아주 조악한 표현이군요. 하지만 아주 정확합니다. **바로**그렇습니다. 이 방법이 마음에 드십니까? 제가 마음속에 점찍어 둔 곳에서 더할 나위 없이 평화롭고 조용히 보내는 6주는, 제 눈에 아주 매력 있어 보입니다. 그곳은 산타마르게리타에서 아주 가까운데, 바다가 내려다보이고 소나무들로 둘러싸인 곳입니다. 하지만 저는 늙었지요. 당신께는 끔찍한 곳일 수도 있습니다.」

뮐러는 잠시 망설였다. 「물론,」 뮐러가 천천히 다시 말을 시작했다. 「만약 이 계획이 맘에 드신다면, 당신이 보내실 6주의 휴가를 갈린도 부인과 함께하실 수 있게 주선하는 것도 가능할 겁니다.」

그레이엄의 얼굴이 붉어졌다. 「그건 무슨 의미입니까?」

뮐러가 어깨를 으쓱했다. 「왜 이러시나요, 그레이엄 씨! 저는 눈이 멀지 않았습니다. 혹시 제 제안에 기분이 상하셨다면, 겸허히 사과드립니다. 만약 그렇지 않다면…… 당신이 그곳의 유일한 환자가 되리라는 건 군이 말씀드릴 필요도 없겠죠. 의료진은 저와 바나트, 그리고 또 다른 한 명으로 이루어질 것이고, 하인들이 더 있긴 하지만, 저희는 당신에게 방해가 되지 않을 겁니다. 영국에서 오는 방문객이 있을 때만 빼고요. 하지만 그건 나중에 의논해도 될 일이지요. 이제, 어떻게 생각하시나요?」

그레이엄은 발버둥이라도 쳐보자고 마음을 굳게 다잡았다. 그레이엄은 일부러 느긋하게 말했다. 「전 당신이 허풍을 치는 것 같은데요. 제가 생각처럼 바보가 아닐 수도 있겠다는 생각은 안 드시던가요? 물론 저는 이 대화 내용을 선장에게 그대로 알릴 겁니다. 우리가 제노바에 도착하면 경찰의 조사가 있겠지요. 제 서류는 완벽하게 진짜입니다. 당신 것은 아니지요. 바나트의 서류도 마찬가지고요. 저는 숨길 게 없습니다. 당신은 숨길 게 많죠. 바나트도 그렇고요. 당신은 제가 살해될까 봐 두려워 당신의 계획에 어쩔 수 없이 따를 거라 믿고 있습니다. 그렇지 않습니다. 그리고 제 입 역시 틀어막을 수 없을 겁니다. 제가 엄청나게 겁에 질렸었다는 사실은 인정합니다. 아주 끔찍한 24시간이었지요. 아무래도 당신은 그런 식으로 상대의 심리를 유도해서 조종하기 쉽게 만드시는 것 같네요. 글쎄요, 그게 저에게는 먹혀들지 않습니다. 분명히 저는 걱정됩니다. 그렇지 않다면 제가 바보인 거죠. 하지만 걱정을 하다 못해 판단력이 흐려질 정도는 아닙니다. 당신은 허풍을 치고 있습니다, 뮐러 씨. 저는 그렇게 생각합니다. 이제 나가 주셨으면 합니다.」

뮐러는 움직이지 않았다. 뮐러는 마치 아주 예기치 못한 건 아닌 합병증을 두고 고민하는 외과 의사처럼 말했다. 「그렇군요, 당신께서 제 뜻을 오해할까 걱정했었죠. 안타까운 일입니다.」 뮐러가 고개를 들었다. 「그래서 가장 먼저 누구에게 그 이야기를 하실 겁니까, 그레이엄 씨? 사무장? 3등 항해사가 저에게 그러더군요. 당신이 불쌍한 마브로도풀로스를 두고 얼마나 이상하게 굴었는지 모른다고요. 분명, 마브로도풀로스가 실은 바나트라는 범죄자인데 당신을 죽이려 한다는 취지의 황당한 주장을 하신 거겠죠. 선장을 포함해서 이 배의 고급 선원들은 그 농담을 아주 재미있어한 듯합니다. 하지만 아무리 멋진 농담이라도 너무 자주 들으면 지겨워지는 법이지요. 여기에, 저까지 당신을 죽이려 하는 범죄자라고 이야기하시면 확실히 비현실적으로 들릴 겁니다. 그런 망상에 대한 병명이 있지 않나요? 이러지 마십시오, 그레이엄 씨! 당신은 자신이 바보가 아니라고 제게 말했습니다. 제발 바보처럼 행동하지 마십시오. 제가 당신의 이런 말 정도에 당황할 수준이었다면, 과연 이런 식으로 당신에게 접근했을까요? 그런 생각이 아니셨기를 바랍니다. 제가 당신을 죽이는 것을 꺼려 한다는 사실을 약점으로 해석했을 때, 당신은 바보 그 이상도 그 이하도 아니었습니다. 어쩌면 당신은 리구리아 리비에라의 빌라에서 6주를 보내는 것보다는 차라리 등에 총알이 박혀 죽은 채 하수구에 처박혀 있는 걸 선호하실지도 모르겠습니다. 그건 당신이 선택할 일이지요. 하지만 자신을 속이지는 마십시오. 그것들은 피할 수 없는 대안입니다.」

그레이엄이 으스스하게 웃었다. 「그리고 애국심에 대한 그 짤막한 설교는, 혹시라도 제가 그 피할 수 없는 제안을 거리껴 할까 봐 제 의구심을 가라앉히려 하신 거고요. 알겠습니다. 하지만 죄송하게도, 그건 먹히지 않습니다. 저는 여전히 당신이 허풍을 떤다고 생각합니다. 당신은 아주 잘했습니다. 그건 인정합니다. 당신은 저를 걱정하게 만들었습니다. 한순간이나마 저는 실현성 있는 죽음과 무너지는 자존심 사이에서 선택을 해야 한다고 진짜로 생각했지요. 멜로드라마의 영웅처럼 말입니다. 물론 제 진짜 선택은 상식을 따를 것인지, 아니면 두려움이 시키는 대로 할 것인지 가운데 하나가 되겠지요. 그리고 묄러 씨, 만약 당신이 해야 할 말이 그게 전부라면…….」

묄러가 천천히 일어났다. 「네, 그레이엄 씨.」 묄러가 침착하게 말했다. 「제가 할 말은 그게 전부입니다.」 묄러는 망설이는 듯했다. 이윽고, 아주 천천히 그리고 신중하게, 묄러는 다시 앉았다. 「아닙니다, 그레이엄 씨. 마음을 바꾸었습니다. 할 말이 **더** 있습니다. 다시 차분하게 생각해 보시면, 스스로가 바보 같았다, 생각만큼 저 사람은 서투르지 않을 수 있다는 판단이 드실 수도 있습니다. 솔직히 말하자면, 당신 생각이 바뀔 거란 기대는 안 합니다. 당신은 가여울 정도로 자기 확신에 가득 찬 사람이니까요. 하지만 혹시라도 두려움을 따

르는 쪽으로 선택하실 경우에 대비해, 경고는 드려야겠
군요.」

「뭐에 대해서요?」

뮐러가 웃음을 지었다. 「당신이 모르는 여러 가지 일 가운
데 하나는, 하키 대령이 이 배에 자기 부하 한 명을 태워 두고
당신을 감시하는 게 현명하다고 생각했다는 겁니다. 저는 어
제 당신이 그자에게 관심을 갖게 하려고 무척이나 애썼지만,
결국 실패했습니다. 이산 쿠베틀리는 인상적이지 않지요, 인
정합니다. 하지만 덩치는 작아도 영리한 사람으로 정평이 나
있습니다. 그 사람은 애국자가 아니었다면 부자가 됐을 겁
니다.」

「쿠베틀리 씨가 터키 스파이라고 말하는 겁니까?」

「바로 그렇습니다, 그레이엄 씨!」 연푸른 눈이 가늘어졌다.
「제가 내일 저녁이 아니라 오늘 저녁에 당신에게 접근한 이
유는, 그 사람이 정체를 당신에게 드러내기 전에 당신을 만
나고 싶었기 때문입니다. 제 생각에 쿠베틀리는 오늘까지 제
가 누구인지 알아내지 못했습니다. 그자는 오늘 저녁에 제
선실을 뒤졌죠. 제가 바나트와 이야기하는 걸 그자가 들은
게 분명합니다. 이 배의 선실 격벽은 터무니없을 정도로 얇
으니까요. 어쨌든 당신이 위험하다는 걸 깨달은 쿠베틀리가
이제 당신에게 접근하기로 결정할 거라고 생각했습니다. 그
레이엄 씨, 쿠베틀리처럼 경험 있는 사람이라면 당신이 지금
저지르는 것과 같은 잘못된 선택을 하는 실수를 할 가능성이
거의 없습니다. 하지만 그 사람에게는 해야 할 의무가 있고,

당신을 프랑스로 안전하게 귀환시키기 위해 공들여 계획을 짜리라는 점엔 의심의 여지가 없습니다. 제가 드리고 싶은 경고는, 제가 당신에게 했던 제안을 쿠베틀리에게 말하지 말라는 겁니다. 아시겠지만, 결국 당신이 제 제안을 받아들이기로 생각을 바꿨는데 터키 정부의 첩자가 우리의 작은 기만 작전을 알게 된다면, 우리 둘 다 난처할 겁니다. 쿠베틀리가 조용히 있으리라고는 기대하기 어렵습니다. 제 말이 무슨 뜻인지 아시겠습니까, 그레이엄 씨? 만약 당신이 쿠베틀리에게 비밀을 알린다면, 당신은 영국으로 살아서 돌아갈 유일한 기회를 없애는 겁니다.」 뮐러가 희미하게 웃었다. 「그건 우울한 생각이지요, 안 그렇습니까?」 뮐러는 다시 일어나 문으로 걸어갔다. 「그게 제가 하고픈 말 전부입니다. 좋은 밤 되십시오, 그레이엄 씨.」

그레이엄은 문이 닫히는 걸 지켜본 뒤 침상에 앉았다. 막 달리기를 마친 듯이 머리에서 피가 맥동 쳤다. 허풍의 시간은 끝났다. 그레이엄은 어떻게 할지 결정해야만 했다. 침착하고 명확하게 생각해야만 했다.

하지만 그레이엄은 침착하고 명확하게 생각할 수가 없었다. 혼란스러웠다. 그레이엄은 배의 진동과 움직임을 의식하기 시작했고, 방금 전에 일어난 일이 혹시 자신의 상상 아니었을까 생각했다. 하지만 뮐러가 앉았던 침상에는 눌린 자국이 있었고, 선실은 뮐러가 피운 담배 연기로 가득했다. 상상의 산물은 할러였다.

이제 그레이엄은 공포보다 굴욕을 더 인식하고 있었다. 그레이엄은 가슴을 죄어 오는 느낌, 심장이 빠르게 두방망이질 치는 느낌, 배 속이 당기는 느낌, 등뼈에 뭔가 기어가는 느낌 등 곤경에 대한 신체의 반응에는 거의 익숙해진 상태였다. 반면 굴욕감은 기이하고 끔찍한 방식으로 점점 더 그레이엄을 자극하고 있었다. 그레이엄은 자신이 적과 두뇌 싸움을 하고 있다고 생각했었다. 적이 위험하긴 해도 자신보다 지적으로 훨씬 열등하다고, 자신에게 승산이 있다고 여겼었다. 이제 그는 전혀 그런 상황이 아니었다는 것을 깨달았다. 적은 마음속으로 그를 비웃고 있었다. 그레이엄은 〈할러〉라는 인물을 의심할 생각조차 하지 못했다. 그레이엄은 그냥 앉아서 책의 요약 내용을 정중하게 들었었다. 맙소사, 묄러는 그레이엄을 얼마나 바보라고 생각했을까! 묄러와 바나트, 이 둘은 그레이엄을 유리처럼 투명하게 들여다보고 있었다. 심지어 조제트와의 짧고 서투른 교제조차 그들의 감시에서 벗어나지 못했다. 아마도 그들은 그가 조제트와 키스하는 모습을 보았을 것이다. 그리고 그들이 그레이엄에게 가한 마지막 굴욕적 일격은, 쿠베틀리가 그의 신변 보호를 맡은 터키 스파이라고 알린 게 바로 묄러라는 점이었다. 쿠베틀리! 웃기는 일이었다. 조제트는 재미있어하리라.

갑자기 그레이엄은 식당으로 돌아가기로 한 약속이 기억 났다. 조제트가 걱정하고 있을 터였다. 선실은 숨이 막혔다. 공기를 좀 쐬면 더 잘 생각할 수 있을 것이었다. 그레이엄은 일어나서 외투를 입었다.

호세와 바나트는 여전히 카드 게임을 하고 있었다. 호세는 바나트가 카드를 속인다고 의심하는지 아주 각별히 주의를 기울이고 있었다. 바나트는 냉정하고 신중했다. 조제트는 의자 등받이에 등을 기대고 앉아 담배를 피우고 있었다. 그레이엄은 자신이 식당을 떠난 지 30분도 안 되었다는 사실을 깨닫고 충격을 받았다. 그토록 짧은 시간에 정신적으로 그렇게 큰일을 겪을 수 있다니, 한 장소의 분위기가 그렇게 완전히 바뀔 수 있다니, 참으로 놀라웠다. 자기도 모르게, 전에는 있는 줄도 몰랐던 식당의 여러 가지가 갑자기 눈에 들어오기 시작했다. 배를 만든 이들의 이름이 새겨진 동판, 카펫의 얼룩, 구석에 쌓여 있는 오래된 잡지들.

그레이엄은 잠시 그곳에 서서 물끄러미 동판을 바라보았다. 마티스 부부와 이탈리아인 모자는 자리에 앉아 책을 읽고 있었으며, 고개를 들지 않았다. 그레이엄은 그들 너머로 시선을 옮겼고, 조제트가 고개를 돌려 게임을 지켜보는 모습을 바라보았다. 조제트는 이미 그레이엄을 본 상태였다. 그레이엄은 식당을 가로질러 더 멀리 있는 문으로 가서 차량갑판으로 나갔다.

조제트는 그레이엄이 성공했는지 알기 위해 곧 그를 따라올 터였다. 그레이엄은 갑판을 따라 천천히 걸으면서, 조제트에게 무슨 말을 해야 할지, 묄러 그리고 묄러의 〈대안〉에 대해 이야기할지 말지 고민했다. 그래, 말하리라. 조제트는 그레이엄이 옳았다고, 묄러가 허풍을 쳤다고 말하리라. 하지만 만약 묄러가 허풍을 친 게 **아니라면**! 「놈들은 그걸 위해 뭐든지 할 겁니다. **뭐든지요**, 그레이엄 씨. 이해하시겠습니까?」

하키는 허풍에 대해서는 말하지 않았었다. 손에 감긴 더러운 붕대 아래의 상처는 허풍같이 느껴지지 않았다. 그리고 만약 뮐러가 허풍을 친 게 아니라면, 그레이엄은 어찌해야 한단 말인가?

그레이엄은 걸음을 멈추고 해안의 불빛들을 물끄러미 바라보았다. 이제 불빛들은 더 가까워져 있었다. 가만히 있는 불빛들에 상대적으로 그가 탄 배가 움직이는 게 보일 정도로 가까웠다. 그레이엄은 이런 일이 자신에게 일어나고 있다는 게 믿기지 않았다. 불가능했다! 어쩌면 결국 그레이엄은 이스탄불에서 심하게 부상을 입었고, 마취약에 취해 환상을 보는 것에 불과할지도 몰랐다. 어쩌면 그레이엄은 다시 의식을 차리고 병원 침대에 누운 자신을 보게 될지도 몰랐다. 하지만 지금 그레이엄의 손이 놓여 있는, 이슬에 젖은 티크목 난간은 진짜였다. 자신의 멍청함에 갑자기 화가 치민 그레이엄은 난간을 움켜쥐었다. 지금 이럴 게 아니라 생각을 하고, 머리를 쥐어짜고, 계획을 세우고, 결정을 하고 있어야 했다. 여기 서서 멍하니 시간을 보내는 대신 뭔가 하고 있어야 했다. 뮐러가 그를 떠난 지 5분도 넘었는데, 그레이엄은 여전히 정신을 못 차리고 병원과 마취제라는 요정 나라의 환상에 빠져들려 애쓰고 있었다. 쿠베틀리는 어찌해야 하나? 먼저 접근해야 하나, 아니면 쿠베틀리의 접근을 기다려야 하나? 그리고……?

그레이엄의 뒤 갑판에서 잰걸음 소리가 들렸다. 조제트였다. 조제트는 모피 코트를 어깨에 걸쳤고, 얼굴은 갑판 조명의 칙칙한 빛 아래에서 창백하고 초조해 보였다. 조제트가 그레이엄의 팔을 움켜잡았다. 「무슨 일 있었어요? 왜 이렇게 오래 걸린 거예요?」

「거기에는 총이 없었습니다.」

「하지만 있어야 하는데요. 무슨 일인가 있었어요. 방금 식당에 들어왔을 때, 당신 표정은 마치 유령을 봤거나 아픈 사람처럼 보였어요. 무슨 일이에요, *chéri*(자기)?」

「거기에는 총이 없었습니다.」 그레이엄이 되풀이해서 말했다. 「저는 꼼꼼히 찾아보았습니다.」

「누구에게 들키지는 않았나요?」

「네, 들키지 않았습니다.」

조제트는 안도의 한숨을 내쉬었다. 「당신 얼굴을 봤을 때 얼마나 걱정되던지…….」 조제트가 말을 멈추었다. 「하지만 모르겠어요? 이젠 괜찮아요. 그자는 총을 가지고 다니지 않아요. 그자의 선실에도 총이 없고요. 그자는 총이 없는 거예요.」 조제트가 소리 내어 웃었다. 「어쩌면 그자는 총을 전당포에 잡혔을 수도 있어요. 아, 그렇게 심각한 얼굴로 쳐다보지 말아요, *chéri*(자기). 그자는 제노바에서 총을 구할 수도 있지만, 그때는 너무 늦은 뒤일 거예요. 당신에게는 아무 일도 일어나지 않아요. 당신은 괜찮을 거예요.」 조제트는 우울한 표정을 지었다. 「지금 곤란한 사람은 바로 저예요.」

「당신요?」

「당신의 그 냄새 나는 꼬마 친구는 카드를 너무 잘해요. 그자는 호세에게서 돈을 따고 있어요. 호세는 그게 맘에 들지 않고요. 그이는 속임수를 써야 할 거고, 그러면 기분이 나빠져요. 호세는 속임수를 쓰면 신경이 날카로워진다고 말해요. 사실 그이는 실력으로 이기는 쪽을 좋아하거든요.」조제트는 말을 멈추고 갑자기 덧붙였다. 「잠깐만 기다려요!」

그들은 갑판 끝에 다다라 있었다. 조제트는 걸음을 멈추고 그레이엄을 마주 보았다. 「무슨 일이에요, *chéri*(자기)? 제가 하는 말을 듣고 있지 않네요. 딴생각을 하고 있어요.」조제트가 뿌루퉁해졌다. 「아하, 알겠어요. 당신 아내 때문이군요. 이제 더는 위험하지 않으니까 다시 아내가 생각나는 거예요.」

「아닙니다.」

「확실해요?」

「네, 확실합니다.」그레이엄은 자신이 조제트에게 밀려 이야기를 하고 싶어 하지 않는다는 걸 깨달았다. 그레이엄이 조제트에게서 듣고 싶은 말은 따로 있었다. 자신이 더는 위험하지 않다는 말을, 아무 일도 일어나지 않을 거라는 말을, 제노바의 현문 사다리를 두려움 없이 걸어 내려갈 수 있을 거라는 말을 듣고 싶었다. 비록 스스로 환상을 만들기는 두려웠지만, 조제트가 만드는 환상 속에서는 살 수 있었다. 그레이엄은 힘들게 웃음을 지었다. 「저 때문에 신경 쓰지 마세요, 조제트. 피곤해서 그런 겁니다. 아시겠지만, 다른 사람의 선실을 뒤지는 건 아주 피곤한 일이니까요.」

조제트는 즉시 연민을 보였다. 「*Mon pauvre chéri*(가엾어라, 내 사랑), 제 잘못이에요. 당신 잘못이 아니에요. 그게 당신에게 얼마나 불쾌한 일이었을지 깜박했어요. 식당으로 돌아가서 술을 좀 할래요?」

그레이엄은 술을 한잔할 수 있다면 거의 뭐든지 할 수 있었지만, 그러기 위해서는 식당으로 돌아가야 했고, 그러면 바나트를 만날 수도 있었다. 「아니요, 우리가 파리에 도착하면 제일 먼저 뭘 할지 말해 주세요.」

조제트는 웃음 지으며 그를 재빨리 바라보았다. 「계속 걷지 않으면 추울 거예요.」 조제트는 외투를 입고 그레이엄의 팔짱을 꼈다. 「그러면 우리는 함께 파리에 가는 건가요?」

「물론이죠! 저는 다 결정된 걸로 알았는데요.」

「오, 맞아요, 하지만…….」 조제트는 그레이엄의 팔을 자기 옆구리에 딱 붙였다. 「저는 당신이 진지하다고 생각하지 않았어요. 아시겠지만,」 조제트는 신중하게 계속 말했다. 「많은 남자가 이러자 저러자 말하는 건 좋아하지만, 자기가 뭐라고 했는지 기억하는 걸 늘 좋아하진 않아요. 말할 때 진심이 아니었단 뜻은 아니지만, 늘 그 마음 그대로이진 않더라고요. 제 말 이해하나요, *chéri*(자기)?」

「네, 이해합니다.」

「저는 당신이 이해하기를 바라요.」 조제트가 계속 말했다. 「왜냐하면 그건 제게 아주 중요하거든요. 저는 댄서이고, 제 경력도 생각해야만 해요.」 조제트는 충동적으로 그레이엄에게로 돌아섰다. 「당신은 제가 이기적이라고 생각하겠지만, 저는 당신이 그렇게 생각하지 않았으면 좋겠어요. 그저 저는 당신을 아주 많이 좋아하고, 그래서 단지 당신이 약속했다는 이유만으로 행동을 하지는 않았으면 좋겠어요. 당신이 그걸 이해하는 한, 다 괜찮아요. 이제 우리 더는 그 부분에 대해 이 야기하지 말아요.」 조제트는 손가락을 튕겼다. 「봐요! 파리 에 도착하면, 우리는 생필리프 뒤 룰 지하철역 근처에 있는, 제가 아는 호텔로 곧장 갈 거예요. 그곳은 아주 현대적이고, 훌륭하고, 만약 당신이 원한다면 욕실 딸린 방도 얻을 수 있 어요. 비싸지 않아요. 그리고 우리는 리츠의 바에서 샴페인 칵테일을 마실 거예요. 그건 겨우 9프랑밖에 안 해요. 칵테일 을 마시는 동안 우리는 어디에서 식사할지 정할 수 있어요. 저는 터키 음식이 아주 지긋지긋하고, 라비올리는 보기만 해 도 역겨워요. 우리는 근사한 프랑스 음식을 먹어야 해요.」 조 제트는 말을 멈추었다가 망설이며 덧붙였다. 「저는 라 투르 다르장[24]에 한 번도 가본 적이 없어요.」

「가게 될 겁니다.」

「진심으로 하는 말이에요? 저는 돼지처럼 뚱뚱해질 때까 지 먹을 거예요. 그 뒤에 우리는 시작할 거예요.」

「시작이라니요?」

「경찰 눈을 피해 늦게까지 여는 조그마한 곳들이 있어요. 당신에게 제 멋진 친구를 한 명 소개해 줄게요. 그 친구는 물 랑 갈랑의 *sous-maquecée*(새끼 마담)였어요. 갱단이 오기 전, 거기가 르 블랑제 것이었을 때요. *Sous-maquecée*가 뭔지 아나요?」

「아니요.」

조제트는 소리 내어 웃었다. 「정말 안타깝네요. 다음에 설

24 파리의 유서 깊은 레스토랑.

명해 줄게요. 하지만 당신은 수지를 좋아할 거예요. 수지는 돈을 많이 모아 뒀고, 이제 아주 편하게 살아요. 수지는 리에주가에 술집을 가지고 있었는데, 그곳은 이스탄불의 르 조케카바레보다 더 좋은 곳이었어요. 전쟁이 일어나서 문을 닫아야 했지만, 수지는 피갈가에서 뻗어 나간 막다른 골목 다른 곳에 가게 문을 열었고, 친구들은 그곳에 갈 수 있어요. 수지에게는 훌륭한 친구가 많고, 그래서 다시 돈을 벌고 있죠. 수지는 이제 나이가 지긋해서 경찰이 괴롭히지 않아요. 경찰들에게 어깨를 으쓱하면 그만이에요. 지금 전쟁이 일어났다는 이유만으로 우리가 비참하게 지낼 필요는 없어요. 파리에 다른 친구들도 더 있어요. 소개해 줄게요. 당신도 좋아할 거예요. 당신이 저랑 친구라는 걸 알면 제 친구들은 당신에게 정중히 대할 거예요. 소개자가 자기 구역에서 알려진 사람이면, 제 친구들은 아주 정중하고 상냥하게 대해요.」

조제트는 계속해서 자기 친구들에 대해 이야기했다. 대부분은 여자였고(루세트, 돌리, 소니아, 클로데트, 베르트), 몇 명은 남자였지만(조조, 벤투라) 외국인이라서 징집되지 않았다. 조제트는 그들에 대해 애매하게 이야기했지만, 말하는 태도에는 열정이 가득했고, 방어적인 태도와 진심이 뒤섞여 있었다. 그들은 미국인들이 생각하는 기준에 미치는 부자는 아니었지만, 세계 각국 사람들이었다. 모두가 각기 다른 식으로 놀라운 면이 있었다. 한 명은 〈아주 똑똑했고〉, 다른 한 명은 내무성에 친구가 있었으며, 또 다른 한 명은 생트로페에 별장을 살 예정으로, 여름에 그곳으로 오라고 자신의 모든 친구들을 초대했다. 모두가 〈재미있는〉 이들이었고, 〈뭔가 특별한〉 걸 원할 때 아주 유용한 사람들이었다. 조제트는 〈뭔가 특별한〉이 무슨 의미인지 말하지 않았고, 그레이엄은 묻지 않았다. 그레이엄은 조제트가 그리고 있는 그림에 반대하지 않았다. 그라프 카페에 앉아 몽마르트르 언덕의 가게들에서 온 〈비즈니스맨〉들과 여자들에게 술을 산다는 상상은 그 순간 그레이엄에게 무한히 매력적이었다. 그렇게 할 수 있는 때가 되면, 그레이엄은 안전하고 자유로울 터였다. 다시 자신이 될 터였다. 자신의 생각을 할 수 있을 터였다. 정신을 못 차릴 정도로 초조해하는 대신 웃음을 지을 터였다. 그렇게 되어야만 했다. 그가 살해된다는 건 터무니없었다. 묄러가 적어도 하나는 옳았다. 그레이엄은 죽었을 때보다 살아 있을 때 조국에 더 도움이 될 터였다.

훨씬 더! 설사 터키와의 계약이 6주 지연된다 해도, 그 계약은 여전히 이행되어야 할 터였다. 만약 그레이엄이 6주 뒤에도 살아 있다면 그가 계속 그 계약을 이행할 수 있을 터였다. 어쩌면 잃어버린 시간을 어느 정도 만회할 수도 있을 터였다. 어쨌든 그레이엄은 회사의 수석 설계사였고, 전시에 그를 대신할 사람을 찾기란 어려울 것이었다. 자신을 대신할 사람이 수십 명은 된다고 하키에게 말했을 때, 그레이엄은 진심이었다. 하지만 그 수십 명이 넘는 사람에 영국인은 물론이고 미국인, 프랑스인, 독일인, 일본인, 체첸인도 들어 있다는 말은 하지 않았다. 하키의 주장이 맞다고 거들어 줄 필요가 없다고 생각했기 때문이다. 확실히, 안전한 쪽을 택하는 것이 이성적이었다. 그레이엄은 엔지니어이지 전문적인 비밀 스파이가 아니었다. 추측건대, 비밀 스파이는 묄러나 바나트 같은 사람들을 다룰 만한 능력이 있을 터였다. 하지만 그레이엄은 그렇지 않았다. 묄러가 허풍을 치는지 아닌지 판단하는 것은 그가 할 일이 아니었다. 그레이엄의 일은 살아남는 것이었다. 이탈리아 리비에라에서 6주 사는 것은 그레이엄에게 아무런 해도 되지 않을 것이다. 물론 그건 거짓말을 한다는 뜻이었다. 스테퍼니와 그녀의 친구들, 자신의 상사, 터키 정부의 대표들에게 거짓말을 해야 한다는 뜻이었다. 그들에게 진실을 말할 수는 없었다. 그들은 그가 목숨을 걸어야 마땅하다고 생각할 터였다. 안락의자에 편안하고 안전하게 앉아 있는 사람들이 할 만한 생각이었다. 하지만 만약 그가 거짓말을 하면, 그들이 믿을까? 고국에 있는 사람들은 믿을 터였다. 하지만 하키는? 하키는 수상하게 여기고 질문을 하리라. 그리고 쿠베틀리는? 묄러는 쿠베틀리의 주의를 돌릴 만한 뭔가를 해야만 하리라. 까다로운 작업이 될 것이었다. 하지만 묄러는 계획을 짜고 실행에 옮길 터였다. 묄러는 그러한 일에 익숙했다. 묄러는…….

그레이엄은 퍼뜩 놀라며 얼어붙었다. 세상에, 지금 무슨 생각을 하는 거지? 정신이 나간 게 분명했다! 묄러는 적의 스파이였다. 그레이엄이 지금 머릿속에서 굴려 보는 생각은 영락없는 반역이었다. 하지만…… 하지만 뭐? 그레이엄은 자신의 마음속에서 뭔가가 이미 꺾였다는 것을 깨달았다. 적의 스파이와 거래한다는 생각은 더 이상 상상도 못할 일이 아니었다. 그레이엄은 뮐러의 제안을 오직 그 장점만을 보며 침착하고 냉정하게 고려하고 있었다. 그레이엄은 타락하고 있었다. 더는 자신을 믿을 수가 없었다.

조제트가 그레이엄의 팔을 흔들고 있었다. 「왜 그래요, *chéri*(자기)? 무슨 일이에요?」

「막 뭔가가 기억났습니다.」 그레이엄이 중얼거렸다.

「하!」 조제트가 화를 내며 말했다. 「그건 전혀 예의 바르지 않아요. 저는 당신에게 산책을 하고 싶은지 물었어요. 당신은 제가 묻고 있는지도 몰랐어요. 저는 다시 물었고, 당신은 마치 아픈 것처럼 걸음을 멈췄어요. 당신은 제가 하는 말을 전혀 듣지 않았어요.」

그레이엄은 정신을 차렸다. 「아, 아닙니다. 저는 듣고 있었습니다. 하지만 당신이 한 말을 들으니, 제가 파리에 도착했을 때 곧바로 보낼 수 있도록 중요한 업무용 편지를 몇 통 써 둬야 한다는 기억이 났습니다.」 그레이엄은 적당히 유쾌한 척했다. 「파리에 갔을 때 일을 하고 싶지 않거든요.」

「당신은 늘 당신을 죽이려는 이 *salauds*(악당들) 생각 아니면 일 생각뿐이로군요.」 조제트가 투덜거렸다. 하지만 조제트는 확실히 누그러져 있었다.

「사과드립니다, 조제트. 이제 다시는 그러지 않을 겁니다. 정말로 안 추우세요? 술을 한잔하고 싶지 않으신가요?」 그레이엄은 이제 이 상황을 잊고 싶었다. 그레이엄은 자신이 무엇을 해야 하는지 알았고, 그가 다시 생각할 수 있게 되기 전에 어서 그 일부터 해치우고 싶었다.

하지만 조제트는 그레이엄의 팔을 다시 잡았다. 「아니, 괜찮아요. 저는 화나지 않았고, 춥지도 않아요. 위쪽 갑판으로 올라가면, 다시 제게 키스해도 돼요. 우리가 다시 친구라는 의미로요. 저는 곧 호세에게 돌아가야 해요. 몇 분만 나갔다 온다고 말했거든요.」

30분 뒤, 그레이엄은 자기 선실로 가서 외투를 벗고 승무원을 만나러 갔다. 그레이엄은 화장실에서 대걸레와 양동이를 들고 바삐 일하는 승무원을 찾아냈다.

「뭘 도와드릴까요, 선생님?」

「쿠베틀리 씨에게 책을 한 권 빌려주겠노라고 약속했습니다. 그분 선실이 몇 번인가요?」

「3번입니다, 선생님.」

그레이엄은 3번 선실로 걸어갔고, 문 앞에 잠시 서서 망설였다. 어쩌면 그레이엄은 결정적인 일을 하기 전에, 나중에 후회할 수도 있는 일을 하기 전에, 다시 한번 생각해 봐야 할 수도 있었다. 어쩌면 내일 아침까지 기다리는 것이 나을지도 몰랐다. 어쩌면…….

그레이엄은 이를 앙다물고 손을 들어 문을 두드렸다.

제9장

쿠베틀리가 문을 열었다.

쿠베틀리는 잠옷 위로 낡고 빨간 모직 실내복 차림이었고, 곱슬거리는 옆머리에 회색 머리카락들이 삐죽삐죽 튀어나와 있었다. 손에는 책을 들고 있었고, 침상에 누워 책을 읽고 있던 듯했다. 쿠베틀리는 잠시 멍하니 그레이엄을 바라보았지만 이윽고 얼굴에 웃음이 돌아왔다.

「그레이엄 선생님! 반갑습니다. 어쩐 일이십니까?」

쿠베틀리를 본 그레이엄은 가슴이 철렁했다. 이렇게 멍청하게 웃는 작고 지저분한 사람에게 자신의 안전을 맡겨야 하다니. 하지만 등 돌려 돌아서기엔 너무 늦은 상태였다. 그레이엄이 말했다. 「잠시 대화를 나눌 수 있을까 해서요, 쿠베틀리 씨.」

쿠베틀리는 살짝 간교하게 눈을 끔벅였다. 「대화요? 오, 좋죠. 들어오세요.」

그레이엄은 선실 안으로 들어섰다. 쿠베틀리의 선실은 그레이엄의 것 못지않게 작고 아주 답답했다.

쿠베틀리는 침상 위 담요의 구김살을 폈다.「앉으세요.」

그레이엄이 앉아 말을 하려고 입을 열었지만, 쿠베틀리가 먼저 그에게 말을 했다.

「담배를 드릴까요, 그레이엄 선생님?」

「고맙습니다.」그레이엄은 담배를 받았다.「아까 저녁 때, 할러 교수가 제 선실로 찾아왔습니다.」그레이엄이 덧붙였다. 이윽고 격벽이 얇다는 사실을 떠올리고는 격벽을 흘끗 보았다.

쿠베틀리가 성냥을 켜서 내밀었다.「할러 교수는 아주 흥미로운 분이지요. 안 그렇습니까?」쿠베틀리는 그레이엄의 담배와 자기 담배에 불을 붙이고는 성냥불을 껐다.「양쪽 선실은 비어 있습니다.」쿠베틀리가 말했다.

「그렇다면…….」

「괜찮다면,」쿠베틀리가 말을 잘랐다.「프랑스어로 말해도 될까요? 제 영어 실력이 좋지 않아서요. 선생님은 프랑스어를 아주 잘하시니 프랑스어로 하면 의사소통이 더 잘될 겁니다.」

「기꺼이요.」

「이제 쉽게 이야기할 수 있군요.」쿠베틀리가 그레이엄 옆에 앉았다.「그레이엄 선생님, 원래는 내일 선생님께 제 정체를 밝힐 계획이었습니다. 이제 뮐러 씨가 제 수고를 덜어 준 것 같습니다. 제가 담배 상인이 아니라는 걸 아시는 거죠?」

「뮐러는 당신이 하키 대령의 명령을 따르는 터키 스파이라고 했는데, 맞습니까?」

「네, 맞습니다. 솔직히 말씀드리겠습니다. 저는 선생님이 진작에 제 정체를 알아차리지 못하신 것에 놀랐습니다. 그 프랑스인이 제 회사 이름이 뭐냐고 물었을 때 저는 파자르 앤드 컴퍼니라고 대답해야만 했습니다. 선생님에게 제가 이미 그렇게 말했으니까요. 불행히도 파자르 앤드 컴퍼니라는 회사는 존재하지 않습니다. 당연히 그 프랑스인은 어리둥절해했죠. 그때 저는 그 사람이 더 질문하려는 걸 막아 냈지만, 나중에 선생님과 그 프랑스인이 그 일에 대해 더 의논할 거라고 생각했습니다.」쿠베틀리의 얼굴에서 웃음이 사라졌고, 그와 함께 그레이엄이 이 담배 상인의 눈에 늘 서려 있다고 생각했던 순진한 멍청함도 함께 사라지고 없었다. 대신 굳은 의지가 담긴 입, 단호한 갈색 눈동자 한 쌍이 그 자리를 채우고 있었다. 쿠베틀리는 싹싹하면서도 깔보는 듯한 눈으로 그레이엄을 자세히 살폈다.

「마티스 씨는 저와 그 문제를 상의하지 않았습니다.」

「그리고 선생님은 제가 그 사람의 질문을 피한다는 의심을 안 하셨지요?」쿠베틀리는 어깨를 으쓱했다. 「어떤 사람들은 언제나 과하게 조심하죠. 또 어떤 사람들은 과하게 다른 사람들을 믿고요.」

「제가 왜 의심을 하겠습니까?」그레이엄이 짜증을 내며 캐물었다. 「제가 이해할 수 없는 부분은, 바나트가 배에 탄 것을 알았는데도 왜 당신이 곧바로 제게 와서 정체를 밝히지 않았는가 하는 점입니다. 제 생각에,」그레이엄은 심술궂게 덧붙였다. 「당신은 바나트가 배에 탄 것을 **알고** 있었을 텐데요.」

「네, 압니다.」 쿠베틀리가 쾌활하게 말했다. 「제가 선생님에게 정체를 밝히지 않은 건 세 가지 이유에서입니다.」 그는 통통한 손가락들을 들었다. 「첫째, 하키 대령님은 선생님을 보호하려는 자신의 노력에 선생님이 별로 관심이 없다고 여기셨고, 따라서 꼭 필요한 경우가 아니라면 제 정체를 비밀로 하라고 지시하셨습니다. 둘째, 하키 대령님은 선생님이 감정을 숨기는 능력이 그리 뛰어나지 않다고 판단하셨고, 그래서 만약 제가 정체를 모두에게 밝히고 싶은 게 아니라면 선생님에게 말하지 않는 것이 낫다고 생각하셨습니다.」

그레이엄의 얼굴이 새빨개졌다. 「그러면 세 번째 이유는 뭡니까?」

「셋째,」 쿠베틀리가 차분하게 계속했다. 「바나트와 묄러가 뭘 할지 알고 싶었기 때문입니다. 선생님은 묄러와 대화를 했다고 제게 말하셨죠. 잘됐습니다. 저는 묄러가 무슨 말을 했는지 알고 싶습니다.」

그레이엄은 이제 화가 났다. 「그렇게 하면서 제 시간을 낭비하기 전에,」 그레이엄이 차갑게 말했다. 「우선 당신이 믿을 수 있는 사람인지 보여 주셔야 할 겁니다. 당신이 터키 스파이라는 증거는 지금까지 묄러와 당신의 말이 전부입니다. 저는 이번 여행을 하면서 이미 바보 같은 실수들을 저질렀습니다. 더는 실수를 하기 싫습니다.」

놀랍게도, 쿠베틀리는 싱긋 웃었다. 「그렇게 정신 상태가 잘 무장되어 있는 것을 보니 아주 기쁩니다, 그레이엄 선생님. 저는 오늘 저녁 선생님에 대해 살짝 걱정했습니다. 이런 상황에서 위스키는 긴장을 푸는 데 도움이 되기보다 해가 되지요. 잠시 실례하겠습니다.」쿠베틀리는 몸을 돌려 문 뒤의 고리에 걸린 재킷 주머니에서 편지를 꺼내 그레이엄에게 건넸다.「이건 선생님에게 전하라고 하키 대령님이 주신 겁니다. 이걸 읽으시면 만족할 만한 답을 얻으실 거라고 생각합니다.」

그레이엄은 편지를 보았다. 그건 터키 내무성의 명칭과 주소가 볼록 인쇄된 편지지에 프랑스어로 적힌 평범한 소개장이었다. 수신인은 그레이엄이었고, 아래에는 〈지아 하키〉라고 서명되어 있었다. 그레이엄은 그 편지를 자기 주머니에 넣었다.「알겠습니다, 쿠베틀리 씨, 아주 만족합니다. 당신의 말을 의심한 것을 사과드립니다.」

「의심하시는 게 당연합니다.」쿠베틀리가 정중하게 말했다.「자 이제, 그레이엄 선생님, 묄러에 대해 이야기해 주십시오. 바나트가 배에 나타나서 선생님이 크게 놀라셨을 거라고 생각합니다. 아테네에서 저는 선생님이 배에 늦게 돌아가도록 시간을 끌었고, 그에 대해 죄책감을 느낍니다. 하지만 그게 최선이었습니다. 묄러⋯⋯.」

그레이엄이 쿠베틀리를 재빨리 보았다.「잠깐만요! 지금 당신은 바나트가 배에 타는 걸 알았다고 말하는 겁니까? 아테네에서 온갖 바보 같은 질문을 해댄 게 단지 배가 출발하기 전에 그자가 배에 탔다는 걸 제가 알아차리지 못하게 하기 위해서였다는 겁니까?」

쿠베틀리는 주저하는 듯했다.「필요한 일이었습니다. 부디 이해를…….」

「아니, 대체…….」 그레이엄이 격하게 말을 시작했다.

「잠시만요.」 쿠베틀리가 날카롭게 말했다. 「저는 그게 필요하다고 말했습니다. 차나칼레에서 저는 하키 대령님에게서 전보를 받았습니다. 전보에는 바나트가 터키를 떠났고, 피레에프스에서 이 배에 타려고 시도할 수도 있다고 적혀 있었습니다. 그리고…….」

「그걸 알고 있었군요! 그런데도…….」

「제발, 그레이엄 선생님! 제가 계속 말하게 해주십시오. 하키 대령님은 저더러 선생님을 이 배에 계속 타고 있게 하라고 명령하셨습니다. 그게 현명하다고요. 배에서는 선생님에게 아무 일도 일어날 수 없습니다. 바나트는 선생님을 겁줘서 뭍에 내리게 할 목적으로 피레에프스로 갔을 수도 있고, 그럴 경우 선생님에게 아주 불쾌한 일이 일어날 수 있습니다. 제발, 잠깐만요! 제가 선생님과 함께 아테네에 간 것은, 선생님이 뭍에 있는 동안 공격당하지 않도록 보호하는 동시에, 바나트가 배에 탔을 경우 배가 출발할 때까지 선생님이 그걸 알아차리지 못하게 하기 위함이었습니다.」

「하지만 대체 어쩌자고, 하키 대령은 바나트를 체포하지 않은 겁니까? 또는 최소한 그자가 배에 타지 못하도록 방해하지 못한 겁니까?」

「왜냐하면 그럴 경우 다른 이가 바나트를 대신할 게 분명하니까요. 우리는 바나트에 대해서는 잘 알고 있습니다. 전혀 모르는 마브로도풀로스 씨는 새로운 문제가 되었을 겁

268

니다.」

「하지만 당신은 바나트의, 아니 정확히는 뮐러의 계획이 저를 겁줘 배에서 내리게 하는 것일 수도 있다고 했습니다. 제가 자신의 정체를 안다는 사실을 바나트는 모를 수도 있잖습니까?」

「선생님은, 르 조케 카바레에서 바나트를 조심하라는 말을 들었다고 하키 대령님에게 말했습니다. 그렇다면 바나트는 선생님을 지켜보고 있었을 겁니다. 그자는 아마도 선생님이 자신의 존재를 알아차린 것을 알 겁니다. 그자는 아마추어가 아닙니다. 하키 대령님의 관점을 아시겠습니까? 만약 그자들이 선생님을 육지에 내리게 해서 그곳에서 선생님을 죽이고 싶어 한다면, 그자들이 그렇게 시도하도록 두어서 실패하게 하는 것이, 그자들의 원래 계획을 좌절시켜 다른 계획을 짜게 하는 것보다 나은 겁니다. 하지만 지금 상황으로 보아서는,」 쿠베틀리는 쾌활하게 계속 말했다. 「그자들의 의도는 선생님을 뭍으로 보내는 것이 아니었고, 제 예방 조치는 헛수고가 된 거죠. 바나트는 배에 탔고, 수로 안내인이 떠날 때까지 자기 선실에 남아 있었습니다.」

「바로 그겁니다!」 그레이엄이 고함쳤다. 「저는 그대로 뭍에 내려 기차를 타고 갈 수도 있었고, 그럼 지금쯤이면 안전하게 파리에 있었을 겁니다.」

쿠베틀리는 그 비난에 대해 잠시 생각해 보더니 이윽고 천천히 고개를 저었다. 「그렇진 않을 거라고 생각합니다. 선생님은 뮐러를 잊었습니다. 만약 배가 출발할 때까지 선생님이 돌아오지 않았다면, 그자와 바나트 역시 배에 계속 남아 있지 않았을 겁니다.」

그레이엄이 짧게 소리 내어 웃었다. 「그때 당시에도 그걸 알았습니까?」

쿠베틀리는 더러운 손톱을 주의 깊게 살폈다. 「아주 솔직히 말씀드리겠습니다, 그레이엄 선생님. 당시에는 몰랐습니다. 물론 저는 묄러를 압니다. 비록 한 다리를 거치기는 했지만, 저는 그자를 위해 일하는 조건으로 많은 돈을 주겠다는 제안을 받은 적도 한 번 있습니다. 저는 그자의 사진을 보았습니다. 하지만 사진은 대부분 쓸모가 없지요. 저는 그자를 알아보지 못했습니다. 이스탄불에서 배에 탔다는 사실에, 저는 그자를 의심하지 않았습니다. 바나트의 행동으로 인해 뭔가 간과한 게 있다는 생각이 들었고, 바나트가 할러 교수와 이야기하는 모습을 본 뒤 조사를 좀 했습니다.」

「당신이 자기 방을 뒤졌다고 묄러가 말하더군요.」

「맞습니다. 저는 소피아에 있던 그자 앞으로 발송된 편지들을 발견했습니다.」

「그건,」그레이엄이 화난 목소리로 말했다. 「꽤 열심히 선실을 뒤졌다는 거군요. 어젯밤 바나트는 제 슈트 케이스에서 리볼버를 훔쳐 갔습니다. 오늘 저녁에 저는 바나트의 선실로 갔지요. 이스탄불에서 제게 썼던 총을 찾으려고. 총은 그곳에 없었습니다. 제 선실로 돌아와 보니 묄러가 바나트의 총을 들고 있더군요.」

쿠베틀리는 침울하게 듣고 있었다. 「만약,」쿠베틀리가 말했다. 「뮐러가 뭐라고 했는지 말해 주시면 우리는 훨씬 더 일찍 잘 수 있을 겁니다.」

그레이엄이 웃음을 지었다. 「있잖습니까, 쿠베틀리 씨, 저는 이 배를 타고 몇 번이나 놀라운 일을 겪었습니다. 하지만 즐거운 경우는 당신이 처음이군요.」 이윽고 그레이엄의 웃음이 사라졌다. 「뮐러가 온 이유는, 영국으로 돌아가는 일정을 6주간 지연시키는 데 동의하지 않으면 제노바에 발을 들여놓은 후 5분도 안 되어 제가 살해당할 거라는 말을 하기 위해서였습니다. 그자는 바나트 말고도 제노바에서 절 죽이려고 기다리는 사람들이 더 있다고 하더군요.」

쿠베틀리는 놀란 것 같지 않았다. 「그리고 6주를 어디서 보내라고 제안하던가요?」

「산타마르게리타 근처 별장입니다. 발진티푸스에 걸렸다는 의사의 진단을 받은 뒤, 그 별장이 사설 진료소인 것처럼 머물라는 거죠. 영국에서 저를 만나러 오는 방문객이 있을 경우에 대비해 뮐러와 바나트는 의료진으로 행세할 거고요. 아시겠지만, 그자는 제가 나중에라도 진실을 발설하지 않도록 제게 이 속임수에 동참하라고 제안했습니다.」

쿠베틀리는 눈썹을 치켰다. 「그런데 어쩌다가 제 이야기가 나온 건가요?」

그레이엄이 그에게 자초지종을 말했다.

「그리고 뮐러를 믿지만 그 사람의 조언을 무시하고, 그 사람이 제안한 것을 저에게 말하기로 결정하신 거고요?」 쿠베틀리가 잘했다는 표정으로 환히 웃었다. 「아주 용기 있는 행동입니다, 그레이엄 선생님.」

그레이엄은 얼굴이 붉어졌다. 「제가 동의했을 수도 있다고 생각하십니까?」

쿠베틀리는 그 말을 오해했다. 「저는 아무런 추측도 안 합니다.」 쿠베틀리가 서둘러 말했다. 「하지만,」 쿠베틀리가 망설였다. 「목숨이 위험해지면 사람이 늘 꼭 정상적으로 행동하지만은 않는 법이죠. 그럴 경우엔 평범한 때라면 하지 않을 일을 할 수도 있고요. 그렇다고 그 사람을 비난할 순 없습니다.」

그레이엄이 싱긋 웃었다. 「솔직히 털어놓겠습니다. 아침이 아니라 지금 당신을 찾아온 것은, 생각이 바뀌어 뮐러의 제안을 받아들이기로 결심할 가능성을 없애기 위해서입니다.」

「중요한 것은,」 쿠베틀리가 조용히 말했다. 「선생님이 저에게 **왔다**는 사실입니다. 뮐러에게 그렇게 할 거라고 말하셨나요?」

「아니요, 저는 그자가 허풍을 치고 있다고 생각한다고 말했습니다.」

「그리고 **정말로** 그자가 허풍을 친다고 생각하십니까?」

「모르겠습니다.」

쿠베틀리는 생각에 잠긴 채 양쪽 겨드랑이를 긁었다. 「고려해야 할 일이 너무나 많습니다. 그리고 그건 그자가 허풍을 치고 있다고 한 선생님의 말이 무슨 의미인지에 달려 있고요. 만약 그자가 선생님을 죽일 수 없다거나 죽이지 않을 거라는 의미였다면, 선생님의 생각은 틀린 겁니다. 그자는 그럴 수 있고, 그럴 겁니다.」

「하지만 어떻게요? 저에게는 영사가 있습니다. 제가 부두에서 곧장 택시를 타고 영사관으로 가는 걸 어떻게 막을 수 있지요? 영사관까지 가면 어떻게든 보호받을 방법을 찾을 수 있을 겁니다.」

쿠베틀리가 또 다른 담배에 불을 붙였다. 「제노바에서 영국 총영사관이 어디에 있는지 아십니까?」

「택시 운전사가 알겠지요.」

「제가 직접 말씀드릴 수 있습니다. 그곳은 비아 이폴리토 다스테 모퉁이에 있습니다. 배가 도착하는 비토리오 에마누엘레 분지의 폰테 산조르조의 부두는 영국 영사관에서 몇 킬로미터 떨어져 있습니다. 저는 이 항로로 몇 번이나 여행해 봤고, 그래서 정말로 알고 하는 말입니다. 제노바는 커다란 항구입니다. 그레이엄 선생님, 저는 선생님이 그 몇 킬로미터 가운데 단 1킬로미터도 제대로 갈 수 있을지 의문입니다. 그자들은 차를 가지고 선생님을 기다릴 겁니다. 선생님이 택시를 타면 그자들은 비아 프란차까지 선생님을 뒤쫓아 간 뒤, 거리에서 택시를 억지로 세우고는 그 안에 앉은 선생님을 쏠 겁니다.」

「부두에서 영사에게 전화를 할 수도 있습니다.」

「물론입니다. 하지만 세관을 먼저 통과해야 합니다. 그리고 영사가 도착하기를 기다려야 하지요. **잠깐만요**, 그레이엄 선생님! 그게 무슨 의미인지 아십니까? 도착하자마자 영사에게 전화를 했고, 선생님이 응급 상황에 처했다며 영사를 설득했다고 가정해 보죠. 하지만 그러고 나서 영사가 도착하기까지 적어도 30분은 기다려야 합니다. 그 30분 동안 살아남을 가능성은 그동안 청산을 마신대도 변함이 없을 만큼 아주 희박합니다. 비무장에 무방비 상태의 사람을 죽이는 건 절대로 어렵지 않습니다. 부두의 창고들 사이에서 그러는 건 일도 아닙니다. 아니요, 저는 뮐러가 선생님을 죽일 수 있다고 말한 게 허풍이 아니라고 생각합니다.」

「그렇다면 이 제안은 어쩌고요? 그자는 제가 동의하도록 설득하는 데 아주 열심인 듯 보였습니다.」

쿠베틀리는 자신의 뒤통수를 손가락으로 톡톡 쳤다. 「거기에는 몇 가지 설명이 가능합니다. 예를 들어 뮐러의 의도는 어쨌든 선생님을 죽이는 것이며, 그 일을 최대한 조용히 처리하고 싶어 할 수도 있습니다. 제노바 해안의 거리보다는 산타마르게리타의 도로에서 선생님을 죽이는 게 더 쉽다는 건 누구도 부정할 수 없지요.」

「그거 기분 좋은 아이디어로군요.」

「저는 그게 옳은 방법이라고 생각하고 싶습니다.」 쿠베틀리가 얼굴을 찡그렸다. 「아시겠지만, 뮐러가 한 제안은 아주 단순해 보입니다. 병에 걸리고, 위조한 진단서가 있고, 건강이 회복되어, 집에 갑니다. *Voilà*(짜잔)! 끝입니다. 하지만 이제 현실을 생각해 보죠. 선생님은 서둘러 영국으로 돌아가는 영국인입니다. 그리고 제노바에 닿았습니다. 정상적이라면 뭘 하시겠습니까? 의심의 여지없이, 파리로 가는 기차를 탈 겁니다. 하지만 이제 뮐러 말대로 하기 위해서는 어떻게 해야 하나요? 뭔가 모호한 이유로, 발진티푸스에 걸린 걸 알 정도로 제노바에 오래 머물러야만 합니다. 또한 그런 상황에서라면 그 누구라도 할 만한 일을 선생님은 하면 안 됩니다. 병원에 가면 안 되는 거죠. 대신 산타마르게리타에 있는 사설 진료소에 가야 합니다. 영국에서 선생님의 그런 행동을 수상쩍게 생각하지 않을까요? 당연히 수상쩍게 볼 겁니다. 더구나 발진티푸스는 당국에 보고해야 하는 질병입니다. 하지만 이 경우에는 그렇게 할 수가 없습니다. 왜냐하면 진짜로 발진티푸스에 걸린 게 아니고, 의료 당국에서는 그 사실을 곧 알아낼 테니까요. 그리고 선생님의 친구들이 선생님의 발병 사실이 당국에 보고되지 않았다는 걸 알게 되었다고 생각해보십시오. 아마 알게 될 겁니다. 선생님은 중요한 인물이니까요. 영국 영사는 조사 요청을 받을 겁니다. 그러면요? 아니요, 저는 뮐러가 그런 터무니없는 위험을 감수하리라고 생각하지 않습니다. 왜 그러겠습니까? 그냥 선생님을 죽이는 게 더 쉬울 겁니다.」

「그자는 만약 가능한 경우라면 사람 죽이는 것을 피하고 싶어 한다고 말했습니다.」

쿠베틀리가 킥킥거렸다. 「뮐러는 정말로 선생님을 아주 바보라고 생각한 게 분명하군요. 그자가 제가 여기 있는 것에 대해 어떻게 할 거란 말도 하던가요?」

「아니요.」

「놀랍지 않습니다. 그 계획이 그자의 설명대로 성공하려면, 그자가 할 수 있는 일은 오로지 한 가지입니다. 저를 죽이는 거죠. 그리고 설사 그자가 저를 죽였다 할지라도, 저는 여전히 그자에게 골칫거리가 될 겁니다. 하키 대령이 그 사실을 알게 될 테니까요. 안타깝게도, 저는 그자의 제안이 그리 솔직하지 않다고 봅니다.」

「믿음이 가게끔 들렸습니다. 만약 제가 원한다면 갈린도 부인이 저와 같이 가는 것도 허용하겠다고 했습니다.」

쿠베틀리가 곁눈질을 했다. 잠옷을 입은 비듬투성이 폰[25]의 모습이었다. 「그리고 선생님은 갈린도 부인에게 그 말을 했습니까?」

그레이엄의 얼굴이 확 붉어졌다. 「그분은 뮐러에 대해 아무것도 알지 못합니다. 바나트에 대해서는 말했습니다. 어제 저녁, 바나트가 식당에 들어왔을 때 저는 굉장히 놀랐습니다. 갈린도 부인은 제게 왜 그러는지 물었고, 저는 사실을 털어놓았습니다. 어쨌든,」 그레이엄은 변명하듯, 하지만 진심을 숨기며 덧붙였다. 「저는 그분의 도움이 필요했습니다. 제가 바나트의 선실을 뒤지는 동안 바나트를 붙잡아 둔 건 그분 계획입니다.」

「선량한 호세가 바나트와 카드 게임을 하도록 주선해서요? 그렇군요. 그분이 선생님과 동행할 수 있도록 하겠다는 제안에 대해 말하자면, 제 생각에는, 만약 선생님이 그 제안을 받아들인다면 그 제안은 철회될 겁니다. 의심할 여지없이, 새로운 문제들이 생겨서 그렇다는 설명을 곁들일 거고요. 호세가 이 일에 대해 아나요?」

25 염소의 귀, 뿔, 뒷다리를 가진 목축의 신.

「아니요, 갈린도 부인이 호세에게는 말하지 않을 거라고 생각합니다. 저는 갈린도 부인이 진실되다고 믿습니다.」그레이엄은 최대한 태연한 척하며 덧붙였다.

「세상에 진실된 여자는 없습니다.」쿠베틀리가 고소한 듯이 말했다. 「하지만 저는 선생님의 즐거움을 시기하지 않습니다, 그레이엄 선생님.」쿠베틀리는 혀끝으로 윗입술을 축이고는 이를 드러내고 씨익 웃었다. 「갈린도 부인은 아주 매력적이지요.」

그레이엄은 혀끝까지 차오른 말대꾸를 간신히 참았다. 「아주요.」그레이엄은 간결하게 말했다. 「그러는 사이, 우리는 만약 제가 묄러의 제안을 받아들인다면 저는 살해될 거고, 만약 받아들이지 않더라도 살해될 거라는 결론에 도달했군요.」그러고는 자제심을 잃었다. 「맙소사, 쿠베틀리 씨.」그레이엄은 영어로 분통을 터뜨렸다. 「당신은 제가 여기 앉아서 이 못된 놈들이 저를 죽이는 게 참으로 쉬울 거란 당신의 말을 들으며 즐거울 거라고 생각하십니까! 저는 **뭘** 해야 하는 겁니까?」

쿠베틀리는 위로하듯 그의 무릎을 토닥였다. 「친애하는 친구여, 그 기분을 충분히 이해합니다. 저는 선생님이 평범한 방식으로 상륙하는 건 불가능하다는 걸 알려 주고 싶었을 뿐입니다.」

「하지만 달리 무슨 방도가 **있겠습니까**? 투명 인간이 될 수도 없고요.」

「말씀드리죠.」쿠베틀리가 상냥하게 말했다. 「아주 간단합니다. 아시다시피, 비록 이 배는 토요일 아침 9시는 되어야 부두에 닿아 승객들을 내려놓지만, 배 자체는 제노바에 일찍 도착합니다. 새벽 4시 정도에요. 야간 수로 안내료는 비싸지요. 따라서 비록 날이 밝자마자 수로 안내인을 고용하겠지만, 배는 해가 뜰 때까지 움직이지 않을 겁니다. 수로 안내용 보트……」

「수로 안내용 보트를 타고 가라는 제안이라면, 그건 불가능합니다.」

「선생님의 경우는, 네, 불가능합니다. 하지만 제 경우는 아니지요. 저에게는 특권이 있습니다. 저는 외교관 여권이 있습니다.」 쿠베틀리는 재킷 주머니를 툭툭 쳤다. 「저는 터키 영사관에 8시까지 갈 수 있습니다. 그러면 선생님을 안전하게 배에서 데려와 공항까지 데려갈 교통편을 마련할 수 있습니다. 국제 기차 서비스는 예전만큼 좋지 않고, 파리행 기차는 오후 2시나 되어야 떠납니다. 제노바에 그렇게 오래 머무르지 않는 것이 좋습니다. 우리는 비행기를 전세 내어 선생님을 즉시 파리로 보낼 겁니다.」

그레이엄의 심장이 더 빠르게 뛰기 시작했다. 명랑하고 편안한 기분이 도를 넘을 정도로 그를 압도했다. 그레이엄은 큰 소리로 웃고 싶었다. 그는 감정을 숨기고 차분하게 말했다. 「괜찮게 들리네요.」

「괜찮을 겁니다. 하지만 그렇게 하기 위해서는 예방 조치를 취해야 합니다. 만약 선생님이 도망칠 가능성이 있다고 묄러가 의심하면, 뭔가 불쾌한 일이 일어날 겁니다. 제발 귀담아들어 주십시오.」 쿠베틀리는 가슴을 긁적이더니 집게손가락을 들어 올렸다. 「첫째, 내일 뮐러에게 가서 제안을 받아들여 산타마르게리타에 머무르겠노라고 하십시오.」

「뭐라고요!」

「뮐러를 조용히 있게 하는 게 최선의 방법입니다. 언제 말할지는 알아서 정하십시오. 하지만 다음처럼 하는 걸 제안하겠습니다. 뮐러가 선생님에게 다시 접근할 가능성이 있습니다. 그러니 뮐러가 그렇게 하도록 시간을 주는 게 최선입니다. 내일 저녁 늦게까지 기다리십시오. 만약 그때까지 뮐러가 접근하지 않으면, 먼저 찾아가십시오. 너무 솔직해 보이지는 말되, 원하는 대로 하겠다고 동의하십시오. 그렇게 하고 선실로 돌아와서, 문을 잠그고 그 안에만 계세요. 어떤 상황이 될지라도 이튿날 아침 8시 이전에는 선실을 떠나지 마십시오. 위험할 수 있습니다.

이제부터 중요한 부분입니다. 아침 8시까지 짐을 다 꾸려 두십시오. 선실 담당 승무원을 불러 팁을 주고, 짐을 세관 검사장에 가져다 놓아 달라고 하십시오. 여기까지 아무런 실수가 없어야 합니다. 그런 뒤 제가 와서 모든 준비를 마쳤으며 안전하게 상륙할 수 있다고 말하기 전까지 계속 선실에만 계셔야 합니다. 여기서 문제가 좀 있습니다. 만약 선실에 계속 남아 있으면 선실 담당 승무원이 다른 승객들과 함께 선생님을 상륙시키려 할 겁니다. 뮐러와 바나트와 함께 말이죠. 갑판으로 올라가도 같은 일이 일어날 겁니다. 안전이 확보되기 전에 상륙을 강요당하는 일이 없도록 만전을 기하셔야 합니다.」

「하지만 어떻게요?」

「그 부분을 설명하겠습니다. 본인의 선실을 나와 아무에게도 들키지 말고 가장 가까운 빈 선실로 숨어들어 가십시오. 선생님 선실은 5번입니다. 4번 선실로 가십시오. 이 선실 바로 옆입니다. 거기서 기다리십시오. 아주 안전할 겁니다. 선실 담당 승무원에게는 이미 팁을 준 상태니까, 만약 승무원이 선생님을 다시 떠올리더라도, 상륙했다고 생각할 겁니다. 만약 선생님을 찾아본다 할지라도, 빈 선실까지는 찾지 않을 게 확실합니다. 뮐러와 바나트는 당연히 선생님을 찾을 겁니다. 선생님은 그 둘과 함께 간다고 동의한 상태니까요. 그러니 둘은 상륙해서 기다릴 겁니다. 그리고 그즈음이면 우리가 그곳에 도착해 조치를 취할 수 있을 겁니다.」

「조치라뇨?」

쿠베틀리가 냉혹한 웃음을 지었다. 「우리는 그 두 사람에게 각각 두 명씩 배당할 겁니다. 뮐러와 바나트는 우리를 막지 못할 겁니다. 어떻게 해야 하는지 확실히 이해했습니까?」

「확실히 이해했습니다.」

「작은 문제가 하나 있습니다. 뮐러는 선생님에게 제가 정체를 드러냈는지 물을 겁니다. 그랬다고 대답하십시오. 뮐러는 제가 무슨 말을 했는지 물을 겁니다. 그러면 제가 선생님을 파리까지 데리고 가겠노라고 제안했지만 선생님은 영국 영사에게 가겠노라고 고집을 피웠고, 그래서 제가 선생님을 위협했다고 대답하십시오.」

「위협요!」

「네.」 쿠베틀리는 여전히 웃었지만, 그의 두 눈은 살짝 가늘어져 있었다. 「만약 저에 대한 선생님의 태도가 달라졌다면, 그건 제가 선생님을 위협했기 때문일 필요가 있습니다.」

「어떻게요?」 그레이엄이 심술궂게 캐물었다. 「죽인다고요? 그건 터무니없을 텐데요, 안 그렇습니까?」

쿠베틀리는 계속해서 웃음을 지었다. 「아니요, 그레이엄 선생님. 죽음이 아니라, 선생님이 터키 해군의 채비를 방해하라는 명목으로 적국의 스파이에게서 뇌물을 받았다고 고발하겠다는 위협을 했다고요. 아시겠지만, 그레이엄 선생님, 선생님이 제때 영국으로 돌아가지 못하는 것이 밀러에게 중요한 만큼이나, 저에게는 선생님이 제때 영국으로 돌아가는 것이 중요합니다.」

그레이엄은 쿠베틀리를 물끄러미 바라보았다. 「알겠습니다. 그리고 부드럽게 상기시켜 주시는 이 말씀은 만약 제가 결국 밀러의 제안을 받아들이기로 결정한다면 그 위협이 여전히 존재한다는 뜻이겠죠, 안 그렇습니까?」

그레이엄은 일부러 공격적인 말투로 이야기하고 있었다. 쿠베틀리의 태도가 딱딱해졌다. 「저는 터키인입니다, 그레이엄 선생님.」 쿠베틀리는 위엄 있게 말했다. 「그리고 제 조국을 사랑합니다. 저는 터키의 자유를 위해, 무스타파 케말을 위해 싸웠습니다. 우리가 이뤄 낸 위대한 일을 어느 한 사람이 위태롭게 만든다면, 과연 그런 일을 두고 볼 것 같습니까? 저는 터키를 위해 목숨을 바칠 각오가 되어 있습니다. 그런 제가 그보다 덜 불쾌한 일을 주저 없이 할 거라는 게 선생님

눈엔 이상해 보입니까?」

쿠베틀리는 연극 조의 자세를 취하고 있었다. 쿠베틀리는 우스꽝스러워 보였지만, 그의 말과 태도가 서로 너무나 어울리지 않았기 때문에, 동시에 인상적이었다. 그레이엄은 마음이 누그러졌다. 그레이엄은 씨익 웃었다. 「전혀 이상하지 않습니다. 아무 걱정 마십시오. 당신이 말한 대로 하겠습니다. 하지만 뮐러는 우리가 언제 만났는지 알고 싶어 할 텐데요?」

「진실을 말하십시오. 선생님이 제 선실로 오는 걸 봤을 가능성도 있습니다. 제가 초청했다고, 제가 선생님의 선실에 메모를 남겼다고 말해도 됩니다. 그리고 이후로는 우리 둘이 사적으로 대화하는 걸 남들이 봐서는 안 된다는 사실을 명심하십시오. 그 어떤 대화도 하지 않는 게 나을 겁니다. 어쨌든 더 할 이야기도 없고요. 모든 게 결정되었습니다. 이제 고려해야 할 사항이 딱 하나 남았습니다. 갈린도 부인요.」

「그분이 왜요?」

「그분은 선생님의 비밀의 일부입니다. 그분의 태도는 어떤가요?」

「그분은 이제 모든 게 괜찮은 줄 압니다.」그레이엄이 얼굴을 붉혔다. 「저는 그분에게 함께 파리로 가겠노라고 말했습니다.」

「그다음엔요?」

「그분은 제가 그곳에서 한동안 자기와 시간을 보낼 거라고 믿습니다.」

「물론 진짜로 그럴 생각은 아니셨겠죠?」쿠베틀리는 골치 아픈 학생을 다루는 선생님의 분위기를 풍겼다.

그레이엄이 망설였다. 「물론 그렇지 않았다고 생각합니다.」그레이엄이 천천히 말했다. 「진실을 말하자면, 파리에 가자는 대화는 즐거웠습니다. 살해당할 거라는 생각을 했을 때는…….」

「하지만 이제 살해당하지 않을 거라고 생각하니 다르죠, 그렇죠?」

「네, 다르죠.」하지만 어떻게 다르단 말인가? 그레이엄은 도무지 확신이 들지 않았다.

쿠베틀리가 턱을 쓰다듬었다. 「한편으로, 선생님이 마음을 바꾸었노라고 갈린도 부인에게 말하는 건 위험합니다.」쿠베틀리가 생각에 잠겨 말했다. 「그분이 부주의할 수도 있고, 또는 화를 낼지도 모릅니다. 그분에게는 아무 말도 하지 마세요. 만약 그분이 파리에 대해 이야기하는 경우, 전과 상황이 같다고 생각하세요. 배가 정박하고 나면 제노바에서 볼일이 있다고 설명하고, 기차에서 만나자고 말하셔도 됩니다. 그러면 배에서 내리기 전에 그분이 선생님을 찾지 않겠죠. 이해하셨습니까?」

「네, 이해했습니다.」

「그분은 예쁘지요.」쿠베틀리가 생각에 잠겨 말했다. 「상황이 이렇게 급박해서 안타깝습니다. 하지만 일을 마친 뒤에 파리로 돌아갈 수도 있지요.」쿠베틀리가 웃었다. 착한 행동을 하면 사탕을 주겠노라고 약속하는 선생님의 웃음이었다.

「할 수 있을 것 같습니다. 다른 건요?」

쿠베틀리가 약삭빠른 눈으로 그레이엄을 쳐다보았다. 「아니요, 그게 다입니다. 우리가 피레에프스를 떠난 후 선생님이 내내 보여 준 **멍한** 모습을 계속 유지해 주십사 하는 요청을 제외하면요. 만약 묄러가 선생님의 태도에서 뭔가를 눈치채면 안 되니까요.」

「제 태도요? 아, 네, 알겠습니다.」그레이엄은 일어섰다. 무릎이 무척이나 후들거리는 것을 깨닫고 놀랐다. 그레이엄이 말했다. 「저는 사형 판결을 받은 사람이 형이 취소되었다는 말을 들었을 때 어떤 기분인지 종종 궁금했는데, 이제 알겠네요.」

쿠베틀리가 생색을 내며 웃었다. 「기분이 아주 좋으시죠, 그렇죠?」

그레이엄이 고개를 저었다. 「아닙니다, 쿠베틀리 씨. 그렇지 않습니다. 속이 아주 안 좋고 피곤하고, 뭔가 꼭 실수를 저지를 것만 같다는 생각을 멈출 수가 없습니다.」

「실수라니요! 실수는 없습니다. 걱정할 필요 없습니다. 다 잘될 겁니다. 이제 가서 주무십시오, 선생님. 그리고 아침이 되면 기분이 나아질 겁니다. 실수라니요!」

쿠베틀리가 소리 내어 웃었다.

제10장

쿠베틀리가 예언한 대로, 아침이 되자 그레이엄은 기분이 나아졌다. 침대에 앉아 커피를 마시면서, 그레이엄은 묘하게 자유롭고 만족스럽다는 느낌이 들었다. 그레이엄을 괴롭히던 병이 치료되었다. 그레이엄은 다시 원래의 자신, 건강하고 평범한 사람이 되었다. 어쨌든, 걱정을 하다니 바보였다. 모든 게 잘되리라는 걸 알아야 했다. 전쟁이든 아니든 간에, 그와 같은 사람들은 거리에서 총에 맞지 않았다. 그러한 일은 일어나지 않았다. 묄러나 바나트 같은 미숙한 자들의 마음속에서나 그런 가능성을 생각해 볼 수 있었다. 그레이엄은 불안하지 않았다. 손까지도 상태가 나아졌다. 밤에 붕대가 풀리면서 상처에 붙어 있던 피에 젖은 거즈까지 떨어져 나왔다. 그레이엄은 조그만 린트 천과 짧게 자른 반창고 두 개로 거즈를 대신할 수 있었다. 그레이엄은 그 변화가 상징적이라고 느꼈다. 그리고 하루 뒤 불쾌한 일이 일어날 거라는 생각도 그의 기분을 우울하게 바꾸지는 못했다.

그레이엄이 첫째로 고려해야 할 사항은, 물론 묄러를 어떻게 대해야 할 것인가였다. 쿠베틀리가 지적한 대로, 뮐러는 전날 저녁 드리운 낚싯줄에 물고기가 잡혔는지 확인하기 위해 저녁때까지 기다릴 가능성이 있었다. 그건, 그레이엄이 속내를 드러내지 않으면서 뮐러, 바나트와 함께 두 번의 식사를 해야 한다는 의미였다. 분명히 즐거운 일은 아니었다. 그레이엄은 당장 뮐러에게 접근하는 것이 더 안전하지 않을까 생각해 보았다. 결국 희생자가 먼저 움직이는 것이 훨씬 더 설득력 있었다. 아니, 설득력이 덜한 걸까? 낚싯줄을 감아 올릴 때 물고기가 여전히 낚싯바늘에서 퍼덕여야 하는 걸까? 쿠베틀리는 그래야 한다고 생각하는 게 명백했다. 그레이엄은, 그렇게 하자고, 쿠베틀리의 지시를 그대로 따르자고 결심했다. 점심과 저녁 식사 시간에 어떻게 할 것인가는 그 시간이 오면 상황에 맞춰 행동하기로 했다. 뮐러와 본격적으로 이야기해야 할 때가 되면, 뮐러에게 확신을 줄 좋은 수가 있었다. 그레이엄은 뮐러가 원하는 대로 모든 것을 따르겠노라고 하지는 않을 생각이었다. 그레이엄은 자신이 조제트를 어떻게 대할지 가장 걱정한다는 사실을 깨닫고 다소 놀랐다.

그레이엄은 자신이 조제트를 비열하게 대했다고 혼잣말을 했다. 조제트는 나름대로 그에게 상냥했다. 사실 조제트는 더이상 상냥할 수 없을 정도였다. 호세의 리볼버를 훔치는 데 열의가 부족했다고 조제트를 비난할 수는 없었다. 자신을 위해 총을 훔치라고 조제트에게 부탁한 것 자체가 부당했다. 결국 호세는 그녀의 파트너인 것이다. 이제 원래 계획한 대로 조제트에게 천 프랑짜리 지폐가 든 핸드백을 주는 건 불가능했다. 딱 한 가지 방법이 있다면, 귀국길에 파리를 경유할 때 드 벨주 호텔에 들러 두고 가는 것이었지만, 조제트가 그 호텔로 가지 않을 가능성도 얼마든지 있었다. 조제트가 바라는 게 있었다고 비난할 수도 없었다. 조제트는 그 사실을 전혀 숨기지 않았고, 그레이엄은 침묵으로 그것을 받아들였었다. 그레이엄은 자신이 조제트를 비열하게 대했다고 다시 혼잣말을 했다. 이건 조제트에 대한 감정을 합리화하려는 시도였으나 이상하게도 성공하지 못했다. 그레이엄은 당황했다.

그레이엄은 점심시간 바로 직전이 되어서야 조제트를 볼 수 있었고, 그때도 조제트는 호세와 함께였다.

아주 궂은날이었다. 하늘은 잔뜩 흐렸고, 눈발이 날리려는 듯 얼음처럼 차가운 북동풍이 불었다. 그레이엄은 아침 시간 대부분을 식당 구석에 앉아 그곳에서 발견한 『릴뤼스트라시옹』 과월호들을 읽으며 보냈다. 쿠베틀리는 그레이엄을 봤지만 못 본 척했다. 그레이엄은 베로넬리 모자(둘은 방어적으로 〈*buon giorno*(좋은 아침입니다)〉라고 인사를 했다), 마티스 부부(이 부부는 형식적으로 고개 숙여 인사에 답했다)와만 대화를 했다. 그레이엄은 마티스 부부에게, 전날 저녁의 무례함은 고의가 아니었고 그 당시 몸이 안 좋아서 그랬다고 설명해야 한다고 이미 마음먹은 차였다. 마티스 부부는 살짝 당혹스러워하면서 그 설명을 받아들였고, 그 때문에 그레이엄은 그들 부부가 사과보다는 침묵 속의 불화를 더 좋아했을 거라는 생각이 들었다. 남편 쪽은 특히 더 혼란스러워했는데,

마치 어쩌다 보니 자기 꼴이 우스워져 버렸다는 듯한 태도였다. 곧 마티스 부부는 갑판 산책을 해야 한다고 했다. 몇 분 뒤 그레이엄은 현창을 통해 마티스 부부가 쿠베틀리와 산책하는 모습을 보았다. 그날 아침 갑판에 나온 다른 사람은 뮐러의 아르메니아 여자가 전부였고, 몸이 퉁퉁 부은 불쌍한 모습을 통해, 그녀가 바다를 싫어한다는 게 그녀 〈남편〉의 상상이 아니라 진짜라는 사실을 온몸으로 보여 주었다. 12시가 지나고 곧 그레이엄은 위스키 앤드 소다를 큰 잔으로 마시기에 앞서 선실에서 모자와 외투를 챙겨 산책을 하러 나갔다.

그레이엄은 식당으로 돌아오는 길에 조제트와 호세를 마주쳤다.

호세는 악담을 하며 걸음을 멈추었고, 바람이 머리에서 벗겨내려 애쓰는 끝이 말린 부드러운 모자를 움켜쥐었다.

조제트는 그레이엄과 시선을 마주쳤고, 의미심장한 웃음을 지었다. 「이이는 다시 화가 났어요. 어젯밤에 카드 게임을 했는데, 졌거든요. 상대는 꼬맹이 그리스인 마브로도풀로스였어요. 장미유 향이 캘리포니아 양귀비 향보다도 훨씬 지독했어요.」

「그자는 그리스인이 아니야.」 호세가 심술궂게 말했다. 「그자는 냄새며 악센트가 다 염소 같아. 만약 그자가 그리스인이라면, 내가…….」 호세는 자신이 어떻게 할지 말했다.

「하지만 그자는 카드 게임을 할 줄 알아요. *Mon cher caîd* (사랑하는 주인님).」

「그자는 너무 일찍 게임을 관뒀어.」 호세가 말했다. 「걱정할 필요 없어. 나는 아직 그자랑 끝낸 게 아니니까.」

「어쩌면 그쪽에서는 당신을 끝낸 것일지도 몰라요.」

「상대한 분이 카드 게임을 아주 잘하는 모양이네요.」그레이엄이 재치 있게 말했다.

호세가 역겹다는 듯이 그를 보았다. 「당신이 카드 게임에 대해 뭘 안다고 그러는 겁니까?」

「아무것도요.」그레이엄이 차갑게 대꾸했다. 「제가 아는 건, 당신이 진 게 어쩌면 단지 카드 게임 실력이 형편없어서일 수도 있다는 겁니다.」

「나랑 몇 판 해보시렵니까?」

「아닙니다. 카드 게임은 지겹습니다.」

호세가 비웃었다. 「아하, 그렇군! 더 재밌는 일이 있다는 거군요, 예?」호세는 치아 사이로 요란하게 공기를 빨아들였다.

「이이는 기분 나쁘면,」조제트가 설명했다. 「예의범절을 까먹어요. 당신이 어떻게 할 수 있는 방법이 없어요. 이이는 다른 사람이 어떻게 생각하는지엔 관심 없어요.」

호세는 입술을 삐죽 내밀고 아양 섞인 사근사근한 표정을 지었다. 「〈이이는 다른 사람이 어떻게 생각하는지엔 관심 없어요.〉」호세는 높은 가성을 써서 조롱 조로 되풀이했다. 이윽고 호세의 표정이 풀어졌다. 「그 사람들이 어떻게 생각하든 내가 왜 관심을 가져야 하는데?」호세가 캐물었다.

「당신은 어처구니가 없어요.」조제트가 말했다.

「만약 그게 맘에 들지 않으면, 그 사람들이 화장실에 처박혀 있으면 되잖아.」호세가 공격적으로 선언했다.

「그쪽이 훨씬 기껍겠네요.」그레이엄이 중얼거렸다.

조제트가 킥킥거렸다. 호세가 인상을 썼다. 「무슨 말인지 모르겠습니다.」

그레이엄은 설명해 봤자 소용없다는 것을 깨달았다. 그레이엄은 호세를 무시하고 영어로 말했다. 「막 한잔하러 가려던 참이었습니다. 가시겠습니까?」

조제트는 잘 모르겠다는 표정을 지었다. 「호세에게도 한잔 사시고 싶나요?」

「그래야 하나요?」

「떼어 두고 저만 갈 수는 없어요.」

호세는 의심스러운 눈으로 둘을 노려보고 있었다. 「나를 모욕하는 건 실수하는 겁니다.」호세가 말했다.

「누구도 당신을 모욕하지 않아요, 이 멍청한 양반아. 이분께서는 우리에게 한잔 같이할지 묻는 거예요. 한잔할래요?」

호세가 트림을 했다. 「이 더러운 갑판에서 벗어날 수만 있다면 누구와 술을 마시는지는 상관 안 해.」

「참 예의도 바르지.」조제트가 말했다.

그들이 술을 다 마셨을 때, 식사를 알리는 종이 울렸다. 곧 그레이엄은 묄러를 어떻게 대할 것인가 하는 문제를 묄러 본인에게 맡겨 둔 것이 잘한 일이었다는 사실을 알게 되었다. 종소리에 답해 나타난 이는 〈할러〉였다. 할러는 마치 아무 일도 없었다는 듯이 그레이엄에게 인사를 했고, 인사를 마치자마자 거의 곧바로 수메르의 하늘신인 안An의 현시에 대해 장광설을 늘어놓았다. 뮐러가 그레이엄과 자신의 관계가 변했다는 표시를 낸 건 단 한 번뿐이었다. 뮐러가 이야기를 시작하고 곧 바나트가 들어와 앉았다. 뮐러는 말을 멈추고 식탁 건너의 그를 힐끗 보았다. 바나트는 부루퉁한 눈으로 뮐러를 마주 보았다. 뮐러는 일부러 그레이엄에게 고개를 돌렸다.

「마브로도풀로스 씨는,」 뮐러가 말했다. 「왠지 아주 낙담한 듯이 보입니다. 마치 아주 간절하게 하고 싶은 일을 하지 말라는 말을 들은 사람처럼요. 그렇게 생각하지 않으십니까, 그레이엄 씨? 마브로도풀로스 씨가 앞으로도 계속 실망해 계실지 무척 궁금하네요.」

그레이엄은 접시에서 눈을 들었다. 뮐러의 침착한 시선이 그레이엄을 보고 있었다. 연푸른 눈에 담긴 질문은 놓치려야 놓칠 수가 없었다. 그레이엄은 바나트 역시 자신을 지켜보고 있다는 것을 알았다. 그레이엄이 천천히 말했다. 「마브로도풀로스 씨를 실망시키는 건 기쁜 일이지요.」

뮐러가 웃음을 지었다. 그 웃음이 눈까지 번졌다. 「그렇지요. 가만있자, 어디까지 이야기했더라? 아, 그렇지요……」

그게 전부였다. 하지만 그레이엄은 다시 식사를 하면서, 그날의 골칫거리 가운데 적어도 하나가 풀렸다는 사실을 알았다. 그레이엄은 뮐러에게 접근할 필요가 없었다. 뮐러가 접근해 올 터였다.

하지만 뮐러는 서두를 생각이 없는 게 분명했다. 그날 오후는 참을 수 없을 정도로 느릿느릿 흘러갔다. 쿠베틀리는 더는 자신과 대화를 나눠서는 안 된다고 했고, 그래서 마티스가 브리지 게임을 하자고 청했을 때, 그레이엄은 두통 때문에 그럴 수 없다는 핑계를 댔다. 그의 거절에 프랑스인은 묘하게 충격을 받았다. 마티스는 마지못해 그 거절을 받아들였고, 마치 뭔가 중요한 말을 하려다가 마음을 바꾼 듯한 인상을 주었다. 마티스의 눈에는 그레이엄이 그날 아침에 보았던 것과 똑같은 당혹스러움이 배어 있었다. 하지만 그레이엄은 그에 대해 몇 초 정도만 생각하고 말았다. 그레이엄은 마티스 부부에게 별 관심이 없었다.

뮐러, 바나트, 조제트, 호세는 점심 식사가 끝나고 곧장 각자 선실로 돌아갔다. 베로넬리 부인은 게임을 같이하자는 청을 받아들여 마티스 부부, 쿠베틀리와 함께 게임을 했고, 꽤 즐거운 시간을 보내는 듯했다. 그녀의 아들은 어머니 옆에 앉아 부러운 눈으로 어머니를 지켜보았다. 그레이엄은 절박한 심정으로 다시 잡지들을 보았다. 하지만 5시가 가까워지자, 브리지 게임은 곧 끝날 기미를 보였고, 그레이엄은 쿠베틀리와 대화할 여지를 없애기 위해 갑판으로 나갔다.

어제부터 계속 숨어 있던 해는 이제 수평선 바로 위의 엷은 구름을 뚫고 빨갛게 이글거리는 빛을 쏟아부었다. 동쪽으로는, 어제저녁에 보았던 길고 나지막한 해안이 이미 청회색 황혼에 둘러싸여 있고, 도시의 불빛은 벌써 반짝이고 있었다. 폭풍이 오는지 구름은 빠르게 움직였고, 무거운 빗방울이 갑판 위로 비스듬히 내리기 시작했다. 그레이엄은 비를 피해 뒤로 물러섰다가 바로 곁에 있는 마티스를 발견했다. 프랑스인이 고개를 끄덕였다.

「게임은 재미있었나요?」그레이엄이 물었다.

「꽤 재미있었습니다. 베로넬리 부인과 저는 졌습니다. 베로넬리 부인은 아주 열정적으로 했지만, 실력이 없었죠.」

「그렇다면 게임이 열정적이었다는 점을 빼면, 제가 없는 게 아무런 차이가 없었군요.」

마티스는 살짝 초조하게 웃었다. 「두통이 나아지셨길 바랍니다.」

「훨씬 나아졌습니다. 고맙습니다.」

그리고 이제 비가 제대로 내리기 시작했다. 마티스는 짙어가는 어둠을 우울한 표정으로 응시했다. 「날씨가 참 고약하군요!」마티스가 말했다.

「네.」

잠시 정적이 흘렀다.

「사실,」갑자기 마티스가 말했다. 「저희와 게임을 하고 싶지 않으셨던 것 아닐까 걱정했습니다. 그렇다 해도 비난할 수는 없지요. 오늘 아침에 당신은 친절하게도 사과하셨지만, 사실 사과해야 할 사람은 저입니다.」

마티스는 그레이엄을 보고 있지 않았다. 「저는 정말로……」그레이엄이 중얼거리기 시작했지만, 마티스는 배를 뒤따르는 갈매기들에 대해 말한다는 듯이 계속 말했다. 「저는 자꾸만 깜빡하는 게 있습니다.」마티스가 씁쓸하게 말했다. 「누군가에게 좋거나 나쁜 것이 다른 누군가에게는 단순히 지루할 수도 있다는 사실을 말입니다. 아내 때문에 저는 말의 힘을

293

너무 믿게 되었습니다.」

「죄송하지만 무슨 말인지 모르겠습니다.」

마티스는 그레이엄에게 고개를 돌리고 뒤틀린 웃음을 지었다. 「*Encotillonné*(공처가)라는 단어를 아십니까?」

「아니요.」

「여자에게 쥐여사는 남자를 *encotillonné*(공처가)라고 하지요.」

「영국에서는 *hen-pecked*라고 합니다.」

「아, 그래요?」 마티스는 분명 그 단어를 영어로 뭐라고 하는지에는 전혀 관심 없었다. 「웃기는 이야기를 하나 들려드리겠습니다. 예전에, 저는 *encotillonné*(공처가)였습니다. 오, 아주 심각하게요! 놀라셨습니까?」

「네.」 그레이엄은 마티스가 연극을 하듯 과장되게 표현하고 있다는 걸 깨닫고 호기심이 일었다.

「제 아내는 전에는 성격이 아주 대단했습니다. 여전히 대단하다고 생각하지만, 이제는 겉으로 봐선 알 수가 없습니다. 하지만 결혼하고 처음 10년은 끔찍했습니다. 저는 작은 사업체를 운영했습니다. 일이 잘 안 풀렸고, 파산했지요. 제 잘못은 아니었지만, 아내는 늘 그게 제 잘못이라고 말했지요. 당신의 부인도 성격이 나쁜가요?」

「아니요, 성격이 아주 좋습니다.」

「운이 좋으시군요. 오랫동안 저는 비참한 생활을 했습니다. 그러던 어느 날, 굉장한 걸 알게 되었습니다. 마을에 사회주의자 모임이 있었는데, 거기에 갔지요. 아셔야 할 게 있는

데, 저는 당시 왕당파였습니다. 제 가족은 돈은 없었지만 작위가 있었고, 이웃들의 비웃음만 아니었으면 아주 즐겨 작위를 내세웠을 겁니다. 저 역시 마찬가지였습니다. 제가 그 모임에 간 건 호기심이 일었기 때문입니다. 강연자는 강연을 잘했고, 브리에에 대해 이야기했습니다. 베르됭에 머무른 적이 있던 저는 그 이야기가 흥미로웠습니다. 일주일 뒤, 우리는 카페에서 친구들을 만났는데, 저는 제가 들은 이야기를 친구들에게 해줬습니다. 아내는 아주 이상하게 웃어 대더군요. 그리고 집에 돌아왔을 때, 굉장한 걸 알게 되었습니다. 저는 아내가 속물이고 제가 상상했던 것보다 훨씬 더 멍청하다는 걸 알게 된 겁니다. 아내는 제가 믿지도 않는 걸 마치 그런 척 이야기함으로써 자신을 부끄럽게 했다고 말했죠. 아내의 친구들은 모두 존경받는 사람들이니, 저는 노동자처럼 말해선 안 된다는 거였죠. 아내는 악을 썼죠. 그때 저는 제가 자유롭다는 사실을 알게 되었습니다. 아내에게 휘두를 수 있는 무기가 생긴 겁니다. 저는 그 무기를 썼습니다. 만약 아내가 짜증 나게 굴면, 저는 사회주의자가 되었습니다. 잘난 척하는 그 소상인들에게, 그러니까 아내 친구들의 남편들에게 저는 이윤의 폐지와 가족의 해체를 설교하곤 했습니다. 저는 제 주장이 더욱 효과를 볼 수 있게 책과 팸플릿들을 샀습니다. 아내는 아주 고분고분해졌지요. 아내는 제가 좋아하는 음식을 요리합니다. 제가 자신에게 창피를 주지 않게 하려고요.」 마티스가 말을 멈추었다.

「브리에, 은행, 자본주의에 대해 당신이 한 모든 말을 당신은 믿지 않는다는 뜻인가요?」그레이엄이 다그쳐 물었다.

마티스가 희미하게 웃음을 지었다. 「그게 바로 웃기는 부분입니다. 한동안 저는 자유로웠습니다. 아내는 제 뜻대로 움직였고, 저는 아내를 더 사랑하게 되었습니다. 저는 커다란 공장의 공장장이었습니다. 그런데 끔찍한 일이 일어났습니다. 제가 말한 내용들을 어느새 믿기 시작한 겁니다. 제가 읽은 책들은 제가 진실을 발견했음을 알려 주었습니다. 본능에 따라 왕당파였던 저는 신념에 따라 사회주의자가 되었습니다. 더 나쁘게도, 저는 사회주의자의 순교자가 되었지요. 공장에서 파업이 있었고, 공장장이던 저는 파업 참가자들을 지지했습니다. 저는 노조 소속이 아니었습니다. 당연하지요! 그래서 해고되었습니다. 어처구니없는 일이지요.」마티스는 어깨를 으쓱했다. 「그래서 보시다시피 제 꼴이 이렇게 됐습니다! 밖에서는 지루한 인간이 되는 대가로 집에서는 왕이 되었지요. 웃기지 않습니까?」

그레이엄이 웃음을 지었다. 그레이엄은 마티스 씨를 좋아하기로 마음먹은 상태였다. 그레이엄이 말했다. 「그게 전부 진실이라면 재미있겠죠. 하지만 어제저녁에 당신의 말에 귀 기울이지 않은 건 지루해서가 아니라는 것을 장담할 수 있습니다.」

「아주 예의 바르시군요.」마티스가 의심을 담아 말했다. 「하지만······.」

「아, 예의의 문제가 아닙니다. 아시겠지만, 저는 무기 제조업체에서 일하고, 그래서 당신이 한 말에 특히 관심 있었습니다. 어떤 점들은 당신의 의견에 동의하지요.」

프랑스인의 얼굴에 변화가 생겼다. 그의 얼굴이 살짝 붉어지고 입가에 기쁨의 웃음이 살짝 서렸다. 그레이엄은 마티스의 얼굴에서 긴장이 풀어지는 것을 처음으로 보았다. 「어떤 점에서 동의하지 **않으시나요?**」 마티스가 알고 싶은 열망을 담아 물었다.

그 순간 그레이엄은 〈세스트리 레반테〉호에서 무슨 일이 있어났든지 간에, 자신이 친구를 적어도 한 명은 사귀었다는 사실을 깨달았다.

조제트가 갑판에 나왔을 때, 그들은 여전히 토론 중이었다. 마티스는 조제트가 나타난 걸 깨닫고 하던 말을 멈추었다.

「안녕하세요?」

조제트는 그들을 향해 코를 찡긋했다. 「무슨 이야기를 하고 계시나요? 비가 오는데 서서 이야기할 정도면 아주 중요한 내용이겠는데요.」

「정치에 대해 이야기하고 있었습니다.」

「아니, 아닙니다!」 마티스가 황급히 말했다. 「정치가 아니라 경제입니다. 정치는 결과입니다. 우리는 원인들에 대해 이야기하고 있었습니다. 하지만 부인 말이 맞습니다. 이 비는 고약하군요. 실례해도 된다면, 저는 아내가 어쩌고 있는지 보러 가겠습니다.」 마티스는 그레이엄에게 윙크를 했다. 「만약 제가 선전 활동을 하고 있다고 생각하면 아내는 밤에 잠을 자지 못할 겁니다.」

웃음을 머금고 고개를 까닥인 다음, 마티스는 그곳을 떠났다. 조제트가 그의 뒤를 바라보았다. 「상냥하네요, 저분. 저런 분이 왜 그런 여자랑 결혼했을까요?」

「저분은 아내를 아주 좋아합니다.」

「당신이 저를 좋아하는 방식으로요?」

「아마도 아닐 겁니다. 안으로 들어가시겠습니까?」

「아니요. 저는 바람을 쐬러 나왔어요. 갑판 저쪽은 그렇게 젖지 않았을 거예요.」

그들은 다른 쪽으로 돌아 걷기 시작했다. 이제 어두워져, 갑판 조명이 켜진 상태였다.

조제트가 그레이엄의 팔을 잡았다. 「오늘 우리가 제대로 이야기하는 게 지금이 처음이라는 거 아니요? 아니요! 물론 모르겠죠! 당신은 정치 이야기에 정신이 팔려 있었으니까요. 제가 걱정하든 말든 무슨 상관이겠어요.」

「걱정요? 뭐에 대해서요?」

「당신을 죽이고 싶어 하는 그 사람요, 악당 말이에요! 당신은 제노바에서 어떻게 할지 저에게 알려 주지 않았어요.」

그레이엄은 어깨를 으쓱했다. 「당신의 조언을 받아들였습니다. 저는 그 사람 때문에 속끓이지 않고 있습니다.」

「그래도 영국 영사에게 갈 거죠?」

「네.」 그레이엄이 진정으로 확고한 거짓말을 해야 하는 때가 왔다. 「저는 곧장 영사관으로 갈 겁니다. 그 뒤 업무상 한두 명을 만나야 합니다. 기차는 오후 2시는 되어야 떠나니, 시간이 있다고 생각합니다. 우리는 기차에서 만나면 됩니다.」

조제트는 한숨을 쉬었다. 「늘 일이라니까요! 하지만 점심 때는 볼 수 있는 거죠?」

「아마도 안 될 겁니다. 우리가 만나기로 정한다 해도, 제가 약속을 지킬 수 없을 겁니다. 기차에서 만나는 게 최선입니다.」

조제트는 약간 날카롭게 고개를 돌렸다. 「진실을 말하는 건가요? 마음이 바뀌어 이렇게 말하는 건 아니고요?」

「친애하는 조제트!」 그레이엄은 업무상 처리해야 할 일이 있다고 다시 설명하기 위해 입을 열었다가, 곧 입을 다물었다. 너무 많이 항의해서는 안 되었다.

조제트가 그의 팔을 눌렀다. 「기분 상하게 하려던 건 아니었어요, *chéri*(자기). 확실히 하고 싶었던 것뿐이에요. 당신이 원하면 기차에서 만나요. 토리노에서 같이 한잔하면 되죠. 토리노엔 4시에 도착해 30분간 정차할 거예요. 밀라노에서 오는 2등실 객차를 연결해야 하거든요. 토리노에는 한잔할 만한 좋은 곳이 몇 군데 있어요. 이런 배를 타고 여행한 뒤니, 그곳에 가면 기분이 아주 좋을 거예요!」

「아주 좋을 듯합니다. 호세는 어떻게 하지요?」

「아, 그이는 상관없어요. 혼자서 마시라죠. 오늘 아침에 그이가 당신에게 그렇게 무례하게 군 뒤로 저는 그이에게 신경 안 써요. 당신이 쓰고 있는 편지에 대해 말해 주세요. 다 썼나요?」

「오늘 저녁에 마칠 겁니다.」

「그다음에는, 더는 일이 없나요?」

「그다음에는, 더는 일이 없습니다.」 그레이엄은 더는 버틸 수 없을 것만 같았다. 그레이엄이 말했다. 「여기에 더 있다간 감기에 걸리실 겁니다. 안으로 들어갈까요?」

조제트는 걸음을 멈추더니 그레이엄에게서 팔을 뺐다. 그레이엄이 자신에게 키스할 수 있도록 하려는 것이었다. 조제트는 등에 팽팽히 힘을 주고 그레이엄에게 몸을 기댔다. 몇 초 뒤, 조제트는 소리 내어 웃으며 그레이엄에게서 몸을 뗐다. 「기억해야겠어요.」 조제트가 말했다. 「〈위스키 소다〉가 아니라 〈위스키 앤드 소다〉라고 말해야 한다는 걸요. 아주 중요한 거예요, 그렇죠?」

「아주 중요합니다.」

조제트는 그의 팔을 꽉 잡았다. 「당신은 상냥해요. 저는 당신이 아주 좋아요, *chéri*(자기).」

그들은 식당을 향해 돌아가기 시작했다. 그레이엄은 침침한 조명이 고마웠다.

오래 기다리지 않아 묄러가 나타났다. 지금까지 이 독일 스파이는 식사가 끝나면 곧바로 테이블을 떠나 자기 선실로 가곤 했다. 하지만 오늘 저녁에는 바나트가 먼저 자리를 떴다. 미리 그렇게 약속된 게 분명했다. 그리고 다음으로 베로넬리 모자가 떠날 때까지 묄러는 독백을 계속했다. 이번에는 수메르-바빌론의 예배식과 메소포타미아의 풍요신 숭배 예식 형태를 비교하는 내용이었고, 이야기 끝에는 아주 의기양양한 표정을 지었다. 「당신도 인정해야 합니다, 그레이엄 씨,」뮐러가 목소리를 낮추고 덧붙였다. 「제가 이토록이나 아주 잘 기억하고 있다는 사실을요. 당연히, 제 나름의 해석을 거치며 실수가 좀 있었고, 상당 부분이 빠졌다는 점엔 의심의 여지가 없지만요. 아마도 작가는 이게 자신이 쓴 내용인 줄도 몰라볼 겁니다. 그러나 일반인에게는 아주 설득력 있게 들릴 겁니다.」

「당신이 왜 그렇게까지 수고하시는지 계속 궁금했습니다. 차라리 중국어로 말하지 그러셨습니까. 어차피 베로넬리 모자는 무슨 말인지도 못 알아들었을 거고 전혀 관심을 보이지도 않았을 텐데요.」

뮐러는 고통스러운 듯했다. 「저는 베로넬리 모자가 아니라 저 자신의 만족을 위해 이야기한 겁니다. 나이가 들며 기억력이 쇠퇴한다고 말하다니, 얼마나 멍청합니까? 당신은 제가 예순여섯 살이라고 생각하십니까?」

「저는 당신 나이에 관심 없습니다.」

「네, 물론 그렇겠지요. 어쩌면 우리는 개인적인 대화를 할 수도 있었습니다. 함께 갑판을 걸으며 이야기하면 어떨까요? 비가 내리고 있지만, 비를 조금 맞는다고 큰일 나지는 않을 겁니다.」

「제 외투를 저기 의자에 걸쳐 놓았습니다.」

「그러면 몇 분 뒤 맨 위층 갑판에서 뵙지요.」

그레이엄이 승강용 사다리 맨 위에서 기다리고 있을 때 뮐러가 나타났다. 그들은 바람을 피해 구명정 한 척의 뒤쪽으로 이동했다.

뮐러가 곧장 본론을 꺼냈다.

「제 정보에 따르면, 쿠베틀리를 만나셨다고요.」

「만났습니다.」 그레이엄이 진지하게 말했다.

「그래서요?」

「당신의 조언을 받아들이기로 결심했습니다.」

「쿠베틀리의 제안에 따라서요?」

그레이엄은 이 대화가 생각만큼 쉽게 흘러가지 않으리라는 생각이 들었다. 그레이엄이 대답했다. 「저 혼자 내린 결정입니다. 쿠베틀리는 저에게 전혀 좋은 인상을 주지 못했습니다. 솔직히, 저는 놀랐습니다. 터키 정부는 어째서 그런 바보에게 일을 주었는지, 도무지 믿기지 않을 정도였습니다.」

「왜 당신은 쿠베틀리가 바보라고 생각하십니까?」

「쿠베틀리는 당신이 제게 뇌물을 주려 시도했고, 제가 그걸 받아들이려 한다고 생각하는 듯합니다. 쿠베틀리는 영국 정부에 저에 대해 보고하겠다고 위협했습니다. 제가 개인적인 위험에 처해 있다는 힌트를 주었지만, 그자는 제가 시시한 속임수를 써서 자신을 속이려 한다고 생각하는 듯했습니다. 만약 당신이 생각하는 영리한 사람의 수준이 그 정도라면, 실망입니다.」

「아마도 쿠베틀리는 영국식 자긍심을 다루는 데 익숙하지 않은 모양이군요.」 뮐러가 신랄하게 대꾸했다. 「언제 만났습니까?」

「어젯밤, 당신을 만나고 나서 곧바로요.」

「그리고 쿠베틀리가 제 이름을 언급하던가요?」

「네, 당신 제안에 따르지 말라고 경고하더군요.」

「그리고 당신은 그 경고에 어떻게 반응했습니까?」

「그의 행동을 하키 대령에게 보고하겠다고 말했습니다. 제 생각에, 쿠베틀리는 개의치 않는 듯하더군요. 하지만 그자의 보호를 받으려던 계획은 완전히 포기했습니다. 저는 그자를 믿지 않습니다. 게다가 저를 범죄자처럼 대하는 사람들을 위해 제 목숨을 포기해야 할 이유를 모르겠습니다.」

그레이엄은 말을 멈추었다. 어둠 속이어서 뮐러의 얼굴을 볼 수는 없었지만, 그가 만족해하는 것을 느낄 수 있었다.

「그래서 제 제안을 받아들이기로 결심하신 겁니까?」

「네, 결심했습니다. 하지만,」 그레이엄이 계속 말했다. 「계획을 더 진행하기에 앞서, 한두 가지 확실히 해둘 것이 있습니다.」

「뭔가요?」

「첫 번째로, 쿠베틀리입니다. 말했듯이, 그자는 바보지만, 그래도 어떻게든 따돌려야 합니다.」

「걱정하실 필요 없습니다.」 그레이엄은 뮐러의 매끄럽고 낮은 목소리 속에서 경멸의 기미가 느껴진다고 생각했다. 「쿠베틀리는 문제를 일으키지 않을 겁니다. 제노바에서 그자를 따돌리는 건 쉽습니다. 그러고 나면, 당신이 발진티푸스에 걸렸다는 소식이나 듣게 되겠죠. 쿠베틀리는 당신에게 반하는 어떤 것도 증명할 수 없을 겁니다.」

그레이엄은 안심되었다. 뮐러는 쿠베틀리를 바보라고 생각하는 게 분명했다. 그레이엄은 회의적으로 말했다. 「네, 알겠습니다. 그건 염려하지 않습니다. 하지만 발진티푸스는요? 만약 제가 아플 거면 제대로 아파야 할 겁니다. 만약 제가 진짜로 아프다면, 그걸 깨달을 때 저는 이미 기차를 탄 상태일 겁니다.」

밀러가 한숨을 쉬었다. 「이 계획을 아주 진지하게 생각해 보셨군요, 그레이엄 씨. 설명을 해드리겠습니다. 만약 진짜로 발진티푸스에 걸렸으면, 당신은 이미 몸이 안 좋다고 느낄 겁니다. 발진티푸스는 잠복기가 일주일에서 열흘 정도 되죠. 물론 당신은 뭐가 문제인지 알지 못합니다. 하지만 내일이 되면 당신은 더욱 몸이 안 좋다고 느낄 겁니다. 당연히, 당신은 기차로 여행하며 불편하게 밤을 보내고 싶지 않을 겁니다. 그 대신, 호텔에서 하룻밤 묵고 싶겠죠. 그리고 이튿날 아침이 되면 열이 나면서 발진티푸스의 특징들이 명확해져, 당신은 병원으로 이송되는 겁니다.」

「그러면 우리는 내일 호텔에 가는 겁니까?」

「바로 그렇습니다. 자동차가 우리를 기다리고 있을 겁니다. 하지만 모든 준비는 제게 맡겨 주시면 됩니다. 당신만큼이나 저 역시 그 누구의 의심도 사고 싶지 않다는 사실을 잊지 마십시오.」

그레이엄은 밀러의 말을 생각해 보는 척했다. 「그럼 좋습니다.」 그레이엄이 마침내 말했다. 「그건 당신에게 맡겨 놓지요. 안달복달할 생각은 없습니다. 하지만 아시다시피, 집에 갔을 때 그 어떤 곤란한 문제도 겪고 싶지 않아서요.」

잠시 침묵이 흘렀고, 그레이엄은 자신이 과하게 반응했다고 생각했다. 이윽고 뮐러가 천천히 말했다. 「걱정할 필요 없습니다. 우리는 세관 검사장 밖에서 당신을 기다릴 겁니다. 당신이 뭔가 바보 같은 일을 시도하지 않는 이상, 가령 휴가에 대한 마음을 바꾼다든지 하지만 않는 이상, 모든 게 매끄럽게 진행될 겁니다. 집에 도착했을 때 아무런 문제도 없을 거라고 장담할 수 있습니다.」

「그러면 모든 게 괜찮습니다.」

「달리 하시고 싶은 말씀이 있습니까?」

「아니요. 좋은 밤 되십시오.」

「좋은 밤 되십시오, 그레이엄 씨. 내일 뵙지요.」

그레이엄은 뮐러가 아래층 갑판에 이를 때까지 기다렸다. 이윽고 그레이엄은 깊이 숨을 들이쉬었다. 이제 끝났다. 그는 안전했다. 이제 그가 해야 할 일은 선실에 가서 숙면을 취한 뒤 4번 선실에서 쿠베틀리를 기다리는 것뿐이었다. 그레이엄은 갑자기 아주 피곤하다는 느낌이 들었다. 너무 열심히 일한 것처럼 몸이 아팠다. 그레이엄은 자기 선실로 향했다. 선실의 계단참에 있는 식당 문 앞까지 왔을 때 그는 조제트를 보았다.

조제트는 벽 의자에 앉아 호세와 바나트가 하는 카드 게임을 지켜보고 있었다. 조제트는 두 손을 의자 가장자리에 놓고 몸을 앞으로 숙이고 있었는데, 입술을 살짝 벌리고 머리털이 뺨을 가로질러 흘러내린 모습이었다. 그 자세의 무언가 때문에, 그레이엄은 코페이킨을 따라 르 조케 카바레에서 조제트의 분장실로 갔던 기억이 잠깐 떠올랐다. 그 일이 벌써 몇 년은 지난 듯한 느낌이었다. 그는 조제트가 고개를 들어 웃으며 자기 쪽을 돌아봐 주길 반쯤 기대했다.

갑자기 그레이엄은 조제트를 보는 것도 이번이 마지막이라는 사실을, 하루가 지나기도 전에 조제트에게 그는 불쾌한 기억으로 남으리라는 것을, 그녀에게 못된 행동을 한 인물로 남으리라는 것을 깨달았다. 그 깨달음은 통렬했고 묘하게 고통스러웠다. 그레이엄은 자신이 어리석다고, 조제트와 파리에서 머무르는 것은 어쨌든 불가능했다고, 처음부터 쭉 알고 있었다고 혼잣말을 했다. 작별 인사를 하는 게 왜 지금 고통스러워야 한단 말인가? 하지만 그럼에도 그건 고통스러웠다. 머릿속에서 떠오르는 구절이 있었다. 〈이별은 약간의 죽음이다.〉 돌연 그레이엄은 자신이 조제트를 떠나는 게 아니라, 자기 자신의 일부를 떠나고 있다는 사실을 알았다. 그레이엄의 마음 뒤편에서 문 하나가 천천히 그리고 영원히 닫히고 있었다. 조제트는 그레이엄이 그녀를 단순히 이스탄불에서 런던까지 여정의 일부로만 여긴다고 불평했었다. 하지만 그 이상이었다. 조제트는 닫히는 문 너머 세상의 일부였다. 애들러 팰리스 호텔에서 바나트가 그를 향해 세 발의 총을 쏘았을 때 그가 발을 들여놓게 된 그 세상이었다. 그가 벨벳을 두른 유인원을 인식하게 된 세상이었다. 이제 그레이엄은 그 자신의 세상으로 돌아가고 있었다. 그의 집과 차, 그리고 다정하고 싹싹한, 자신이 아내라고 부르는 여인에게로. 그가 떠났을 때와 완전히 똑같을 터였다. 그 세상에서는 아무것도 바뀌지 않고 그대로일 터였다. 아무것도. 그만 빼고는.

그레이엄은 자기 선실로 내려갔다.

그레이엄은 편히 자지 못했다. 한번은 누군가 선실 문을 열고 있다는 생각에 깜짝 놀라 잠에서 깼다. 이윽고 문에 빗장을 걸어 두었다는 걸 기억하고는 꿈을 꾸었다고 결론지었다. 다시 깼을 때는 엔진이 멈춘 상태였고, 배는 더 이상 흔들리지 않았다. 그레이엄은 조명을 켜고, 4시 15분인 걸 확인했다. 그들은 제노바 항구 입구에 도착해 있었다. 잠시 뒤, 작은 보트 한 척이 통통거리는 소리와 위쪽 갑판에서 희미하게 달그락거리는 소리가 들렸다. 목소리들도 들렸다. 그레이엄은 그 속에서 쿠베틀리의 목소리가 들리는지 분간해 보려고 했지만, 목소리들이 너무나 뭉개져 있었다. 그러다가 깜빡 잠이 들었다.

그레이엄은 선실 담당 승무원에게 7시에 커피를 가져다 달라고 해두었다. 하지만 6시가 가까워지자, 그는 더 이상 자려고 해봤자 소용없다고 결론지었다. 승무원이 왔을 때, 그는 이미 옷을 다 입고 있었다.

그레이엄은 커피를 마시고, 남은 물건들을 슈트 케이스에 넣고 앉아서 기다렸다. 쿠베틀리는 8시에 빈 선실로 가라고 말했었다. 그는 쿠베틀리의 지시를 한 치도 틀리지 않고 그대로 따르겠노라 약속했었다. 그는 마티스 부부가 짐 싸는 일로 말다툼하는 소리를 들었다.

7시 45분 정도 되었을 때, 배가 움직이기 시작했다. 다시 5분이 지났을 때 그레이엄은 종을 울려 선실 담당 승무원을 불렀다. 이윽고 승무원이 와서 50리라를 받고 놀라움을 숨기지 못하다가 그레이엄의 슈트 케이스를 들고 떠난 것은 8시 5분 전이었다. 그레이엄은 다시 1분을 기다렸다가 문을 열었다.

복도는 비어 있었다. 그레이엄은 천천히 복도를 걸어 4번 선실로 갔고, 뭔가 잊었다는 듯이 멈추어 몸을 반쯤 돌렸다. 복도에는 여전히 아무도 없었다. 그는 문을 열고, 재빨리 선실 안으로 들어가 문을 닫고 주위를 둘러보았다.

다음 순간, 그는 하마터면 기절할 뻔했다.

머리가 피범벅되고 다리는 1층 침상 아래로 들어간 채, 쿠베틀리가 바닥에 쓰러져 있었다.

제11장

출혈 대부분은 뒤통수의 상처에서 일어난 듯했다. 하지만 다른 상처도 있었다. 상대적으로 출혈이 적었고, 칼에 의한 상처인 듯했으며, 부위는 목 왼쪽 아래였다. 배의 움직임으로 인해 천천히 굳어 가는 피가 앞뒤로 흐른 흔적은 미치광이가 리놀륨 바닥에 아무렇게나 끼적인 것처럼 보였다. 안색은 더러운 진흙색이었다. 쿠베틀리는 확실히 죽어 있었다.

그레이엄은 구역질을 참기 위해 이를 앙다물었으며, 몸을 지탱하려고 세면 캐비닛을 잡았다. 가장 먼저 든 생각은, 토하면 안 된다는 것, 도움을 청하기 전에 정신을 수습해야 한다는 것이었다. 그는 지금 일어난 일이 의미하는 바를 곧바로 깨닫지 못했다. 자칫 시선을 내렸다가 시체를 보지 않으려고, 그는 현창에 시선을 고정했다. 그러자 기다란 콘크리트 방파제 너머로 배의 굴뚝이 보여, 그는 자신들이 항구로 향한다는 사실이 떠올랐다. 한 시간이 채 안 되어, 현문 사다리가 내려질 것이다. 그리고 쿠베틀리는 터키 영사관에 연락을 하지 못했다. 상황을 파악한 충격으로 그레이엄은 정신을 수습할 수 있었다. 그는 아래를 내려다보았다.

바나트의 짓이 분명했다. 조그만 터키인은 자신의 선실 또는 선실 밖의 복도에서 충격을 받아 정신을 잃은 뒤 남들의 눈을 피해 가장 가까운 빈 선실인 여기로 끌려 들어왔을 것이고, 정신을 잃은 상태에서 살해되었을 것이다. 뮐러는 가장 중요한 먹잇감을 위한 자신의 계획이 매끄럽게 진행될 수 있도록 잠재적 위험을 제거하기로 결심한 것이다. 그레이엄은 전날밤 자신을 깨운 소음이 기억났다. 그 소리는 아마도 옆 선실에서 들려온 것이었으리라. 「어떤 상황이 될지라도 이튿날 아침 8시 전에는 선실을 떠나지 마십시오. 위험할 수도 있습니다.」 쿠베틀리는 자신의 조언을 따르는 데 실패했고, 위험한 상황에 처했다. 쿠베틀리는 자기 조국을 위해서라면 기꺼이 죽을 수 있다고 선언했는데, 그렇게 죽고 말았다. 쿠베틀리는 통통한 주먹을 불쌍하게 꽉 움켜쥔 채로, 회색 머리털 주변은 피로 떡져 있고 그토록 잘 웃던 입은 생명력을 잃고 반쯤 벌어진 채로 쓰러져 있었다.

누군가가 바깥에서 복도를 따라 걸어와, 그레이엄은 휙 고개를 들었다. 소리와 움직임에 머릿속이 맑아지는 듯했다. 그레이엄은 재빨리, 그리고 냉정하게 생각하기 시작했다.

피가 굳은 형태로 볼 때, 쿠베틀리는 배가 멈추기 전에 죽은 게 분명했다. 한참 전에! 수로 안내선을 타고 떠날 수 있도록 허락해 달라고 요청하기 전에. 만약 쿠베틀리가 이미 요청했다면, 수로 안내선이 도착했을 때 선측에선 그를 열심히 찾아다녔을 것이고, 결국 그를 발견했을 것이다. 쿠베틀리는 아직 발견되지 않았다. 그는 일반 여권이 아니라 외교관 여권으로 여행하고 있었고, 따라서 신분 서류를 사무장에게 제출할 필요가 없었다. 그건 제노바에서 사무장이 출입국 관리와 함께 승객 목록을 확인하지 않는 한 쿠베틀리가 내리지 않았다는 사실을 알지 못한다는 뜻이었다. 그리고 그레이엄은 과거의 경험을 통해 이탈리아 항구에서는 늘 승객 목록을 확인하지는 않는다는 사실을 알았다. 뮐러와 바나트는 아마도 그 사실을 염두에 뒀을 것이다. 그리고 만약 죽은 이의 짐이 이미 꾸려졌다면, 승무원은 그 짐을 세관 검사장에 다른 짐들과 함께 둔 뒤, 짐 주인이 팁을 주기 싫어 숨었다고 생각할 터였다. 만약 그레이엄이 누군가에게 알리지 않는다면, 시체가 발견되기까지 몇 시간, 심지어 며칠이 걸릴 수도 있었다.

그레이엄은 입술을 굳게 다물었다. 그는 차가운 분노가 머리에서 천천히 피어오르고, 그 분노가 자기 보호 본능을 압도해 버리는 것을 느꼈다. 만약 그레이엄이 누군가에게 연락한다면, 그는 뮐러와 바나트를 범인으로 지목할 수 있었다. 하지만 그들이 범인이라는 것을 그가 과연 입증할 수 있을까? 그의 고발은 아무런 효력이 없었다. 오히려 자신이 죄를 저질러 놓고 그걸 덮으려고 고발했다는 의심을 받을 수도 있었다. 예를 들어 사무장은 그 의견을 기꺼이 지지할 터였다. 고발당한 두 명이 가짜 여권으로 여행 중이라는 사실은 의심의 여지없이 증명되겠지만, 그것만으로도 시간이 걸렸다. 어쨌든 이탈리아 경찰은 그가 영국으로 떠나는 것을 거부할 충분한 정당성을 확보할 터였다. 쿠베틀리는 그레이엄이 제시간에 영국으로 안전하게 돌아가 계약을 수행할 수 있도록 하려다가 죽었다. 그런 쿠베틀리의 시체가 그 계약의 이행을 막기 위한 수단이 되다니 참으로 어이없고 기괴했다. 하지만 그레이엄이 정말로 위험에서 벗어나길 원한다면, 쿠베틀리의 시체가 발견되지 않아야만 했다. 묄러에게 애국자라 불린 이의 시체 앞에 서 있자니, 이제 그레이엄에게는 세상에서 중요한 일이 오직 하나밖에 없는 듯했다. 쿠베틀리의 죽음은 어이없는 일도 기괴한 일도 되지 말아야 했고, 오로지 쿠베틀리를 죽인 자들에게만 소용없는 짓이 되어야 했다.

그러나 만약 그레이엄이 경찰에 알리고 기다릴 게 아니라면, 무엇을 해야 한단 말인가?

묄러가 이를 계획했다고 가정해 보자. 쿠베틀리가 그레이엄에게 지시하는 것을 묄러나 바나트가 들었으며, 그레이엄이 살기 위해 무슨 짓이든 할 정도로 겁을 먹었다고 믿고는 그가 영국으로 돌아가는 걸 지연시키기 위해 이런 일을 꾸몄다고 가정해 보자. 또는 그가 시체를 〈발견〉하도록 준비했고, 그래서 죄를 뒤집어씌울 생각이었다고 가정해 보자. 하지만 아니었다. 두 가지 가정 모두 터무니없었다. 설사 그들이 쿠베틀리의 계획을 알았다 해도, 그들은 그 터키인이 수로 안내선을 타고 뭍으로 가게 내버려 뒀을 것이다. 발견된 것은 그레이엄의 시체였을 것이고, 발견한 이는 쿠베틀리였을 것이다. 묄러는 둘의 계획을 알지 못했고, 또한 시체를 들킬 거란 의심도 하지 않은 게 분명했다. 지금부터 한 시간 뒤면, 묄러는 바나트, 그리고 미리 얘기된 다른 총잡이들과 함께 서서, 희생자가 아무런 의심 없이 걸어오기를 기다리고 있을 것이다…….

하지만 희생자가 의심할 수도 있었다. 아주 작은 확률이지만, 가능했다…….

그레이엄은 몸을 돌려 문손잡이를 잡고 조용히 돌리기 시작했다. 그는 만약 자신이 결심한 일에 대해 한 번 더 생각하면 마음을 바꿀 것이라는 사실을 알았다. 생각할 시간이 생기기 전에 어서 실행에 옮겨야 했다.

그레이엄은 문을 몇 밀리미터 정도 열었다. 복도에는 아무도 없었다. 잠시 뒤, 그레이엄은 선실을 나와 등 뒤로 문을 닫았다. 1초가 안 되는 시간 동안 그는 망설였다. 그는 자신이 계속해서 움직여야 한다는 사실을 알았다. 다섯 걸음을 걸으니 3번 선실에 도착했다. 그레이엄은 안으로 들어갔다.

쿠베틀리의 짐은 구식 여행 가방 하나가 전부였다. 그 가방은 여며진 채 바닥 한가운데 있었고, 손잡이 하나에는 20리라 주화가 놓여 있었다. 그레이엄은 주화를 집어 코에 가져갔다. 장미유 냄새가 아주 강했다. 그레이엄은 쿠베틀리의 외투와 모자를 찾아 서랍과 문 뒤를 살펴보았지만 찾지 못하자 현창을 통해 버렸을 거란 결론을 내렸다. 바나트는 모든 것을 꼼꼼히 챙긴 것이다.

그레이엄은 여행 가방을 침상에 올려놓고 열었다. 맨 위에 있는 물건 대부분은 바나트가 아무렇게나 쑤셔 넣은 게 분명했지만, 아래쪽의 물건들은 아주 깔끔하게 꾸려져 있었다.

하지만 그레이엄의 관심을 끄는 물건은 총알 상자뿐이었다. 총알을 발사할 권총은 보이지 않았다.

그레이엄은 총알을 주머니에 넣고 여행 가방을 다시 닫았다. 총알로 뭘 어떻게 하겠다는 생각은 아직 없었다. 바나트는 승무원이 팁을 챙기고 여행 가방을 세관 검사장에 가져다 두고 나면 쿠베틀리를 잊을 거라고 여긴 게 분명했다. 바나트의 관점에서는 그걸로 충분하리라. 세관 검사장 사람들이 주인 없는 여행 가방에 대해 질문을 하기 시작할 즈음이면 마브로도풀로스 씨는 존재하지 않을 터였다. 하지만 그레이엄은 가능하다면, 계속해서 존재하고픈 의향이 차고 넘쳤다. 거기에 더해, 역시 가능하다면 이탈리아 국경을 넘어 프랑스로 갈 때 자신의 여권을 사용하고 싶었다. 쿠베틀리의 시체가 발견되는 순간, 경찰은 조사하기 위해 승객들을 찾을 터였다. 할 수 있는 건 단 하나였다. 쿠베틀리의 여행 가방을 감추어야 했다.

그레이엄은 세면 캐비닛을 열고 20리라 주화를 세면대 옆 구석에 올려 두고 문으로 갔다. 복도에는 여전히 아무도 없었다. 그레이엄은 문을 열고, 여행 가방을 끌고 복도를 따라 4번 선실로 갔다. 그리고 1~2초 뒤, 선실 안에서 다시 문을 닫았다.

그레이엄은 땀을 흘리고 있었다. 그는 손수건으로 두 손과 이마를 훔쳤고, 자기 지문이 여행 가방의 단단한 가죽 손잡이는 물론이고 문손잡이, 세면 캐비닛에 남았을 거라는 생각이 났다. 그는 손수건으로 그것들을 닦은 뒤, 시체로 주의를 돌렸다.

확실히 쿠베틀리의 바지 뒷주머니에는 총이 없었다. 그레이엄은 시체 곁에 한쪽 무릎을 꿇고 앉았다. 그는 다시 구역질이 시작되는 걸 느끼고 숨을 깊이 들이켰다. 이윽고 그는 시체 위로 몸을 숙여 한 손으로 시체의 오른쪽 어깨를 잡고, 다른 한 손으로는 바지 오른쪽 단을 잡고 당겼다. 시체는 옆으로 굴러 모로 누웠다. 시체의 한 쪽 발이 다른 발 위로 미끄러지며 바닥을 찼다. 그레이엄은 재빨리 일어났다. 하지만 몇 초 뒤, 그는 마음을 가다듬고 다시 허리를 숙여 쿠베틀리의 재킷을 열었다. 왼팔 아래에 가죽 총지갑이 있었지만, 총은 없었다.

그레이엄은 지나치게 실망하지 않았다. 총을 가지고 있으면 기분이 한결 나아지겠지만, 총을 발견하리라는 기대는 하지 않았다. 총은 비싸니 바나트가 당연히 챙겼을 것이다. 그레이엄은 재킷 주머니를 확인했다. 비어 있었다. 바나트는 쿠베틀리의 돈과 외교관 여권도 가져간 게 분명했다.

그레이엄은 일어섰다. 그곳에서 더는 할 일이 없었다. 그레이엄은 장갑을 끼고 조심스레 나와 6번 선실로 걸어갔다. 그는 문을 두드렸다. 안에서 재빨리 움직이는 소리가 들렸고, 마티스 부인이 문을 열었다.

승무원을 대하기 위해 미리 지었던 부인의 찡그린 표정이 그레이엄을 보자 사라졌다. 부인은 깜짝 놀라며 인사했다. 「좋은 아침이에요.」

「좋은 아침입니다, 부인. 남편분과 잠시 이야기를 나눠도 될까요?」

마티스가 부인의 어깨 너머로 고개를 내밀었다. 「안녕하십니까! 좋은 아침입니다! 벌써 준비를 마치신 겁니까?」

「잠시 저와 이야기를 나누실 수 있을까요?」

「물론이지요!」 마티스는 셔츠 차림으로 나오더니 기뻐하며 이를 드러내고 웃었다. 「저는 중요한 사람이 아닙니다. 저와는 언제든 이야기하실 수 있습니다.」

「괜찮으시다면 잠시 제 선실로 같이 가시겠습니까?」

마티스는 호기심 어린 눈으로 그레이엄을 힐끗 보았다. 「아주 심각해 보이시네요. 네, 물론 가겠습니다.」 마티스는 아내에게 고개를 돌렸다. 「곧 돌아올게요, *chérie*(여보).」

선실 안에서 그레이엄은 문을 닫고 빗장을 걸고 마티스 씨의 어리둥절하고 찡그린 얼굴을 마주했다.

「당신의 도움이 필요합니다.」 그레이엄이 낮은 목소리로 말했다. 「아니요, 돈을 빌려 달라는 말이 아닙니다. 저를 대신해 메시지를 전해 주십시오.」

「할 수 있다면, 당연히 해드리겠습니다.」

「아주 조용히 말해야 할 필요가 있습니다.」 그레이엄이 계속 말했다. 「아내분을 필요 없이 놀라게 하고 싶지 않고, 여기 격벽은 아주 얇거든요.」

다행히도 마티스는 이 말의 의미를 제대로 알아듣지 못했다. 마티스가 고개를 끄덕였다. 「명심하겠습니다.」

「제가 무기 제조 회사에서 일한다는 말을 한 적 있죠. 사실입니다. 하지만 지금 이 순간, 저는 어떤 의미에서는 영국과 터키 정부의 합동 작전에 참여하고 있다고 말할 수도 있습니다. 오늘 아침에 제가 이 배에서 내리면 독일 스파이가 저를 죽이려고 시도할 겁니다.」

「참말입니까?」 마티스는 의심했다.

「안타깝게도, 참말입니다. 재미있자고 꾸며 낸 말이 아닙니다.」

「실례했습니다, 저는…….」

「괜찮습니다. 제가 당신에게 부탁드리고 싶은 건, 제노바의 터키 영사관으로 가서 영사를 만나 제 메시지를 전달해 달라는 겁니다. 해주시겠습니까?」

마티스는 깜짝 놀라 잠시 그레이엄을 응시했다. 이윽고 마티스가 고개를 끄덕였다. 「좋습니다. 하겠습니다. 뭐라고 전할까요?」

「우선, 지금부터 하는 말은 절대로 다른 이에게 밝히면 안 된다는 걸 먼저 말씀드리겠습니다. 이해하시겠습니까?」

「저는 언제 입을 다물어야 하는지 잘 압니다.」

「믿을 수 있는 분인지 알고 있었습니다. 메시지를 받아 적으시겠습니까? 여기 종이와 연필이 있습니다. 제가 쓰는 글씨는 읽을 수 없을 겁니다. 준비되셨습니까?」

「네.」

「다음과 같이 적으십시오. 〈이스탄불의 하키 대령에게 스파이인 I. K.가 죽었다고 알릴 것. 하지만 경찰에는 알리지 말 것. 나는 각각 프리츠 할러와 마브로도풀로스의 여권을 쓰는 독일 스파이 뮐러와 바나트에게 납치되었습니다. 나는…….〉

마티스가 입을 떡 벌리더니 크게 놀란 소리를 냈다. 「그런 말도 안 되는!」

「불행히도, 말이 됩니다.」

「그러면 당신은 뱃멀미를 하는 게 아니었군요!」

「네, 계속 받아 적으시겠습니까?」

마티스가 침을 삼켰다. 「네, 네. 저는 전혀 알아차리지……계속하시죠.」

「〈나는 탈출을 시도해 당신에게 가려 애쓰겠지만, 내가 죽는 경우에는 영국 대사에게 연락해 범인이 이자들임을 알리십시오.〉」 그레이엄은 내용이 멜로드라마스럽다는 느낌이 들었다. 하지만 현실이 그랬다. 그레이엄은 마티스에게 미안해했다.

프랑스인은 공포 가득한 눈으로 그레이엄을 응시하고 있었다. 「어떻게 이런 일이 가능한가요.」 마티스가 속삭였다. 「어째서……?」

「설명드리고 싶지만, 안타깝게도 설명할 수가 없습니다. 중요한 건, 이 메시지를 저 대신 전달해 주시겠습니까?」

「물론입니다. 하지만 제가 달리 할 수 있는 일은 없습니까? 이 독일 스파이들은…… 왜 그냥 체포하면 안 되는 겁니까?」

「여러 가지 이유가 있습니다. 저를 도울 수 있는 가장 좋은 방법은 저를 대신해 이 메시지를 전달해 주시는 겁니다.」

프랑스인은 호전적으로 턱을 앞으로 내밀었다. 「말도 안 됩니다!」 마티스는 큰 소리로 말하더니, 이윽고 목소리를 내려 격렬하게 속삭였다. 「신중해야 한다, 그건 이해합니다. 당신은 영국 첩보부 소속이죠. 사람들은 이런 비밀을 털어놓지 않지만, 저는 바보가 아닙니다. 좋습니다! 왜 우리 둘이서 이 더러운 보슈를 총으로 쏘고 도망치면 안 되는 겁니까? 저에게는 리볼버가 있으니 우리가 함께…….」

그레이엄은 깜짝 놀랐다.「지금 리볼버가 있다고 하셨습니까? 여기에요?」

마티스는 의기양양한 표정을 지었다.「확실히 가지고 있습니다. 안 가지고 있는 게 이상하죠. 터키에서는…….」

그레이엄이 마티스의 팔을 움켜쥐었다.「그러면 당신은 저를 더 도와주실 수 있습니다.」

마티스가 어서 말해 달라는 표정으로 그레이엄을 바라보았다.「그게 뭡니까?」

「저에게 리볼버를 파십시오.」

「당신은 무장을 하지 않았다는 의미입니까?」

「제 리볼버를 도둑맞았습니다. 얼마에 파시겠습니까?」

「하지만…….」

「당신보다는 제게 더 소용 있을 겁니다.」

마티스가 정신을 차렸다.「저는 팔지 않겠습니다.」

「하지만…….」

「그냥 드리겠습니다. 여기요…….」마티스는 바지 뒷주머니에서 작은 니켈 도금 리볼버를 꺼내 그레이엄의 손에 쥐여주었다.「아니요, 받으십시오. 아무것도 아닙니다. 마음 같아선 뭐든 더 해드리고 싶은데 말입니다.」

그레이엄은 전날 충동적으로 마티스 부부에게 사과하게 한 자신의 행운에 감사했다.「이미 차고 넘치게 해주셨습니다.」

「아무것도 아닙니다! 장전되어 있습니다. 보이시죠? 이건 안전장치입니다. 가볍게 격발할 수 있는 장치를 해서 방아쇠를 당기는 데도 전혀 힘들지 않습니다. 헤라클레스가 될 필요가 없는 거죠. 발사할 때 팔을 곧장 펴고……. 하지만 굳이 말씀드릴 필요가 없겠네요.」

「고맙습니다, 마티스 씨. 그리고 상륙하시면 곧장 터키 영사에게 가주십시오.」

「알겠습니다.」마티스는 손을 내밀었다.「행운을 빕니다, 친구.」마티스는 감정에 휩쓸려 말했다.「제가 도와드릴 수 있는 일이 정말로 더 없으신지…….」

「정말로 없습니다.」

1~2초 뒤, 마티스는 떠났다. 그레이엄은 기다렸다. 그는 프랑스인이 옆 선실로 가는 소리, 마티스 부인의 날카로운 목소리를 들었다.

「무슨 일이래요?」

「그냥 당신 일에나 신경 쓰면 안 되는 거요? 그분이 파산했다고 해서 내가 2백 프랑을 빌려줬어요.」

「바보! 그자는 다시는 당신 앞에 나타나지 않을 거예요.」

「그럴 거라고 생각해요? 하지만 그분은 내게 수표를 줬어요.」

「나는 수표를 믿지 않아요.」

「나는 술에 취하지 않았어요. 이스탄불 은행 거예요. 배에서 내리자마자 터키 영사관에 가서 수표가 진짜인지 확인할 거예요.」

「그 사람들은 알 리도 없고 관심도 없을 거라고요!」

「그만해요! 내가 다 알아서 하니까. 준비되었나요? 안 됐잖아요! 그러면…….」

그레이엄은 안도의 한숨을 쉬고는 리볼버를 검사했다. 코페이킨이 건넸던 벨기에제보다 작았다. 그레이엄은 안전장치를 풀고 손가락을 방아쇠에 댔다. 작고 편리한 무기였고, 관리가 잘된 듯했다. 그레이엄은 몸을 둘러보며 총을 어디에 둘지 생각했다. 밖에서는 보이지 않아야 하면서 동시에 그가 재빨리 꺼낼 수 있어야 했다. 마침내 그레이엄은 조끼 왼쪽 윗주머니에 넣기로 결정했다. 총열, 노리쇠, 방아쇠울 절반이 딱 들어갔다. 재킷 단추를 채우자 손잡이가 가려졌고, 라펠을 접자 불룩한 부분이 감춰졌다. 게다가 넥타이를 매만지는 척할 때, 손가락에서 총 손잡이까지 5센티미터도 되지 않았다. 이제 그는 준비가 되었다.

그레이엄은 쿠베틀리의 총알 상자를 현창 너머로 던지고 갑판으로 올라갔다.

배는 이제 부두에 들어와 있었고, 서쪽 면을 향해 움직이는 중이었다. 바다 쪽 하늘은 맑았지만, 마을 쪽은 안개가 높이 끼어 해를 가리고 있어 원형 경기장처럼 둥글게 늘어선 하얀 건물들이 차갑고 우울해 보였다.

갑판에는 그레이엄을 제외하고 바나트뿐이었다. 바나트는 배들이 오가는 모습을 어린 소년처럼 넋을 잃고 지켜보며 서 있었다. 이 창백한 남자가 지난 열 시간 안쪽 언젠가 칼을

들고 4번 선실로 가서 쿠베틀리의 목을 찔렀다니, 믿기지가
않았다. 지금 이 순간 바나트의 주머니에 쿠베틀리의 신분증
과 쿠베틀리의 돈과 쿠베틀리의 권총이 있다는 것이 믿기지
않았다. 다음 몇 시간 안쪽으로 또 다른 살인을 할 작정이란
것이 믿기지 않았다. 저렇게 변변치 않아 보이는 모습을 하
고 있다는 것, 바로 그 점이 무시무시했다. 그 모습은 지금 상
황이 평소와 다를 바 없다는 잘못된 분위기를 풍겼다. 만약
그레이엄이 자신이 위험에 빠졌다는 사실을 이토록 정확히
알고 있지 않았다면, 그는 4번 선실에서 보았던 일들이 진짜
로 겪은 일이 아니라 꿈에서 겪은 일이라고 여겼을 터였다.

그레이엄은 더는 두렵지 않았다. 그의 몸이 묘하게 따끔거
렸다. 숨이 가빴고, 때때로 배 속 깊숙한 곳에서 욕지기가 올
라오곤 했다. 하지만 그의 두뇌는 몸과 연결이 끊어진 듯했
다. 그의 생각은 너무나 빠르고 효율적이어서 그 자신이 놀
랄 정도였다. 제때 영국으로 돌아가 약속한 날짜까지 터키와
의 계약을 이행하겠다는 희망을 완전히 버릴 게 아닌 한, 자
신이 살아서 이탈리아를 빠져나갈 유일한 가능성은 묄러의
계획을 따라가는 척하다가 묄러를 물리치는 길뿐임을 그레
이엄은 알았다. 쿠베틀리는 묄러의 〈대안〉이 단지 살인 장소
를 제노바의 붐비는 대로가 아니라 눈에 덜 띄는 곳으로 옮
기고 싶은 목적으로 고안한 속임수라는 걸 명확히 말했다.
달리 말해, 그레이엄은 〈뒤통수를 맞을〉 예정이었다. 이제 곧
묄러, 바나트 그리고 다른 자들이 세관 검사장 밖에서 차를
준비하고 기다릴 터였고, 만약 필요하다면 바로 그곳에서 그

레이엄을 쏠 터였다. 하지만 만약 그레이엄이 소란을 피우지 않고 얌전히 차에 탄다면, 그를 데리고 산타마르게리타 도로 어딘가 조용한 곳으로 데려가서 총을 쏘아 죽일 터였다. 그들의 계획에는 약점이 하나 있었다. 그들은 만약 그레이엄이 차에 탄다면 그건 그레이엄이 이제 호텔에 가서 병에 걸린 척 연극하게 될 거라 믿는다는 뜻이라고 생각했다. 하지만 그것은 실수였다. 그리고 그 실수 덕분에 그들은 그레이엄에게 빠져나갈 실마리를 제공했다. 만약 그레이엄이 빠르고 용감하게 행동한다면, 그는 결국 빠져나갈 수 있을 터였다.

그레이엄은, 자신이 차에 탔을 때 그들이 곧바로 진짜 계획을 말하지는 않을 거라고 추측했다. 호텔이며 산타마르게리타 근처 사설 진료소에 관한 거짓말은 마지막 순간까지 지속될 터였다. 그들의 관점에서 볼 때, 행인들의 관심을 끌지 않으려면 납치된 사람보다 6주간 휴가를 즐길 거라고 생각하는 사람을 태우고 제노바의 좁은 거리를 통과하는 쪽이 더 쉬웠다. 그들은 그레이엄의 비위를 맞추려 할 터였다. 심지어 호텔에 체크인까지 할 수도 있었다. 어쨌든 자동차가 교통 체증을 한 번도 겪지 않고 단번에 도시를 빠져나가기는 어려웠다. 그레이엄이 빠져나갈 가능성은 그들이 방심할 때 뛰쳐나갈 수 있는지에 달려 있었다. 일단 차에서 나와 복잡한 거리로 들어서면, 그들은 그레이엄을 잡기가 아주 어려울 터였다. 그러면 그레이엄은 터키 영사관으로 갈 것이다. 영국 영사관 대신 터키 영사관을 고른 건, 단지 터키인들에게는 설명을 덜 해도 된다는 단순한 이유 때문이었다. 하키 대령을 언급하면 훨씬 쉽게 문제를 해결할 수 있을 터였다.

이제 배는 정박지로 접근하고 있었고, 부두에서는 사람들이 밧줄을 잡을 준비를 하고 서 있었다. 바나트는 아직 그레이엄을 보지 못했지만, 조제트와 호세가 갑판으로 나왔다. 그레이엄은 재빨리 다른 쪽으로 갔다. 지금 이 순간, 그 누구보다 조제트와는 대화를 하고 싶지 않았다. 조제트는 택시를 함께 타고 중심가로 가자고 제안할 터였다. 그레이엄은 왜 자신이 뮐러와 바나트와 함께 개인 승용차를 타고 부두를 떠나야 하는지 설명해야 할 터였다. 그리고 온갖 어려움이 뒤따를 터였다. 그 순간, 그레이엄은 뮐러와 정면으로 마주쳤다.

그 노인은 상냥하게 고개를 끄덕였다. 「좋은 아침입니다, 그레이엄 씨. 기다리고 있었습니다. 다시 뭍에 내리니 기분이 좋네요, 안 그렇습니까?」

「그렇길 바랍니다.」

뮐러의 표정이 살짝 달라졌다. 「준비되셨습니까?」

「네.」 그레이엄은 걱정스러운 표정을 지었다. 「오늘 아침에 쿠베틀리 씨를 보지 못했습니다. 모든 일이 문제없이 진행되면 좋겠군요.」

뮐러의 눈은 흔들리지 않았다. 「걱정할 필요 없습니다, 그레이엄 씨.」 이윽고 뮐러는 참을성 있게 웃었다. 「어젯밤에 말한 대로, 모든 것을 안심하고 제게 맡기면 됩니다. 쿠베틀리는 걱정할 필요 없습니다. 만약 필요하다면,」 뮐러는 온화하게 계속 말했다. 「무력을 쓸 겁니다.」

「그럴 필요가 없기를 바랍니다.」

「저도 그렇습니다, 그레이엄 씨! 저도 그렇습니다!」 뮐러는 목소리를 낮추고 은밀하게 말했다. 「하지만 마침 무력 사용 이야기가 나와서 하는 말인데, 너무 성급하게 배에서 내리지 않기를 추천합니다. 아시겠지만, 우리를 기다리는 사람들에게 바나트와 제가 새로운 상황을 설명하기 전에 당신이 뭍에 내리신다면, 사고가 일어날 수도 있거든요. 당신은 누가 봐도 영국인인 걸 한눈에 알아볼 수 있습니다. 우리 쪽 사람들은 당신을 금방 알아볼 겁니다.」

「이미 그 생각은 했습니다.」

「아주 좋습니다! 당신이 우리 계획을 깊이 생각하시는 걸 보니 기쁘군요.」 뮐러는 고개를 돌렸다. 「아하, 이미 배를 부두에 댔군요. 그럼, 몇 분 뒤에 뵙겠습니다.」 뮐러가 눈을 가늘게 떴다. 「당신에 대한 제 믿음을 배반하는 건 아니겠지요, 그레이엄 씨?」

「그런 일은 없을 겁니다.」

「믿어도 되는 분인 줄 알고 있었습니다.」

그레이엄은 아무도 없는 식당으로 갔다. 현창을 통해, 갑판의 일부에 줄이 쳐져 있는 게 보였다. 마티스 부부와 베로넬리 모자는 이미 조제트, 호세, 바나트와 함께 있었고, 그레이엄이 지켜보는 동안 뮐러가 그의 〈아내〉와 나왔다. 조제트는 누군가를 기대하는 듯이 주위를 둘러보았고, 그레이엄은 자신이 안 보여서 조제트가 이상하게 생각하는 거라고 추측했다. 조제트와의 만남을 피하기는 어려울 터였다. 심지어 조제트는 세관 검사장에서 그레이엄을 기다릴 수도 있었다. 그런 일은 미리 막아야 했다.

그레이엄은 현문 사다리가 설치되고 마티스 부부를 필두로 승객들이 차례로 내려가기를 기다렸다가 밖으로 나가 조제트 바로 뒤에 섰다. 조제트는 반쯤 고개를 돌리고 그를 보았다.

「아하! 어디 있는지 궁금했어요. 뭐 하고 있었나요?」

「짐을 꾸렸습니다.」

「지금까지요? 하지만 이제 당신이 왔으니까 됐어요. 함께 차를 타고 가서 짐을 역의 수화물 보관소에 맡겨 두면 어떨까 생각했어요. 그러면 택시비를 아낄 수 있어요.」

「저는 꽤 늦을 거 같습니다. 세관 검사장에 신고할 것들이 있어서요. 게다가 저는 먼저 영사관에 들러야 합니다. 기차에서 만나는 게 나을 것 같습니다.」

조제트는 한숨을 쉬었다. 「당신은 참 어려운 사람이네요. 좋아요, 기차에서 만나요. 하지만 너무 늦지는 마세요.」

「안 늦을 겁니다.」

「그리고 그 향수 냄새를 풍기는 조그만 *salop*(악당)를 조심하고요.」

「그자는 경찰이 처리할 겁니다.」

그들은 세관 검사장 입구 출입국 관리소에 도착했고, 먼저 와 있던 호세는 1초 1초가 돈이라는 듯한 표정으로 기다리고 있었다. 조제트는 재빨리 그레이엄의 손을 꽉 잡았다. 「*Alors, chéri! À tout à l'heure*(그럼, 자기! 곧 다시 봐요).」

그레이엄은 여권을 들고 그들 뒤를 따라 천천히 세관 검사장으로 갔다. 검사장에는 관리가 한 명밖에 없었다. 그레이엄이 다가가는 동안, 그 관리는 조제트와 호세를 처리한 뒤, 베로넬리 모자의 엄청난 짐 쪽으로 주의를 돌렸다. 그레이엄은 자신이 기다려야 한다는 점에 안도했다. 기다리는 동안, 그레이엄은 슈트 케이스를 열고 필요한 서류를 꺼내 주머니에 넣었다. 하지만 몇 분 더 지나고서야 차례가 되어 그레이엄은 통과 비자를 보여 주었고, 슈트 케이스에 분필로 확인 표시를 받은 뒤 짐을 짐꾼에게 넘겼다. 그레이엄이 베로넬리 모자 주위로 모여들어 애도하는 친척들을 지날 때쯤 조제트와 호세는 이미 가고 없었다.

이윽고 그레이엄은 묄러와 바나트를 보았다.

그들은 줄지어 선 택시들 뒤에 커다란 미제 세단을 세우고 그 옆에 서 있었다. 차 건너편에는 두 명이 더 있었다. 한 명은 키가 크고 마른 데다 레인코트를 입고 캡모자를 쓰고 있었다. 다른 한 명은 피부색이 아주 어둡고 턱이 발달했으며, 회색 허리띠가 달린 얼스터 외투[26]를 입고 통을 누르지 않은 부드러운 모자를 쓰고 있었다. 운전대 앞에는 더 젊은 다섯 번째 남자가 앉아 있었다.

심장이 쿵쾅거리는 걸 느끼며, 그레이엄은 택시를 향해 가던 짐꾼에게 신호를 보내고는 묄러 일행에게 걸어갔다.

그레이엄이 다가오자 묄러가 고개를 끄덕였다. 「좋습니다! 짐입니까? 아, 그렇죠.」 그레이엄은 키 큰 남자에게 고개

26 허리띠와 넓은 깃이 있는 길고 두꺼운 외투.

를 끄덕였고, 키 큰 남자는 차를 돌아서 오더니 짐꾼에게서 슈트 케이스를 받아 트렁크에 넣었다.

그레이엄은 짐꾼에게 팁을 주고 차에 탔다. 뮐러가 그레이엄을 따라 옆자리에 앉았다. 키 큰 남자는 조수석에 앉았다. 바나트와 얼스터 외투를 입은 자는 뮐러와 그레이엄을 마주보는 접이식 좌석에 앉았다. 바나트는 무표정했다. 얼스터 외투를 입은 이는 그레이엄의 눈을 피하며 창밖을 내다보았다.

자동차가 출발했다. 그리고 거의 즉시 바나트는 권총을 꺼내 안전장치를 풀었다.

그레이엄이 뮐러 쪽으로 고개를 돌렸다. 「꼭 이래야 합니까?」 그레이엄이 캐물었다. 「저는 도망치지 않을 겁니다.」

뮐러는 어깨를 으쓱했다. 「알았습니다.」 뮐러가 바나트에게 뭔가 말하자, 바나트는 이를 드러내고 싱긋 웃더니 안전장치를 다시 한 뒤 권총을 주머니에 넣었다.

자동차는 부두 게이트로 통하는 자갈 포장도로로 들어섰다.

「어느 호텔로 가는 겁니까?」 그레이엄이 물었다.

뮐러는 고개를 살짝 돌렸다. 「아직 정하지 않았습니다. 그 문제는 나중에 해결하도록 하죠. 우리는 먼저 산타마르게리타로 갈 겁니다.」

「하지만…….」

「〈하지만〉은 허용하지 않습니다. 계획은 제가 짭니다.」 뮐러는 이번엔 고개를 돌리려고조차 하지 않았다.

「쿠베틀리는 어떻게 하고요?」

「쿠베틀리는 오늘 아침 일찍 수로 안내선을 타고 떠났습니다.」

「그다음엔 어쩌고 있답니까?」

「아마도 하키 대령에게 보고서를 쓰고 있을 겁니다. 쿠베틀리에 대해 더는 생각하지 않기를 권합니다.」

그레이엄은 잠자코 있었다. 그레이엄이 쿠베틀리에 대해 물은 건, 단지 자신이 지독하게 겁에 질려 있다는 사실을 숨기기 위해서였다. 그레이엄은 차에 탄 지 2분도 채 안 되었지만 도망칠 수 있는 가능성이 아주 줄어 있었다.

자동차는 자갈길을 덜컹이며 부두 게이트로 향했고, 그레이엄은 시내와 산타마르게리타 도로로 들어설 때의 급우회전에 대비해 미리 마음의 준비를 했다. 다음 순간, 차가 왼쪽으로 방향을 바꾸면서 그레이엄의 몸이 옆으로 쏠렸다. 바나트가 총을 뽑아 들었다.

그레이엄은 천천히 원래 자리로 돌아갔다. 「미안합니다.」 그레이엄이 말했다. 「산타마르게리타를 향해 우회전할 거라고 생각했습니다.」

대답이 없었다. 그레이엄은 자기 자리에 다시 앉았고, 아무런 내색도 비치지 않으려 애썼다. 그레이엄은 묄러 일당이 차를 몰고 제노바를 관통해 산타마르게리타 도로까지 간 다음 그의 뒤통수를 칠 거라는 근거 없는 믿음을 품고 있었다. 그레이엄의 모든 희망은 그 근거 없는 믿음에 기반을 둔 거였다. 그는 너무 많은 것을 당연시했었다.

그레이엄은 뮐러를 힐끗 보았다. 그 독일 스파이는 눈을 감고 좌석 깊숙이 앉아 있었다. 그 노인의 오늘 할 일은 끝난 것이었다. 나머지는 바나트의 몫이었다. 그레이엄은 깊게 자리 잡은 작은 두 눈이 그의 눈을 노려보고 있으며, 참을성 있는 입술이 싱글거리는 것을 알았다. 바나트는 자기 일을 즐길 터였다. 다른 사람은 여전히 창밖을 내다보고 있었다. 그레이엄은 한 마디도 하지 않았다.

그들은 갈림길에 도착했고, 노비토리모 이정표가 붙은, 오른쪽의 작은 길로 들어섰다. 그들은 북쪽으로 향하고 있었다. 길은 곧장 뻗어 있었고, 길 양쪽으로 먼지투성이 플라타너스들이 나란히 서 있었다. 나무들 뒤로는 음산해 보이는 집들이 줄지어 있었고, 공장도 한두 개 보였다. 하지만 곧 길은 오르막으로 바뀌고 구불거렸으며, 집들과 공장들은 점차 멀어졌다. 그들은 시골로 들어서고 있었다.

그레이엄은 전혀 생각지 못한 탈출 방법이 갑자기 나타나지 않는 한, 앞으로 한 시간 뒤 자신이 살아남을 가능성이 사실상 없다는 것을 알았다. 곧 자동차는 멈출 터였다. 그리고 그레이엄은 차에서 끌려 나와 마치 군법 회의에서 사형 선고를 받은 것처럼 조직적이고 효율적으로 총살될 터였다. 머리로 피가 솟구쳤고, 숨이 가빠지고 얕아졌다. 그레이엄은 숨을 천천히, 깊게 쉬려고 했지만, 가슴의 근육이 전혀 말을 듣지 않는 듯했다. 그레이엄은 계속 노력했다. 만약 지금 공포에 굴복하면, 만약 이대로 포기해 버리면, 이제부터 상황이 어떻게 되든 상관없이 끝장이었다. 겁을 먹으면 안 되었다.

그레이엄은 죽는 것도 그리 나쁘지는 않을 거라고 혼잣말을 했다. 한 순간만 놀라고 나면 모두 끝날 터였다. 이르든 늦든 언젠가는 죽어야 하는 것이고, 이제 두개골 아래쪽을 관통하는 총알은 늙어서 오랫동안 앓는 것보다 나을 터였다. 40년을 살았으면 그리 짧은 삶은 아니었다. 지금 이 순간, 유럽의 많은 젊은이가 그 나이까지 산 사람을 부러워할 터였다. 평범한 일생에서 30년쯤 쳐내는 게 재앙이라고 여긴다는 건, 중요한 인물도 아닌 인간이 그런 척하는 것에 다름 아니었다. 심지어 삶은 아주 즐겁지도 않았다. 삶의 대부분은 어떻게 하면 요람에서 무덤까지 불편함을 최소화할까, 어떻게 하면 육체의 욕구를 충족할까, 어떻게 하면 노화 과정을 늦출까 하는 고민의 연속이었다. 그런 끔찍한 일을 포기하는 게 뭐 그리 대수라고 소동을 피운단 말인가? 진짜로 왜! 그럼에도 사람은 소동을 피웠다…….

돌연 그레이엄은 가슴을 누르는 리볼버를 인식했다. 만약 이자들이 몸을 수색한다면! 하지만 아니었다, 그럴 리 없었다. 그들은 그에게서 한 정, 쿠베틀리에게서 한 정을 이미 가져갔다. 세 번째 총이 있으리라고 의심할 가능성은 거의 없었다. 차에는 그 말고도 다섯 명이 있었고, 그 다섯 가운데 적어도 네 명은 무장을 하고 있었다. 그레이엄의 리볼버에는 총알이 여섯 발 들어 있었다. 그레이엄은 총에 맞기 전에 적어도 두 명은 쏠 수 있었다. 만약 바나트의 주의가 흐트러질 때까지 기다린다면 세 명, 심지어 네 명까지도 쓰러뜨릴 수 있었다. 만약 그레이엄이 죽어야 할 운명이라면, 그는 그 죽음이 최대한 값비싼 대가를 치르게 할 생각이었다. 그레이엄은 주머니에서 담배를 꺼냈고, 성냥을 찾는 척하며 재킷 안에 손을 넣고는 안전장치를 풀었다. 잠시, 그레이엄은 지금 리볼버를 꺼내 운을 하늘에 맡기면 운전사가 놀라 갑자기 방향을 틀고, 바나트의 첫 발이 빗나가지 않을까 생각해 보았다. 하지만 바나트는 안정된 자세로 총을 잡고 있었다. 게다가 뜻하지 않은 일이 벌어져 더 좋은 기회가 생길 가능성은 언제나 있었다. 가령, 운전사가 모퉁이를 너무 빨리 도는 바람에 차가 전복될 수도 있었다.

하지만 엔진은 부드럽게 부릉거렸다. 창문은 꽉 닫혀 있고, 바나트의 장미유 향이 실내를 채우기 시작했다. 얼스터 외투를 입은 남자는 졸기 시작했다. 남자는 한두 번 정도 하품을 했다. 이윽고 졸지 않으려는 의도에서, 그자는 묵직한 독일제 권총을 꺼내더니 탄창을 살폈다. 탄창을 바꾸면서, 그는 눈아래가 두둑한 멍한 눈으로 그레이엄을 잠깐 보았다. 하지만 낯선 이와 마주 앉은 기차 승객처럼, 다시 무관심하게 시선을 돌렸다.

그들은 25분 정도 차를 타고 갔다. 차는 집들이 아무렇게나 흩어져 있고, 가게가 두세 개, 밖에 주유기 하나가 설치된 더러운 카페가 하나 있는 작은 동네를 통과해 비탈길을 오르기 시작했다. 그레이엄은 길 양쪽에 있던 들판과 농지들이 어느새 숲과 개간하지 않은 비탈로 바뀐 것을 어렴풋이 깨달았고, 아마도 이제 제노바 북쪽과 폰테데치모 위쪽을 지나는 철로 서쪽에 위치한 구릉지대로 들어서고 있을 거라고 추측했다. 그때 갑자기 차가 왼쪽으로 방향을 바꿔 숲속의 좁은 샛길로 들어섰고, 나무가 우거지고 경사진 길고 구불거리는 길을 저단 기어로 오르기 시작했다.

그레이엄 옆쪽에서 움직임이 있었다. 그레이엄은 머리에 피가 솟구치는 걸 느끼며 재빨리 고개를 돌렸고, 뮐러와 시선이 마주쳤다.

뮐러가 고개를 끄덕였다. 「그렇습니다, 그레이엄 씨, 다 왔습니다.」

「하지만 호텔은……?」 그레이엄이 더듬거리며 말하기 시작했다.

연푸른 눈은 아무런 기색도 보이지 않았다. 「정말로 단순한 분이시군요, 그레이엄 씨. 아니면 당신이 저를 그렇게 단순한 사람이라고 생각하신 겁니까?」 뮐러는 어깨를 으쓱했다. 「어느 쪽이든 상관없지요. 하지만 한 가지 요청할 게 있습니다. 당신은 이미 제게 여러 가지 골치 아픈 일이며 불편함, 불필요한 비용 지출을 일으켰습니다. 그러니 더는 그러지 말아 주십사 부탁하는 게 너무 큰 부탁은 아니겠지요? 우리가 차를 멈추고 당신에게 내리라고 하면, 말대꾸나 물리적 저항 없이 순순히 따라 주셨으면 합니다. 만약 그때 당신이 자신의 품위를 생각할 수 없다면, 제발 이 자동차의 쿠션이라도 배려해 주십시오.」

뮐러는 갑자기 고개를 돌리더니, 자기 뒤에서 차창을 톡톡 두드리던 얼스터 외투를 입은 남자에게 고개를 끄덕였다. 차가 갑자기 멈추었고, 얼스터 외투를 입은 남자는 반쯤 일어나더니 문손잡이를 당겨 옆쪽 문을 열었다. 동시에, 뮐러는 바나트에게 뭔가 말했다. 바나트가 이를 드러내고 웃었다.

그 순간, 그레이엄은 행동을 했다. 마지막까지 붙들고 있던 알량한 허세가 결국 도발당한 것이었다. 그들은 그레이엄을 죽일 것이었다. 그레이엄이 그 사실을 알든 말든 상관하지 않았다. 그들의 유일한 걱정은 그레이엄이 앉은 좌석 쿠션이 그의 피로 더러워지지 않을까 하는 것이었다. 갑작스레 불같이 치미는 분노가 그레이엄을 사로잡았다. 온몸의 신경이 떨릴 정도로 온 힘을 다해 붙들고 있던 자제심이 갑자기 사라졌다. 자신이 무슨 행동을 하려는지 미처 깨닫기도 전에, 그레이엄은 마티스의 리볼버를 꺼내 바나트의 얼굴 한복판을 정면으로 쏘았다.

요란한 총성이 머리를 온통 뒤흔드는 와중에도, 그레이엄은 바나트의 얼굴에 끔찍한 일이 일어나는 것을 보았다. 이윽고 그레이엄은 앞으로 몸을 날렸다.

그레이엄이 얼스터 외투를 입은 남자를 몸으로 들이받았을 때, 그 남자는 문을 1~2센티미터 연 상태였다. 그자는 균형을 잃고 문밖으로 날아갔다. 몇 분의 1초 뒤, 그는 도로에 쓰러졌고, 그레이엄이 그의 위에 올라타고 있었다.

충돌 때문에 반쯤 멍해진 상태로 그레이엄은 몸을 굴려 땅으로 내려왔고, 총격을 피하려 재빨리 자동차 뒤로 숨었다. 그레이엄은 이제 1~2초밖에 시간이 없다는 걸 알았다. 얼스터 외투를 입은 남자는 나가떨어졌다. 하지만 다른 두 명은 목이 터져라 소리를 질러 대며 이미 문을 연 상태였다. 그리고 뮐러도 곧 바나트의 총을 챙겨 내릴 터였다. 그레이엄은 한 발 더 쏠 수도 있었다. 어쩌면 뮐러를……

그 순간, 기회가 찾아왔다. 그레이엄은 자신이 웅크린 곳에서 자동차 연료 탱크까지 불과 한두 뼘밖에 떨어지지 않았음을 깨달았고, 자신이 빠져나가는 데 성공할 경우 쫓아오는 자들을 지연시켜야겠다는 막연한 생각으로 리볼버를 들어올려 다시 쏘았다.

그레이엄이 방아쇠를 당겼을 때, 리볼버의 총구는 사실상 연료 탱크에 닿아 있었다. 거대한 불길이 치솟아 올랐고, 그레이엄은 비틀거리며 엄폐물에서 물러날 수밖에 없었다. 사격이 이어졌고, 총알 하나가 그의 머리를 스치고 지나갔다. 그레이엄은 공황 상태에 빠졌다. 그레이엄은 몸을 돌려 숲쪽으로 돌진한 뒤, 이어서 도로 가의 내리막 비탈로 뛰었다. 그레이엄의 귀에 총성이 두 번 더 들렸고, 뭔가가 그의 등을 격렬하게 때렸으며, 두 눈과 뇌 사이에서 빛이 번쩍였다.

그레이엄은 1분 이상 의식을 잃고 있었을 리 없었다. 정신을 차렸을 때, 그레이엄은 도로 아래 비탈에 수북이 쌓인 시든 솔잎에 얼굴을 처박고 쓰러져 있었다.

칼에 찔리는 듯한 고통이 머리를 강타했다. 잠시, 그레이엄은 움직일 시도조차 하지 못했다. 이윽고 그레이엄은 다시 눈을 뜨고 천천히, 자신에게서 조금씩 먼 곳을 살폈고, 마티스의 리볼버를 보자 본능적으로 손을 뻗었다. 온몸이 지독하게 욱신거렸지만, 손가락들은 그래도 리볼버를 움켜쥐었다.

그레이엄은 1~2초 기다렸다. 이윽고 아주 천천히, 무릎을 끌어당겨 모은 다음 두 손으로 바닥을 짚고 도로로 다시 기어 올라가기 시작했다.

연료 탱크가 폭발하면서 찢겨 나간 내장재 조각들과 연기가 모락모락 피어오르는 가죽 조각들이 길 사방에 흩어져 있었다. 그 잔해 속에 캡모자를 쓴 남자가 모로 쓰러져 있었다. 남자가 입고 있던 레인코트 왼쪽면은 불에 시꺼멓게 타서 너덜거리는 넝마가 되어 있었다. 자동차 잔해는 허옇게 달아올라 번쩍였고, 무시무시한 열에 종이처럼 구겨진 강철 골조는 알아보기 힘들 정도였다. 도로 저 위쪽에선 운전사가 두 손을 얼굴에 대고 서서 술 취한 것처럼 비틀거렸다. 공기 중에 살이 타는 악취가 났다. 뮐러의 흔적은 보이지 않았다.

그레이엄은 다시 비탈을 몇 미터 기어 내려가 고통을 참고 일어난 뒤, 비틀거리며 숲을 지나 아래쪽 도로로 향했다.

제12장

그레이엄이 아까 보았던 마을의 카페에 도착해 전화를 한 건 정오가 지나서였다. 터키 영사관의 차가 도착했을 즈음, 그레이엄은 이미 세수를 했고, 브랜디를 마셔 기운을 북돋운 상태였다.

영사는 마르고 사무적으로 보였으며, 영국에 다녀온 적 있는 사람처럼 영어를 했다. 영사는 길게 이야기를 늘어놓기 전에 먼저 그레이엄의 말을 주의 깊게 들었다. 하지만 그레이엄이 말을 마치자, 영사는 자신의 베르무트에 소다수를 좀 더 넣은 다음, 의자에 등을 기대고 앉아 치아 사이로 휘파람을 불었다.

「그게 전부입니까?」영사가 물었다.

「그걸로 충분하지 않은 겁니까?」

「충분하고도 남습니다.」영사가 사과하듯 이를 드러내고 씨익 웃었다. 「사실, 그레이엄 씨, 오늘 아침에 당신이 보낸 메시지를 받고 저는 곧장 하키 대령에게 전보를 보내 당신이 죽었을 가능성이 크다고 알렸습니다. 축하드려야겠습니다.」

「고맙습니다, 운이 좋았지요.」 그레이엄은 기계적으로 말했다. 살아남은 것을 축하하다니, 뭔가 묘하게 어리석다고 느껴졌다. 그레이엄이 말했다. 「지난밤에 쿠베틀리 씨는 자신이 무스타파 케말을 위해 싸웠으며, 터키를 위해 죽을 각오가 되어 있다고 제게 말했습니다. 왠지, 그런 말을 하는 사람들은 목숨 바칠 일이 그렇게 빨리 생기지 않을 것 같았는데 말입니다.」

「맞는 말입니다. 아주 슬픈 일이죠.」 영사가 말했다. 분명 영사는 어서 본론으로 들어가고 싶어 안달이었다. 「한편으로,」 영사가 능란하게 계속 말했다. 「우리는 우물쭈물할 시간이 없습니다. 1분 1분 시간이 흐르면 흐를수록, 당신이 이 나라를 빠져나가기 전에 쿠베틀리의 시체가 발견될 위험이 커집니다. 현재 이탈리아는 터키와 좋은 사이가 아니고, 만약 당신이 떠나기 전에 쿠베틀리의 시체가 발견되기라도 하면, 당신이 적어도 며칠 정도 감금되는 걸 우리는 막을 수가 없습니다.」

「자동차는 어쩌고요?」

「그건 운전한 자가 설명하게 두면 됩니다. 만약 말씀하신 대로 당신의 슈트 케이스가 불길에 파손되었다면, 당신을 사고와 연관시킬 수 있는 건 없습니다. 여행하실 수 있겠습니까?」

「네, 살짝 멍이 들고 여전히 지독하게 몸이 떨리지만, 괜찮아질 겁니다.」

「좋습니다. 그러면 모든 상황을 고려해 볼 때, 당장 떠나는 것이 좋을 듯합니다.」

「쿠베틀리 씨가 비행기에 대해 뭔가 말했습니다.」

「비행기요? 아하! 여권을 보여 주시겠습니까?」

그레이엄이 여권을 건넸다. 영사는 여권을 잽싸게 획획 넘겨 보고는 탁 소리를 내며 닫아 돌려주었다. 「통과 비자는,」 영사가 말했다. 「제노바를 통해 이탈리아에 입국하고 바르도네키아에서 출국하는 걸로 정해져 있습니다. 꼭 비행기를 타셔야겠다면 비자를 수정할 수 있습니다만, 그러려면 한 시간 정도 걸릴 겁니다. 게다가 제노바로 돌아가야만 하는 상황이 됩니다. 그리고 혹시라도 몇 시간 안에 쿠베틀리의 시체가 발견되는 경우, 여권을 수정해 경찰의 주의를 끌어 봤자 좋을 게 없습니다.」 영사는 손목시계를 힐끗 보았다. 「2시에 제노바에서 파리로 떠나는 기차가 있습니다. 그 기차는 3시 조금 지나서 아스티에서 정차합니다. 저는 당신이 그곳에서 그 기차를 타는 걸 권합니다. 아스티까지는 제가 차로 모셔다 드리겠습니다.」

「음식을 좀 먹으면 기운을 차리는 데 도움이 될 거 같습니다.」

「어이쿠! 제가 정말로 멍청했습니다, 그레이엄 씨! 음식요. 당연하지요! 노비에서 잠시 멈췄다 가죠. 제가 사겠습니다. 그리고 샴페인이 있으면 그것도 같이 드시죠. 의기소침할 때는 샴페인만 한 게 없죠.」

그레이엄은 갑자기 살짝 현기증이 났다. 그는 소리 내어 웃었다.

339

영사가 눈썹을 치켰다.

「죄송합니다.」그레이엄이 사과했다. 「실례를 용서해 주십
시오. 하지만 다소 우스운 일이라서요. 저는 말씀하신 2시 기
차에서 누군가와 만나자는 약속을 했거든요. 그 여자분은 저
를 보면 다소 놀랄 겁니다.」

그레이엄은 누군가가 자기 팔을 흔드는 것을 느끼고 눈을
떴다.

「바르도네키아입니다, 선생님. 여권을 보여 주십시오.」

그레이엄은 자기 위로 몸을 굽히고 있는 침대차 승무원을
올려다보았고, 아스티에서 기차가 출발한 뒤로 자신이 내내
잤다는 사실을 깨달았다. 점차 짙어 가는 밖의 어둠 속에서
문가에 두 명의 윤곽이 보였다. 그 남자들은 이탈리아 철도
경찰 복장을 하고 있었다.

그레이엄은 벌떡 일어나 앉아 주머니를 더듬었다. 「제 여
권요? 네, 물론이지요.」

경찰 한 명이 여권을 살피고 고개를 끄덕이더니 고무도장
을 찍었다.

「*Grazie, signore*(감사합니다, 선생님). 이탈리아 돈을 가
지고 계십니까?」

「아니요.」

그레이엄은 여권을 주머니에 다시 넣었고, 승무원은 불을
다시 끄고 문을 닫았다. 그게 전부였다.

그레이엄은 늘어지게 하품을 했다. 몸이 뻣뻣하고 떨렸다.

그레이엄은 일어나서 외투를 입고 눈에 덮인 역을 보았다. 이렇게 잠이 들다니, 바보였다. 폐렴에 걸려 집에 도착하고 싶지는 않았다. 하지만 이탈리아 출입국 관리소는 이미 통과했다. 그레이엄은 난방을 켜고, 담배를 피우기 위해 앉았다. 와인을 곁들여 거하게 먹은 점심 때문인 게 분명했다. 그리고…… 갑자기 그레이엄은 조제트에 대해 아무 조치도 취하지 않았다는 사실이 떠올랐다. 마티스 역시 이 기차를 타고 있을 터였다.

덜컥하며 기차가 움직이더니, 모단을 향해 덜커덩거리며 나아가기 시작했다.

그레이엄은 종을 울렸고, 그러자 승무원이 도착했다.

「뭘 도와드릴까요?」

「국경을 넘으면 식당 칸이 연결되나요?」

「아닙니다, 선생님.」 승무원은 어깨를 으쓱했다. 「전쟁 때문에요.」

그레이엄은 승무원에게 돈을 약간 주었다. 「맥주 한 병과 샌드위치를 먹고 싶은데요, 모단에서 그걸 좀 사다 주시겠습니까?」

승무원은 돈을 바라보았다. 「물론입니다, 선생님.」

「3등칸은 어디에 있습니까?」

「기차 앞쪽입니다, 선생님.」

승무원이 나갔다. 그레이엄은 담배를 피우고, 기차가 모단을 떠날 때까지 기다렸다가 조제트를 찾아보기로 결정했다.

모단에서의 정차는 지루하기 짝이 없었다. 하지만 마침내 프랑스 출입국 관리원이 일을 마쳤고, 기차는 다시 움직이기 시작했다.

그레이엄은 복도로 나갔다.

침침한 파란색 안전등을 빼면, 이제 기차 안은 캄캄했다. 그레이엄은 천천히 3등칸을 향해 나아갔다. 3등칸은 두 량뿐이어서 조제트와 호세를 찾는 데 전혀 어렵지 않았다. 객실 안에는 그 둘뿐이었다.

그레이엄이 미닫이문을 열자 조제트는 고개를 돌렸고, 미심쩍은 표정으로 그를 자세히 살폈다. 이윽고 그레이엄이 객실 천장에서 나오는 푸른색 조명 안으로 들어오자, 조제트는 깜짝 놀라며 비명을 질렀다.

「어떻게 된 거예요?」 조제트가 캐물었다. 「어디 있었던 거예요? 우리는, 호세와 저는 마지막 순간까지 기다렸지만, 당신은 약속과 달리 나타나지 않았어요. 우리는 기다렸어요. 우리가 얼마나 기다렸는지 호세가 말해 줄 거예요. 어떻게 된 건지 말해 보세요.」

「제노바에서 기차를 놓쳤습니다. 그래서 기차를 타려고 먼 길을 차를 타고 왔습니다.」

「바르도네키아까지 차를 타고 왔다고요? 그건 불가능해요!」

「아니요, 아스티까지요.」

침묵이 흘렀다. 조제트와 그레이엄은 프랑스어로 이야기를 나누고 있었다. 이제 호세가 짧게 소리 내어 웃더니 자기 자리에 편하게 앉아 엄지손톱으로 이를 쑤시기 시작했다.

조제트는 피우던 담배를 바닥에 버리고 발로 밟아 껐다. 「당신은 아스티에서 기차를 탔어요.」 조제트가 명랑하게 말했다. 「그런데 이제야 저를 보러 왔다고요? 정말 아주 예의 바르시네요.」 조제트는 말을 멈추더니 천천히 덧붙였다. 「하지만 파리에서는 저를 그렇게 기다리게 하지 않을 거죠. 그렇죠, *chéri*(자기)?」

그레이엄은 망설였다.

「그럴 건가요, *chéri*(자기)?」 이제 조제트의 목소리에 날이 서 있었다.

그레이엄이 말했다. 「당신하고만 이야기하고 싶습니다, 조제트.」

조제트는 그레이엄을 응시했다. 침침하고 창백한 조명 아래 조제트의 얼굴은 무표정했다. 이윽고 조제트가 문을 향해 움직였다. 「제 생각에,」 조제트가 말했다. 「당신이 호세랑 잠깐 이야기하는 게 좋을 거 같아요.」

「호세요? 호세가 무슨 상관 있어서요? 제가 이야기하고 싶은 사람은 당신입니다.」

「아니에요, *chéri*(자기). 당신은 호세랑 잠깐 대화를 해야 해요. 저는 비즈니스에 밝지 않아요. 저는 그걸 싫어해요. 이해하겠어요?」

「전혀요.」 그레이엄이 진심으로 말했다.

「이해 못 하세요? 호세가 설명해 줄 거예요. 저는 1분 있다가 돌아올게요. 이제 호세와 이야기하세요, *chéri*(자기).」

「하지만…….」

조제트는 복도로 나가 미닫이문을 닫았다. 그레이엄이 문을 다시 열기 위해 걸어갔다.

「조제트는 돌아올 겁니다.」 호세가 말했다. 「앉아서 기다리는 게 어떻습니까?」

그레이엄은 천천히 앉았다. 그는 어리둥절했다. 여전히 이를 쑤시면서, 호세는 객실 건너편을 힐끗 보았다. 「이해를 못하겠다고요, 예?」

「뭘 이해해야 하는지조차 모르겠습니다.」

호세는 엄지손톱을 자세히 살피다가 핥더니 다시 송곳니를 파기 시작했다. 「조제트를 좋아하죠, 그렇죠?」

「물론입니다. 하지만…….」

「조제트는 아주 예쁘지만 판단력이 없습니다. 여자니까요. 비즈니스를 이해하지 못해요. 그래서 남편인 내가 언제나 비즈니스를 돌보죠. 우리는 파트너죠. 그건 이해합니까?」

「그건 쉽군요. 그리고요?」

「나에게는 조제트에 대한 지분이 있습니다. 그게 전부죠.」

그레이엄은 잠시 생각했다. 그는 이제 너무 잘 이해하기 시작했다. 그레이엄이 말했다. 「정확히 무슨 뜻인지 말해 주시겠습니까?」

결심했다는 분위기를 풍기며, 호세는 이 쑤시는 걸 그만두고 의자에서 돌아앉아 그레이엄을 마주 보았다. 「당신은 비즈니스맨입니다, 그렇죠?」 호세가 기운차게 말했다. 「당신은 세상에 공짜가 있다고 믿지 않으시죠. 아주 좋습니다. 나는 조제트의 매니저이고, 뭔가를 공짜로 주는 사람이 아닙니다.

당신은 파리에서 즐기고 싶습니다, 그렇죠? 조제트는 아주 멋진 여자고, 신사를 아주 즐겁게 해줄 수 있습니다. 아주 훌륭한 댄서이기도 하고요. 조제트와 나는 괜찮은 곳에서 일하면 일주일에 합쳐서 적어도 2천 프랑을 법니다. 일주일에 2천 프랑입니다. 그 정도면 꽤 되지요?」

그레이엄은 아랍 여자인 마리아가 했던 말이 떠올랐다. 〈그 여자는 연인이 많아요.〉 코페이킨이 했던 말도 떠올랐다. 〈호세요? 그 친구도 자기 일은 잘합니다.〉 조제트가 호세에 대해 말하며, 자신이 즐거움을 위해 비즈니스를 등한시하는 경우에만 호세가 질투한다고 했던 게 떠올랐다. 수없이 많은 사소한 언급과 몸짓이 떠올랐다. 「그래서요?」 그레이엄이 차갑게 말했다.

호세가 어깨를 으쓱했다. 「만약 당신이 즐거움을 누리면, 우리는 춤을 추지 못하니 일주일에 2천 프랑을 벌 수 없습니다. 그러니, 아시겠지만, 어딘가 다른 곳에서 그 돈을 얻어 내야겠지요.」 어스름 속에서, 그레이엄은 호세의 입술이 이루는 검은 선이 일그러지며 살짝 웃음 짓는 걸 볼 수 있었다. 「일주일에 2천 프랑입니다. 적절한 액수죠?」

벨벳을 입은 유인원 철학자의 목소리였다. 〈*Mon cher caïd*(사랑하는 주인님)〉는 자신의 존재를 정당화하고 있었다. 그레이엄이 고개를 끄덕였다. 「아주 적절하네요.」

「그러면 지금 거래를 마무리하기로 하죠, 어떻게 생각하십니까?」 호세가 활기찬 목소리로 계속 말했다. 「당신은 경험이 있죠, 안 그래요? 이게 관행이라는 걸 알 겁니다.」 호세가

씩 웃고는 남의 흉내를 내며 말했다. 「*Chéri, avant que je t'aime t'oublieras pas mon petit cadeau*(자기야, 내가 당신을 사랑하기에 앞서, 내게 줄 작은 선물을 잊으면 안 돼).」

「알겠습니다. 누구에게 돈을 주면 되나요? 당신입니까, 아니면 조제트입니까?」

「원한다면 조제트에게 직접 줘도 되지만, 그러면 **멋져** 보이지 않겠죠? 내가 일주일에 한 번씩 당신을 만나겠습니다.」 호세는 몸을 앞으로 숙이더니 그레이엄의 무릎을 툭툭 쳤다. 「그러면 계약하는 겁니까? 나중에 딴소리하기 없는 겁니다. 가령 지금부터 시작하고 싶으시다면……」

그레이엄이 일어섰다. 그는 자신의 침착함에 놀랐다. 「저는,」 그레이엄이 말했다. 「조제트에게 직접 주고 싶군요.」

「나를 못 믿는군요?」

「물론 저는 당신을 믿습니다. 조제트를 불러 주시겠습니까?」

호세는 망설였지만, 이윽고 어깨를 으쓱하고는 일어나서 복도로 나갔다. 잠시 뒤, 호세는 조제트와 함께 돌아왔다. 조제트는 살짝 초조한 웃음을 짓고 있었다.

「호세랑 이야기를 마쳤나요, *chéri*(자기)?」

그레이엄은 유쾌하게 고개를 끄덕였다. 「네, 하지만 말씀드렸듯이, 제가 진짜로 이야기를 나누고 싶었던 사람은 당신입니다. 저는 결국 영국으로 곧장 돌아가야 한다는 설명을 드리고 싶었습니다.」

조제트는 잠시 멍한 표정으로 그레이엄을 응시했다. 이윽고 그레이엄은 조제트가 입술을 사납게 감쳐무는 걸 보았다. 그녀는 갑자기 호세를 돌아보았다.

「이 더러운 스페인 바보 같으니!」 조제트는 마치 호세에게 침을 뱉듯이 단어를 내뱉었다. 「내가 널 왜 데리고 있는 거 같아? 네가 춤을 잘 춰서?」

호세의 두 눈이 위험하게 번쩍였다. 호세는 등 뒤로 미닫이문을 닫았다. 「이제,」 호세가 말했다. 「그만 까불어. 말조심하지 않으면 네 이를 부러뜨려 버리겠어.」

「Salaud(나쁜 놈)! 나는 내 맘대로 말할 거야.」 조제트는 꼼짝 않고 서 있었지만, 오른손을 몇 센티미터 움직였다. 뭔가가 희미하게 번쩍였다. 어느새 조제트는 팔목에 끼고 있던 다이아몬드 팔찌를 빼서 손가락 마디에 끼고 있었다.

그레이엄에게 폭력은 오늘 하루로 충분히 차고 넘쳤다. 그레이엄이 재빨리 말했다. 「잠깐만요. 호세는 아무 잘못이 없습니다. 호세는 아주 노련하고 예의 바르게 설명해 주었습니다. 하지만 제가 온 건, 말씀드렸듯이, 영국으로 곧장 돌아가야 한다는 말을 하기 위해서였습니다. 저는 당신에게 작은 선물을 받아 달라고 청하려 했습니다. 이거였습니다.」 그레이엄은 지갑을 꺼내 10파운드 지폐를 한 장 빼 조명 가까이 들어 보였다.

조제트는 지폐를 힐끗 보더니 이윽고 무뚝뚝하게 그레이엄을 응시했다. 「뭔가요?」

「호세는 제가 2천 프랑을 빚졌다는 걸 확실히 깨닫게 해줬습니다. 이 지폐는 1750프랑 정도밖에 되지 않습니다. 그래

347

서 여기에 다시 250프랑을 더하겠습니다.」그레이엄은 지갑에서 프랑스 지폐들을 꺼내 접더니 파운드 지폐 위에 올려 함께 내밀었다.

조제트는 그에게서 돈을 낚아챘다. 「그리고 이 돈의 대가로 뭘 원하는 거죠?」조제트가 사납게 말했다.

「아무것도요. 당신과 이야기할 수 있어 즐거웠습니다.」그레이엄이 미닫이문을 열었다. 「안녕, 조제트.」

조제트는 어깨를 으쓱하더니 돈을 모피 코트 주머니에 쑤셔 넣고는 자기 자리에 다시 앉았다. 「안녕. 당신이 멍청한 건 제 잘못이 아니에요.」

호세가 소리 내어 웃었다. 「만약 마음이 바뀌면, 선생,」호세가 으스대며 말하기 시작했다. 「우리는……」

그레이엄은 문을 닫고 복도를 따라 걸어갔다. 그레이엄의 유일한 바람은 자기 객실로 돌아가는 것이었다. 그레이엄은 마티스와 거의 부딪칠 뻔하고서야 마티스가 있는 것을 알아차렸다.

프랑스인은 그레이엄이 지나갈 수 있도록 옆으로 비켜섰다. 그리고 다음 순간, 마티스는 놀라 숨을 들이쉬며 몸을 앞으로 내밀었다.

「그레이엄 씨! 이게 진짜입니까?」

「당신을 찾고 있었습니다.」그레이엄이 말했다.

「나의 소중한 친구! 정말 기쁩니다. 저는 혹시나…… 아무래도…….」

「아스티에서 기차를 탔습니다.」그레이엄은 주머니에서

리볼버를 꺼냈다. 「감사하다는 말과 함께 이걸 돌려드리고 싶었습니다. 죄송하지만 손질할 시간이 없었습니다. 두 발을 쐈습니다.」

「두 발!」 마티스의 두 눈이 휘둥그레졌다. 「두 놈 다 죽였나요?」

「한 명요. 다른 한 명은 교통사고로 죽었습니다.」

「교통사고!」 마티스가 킥킥거렸다. 「놈들을 죽이는 새로운 방법이네요!」 마티스는 애정 어린 눈으로 리볼버를 바라보았다. 「아마도 저는 이걸 손질하지 않을 겁니다. 기념품으로 간직할 거 같습니다.」 마티스가 그레이엄을 힐끗 올려다보았다. 「제가 전달한 메시지는 제대로 효과가 있었습니까?」

「효과 만점이었습니다. 다시 한번 감사드립니다.」 그레이엄이 망설였다. 「이 기차에는 식당 칸이 없습니다. 제 객실에 샌드위치가 좀 있습니다. 만약 당신과 부인께서 저와 함께 식사를……」

「친절하시군요. 말씀은 고맙지만, 됐습니다. 저희는 엑스에서 내립니다. 이제 얼마 안 남았습니다. 제 가족이 그곳에 살지요. 그토록 오랜 시간이 흐른 뒤에 만나려니 좀 낯설 거 같습니다. 가족은……」

마티스 뒤쪽의 객실 문이 열리더니 마티스 부인이 복도를 내다보았다. 「아, 당신, 거기에 있었군요!」 부인은 그레이엄을 알아보고는 못마땅한 표정으로 고개를 끄덕였다.

「왜 그래요, *chérie*(여보)?」

「창문요. 당신이 창문을 열어 둔 채 담배를 피우러 나갔어요. 나는 남아서 얼어 죽을 뻔했다고요.」

「그러면 당신이 닫아도 되잖아요, *chérie*(여보).」

「바보! 창문이 너무 빡빡하다고요.」

마티스는 피곤에 전 한숨을 쉬고는 손을 내밀었다. 「잘 가십시오, 친구. 비밀을 지키겠습니다. 믿으셔도 됩니다.」

「비밀?」 마티스 부인이 의심이 담긴 말투로 캐물었다. 「무슨 비밀을 지킨다는 건가요?」

「아, 드디어 물어보네요!」 마티스는 그레이엄에게 윙크를 했다. 「이분이랑 나는 프랑스 은행을 날려 버리고, 하원을 장악하고, 2백 가구를 쏴 죽이고, 공산당 정부를 세우려는 계획을 짰어요.」

마티스 부인은 불안한 눈으로 주위를 둘러보았다. 「그런 말을 하면 안 돼요. 설사 농담이라도요.」

「농담이라니요!」 마티스는 적의 가득한 표정으로 부인을 노려보았다. 「농담인지 아닌지는 우리가 이 비열한 자본가들을 놈들 저택에서 끌어내 기관총으로 산산조각 내면 그때 알게 될 거예요.」

「로베르! 만약 당신이 그런 말 하는 걸 누가 듣기라도 하면 어쩌…….」

「들을 테면 들으라지!」

「난 당신에게 창문을 닫아 달라는 부탁만 했어요, 로베르. 만약 창문이 그렇게 빡빡하지 않으면, 내가 닫았을 거예요. 난…….」 그들 뒤로 문이 닫혔다.

그레이엄은 잠시 서서 창문 밖의 먼 탐조등을 바라보았다.

지평선에 낮게 깔린 구름들 사이로 회색 얼룩들이 쉴 새 없이 움직였다. 그레이엄은 그 모습이 그의 침실 창문을 통해 보이던, 북해 위로 독일 비행기들이 날 때의 스카이라인과 별반 다르지 않다고 생각했다.

그레이엄은 등을 돌려 자기 맥주와 샌드위치가 있는 곳으로 돌아갔다.

벨벳을 두른 유인원

결말에 대한 언급을 포함하고 있으므로 미리 알기를 원치 않는 독자들은 나중에 읽어 주시기 바랍니다.

에릭 앰블러가 1938년에 『디미트리오스의 가면』을 완성하고 1939년에 『공포로의 여행』을 쓰기 전에 일어난 가장 큰 역사적 사건이라면 단연코 제2차 세계 대전 발발이라 할 수 있다. 하지만 『디미트리오스의 가면』과 『공포로의 여행』에서 나오듯, 에릭 앰블러를 포함해 당시 유럽인들은 어떤 식으로든 곧 전쟁이 일어나리라 예감하고 있었고, 따라서 전쟁 발발이 안타깝긴 하지만 놀라운 소식이라고 할 수는 없었다. 오히려 당시 사람들을 놀라게 한 것은 1939년 8월에 소련과 나치 독일이 맺은 독소 불가침 조약이었다. 당시 유럽에서는 1930년대를 사회주의와 파시즘이 선악의 대결을 벌이는 시기로 보았고, 따라서 공산주의와 나치즘의 화신이라 할 수 있는 스탈린과 히틀러의 결탁은 그 누구도 상상할 수 없을 정도로 큰 충격이었던 것이다. 당시 유럽 국가들은 이념의 차이를 접어 두고 나치즘의 격퇴를 최우선으로 보았고, 사회주의자들 역시 비록 자본주의자들의 행태가 나쁘긴 하지만, 나치즘에 비하면 그 악함이 무시할 수준이라 여기고 있었다. 그랬기 때문에, 『디미트리오스의 가면』에서 공산주의자들에게 우호적인 모습을 보였고 소련이 나치 독일에 협력하는 일은 절대로 없을 거라고 예상했던 에릭 앰블러 역시 다른 사람들과 마찬가지로 독소 불가침 조약 체결에 무척이나 놀랐으며, 특히 스탈린이 재빨리 무력 외교 정책을 펼치는 모습을 보고 굉장한 충격을 받았다. 결국 이 조약을 바탕으로 히틀러는 1939년 9월 1일 폴란드를 침공할 수 있었고, 제2차 세계 대전이 일어나는 데 큰 영향을 끼쳤다.

이렇게 소설보다 더 충격적인 현실을 목격한 앰블러는 이 상황을 곧바로 소설의 소재로 잡았다. 앰블러는 영국과 독일이 전선을 형성하긴 했지만 전면전을 벌이지는 않았던 가짜 전쟁(1939년 9월~1940년 4월) 시기에 아주 빠르게 『공포로의 여행』을 썼고, 이 소설은 곧바로 출간되었다. 하지만 후에 앰블러는 회고하기를, 『공포로의 여행』에서 독자들의 연민과 관심을 받아야 하는 주인공을 무기 설계 전문가로 선선히 결정해야 했다는 사실에 자신도 여전히 놀란다고 인정했다. 하지만 사실, 당시 앰블러의 이러한 변화는 일반적인 추세라할 수 있었다. 전쟁이 벌어지기 전까지 무기 제조업자들은 돈을 위해서라면 뭐든지 하는 가혹한 사람들로 여겨졌지만, 전쟁이 벌어진 뒤로는 파시즘에 대항하는 유일한 수단을 제공하는 사람들이 되었기 때문이다. 그리하여 이전까지 무기 제조 회사들을 좋지 않게 보던 앰블러의 시각도 이 시기에 조금 누그러졌고, 결국 무기 설계 전문가가 『공포로의 여행』 주인공이 되는 데 일조했다고 하겠다.

그러나 무기 설계 전문가라고 해서 주인공이 평범하지 않은 인물인 것은 아니다. 앰블러는 평범한 사람이 뜻하지 않게 위험한 사건에 휘말린다는 이야기 방식을 즐겨 썼고, 이를 통해 독자가 주인공에게 쉽게 감정 이입을 하여 사건에 몰입할 수 있게 했다. 『공포로의 여행』에서도 주인공인 그레이엄은 직업이 조금 특이할 뿐, 사랑스러운 아내와 안정된 직장이 있고 경제적 안정을 누리는 평범한 중년 남성으로 그려진다. 그리고 다른 전작들의 주인공, 즉 『보기 드문 위험』(1937)의 켄턴, 『어느 스파이의 묘비명』(1938)의 바다시, 『디미트리오스의 가면』의 래티머처럼, 이 평범한 주인공은 역시 뜻하지 않게 위험한 사건에 휘말린다. 그리고 본인은 잘못한 것이 없는데도 심각한 위협을 당하게 되고, 그런 상황에서 평범한 사람이 할 법한 행동을 하며, 목숨이 경각에 달리자 행운 덕분에 목숨을 구한다(물론 그레이엄이 목숨을 구하는 과정이 너무 우연과 행운에 의존한다는 일각의 비평도 있으나, 엄밀하게 볼 때 전문 암살범들에게 납치된 일반인이 우연과 행운 아닌 다른 방법으로 스스로 목숨을 구한다는 쪽이 오히려 비현실적이라 하겠다. 이는 『디미트리오스의 가면』의 래티머도 마찬가지다). 또한 그레이엄이 조제트의 매력에 끌리고 그녀의 유혹에 넘어가 키스까지 하지만, 결국 자신을 지켜 낸다는 점, 그리고 묄러의 협박에 두려워하며 고민하지만 결국 그 협박을 이겨 낸다는 점은 『디미트리오스의 가면』에서 거액의 유혹을 이겨 내는 래티머와 매우 유사하다. 이외에도 『어느 스파이의 묘비명』과 마찬가지로 사건이 한정된 공간과 짧은 시간 안에서 이루어진다.

그러나 『공포로의 여행』에는 예전 작품들과 큰 차이를 보이는 특징들이 있다. 이 작품에서 작가는 전작들과 달리 주인공인 그레이엄의 생각과 감정에 훨씬 더 집중하며, 그를 통해 당시 세계의 정치적 상황 및 그와 연관된 인간의 이성과 본능적 욕구에 대한 탐구를 더욱 비중 있게 다룬다. 가령, 이전까지는 앰블러의 소설에 히틀러의 독일과 연관된 스파이들이 나오긴 했지만 간단한 조연에 그친 반면, 『공포로의 여행』에서는 주인공과 직접적인 연관을 맺으며 사건의 전개에 큰 영향을 끼친다. 영국인이자 무기 설계 전문가인 그레이엄과 독일 스파이인 묄러는 완전한 대척점에 서 있으며, 각자 입장에서 보면 상대방을 제거해야 할 정당한 이유가 있다. 그리고 내가 살아남기 위해서 상대방을 죽여야 한다는 목적을 향해 서슴없이 가는 둘의 모습은 제2차 세계 대전 당시 연합국과 추축국의 관계를 상기하게 한다. 그러나 가장 눈에 띄는 부분은, 호세가 단언하는 모든 인간은 〈벨벳을 두른 유인원〉이라는 메시지이다. 이 소설의 또 다른 주인공이자 모든 사건의 배후 조종자인 묄러는 누군가를 죽일 필요가 있으면 죽이고, 무엇을 빼앗아야 하면 빼앗지만, 그러면서도 평소에는 점잔을 떨고 고상한 척한다는 점에서, 〈벨벳을 두른 유인원〉이라는 표현에 딱 맞는 인물이다. 그는 목적을 위해서는 살인을 마다하지 않으면서도, 자신은 폭력을 싫어하고 소심하며 피를 보기 싫어한다고 주장한다. 앰블러가 이러한 자기모순적인 모습을 그린 것은 『공포로의 여행』이 처음은 아니다. 『디미트리오스의 가면』에서도 피터스 씨는 〈제가 마약에 이토록 강력히 반대하면서도 마약에 관계해 돈을 벌었다는 사실이 이상하시겠지요. 하지만 그건 생각하기에 달린 겁니다. 만약 《제가》 그 돈을 벌지 않았다면 다른 누군가가 벌었을 겁니다. 제가 그 일을 하지 않았다고 해서 그 불쌍한 중독자들 중 누가 구제되는 것도 아니고, 그냥 저만 돈을 벌지 못했을 겁니다〉라고 궤변을 늘어놓으면서 동시에 나름대로 삶에서 우아함을 추구하고, 앰블러는 그런 피터스 씨를 통해 인간의 모순을 꼬집은 바 있다. 또한 살인은 딴 세상 이야기라고 생각하며 평범하게 살아왔지만, 이제 누군가를 죽여야 자신이 살 수 있는 상황에 이르자 서슴없이 상대를 죽이는 그레이엄 역시 결국 모든 인간은 〈벨벳을 두른 유인원〉이라는 호세의 표현이 달갑진 않지만 맞는 말이라는 걸 암시한다. 그러나 『공포로의 여행』에서 작가는 이제 한 걸음 더 나아가, 뮐러에게 독일 철학자 오스발트 슈펭글러를 인용하게 한다.

우리가 일반적으로 불사의 존재라 믿는 것들조차 언젠가는 죽습니다. (……) 영원한 진실이라는 진술 방식은 유령을 물리쳐 주는 기도문입니다. 슈펭글러가 소위 〈어두운 전능〉이라 부르던 존재로부터 미개한 인간이 자신을 보호하기

위한 기도문 말입니다. (본문 227~228면)

　슈펭글러는 문명도 영원불멸의 존재가 아니라, 인간 개인
과 마찬가지로 발생, 성장, 성숙, 몰락, 사망이라는 과정을 겪
는다고 보았다. 제1차 세계 대전 직후, 서유럽과 그 문화에
대한 불안과 절망에 빠졌던 각국 지식인들은 슈펭글러의 사
상 그리고 그의 책 『서구의 몰락』(1918)에 열광했다. 그의 주
장에 따르면 서구의 문명은 그 마지막 단계에 있으며, 곧 새
로운 질서를 갖춘 문명이 일어설 때가 가까웠기 때문이다.
슈펭글러는 정치와 무관한 철학자였지만, 그의 사상은 좌파
와 우파의 구별 없이 모두에게 남용되었고, 히틀러의 천년
제국 주장에서도 이용되었다. 그리고 이제 나치 스파이가 자
기만족을 위해 읊어 대는 슈펭글러의 이론을 통해, 앰블러는
제아무리 훌륭하고 멋진 사상이라도 쓰는 이에 따라 얼마든
지 남용될 수 있음을 잘 보여 준다. 이런 뮐러에 비하면, 차라
리 오히려 등장하는 순간부터 독자들의 혐오감을 불러일으
키는 바나트와 호세는 본인의 욕망에 충실하며 안팎이 똑같
은, 가식 없이 천박한 인물로, 벨벳을 두르지 〈않은〉 유인원
이라 할 수 있다.
　이렇듯 이성과 본능 사이에서 줄타기를 하는 유인원들 속
에서도, 앰블러는 자본주의를 비판하는 장광설을 늘어놓는
마티스를 통해 공산주의에 대한 희망의 끈을 놓지 않는다.
마티스는 돈이라는 본능적 욕망만을 좇는 자본주의를 전쟁
의 원흉으로 비판하며, 겉으로만 봐서는 모든 상황을 알 수

없다고 말한다. 이는 『디미트리오스의 가면』에서 국제적인 은행이 테러에 돈을 댄다는 설정과 일맥상통한다. 하지만 또한 마티스는 자신이 실패한 인물이라고 자조 섞인 말을 하고, 이는 독소 불가침 조약의 충격으로 공산주의에 대한 앰블러의 기대가 흔들렸음을 드러내기도 한다.

이외에도 『공포로의 여행』에는 읽는 즐거움을 더해 주는 인물이 여럿 더 등장한다. 우선 『디미트리오스의 가면』에 나왔던 하키 대령이 반가운 얼굴이고, 또한 가장 의외의 인물인 조제트가 있다. 조제트는 뜻밖에도 세스트리 레반테호에서 재등장하는 것으로 시작해, 이후 암살에 대한 긴장감이 고조되는 와중에도 그레이엄과의 관계가 어떻게 발전할지 독자들에게 또 다른 궁금증을 불러일으킴과 동시에, 사건 전개에서 없어서는 안 될 역할을 한다. 앰블러의 이전 작품들에서 여성들은 큰 역할을 하지 못했으며, 로맨스 역시 거의 없었다. 하지만 『공포로의 여행』에서 조제트는 이야기를 전개해 가는 큰 축으로 자리 잡고 있으며, 앰블러는 당시 스릴러 소설에서 흔히 등장하는 돈 많은 남성을 유혹하는 전형적인 악녀의 이미지를 넘어 조제트에게 훨씬 더 복잡한 성격을 부여했다. 그리고 이러한 매력 덕분에, 암살의 위험 속에서도 그레이엄이 그녀에게 끌리고, 잠깐이나마 파리에서 외도를 꿈꾸는 과정을 독자는 자연스럽게 받아들이게 된다. 그리고 언제나 호세에게 나긋나긋하던 조제트가 마지막에 보이는 행동은 읽는 이에게 통쾌함을 불러일으키기까지 한다.

『공포로의 여행』은 앰블러가 이전에 발표한 네 권의 소설과 마찬가지로 기차에서 끝맺는다. 그리고 『디미트리오스의 가면』에서 깜깜한 터널 속으로 들어가던 기차 장면이 이제는 북해 위 독일 비행기의 모습을 회상하는 장면이 되며, 예상했던 전쟁이 이제 피할 수 없는 상황이 되었음을 알린다.

책은 끝나도, 그 뒤에 제2차 세계 대전이 시작되었을 것이다. 그리고 모두가 알다시피 그 전쟁 또한 끝이 났다. 하지만 우리의 마음속, 벨벳을 두른 유인원들의 전쟁은 오늘도 계속되고 있다. 그리고 그것이 바로 우리가 오랜 세월이 흐른 뒤에도 이 책을 놓지 못하고 계속해서 들여다보는 이유다.

이 소설의 번역에는 Eric Ambler, *Journey into Fear* (New York: Vintage Crime, 2002)를 사용했다.

2021년 2월
최용준

에릭 앰블러 연보

1909년 출생 6월 28일 런던 남동부 찰턴에서 음악가인 아버지 앨프리드와 가수인 어머니 에이미 사이에서 태어남.

1912년 3세 남동생 모리스 태어남.

1917년 8세 집 근처 루이셤의 콜페스 중등학교에 장학금을 받고 입학.

1923년 14세 여동생 조이스 태어남. 1926년 노샘프턴 폴리테크닉 인스티튜트(현재의 런던 시티 대학)에 장학금을 받고 입학해 공학을 공부함. 하지만 극작가인 헨리크 입센과 루이지 피란델로에 큰 흥미를 보이며 극작가가 되기로 결심함.

1926년 17세 영국 총파업의 영향으로, 공부보다 일찍 취직하는 것이 낫겠다고 결론 내리고 학업을 중단함. 에디슨 스완 전기 회사에 취직해 여러 전기 기구 제작에 관한 훈련을 받음. 이때의 경험과 지식이 훗날 여러 소설에 유용하게 쓰이며, 몇몇 주인공의 직업이 엔지니어로 나옴.

1928년 19세 에디슨 스완 전기 회사가 어소시에이티드 일렉트리컬 인더스트리에 합병되면서 홍보부에서 일함. 전업 작가가 되기 전까지 홍보 분야에서 일하며 꽤 풍족한 생활을 누림. 유럽 여러 나라를 여행하며 유럽의 긴장 상황을 직접 목격함. 이 당시 경험이 이후 소설 집필에 크게 기여함.

1935년 ²⁶세 릴리안 기녯 교수가 편집한 시선집『가볍고 우스꽝스러운 시*Light and Humorous Verse*』에 시「팁 교수와 양*Professor Tip and the Sheep*」,「스내펄리 양*Miss Snapperly*」게재. 스릴러 소설 작가가 되기로 결심함.

1936년 ²⁷세 데뷔 소설『어두운 변경*Dark Frontier*』출간.

1937년 ²⁸세 소설『보기 드문 위험*Uncommon Danger*』(미국판 제목 〈위험의 배경*Background to Danger*〉) 출간.

1938년 ²⁹세 광고 회사를 그만두고 전업 작가가 됨. 소설『어느 스파이의 묘비명*Epitaph for a Spy*』,『경계의 이유*Cause for Alarm*』출간.

1939년 ³⁰세 5월, 미국을 처음으로 방문. 패션 분야 기자인 루이스 크롬비를 만남. 9월, 제2차 세계 대전 발발. 10월, 런던에서 루이스 크롬비와 결혼. 소설『디미트리오스의 가면*The Mask of Dimitrios*』(미국판 제목 〈디미트리오스의 관*A Coffin for Dimitrios*〉) 출간. 소설『공포로의 여행*Journey into Fear*』탈고.

1940년 ³¹세 『공포로의 여행』출간. 군 입대. 전쟁 기간 동안 작품 활동을 멈추고 군 복무를 함. 소설 창작 활동 대신 군사 훈련 교본, 선전물, 군 홍보 영화 및 다큐멘터리 들의 각본을 집필함.

1942년 ³³세 「공포로의 여행」영화 개봉.

1943년 ³⁴세 「위험의 배경」영화 개봉. 영화「새로 뽑은 놈들*The New Lot*」각본을 씀.

1944년 ³⁵세 「디미트리오스의 관」영화 개봉.『어느 스파이의 묘비명』을 원작으로 한 영화「리저브 호텔*Hotel Reserve*」개봉. 영화「앞에 놓인 길*The Way Ahead*」각본을 씀.

1945년 ³⁶세 영국과 미국군의 상호 이해를 증진한 공로로 미국 동성 훈장을 받음.

1946년 ³⁷세 군 제대.

1947년 38세 　영화 「10월의 남자The October Man」 각본을 씀.

1949년 40세 　영화 「열정적인 친구들The Passionate Friends」 각본을 씀.

1950년 41세 　『어둠의 변경』을 원작으로 한 영화 「너무나도 위험한Highly Dangerous」 개봉.

1951년 42세 　영화 「마법의 상자The Magic Box」, 「앙코르Encore」 각본을 씀. 소설 『델체프에 대한 판결*Judgment on Deltchev*』 출간.

1952년 43세 　영화 「프로모터The Promoter」 각본을 씀.

1953년 44세 　영화 「잔인한 바다The Cruel Sea」 각본을 씀. 아카데미 영화제 각본상 후보에 오름. 소설 『슈라이머의 유산*The Schirmer Inheritance*』 출간. 『어느 스파이의 묘비명』이 드라마로 제작됨. 영화 「먼저 쏘다Shoot First」 각본을 씀.

1954년 45세 　영화 「보랏빛 평원The Purple Plain」, 「수명 연장Lease of Life」 각본을 씀.

1956년 47세 　소설 『밤손님들*The Night-Comers*』 출간.

1957년 48세 　「슈라이머의 유산」 미니시리즈 각본을 씀. 영화 「끔찍한 전쟁Battle Hell」 각본을 씀. 결혼 생활이 흔들림. 할리우드를 처음으로 방문, 히치콕 TV 시리즈 「의혹Suspicion」 제작자이자 작가인 조앤 해리슨을 만남. 「의혹」 시리즈의 각본 「진실의 눈The Eye of Truth」을 씀. 조앤 해리슨이 제작.

1958년 49세 　영화 「기억해야 할 밤A Night to Remember」 각본을 씀. 루이스 크롬비와 이혼. 조앤 해리슨과 결혼.

1959년 50세 　TV 시리즈 「체크메이트Checkmate」를 구상, 제작하기 시작하여 1962년까지 계속함. 이 시리즈로 미국에서 유명세를 타지만, 앰블러 자신은 소설가로 더 알려지길 원하며 이 드라마가 사람들의 기억에서 한시바삐 잊히기를 바람. 영화 「메리 디어호의 난파The Wreck of the Mary Deare」 각본을 씀. 소설 『무기의 통로 *Passage of Arms*』 출간. 영국 추리 작가 협회가 수여하는 골드대거상 수상.

1961년 52세   화재로 소설 『한낮의 빛*The Light of Day*』의 원고가 소실됨.

1962년 53세   『한낮의 빛』을 처음부터 다시 써서 출간.

1964년 55세   『한낮의 빛』으로 미국 추리 작가 협회가 수여하는 에드거상 수상. 「어느 스파이의 묘비명」 미니시리즈 각본을 씀. 『분노의 종류*A Kind of Anger*』 출간. 『한낮의 빛』을 원작으로 한 영화 「톱카피 Topkapi」 개봉.

1965년 56세   소설 『비열한 이야기*Dirty Story*』 출간. 영국 추리 작가 협회가 수여하는 실버대거상 수상.

1969년 60세   소설 『인터컴 음모*The Intercom Conspiracy*』 출간. 할리우드를 떠나 스위스에 정착.

1971년 62세   영화 「사랑 혐오 사랑Love Hate Love」 각본을 씀.

1972년 63세   소설 『레반트인*The Levanter*』 출간. 영국 추리 작가 협회가 수여하는 골드대거상 수상.

1974년 65세   소설 『닥터 프리고*Doctor Frigo*』 출간.

1975년 66세   『레반트인』으로 미국 추리 작가 협회가 수여하는 그랜드마스터상 수상. 스웨덴 범죄 소설 아카데미가 수여하는 그랜드마스터상 수상.

1976년 67세   『닥터 프리고』로 프랑스 추리 소설 그랑프리 수상.

1977년 68세   소설 『더는 장미를 보내지 마세요*Send No More Roses*』 출간.

1980년 71세   『인터컴 음모』를 원작으로 한 미니시리즈 「국제적 협박 Ricatto internazionale」 방영.

1981년 72세   소설 『시간의 보살핌*The Care of Time*』 출간. 영국 문화를 세계에 알린 공로로 4등급 대영 제국 훈장을 받음.

1984년 75세   『분노의 종류』를 원작으로 한 TV 영화 「분노의 종류」 방영.

1985년 76세   자서전 『여기에 잠들다*Here Lies*』 출간. 미국 추리 작가 협회가 수여하는 에드거상 수상.

1986년 77세   영국 추리 작가 협회가 최초로 수여하는 평생 공로상인 다이아몬드대거상 수상.

1989년 80세   『인터컴 음모』를 원작으로 한 미니시리즈 「조용한 음모 The Quiet Conspiracy」 각본을 씀.

1990년 81세   『시간의 보살핌』을 원작으로 한 TV 영화 「시간의 보살핌」 개봉.

1991년 82세   에릭 앰블러 단편 총수록집 『명령을 기다리며*Waiting for Orders*』 출간.

1993년 84세   단편집 『지금까지의 이야기: 기억 그리고 다른 소설들 *The Story So Far: Memories & Other Fictions*』 출간.

1994년 85세   8월 14일 아내 조앤 해리슨이 오랜 투병 생활 끝에 사망.

1998년 89세   10월 12일 런던에서 사망.

열린책들 세계문학 270 **공포로의 여행**

옮긴이 최용준 대전에서 태어나 서울대학교 천문학과를 졸업했으며, 미국 미시간 대학에서 이온 추진 엔진에 대한 연구로 항공 우주 공학 박사 학위를 받았다. 현재는 플라스마를 연구한다. 옮긴 책으로 에릭 앰블러의 『디미트리오스의 가면』, 조지프 콘래드의 『로드 짐』, 세라 워터스의 『핑거스미스』, 『티핑 더 벨벳』, 『끌림』, 마이클 프레인의 『곤두박질』, 마이크 레스닉의 『키리냐가』, 루이스 캐럴의 『이상한 나라의 앨리스』, 제임스 매튜 배리의 『피터 팬』 등이 있다. 헨리 페트로스키의 『이 세상을 다시 만들자』로 제17회 과학 기술 도서상 번역 부문을 수상했다. 시공사의 〈그리폰 북스〉, 열린책들의 〈경계 소설선〉, 샘터사의 〈외국 소설선〉을 기획했다.

지은이 에릭 앰블러 **옮긴이** 최용준 **발행인** 홍예빈·홍유진
발행처 주식회사 열린책들 **주소** 경기도 파주시 문발로 253 파주출판도시
전화 031-955-4000 **팩스** 031-955-4004 **홈페이지** www.openbooks.co.kr
Copyright (C) 주식회사 열린책들, 2021, *Printed in Korea*.
ISBN 978-89-329-1270-7 04840 **ISBN** 978-89-329-1499-2 (세트)
발행일 2021년 2월 25일 세계문학판 1쇄

열린책들 세계문학
Open Books World Literature

각 권 8,800~15,800원